정령왕

이환 판타지 장편소설

4

정령왕 엘퀴네스 4

초판 1쇄 인쇄 / 2013년 7월 29일
초판 10쇄 발행 / 2021년 11월 11일

지은이 / 이환

발행인 / 오영배
책임편집 / 편집부
펴낸 곳 / (주)삼양출판사 · 드림북스

주소 / 서울특별시 강북구 도봉로 173
대표 전화 / 02-980-2112 팩스 / 02-983-0660
편집부전화/ 02-987-9393 팩스 / 02-980-2115
블로그 / blog.naver.com/dreambookss

등록번호 / 제9-00046호
등록일자 / 1999년 3월 11일

ⓒ 이환, 2013

값 15,000원

(주)삼양출판사 · 드림북스의 서면 허락 없이는 어떠한
형태나 수단으로도 이 책의 내용을 이용하지 못합니다.

ISBN 978-89-542-4485-5 (04810) / 978-89-542-4481-7 (세트)

* 지은이와 협의하에 인지는 생략합니다.
* 잘못된 책은 구입한 곳에서 바꾸어 드립니다.

이 도서의 국립중앙도서관 출판시도서목록(CIP)은
서지정보유통지원시스홈페이지(http://seoji.nl.go.kr)와
국가자료공동목록시스템(http://www.nl.go.kr/kolisnet)에서
이용하실 수 있습니다. (CIP제어번호: 2013012551)

Contents

제1화	7
제2화	69
제3화	143
제4화	189
제5화	243
제6화	297
제7화	347
외전: 불의 검	373
캐릭터 프로필 카노스	405
캐릭터 복불복 Q n A	407
네 칸 만화	413

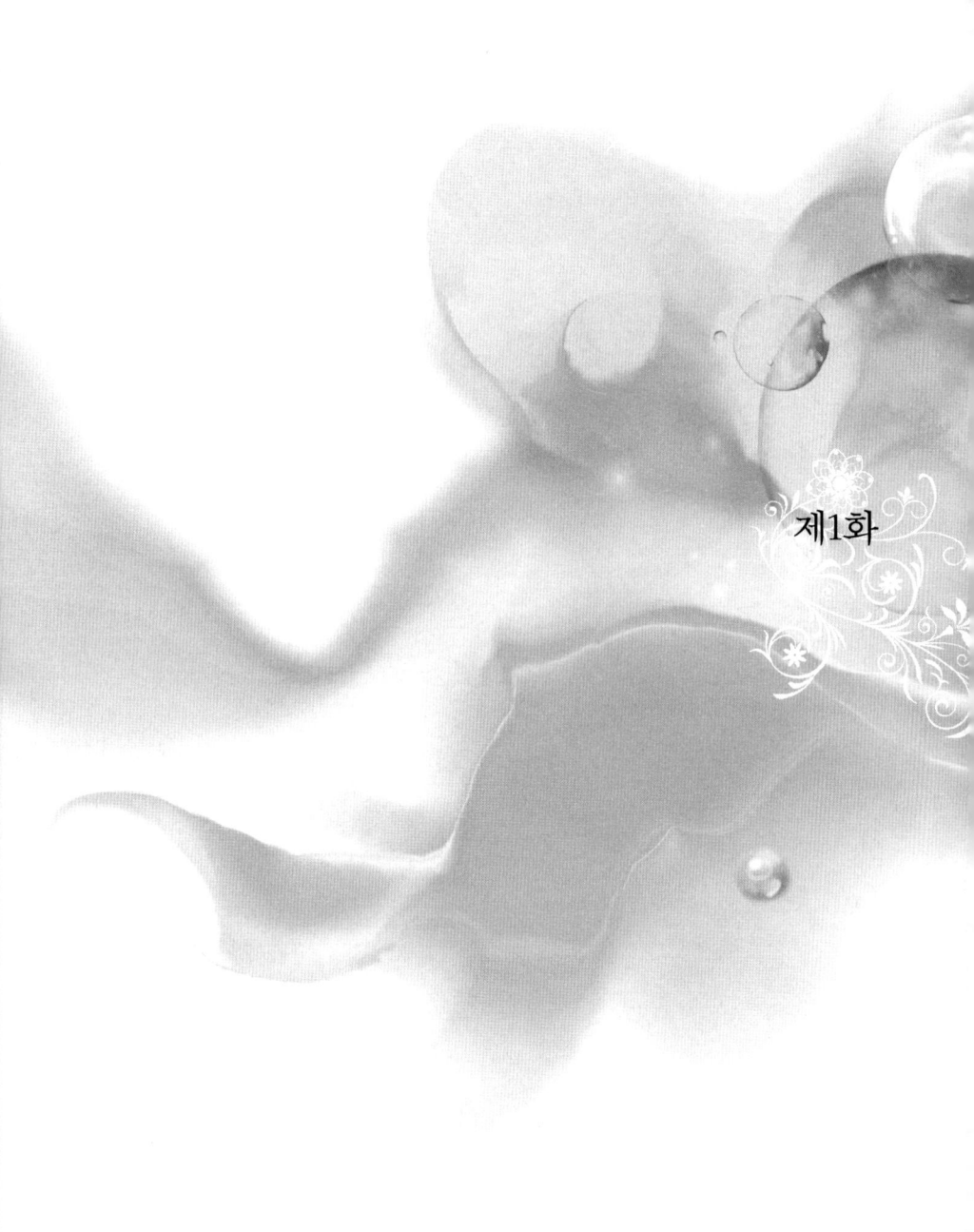

1.

 엘과 이사나가 클모어에 다다른 그 시각, 페리스를 비롯한 황제의 친위기사들도 수도 헤리카를 지척에 두고 있었다. 그러나 목적지를 코앞에 뒀다는 기쁨도 잠시, 그들은 예상 밖의 위기를 맞이해야 했다. 검문을 피해 숨어든 숲에서 매복해 있던 대공의 병사들과 마주친 것이다. 매일같이 아슬아슬하게 이어지던 추격전이 드디어 종지부를 찍는 순간이었다.
 "죄인 케이 드 세리크와 역당들은 들으라! 그대들의 운도 여기까지다! 얌전히 투항하라!"
 상대의 진영으로부터 들려오는 우렁찬 음성에 기사들은 나직이 이를 갈았다. 어림잡아 세어본 숫자만 족히 백 명은 넘는 것 같았다. 맞서 싸우기에도, 무작정 도망치기에도 만만치 않은 수였다.

"흔적을 지운다고 지웠는데…… 역시 엘 님이 하신 것만큼 완벽할 수는 없었나 봅니다."

"할 수 없지. 그대는 최선을 다했으니 자책할 것 없소, 페리스. 모두 준비를 단단히 해라. 이 전투에 우리의 모든 힘을 싣는다."

"예, 알겠습니다!"

대장의 명을 받은 기사들이 모두 굳은 얼굴로 대답했다. 말하지 않아도 그들은 서로 자신의 마지막을 직감했다. 분하고 원통한 마음보다는 황제를 끝까지 보필하지 못하고 가는 것이 더 죄스러운 기분이었다. 아마도 그들의 죽음이 알려지면 어린 황제는 매우 상심하리라.

'엘퀴네스 님, 부디 황제 폐하를 부탁드립니다.'

그들은 마음속으로 같은 말을 중얼거리며 무기를 단단히 움켜잡았다. 아마도 마지막일 전투에 임하는 그들의 마음은 차분했다. 두렵지 않은 것은 아니었다. 하지만 황제의 곁에 정령왕이 있다는 사실만으로 그들은 기꺼이 웃으며 죽을 수 있을 것 같았다. 그러면 분명 황제를 끝까지 지켜줄 수 있을 터였다.

그때 대치한 상대 병영으로부터 한 남자가 걸어나왔다. 온몸을 검은색 갑옷으로 무장한 거구의 기사였다.

친위대의 대장 케이는 그의 정체를 한눈에 알아보았다. 대공의 왼팔이라 불리는 세트니오 백작, 그의 직속 기사단인 어둠의 기사단의 부단장 페일러였다. 평소 이렇다 할 친분을 쌓은 관계는 아니었지만 종종 황실 연무장에서 마주한 적이 있었기에 어느 정도 안면은 있는 사이였다. 세트니오 백작이 움직였으니 이런 날이 오는 건 당연했지만 막상 얼마 전까지 웃으며 대하던 사람을 적으로 만나게 되니 입맛이 쓴 것은 어쩔 수 없었다. 그와 달리 페일러는 경계의 눈빛을 보내는 케이를 향해 희게 웃었다.

"이거 정말 오랜만에 뵙습니다, 세리크 경. 못 보는 동안에 얼굴이 많이 상하셨군요. 한때 황제의 친위대로서 위명이 드높던 분들께서 어쩌다 이리되신 겁니까? 정말 안타깝기 이를 데 없습니다."

"……쓸데없는 얘기는 접어 두고 본론만 말하지."

"하하, 이런 순간에도 고고한 건 경다우시군요. 뭐, 좋습니다. 보시면 아시겠지만 경과 경의 기사들에게는 이제 더 이상 희망이 없습니다. 쓸데없이 힘 빼지 마시고 그냥 순순히 투항하시지요."

"거절한다."

"이런, 그렇게 쉽게 거절하셔도 되는 겁니까? 장담하건대 전투가 벌어지면 여러분은 틀림없이 모두 이 자리에서 죽을 겁니다."

"내가 그런 말 따위에 흔들릴 거라고 생각하는 건가?"

"정말 답답하신 분이군요. 대체 뭘 위해서 이렇게까지 하시는 겁니까? 경들이 지키고자 하는 그분을 구하기엔 이미 늦었습니다. 대공께서 누구를 보내셨는지 아십니까? 바로 파이런 님입니다."

"……파이런?"

"대륙 제일 검사인 파이런 드 카리브디스 님 말입니다."

"……!"

뜻밖의 대답에 케이를 비롯한 친위대들의 얼굴이 굳어졌다. 파이런 드 카리브디스, 대륙 제일검이자 최연소 소드 마스터로 그 공로를 인정받아 불과 열아홉의 나이에 공작위를 하사받은 남자였다. 동시에 그는 대공 직속 친위군단의 총사령관이기도 했다.

그의 합류를 예상하지 못한 것은 아니었다. 다만 그 시기가 짐작했던 것보다 너무 일렀다. 공작은 대공이 가장 신뢰하는 수하임과 동시에 그의 수하들 중에서 가장 강한 전사였다. 즉, 쉽게 쓰이고 버려질 패가 아니라는 뜻이다.

그런데 설마 그 패를 이렇게 빨리 꺼낼 줄이야. 그만큼 대공이 이 일에 신경을 쓰고 있다는 뜻이겠지만 아무래도 석연치 않은 기분이 들었다.

모든 것을 다 가진 대공의 입장에서 황제는 언제 죽어도 이상하지 않을 어린아이에 불과했다. 살아 있는 친위대는 고작 열 명 남짓, 그때의 기적이 아니었다면 진작 전멸을 면치 못했을 숫자다. 예상보다 고전하고 있다고 해도 대공은 당연히 자신의 승리를 점치고 있을 것이다. 그런데 결과가 뻔한 전투에 대륙 최강의 전사를 보낸다? 과해도 너무 과한 처사다. 벼룩 하나를 잡겠다고 초가삼간을 태우는 꼴이었다.

'설마 폐하께서 정령왕과 계약하신 걸 눈치챘나?'

대공은 뛰어난 정보력을 지닌 자였다. 충분히 가능성 있는 생각이었기에 케이는 심각한 표정을 지었다. 그것을 자신들 때문에 긴장한 것으로 오해한 페일러가 의기양양한 얼굴을 했다.

'후후, 그래. 당연히 그렇게 나와야지.'

지금 그는 매우 기분이 좋았다. 황실의 상징으로 여겨지는 황제의 친위대는 그에게 늘 눈엣가시인 존재였다. 그런 그들의 몰락을 제 눈으로 지켜보게 된 것만이 아니라 직접 박살 낼 기회를 가지게 되니 신이 날 수밖에 없었다.

심지어 그에겐 얼마 전에 백작으로부터 하사받은 보검까지 존재했다. 카리브디스 공작이 오크 떼로부터 습득한 전리품을 백작이 직접 수거하여 자신에게 준 것이다.

'제아무리 강한 자들이라도 이만한 병력 앞에선 어쩔 수 없겠지. 게다가 이쪽의 무기는 전부 보검이니 저들도 어쩌지 못할 것이다.'

페일러는 흘끗 케이와 친위대들의 무기를 살폈다. 그들이 지닌 검은 여러 전투를 거치는 동안 모두 날이 닳고 낡아 있었다. 게다가 오랜 도망 생활 탓에 많이 지쳐 있는 것이 한눈에 보일 정도였다.

"다시 한 번 묻겠습니다. 그래도 투항하지 않겠습니까?"

"……이 목숨은 오직 한 분의 것이다."

"좋습니다. 그럼 뜻대로 해드리지요."

페일러는 비릿하게 웃으며 검을 뽑아들었다. 스르릉, 듣기 좋은 울림과 함께 검신으로부터 충만한 마나가 전해져 왔다. 그가 받은 것은 고위 빙격계의 마법이 걸린 검이었다. 두 뺨까지 와 닿는 차디찬 냉기에 그의 자신감은 더욱 충만해졌다. 그 어떤 뜨거운 심장이라도 그의 검이 닿는 순간 바로 얼어붙고 말리라.

"모두 역적을 단죄하라!"

"와아아!"

명령이 떨어지자 대기하고 있던 기사와 병사들이 모두 무기를 치켜들었다. 케이와 친위대들 역시 다가올 공격을 대비해 방패를 굳게 움켜쥐었다. 두 무리가 충돌하려는 일촉즉발의 순간이었다.

쿠웅!

바로 그때, 하늘에서 무언가 거대한 것이 요란한 소리를 내며 떨어져 내렸다. 그것이 떨어진 지점은 정확히 양측이 마주 서 있는 정가운데였다.

뜻밖의 상황에 달려들던 대공 측의 기사들도, 대비하던 케이와 친위대도 일순 모든 행동을 멈췄다. 이윽고 매캐한 먼지가 걷히고 뿌옇던 자리가 점점 맑아지기 시작했다. 그제야 드러난 자리에 누군가 낯선 이가 서 있었다. 어깨까지 드리운 흑발에, 서늘한 눈매를 지닌 남자였다.

"뭐, 뭐 하는 놈이냐, 너는!"

갑자기 나타난 정체불명의 남자를 향해 페일러가 외쳤다. 그러자 고요히 서 있던 남자가 무표정한 얼굴로 시선을 돌렸다. 그저 소리에 반응한 것쯤으로 보이는데도, 기사는 흠칫 어깨를 떨었다. 감히 다가설 엄두도 내지 못할 만큼 엄청난 존재감이 느껴졌기 때문이다. 그때 문득 기사가 들고 있는 검을 바라보는 남자의 눈빛이 싸늘하게 식었다.

"네놈들이냐?"

"……무슨?"

"네놈들이 그 잡것들이냐고. 감히 남의 물건을 허락도 없이 가지고 튄 싸가지 없는 놈들이 바로 네놈들이라 이거지?"

"뭐, 뭣?"

느닷없는 하대도 모자라 막말에 가까운 단어가 쏟아지자 페일러는 당황했다. 그는 꿈에도 상상을 하지 못했다. 자신이 들고 있는 보검에겐 본래 주인이 따로 있으며, 눈앞의 남자가 바로 그 보검을 찾기 위해 찾아온 원주인, 블랙 드래곤 메세테리우스라는 사실을 말이다.

메세테리우스는 몸이 회복되자마자 바로 무기들을 찾기 위해 추적마법을 발동시킨 참이었다. 지금 이 순간, 제 것을 아무렇지 않게 휘두르고 있는 인간들을 보니 참아왔던 분노가 한꺼번에 들끓었다.

"네놈들 전부 다 죽여 버릴 테다!"

부릅뜬 눈동자에 살의가 일었다. 그러자 그의 손에서 검은색의 연기가 폭사하기 시작했다.

'엄청난 마나다!'

심상치 않은 기류를 가장 먼저 직감한 건 친위대 측에 있던 정령사 페리스였다. 다른 친위대들과 마찬가지로 마지막 전투를 준비하고 있던 그는 갑자기 등장한 사내에게서 불길한 기운이 느껴지자 바짝 긴장했다. 당황한 사람들이 허둥거리는 동안 그는 본능적으로 슈리엘을 소환하여 일행들 주위로 바람의 장막을 펼쳤다. 그와 동시에 주변을 쑥대밭으로 만들 거대한 폭발이 일어났다.

슈우욱! 콰아아아앙!

"크윽!"

"우와악!"

장막의 보호하에 있음에도 엄청난 압력이 쏟아졌다. 페리스와 친위대들은 무형의 힘에 휩쓸리지 않기 위해 입술을 악물었다.

그렇게 얼마의 시간이 흘렀을까. 한참 후 공기가 진정된 것을 느낀 그들은 조심스럽게 눈을 떠보았다. 그러자 그들의 시야 가득 온통 시커먼 폐허가 들어왔다.

숲도, 나무도, 수많은 병사들도, 조금 전까지만 해도 그들 앞에 있었던 것들이 그 잠깐 사이에 전부 사라져 있었다. 매캐한 잿더미 속에서 무사한 것은 오직 폭발을 일으킨 장본인과 정령의 비호를 받은 친위대들뿐이었다.

"맙소사……."

페리스와 친위대는 모두 신음을 삼키며 주위를 둘러보았다. 그들은 지금 자신들이 살아 있는 것이 기적이라는 사실을 직감했다.

그러나 이 모든 사태를 일으킨 검은 머리의 남자, 메세테리우스는 여전히 풀리지 않은 화를 삼키고 있을 뿐이었다.

"젠장, 고작 이딴 걸로 죽어 버릴 놈들이 어딜 감히 남의 물건에 손을 대? 제기랄! 아무리 생각해봐도 자존심 상하는군! 이런 썩을 놈들 때문에 내가! 이 몸이!"

그는 시꺼멓게 잿더미로 변한 시체들 사이에서 무기들을 건져 들며 연신 투덜거렸다. 그 엄청난 폭발 후에도 무기의 상태는 흠집 하나 없이 말짱했다.

"저, 저어……."

"응?"

그 순간 들려온 목소리에 메세테리우스의 눈썹이 못마땅하게 일그러졌다. 당연히 다 죽은 줄 알았는데 살아남은 놈들이 있었던 것이다.

"뭐야, 네놈들은 왜 살아 있어?"

돌아본 그의 눈에 열 명 남짓한 인간들이 보였다. 그중 한 사람에게서 꽤 정순한 기운이 느껴졌다. 바람과 물의 정령의 향기였다.

'마법을 쓸 때 정령의 기운이 느껴진다 했더니, 저 녀석이었군.'

그자들은 전부 초라한 옷차림에 변변찮은 방패와 검을 들고 있었다. 그것을 확인한 메세테리우스는 눈에 준 힘을 살짝 풀었다. 만약 관련자들이라면 정말 화가 났겠지만, 다행히 살아남은 자들은 자신의 검을 들고 튄 인간들 쪽은 아닌 것 같았다.

"실례지만…… 누구신지 여쭤봐도 되겠습니까?"

"흥! 그걸 알아서 뭐 하게?"

"그게…… 평범하신 분은 아니신 듯하여……."

"당연하지! 내가 어딜 봐서 평범해 보인다는 거냐? 하지만 그렇다고 너희들 따위에게 내 정체를 알려줄 생각은 없거든? 간신히 살아남은 목숨 무사히 보전하고 싶으면 쓸데없는 거 궁금해하지 마라. 난 아까 그놈들에게서 내 것을 찾으러 온 것뿐이니까."

"내 것? 혹시 당신이 지금 들고 있는 무기들 말입니까?"

"그래! 그놈들이 감히 내게서 훔쳐서 달아났지. 놈들은 그 죗값을 치른 것뿐이다."

코웃음 치며 대답하는 말에 친위대들은 아무 말도 하지 못했다. 애초에 저렇게 엄청난 존재에게서 무기를 훔쳤다는 사실이 믿어지지가 않았지만, 그가 그렇다고 하니 믿어야 했다.

"그나저나 너희들은 꼴이 그게 뭐냐?"

"예?"

"방패는 죄다 낡아서 들고 있으나 마나 한 상태고, 검은 어디 싸구려 대장간에서라도 구한 거야? 그딴 걸로 잘도 내 보검과 맞설 생각을 했구나. 멍청한 건지, 미련한 건지."

"아……."

사납게 쏘아붙이는 말에 친위대들은 서로 어색하게 웃었다. 기사에게 검은 자신의 목숨과도 같은 존재이다. 다른 때라면 울컥 화가 치밀었을 테지만 이상하게도 검은 머리의 남자에겐 어떤 힘한 말을 들어도 자존심이 상하거나 불쾌한 느낌이 들지 않았다. 오히려 한없이 경이롭고 두려운 마음만 일었다.

'도대체 정체가 무엇이기에.'

정령왕인 엘퀴네스는 절대자이면서도 스스로 존재감을 거의 드러내지 않는 편이었다. 그렇기에 인간인 그들이 허물없이 편하게 대하는 것이 가능했다. 허나 눈앞의 남자는 자신의 존재감을 조금도 숨길 생각이 없는 듯했다. 그저 눈만 마주쳐도 온몸에서 비 오듯 식은땀이 솟았다.

바로 그때였다.

"자, 옜다, 받아라."

"예?"

철거덕, 둔탁한 소리와 함께 친위대들 앞으로 무언가 떨어져 내렸다. 발치에 던져진 것을 확인한 친위대의 표정이 굳어졌다. 그가 방금 전 수거한 보검들이었기 때문이다. 의아한 표정으로 바라보자 메세테리우스는 시큰둥하게 입을 열었다

"이것도 인연인데 주지 뭐. 너희들 가져."

"하, 하지만 이것을 찾으러 오신 게 아니었습니까? 왜 저희에게……."

"응, 그랬는데 마음이 바뀌었어. 애초에 내 목적은 도둑놈들을 혼내주려고 한 것뿐이거든. 이것 말고도 찾으러 갈 게 더 있는데 들고 다니기가 귀찮네. 겨우 이 몇 가지 때문에 집에 들르는 것도 내키지 않고, 아공간에 넣자니 나중에 꺼내볼 일이 있을까 싶고.

그러니까 그냥 니들 가져라. 그거 일단은 드워프가 제련한 거라 쓸 만은 할 거야. 너희들이 들고 다니는 그 쓸데없는 고철 덩어리보단 훨씬 나을걸?"

"드, 드워프……!"

그 이름의 가치는 기사라면 누구나 다 알았다. 친위대들은 모두 경악한 얼굴로 보검을 내려다보았다. 그게 사실이라면 그저 훨씬 나은 정도만이 아니었기 때문이다.

드워프는 뛰어난 손재주를 타고나는 장인 종족이다. 그들이 만드는 무기는 아름다울 뿐만 아니라 바위를 부술 정도로 견고한 것으로 유명했다. 하지만 워낙 소수 종족인 데다 인간과의 교류가 거의 없는 탓에 부르는 게 값일 정도로 귀했다. 기사들 중에선 드워프제의 검을 가져보는 것이 평생의 소원인 자들이 수두룩할 정도였다. 그런 엄청난 것을 아무렇지 않게 내주다니, 친위대들로서는 남자의 행동이 그저 얼떨떨하기만 했다. 물론 그렇다고 주어진 기회를 놓치고 싶지도 않았다.

"저어…… 그럼 감사히 받겠습니다."

조심스러운 인사에 메세테리우스는 시큰둥하게 고개를 끄덕였다. 사실 그로서도 흔치않은 호의를 베푼 것이었다. 그의 레어엔 비슷한 무기들이 차고 넘치지만 재물 욕심이 많은 편이라 아무리 작은 것이라도 남에게 내주는 성격은 아니었다. 하지만 일부분이나마 복수를 해냈다는 후련함 때문인지 지금 그는 평소보다 상당히 관대해진 상태였다.

어차피 무기엔 추적마법이 걸려 있고, 인간의 수명은 짧으니 언제든 물건들은 다시 그의 손에 돌아올 것이었다. 보검을 마냥 묵혀두기도 아까우니 이참에 잠시간 세상에 내돌려도 괜찮을 것 같았다. 다행히 눈앞의 인간들은 어느 정도 실력이 있는 자들 같으니 사용하는 동안 검을 잘 벼려줄 터였다.

"아 참, 그걸로 뭘 지지고 볶든 상관은 없는데 절대 부러뜨리지는 마. 부러진 검은 장식용으로서의 가치도 없거든."

"예, 명심하겠습니다."

기쁨에 찬 친위대들은 환한 얼굴로 대답했다.

그리고 다시 고개를 들었을 때 그들은 모두 당황할 수밖에 없었다. 바로 조금 전까지 있었던 남자의 모습이 흔적도 없이 사라졌기 때문이다. 손에 들린 보검들만 아니었다면 그 순간을 꿈으로 착각했을지도 몰랐다. 마치 무언가에 홀렸다 깨어난 기분이었다.

"도대체 누구였을까, 그 사람은."

"글쎄, 혹시 폴리모프한 드래곤이 아니었을까?"

"드래곤? 하하, 그럴지도 모르겠군."

"아니, 드래곤인 게 확실해. 정말 엄청나게 강했잖아. 게다가 이런 보물을 선뜻 내줄 수 있는 존재가 세상에 얼마나 되겠어?"

보통사람이라면 이름만 들어도 혼비백산할 단어를 중얼거리면서도 그들의 표정은 무척이나 평온했다. 사실 정령왕을 만난 그들에게 드래곤 정도는(?) 별 감흥을 주지 못했던 것이다. 만약 메세테리우스가 이 사실을 알았다면 줬던 검을 다시 뺏으려 들었을 테지만, 애석하게도 그는 남의 마음을 훔쳐보는 재주 따윈 가지고 있지 않았다.

이사나의 기사들로서는 참으로 운 좋게도, 기대하지도 않았던 명검을 공짜로 손에 넣은 날이었다.

2.

솜털 같던 눈송이는 오후가 되자 매서운 폭설로 변했다. 빠르게 쌓이기 시작한 눈덩이들이 발목을 넘어 무릎까지 차오른 건 순식간의 일이었다. 나는 어느새 새하얗게 변해버린 주위를 둘러보며 혀를 내둘렀다. 최근 들어 기온이 많이 낮아지긴 했지만 설마 이렇게 한순간에 분위기가 달라질 줄이야. 마치 첫눈과 동시에 한겨울이 시작된 듯한 기분이었다.

'이래서야 카이테인 씨와 무사히 만날 수나 있을까?'

성문 밖은 여전히 들어오려는 인파로 가득 차 있었지만 검문 속도는 전보다 더 느려진 상태였다. 설령 들어온다 해도 이런 눈발 속에선 그를 찾기가 쉽지 않을 것 같았다.

이럴 줄 알았으면 그냥 바로 신전에서 보자고 할걸. 때늦은 후회에 나는 살짝 한숨을 내쉬었다. 물론 지금은 그런 것보다 더 신경 쓰이는 것이 따로 있었지만 말이다.

"왜 한숨질이야?"

……그래, 바로 저 녀석. 레드 드래곤 라피스라즐리 말이다.

뜻밖의 재회 직후 바로 쏟아지기 시작한 눈발을 피해 우리는 근처에 있던 한 식당 안으로 들어온 상태였다. 그리고 그때부터 지금까지 쭉 이런 모습이다. 마주 앉은 채 멀뚱히 서로 얼굴만 바라보고 있는 상황이랄까.

얼결에 같이 들어오긴 했는데 딱히 친근한 관계도 아니라서 나로선 이 자리가 불편하기 짝이 없었다. 가장 큰 문제는 평균을 훨씬 웃도는 녀석의 외모였다. 점원들은 물론 근처에 있던 손님들조차 모두 녀석의 외모에 넋이 팔려 이쪽을 계속 주시하고 있는 것이다.

그러나 이 모든 사태의 주범인 그는 아무렇지 않은 얼굴로 맞은 편 소파에 태연히 기대앉아 있을 뿐이었다. 그리고 영문을 알지 못하는 이사나는 덩달아 긴장한 얼굴로 나와 그의 눈치만 조심스럽게 살피고 있었다. 결국 기나긴 침묵의 끝에서 먼저 항복을 선언한 건 나였다.

"어떻게 된 거야?"

"뭐가?"

"몰라서 물어? 왜 네가……."

"라피스."

"……그래, 라피스. 아무튼 네가 왜 여기에 있냐고."

"왜냐니. 네가 일정에 합류해달라고 부탁했잖아."

"내가 언제! 계약할 거면 네 쪽에서 나한테 맞추라고 한 거지."
"그거나 그거나."
"의미가 전혀 다르거든? 어라? 아니, 잠깐 기다려. ……그럼 설마 여기에 날 만나러 온 거야? 계약하려고?"

내 질문에 그는 황당한 소리를 들었다는 듯이 눈썹을 찌푸렸다.

"그럼 내가 왜 이런 촌구석까지 찾아왔겠어?"
"헤에, 정말이야? 별로 내키지 않아 했잖아."
"마음이 바뀌었어. 이번은 내가 양보하지, 뭐."

의외의 결정에 나는 잠시간 망연해졌다. 당연히 거절할 거라고 생각했기 때문에 전혀 염두에 두지도 않았건만, 설마 그에게서 양보하겠다는 말을 듣게 될 줄이야. 천지가 개벽했다는 이야기를 들은 기분이었다.

"내가 여기 있는 건 어떻게 알았는데?"
"별로 어렵지 않던데? 이미 세간에 소문이 파다하더군."
"소문?"
"그래. 쫓겨난 황제가 카웰 공작을 만나러 클모어로 향하는 중이라고 말이지."
"……!"

그 말에 멍하니 듣고 있던 이사나의 얼굴이 굳었다. 나 역시 기겁해서 벌떡 자리를 박차고 일어났다.

"너, 이런 곳에서 그런 말을 대놓고……!"

"나 참, 흥분하지 말고 자리에 앉아. 여기서 하는 말은 다른 인간들에겐 들리지 않으니까."

"뭐?"

그 말에 나는 빠르게 주위를 훑어보았다. 그 말대로 식당 안의 사람들은 전혀 이쪽의 대화를 인식한 것 같지 않았다. 오히려 갑자기 일어난 내 모습을 의아하게 바라보는 시선이 더 많았다.

밀려오는 창피함에 냉큼 주저앉자 라피스가 얄밉게 키득거렸다. 나는 화끈거리는 얼굴을 느끼며 그를 노려보았다.

"어떻게 한 거야?"

"소리를 차단하는 마법을 걸었지. 바로 앞까지 오지 않는 이상 이 안에서 나는 소리는 못 들어."

"하지만 주문을 외우는 건 못 봤는데."

"흥, 전에도 말하지 않았나? 드래곤의 마법을 인간의 수준과 비교하면 곤란하다고. 이 정도 수준엔 주문이나 시동어 같은 건 쓸 필요도 없어."

"드, 드래곤?"

그 순간 이사나가 벼락을 맞은 것처럼 몸을 부르르 떨었다. 그제야 라피스의 정체를 깨달은 것이다. 나는 그에게 사전 설명이 부족했음을 떠올리고 볼을 긁었다.

"으음. 미안, 이사나. 소개하는 게 늦었지? 실은 이 녀석 드래곤이야. 레드 드래곤 라피스라즐리라고 해."

"어, 어떻게 드래곤께서……."

"음, 실은 그가 나와 정령의 계약을 하고 싶어 하거든."

이사나는 다소 상기된 얼굴로 나와 라피스의 모습을 번갈아 바라보았다. 드래곤을 눈앞에서 본 충격과, 그가 계약을 하러 왔다는 호기심에 온통 흥분한 것 같았다. 그러자 라피스의 눈매가 바로 험악해졌다.

"뭘 봐. 네가 나보다 먼저 계약했다고 으스대는 거냐?"

"네, 네?"

"말해두지만 난 너한테 진 게 아니야. 네가 단순히 운이 좋았을 뿐이거든?"

"……."

어린애처럼 유치한 시비에 이사나는 반문을 하지도 못하고 얼떨떨한 표정을 지었다. 설마 위대하다는 드래곤이 이런 식으로 나올 줄 몰랐겠지. 내가 정령이라 정말 다행이다. 같은 종족이었다면 지금 이 순간이 무지 부끄러웠을 테니까. 이왕이면 아예 모르는 편이 더 좋았을 것 같지만, 그건 이미 이루어지지 않을 희망이므로 나는 한숨을 내쉬고 말했다.

"이사나한테 시비 걸지 마. 아무것도 모르는 애한테 뭐 하는 거야?"

"흥, 일단 계약이나 해. 설마 약속을 어길 생각은 아니겠지? 넌 분명히 말했어. 내가 너한테 맞추는 조건이라면 계약해주겠다고 말이야."

"아, 그래! 해! 한다고! 까짓 거 하면 될 거 아냐!"

투덜거리며 대답하자 라피스는 씩 웃었다. 될 대로 되라는 심정이었지만 그래도 막상 계약한다니까 얼굴이 환해지는 걸 보니 기분이 아주 나쁘진 않았다.
'가만있자. 이럴 땐 계약을 어떻게 하는 거더라?'
보통 정령의 계약은 소환진이라는 매개체를 통해 이루어진다. 지금은 그런 의식을 펼칠 수 없으니 다른 방법을 써야 했다. 다행히 정령왕의 본능은 이 순간에도 차분히 제 기능을 하고 있었다. 머리를 굴리자 저절로 방법이 떠오르기 시작한 것이다. 나는 라피스를 바라보며 말했다.
"손."
"……?"
내가 손을 내밀자 라피스는 반사적으로 그 손을 마주 잡았다. 찌푸린 얼굴을 하면서도 묵묵히 따르는 모습을 보니 마치 덩치 큰 강아지를 훈련시키는 기분이었다. 그것도 굉장히 사납고 제멋대로인 맹견을.
"뭐야?"
"가만있어 봐. 음, 이다음엔……."
나는 마주 잡은 손을 통해 그의 마나를 끌어왔다. 소환 의식에 필요한 마나를 보충하기 위해서였다. 어떻게 보면 강제로 남의 생기를 뺏는 거나 마찬가지인 행위라 내키진 않았지만 매개체가 없으니 달리 방법이 없었다.
갑작스러운 마나의 소모에 라피스는 얼굴을 찡그렸지만 딱히 거부하거나 밀어내지는 않았다. 그 모습이 나로선 조금 의외였다. 간단하게 표현하긴 했지만 사실 내가 끌어가는 마나는 일반 사람이라면 금세 탈진할 만큼 엄청난 양이었다. 아무리 드래곤이라도 본능적으로 거부감이 이는 것이 당연한데 라피스에게선 그런 느낌을 전혀 받을 수 없었다. 나를 완전히 믿고 있거나, 이 정도 소비엔 조금도 영향을 받지 않는다는 의미였다. 처음에 약간이나마 반응을 보였던 걸 보면 후자는 아닐 테고 결국 전자라는 소린데, 오늘로 고작 두 번째 보는 날 완전히 신뢰하고 있다고 생각하니 기분이 조금 이상했다.

'생각보다 나쁜 녀석은 아닐지도.'

곧 낯선 마나가 내 몸을 휘감으며 천천히 차오르기 시작했다. 시간이 흘러 어느 정도 적당한 양이 되자 나는 본격적으로 계약을 체결할 준비를 했다.

"여기선 사람들 시선이 있으니까 계약서는 꺼내지 않을게. 괜찮지?"

"마음대로."

그 순간에도 라피스는 느긋하게 내 모습을 구경하고 있을 뿐이었다. 무작정 끌어간 마나가 계약 의식에 쓰인다는 걸 알게 돼서인지 오히려 신이 난 것도 같았다.

"너는 나와 계약을 이행함으로 나를 이 세계에 끌어낼 힘을 제공하며, 나는 그 대가로 너의 보필자가 될 것이다. 계약……은 당연히 할 테니 따로 의사를 물어볼 필요는 없겠지?"

성의 없게 묻는 말에도 그는 마냥 기분 좋다는 듯이 고개를 끄덕였다. 차라리 이전처럼 거만이라도 떨면 얄밉기라도 할 텐데, 순수하게 즐거워하는 모습을 보니 괜히 미안한 기분까지 들었다.

나는 끌어올린 물의 기운을 두 개의 손가락 위에 집중시킨 다음, 그것을 라피스의 이마에 대었다. 그러자 푸르스름하게 맺혀 있던 기운이 그의 피부 위에 선명한 그림을 새기며 스며들기 시작했다. 이사나에게 새겨진 것과 동일한 모양의 물의 인장이었다.

"다 됐어."

약간 차갑기만 할 뿐 별다른 느낌도 없을 텐데 라피스는 여운을 음미하듯 한참이나 눈을 감고 있었다. 생각과는 다른 차분한 반응에 나는 문득 궁금해져서 물었다.

"소감이 어때? 드디어 물의 정령왕과 계약했는데 말이야."

"……느낌이 이상해."

여전히 감은 눈을 뜨지 않은 채 그는 조용히 대답했다. 기분을 짐작할 수 없을 만큼 가라앉은 목소리였다. 설마 예상했던 거랑 달라서 실망한 건가? 하기야 까마득할 정도로 긴 세월을 이상하리만치 한 가지에만 집착해왔으니 그럴 만도 했다. 그러나 잠시 후, 천천히 들어 올린 그의 눈꺼풀 안에는 확연한 기쁨을 드러낸 눈동자가 자리하고 있었다.

"차가운 감촉이 기분 좋아. 마치 처음부터 내 것이었던 것처럼. 이제야 겨우 제자리를 찾은 기분이야."

"……너 정말 레드 드래곤 맞아?"

"머리색을 보면 몰라?"

"그러니까 묻는 거야. 레드 일족의 성향은 불에 가깝잖아. 물이라면 오히려 질색해야 하는 거 아닌가?"

"뭐, 괴짜라는 말은 많이 듣긴 했지. 하지만 상관없어. 나 정도 두뇌와 외모의 소유자라면 그 정도 특이점은 있는 게 오히려 매력이지."

"아, 예, 그러십니까."

하여간 말이나 못 하면. 찌푸린 얼굴로 바라봤지만 그는 아무래도 상관없는 듯 전혀 신경 쓰지 않는 모습이었다. 대체 어떻게 자라면 이런 성격이 되는 걸까? 부모 드래곤이 누군지 얼굴이 궁금해지는 순간이었다.

"아무튼 이제 정말 엘퀴네스가 내 것이 된 거군."

"헐…… 왜 말이 그렇게 되는데?"

"왜긴, 나랑 계약했잖아."

황당해서 반문한 말에 그는 뭐가 문제냐는 듯이 대답했다. 내가 의문을 제기하는 것조차 이해하지 못하는 얼굴이었다.

대체 이 녀석의 머릿속엔 계약이란 개념이 어떻게 박혀 있는 거지? 심지어 라피스의 만행은 그것으로 끝난 것이 아니었다. 불쑥 이사나에게 시선을 돌리는가 싶더니 대뜸 쏘아붙이는 것이 아닌가!

"이봐, 인간. 네가 나보다 먼저 계약했다고 해서 그에 대한 소유권이 더 많다고 생각하면 오산이다. 앞으로 내게 동료 취급이라도 받고 싶다면 알아서 눈치껏 구는 게 좋을 거야. 내 말 무슨 소린지 알겠지?"

"아하하……."

갑작스럽게 협박을 받은 이사나는 차마 대답도 못 하고 어설프게 웃었다. 나는 더 이상 참지 못하고 소리쳤다.

"보자보자 했더니 아까부터 도대체 뭔 소리를 하는 거야! 내가 무슨 물건이야? 계약했다고 해서 무조건 소유한다고 생각하면 착각이거든? 그리고 너!"

"라피스."

"그래, 라피스! 저번에 분명히 말하지 않았어? 표현 방식이 마음에 들지 않으면 고치겠다며! 그런데 뭐야? 한 달이 지나도록 전혀 변한 게 없잖아! 그리고 이번 여행은 이사나를 위한 거라고! 네 멋대로 굴지 마!"

"멋대로 군 적 없어. 앞으로 당분간 얼굴을 볼 사이라면 좋든 싫든 엮여야 할 텐데, 그런 의미에서 예의를 갖추라고 말해두는 것뿐이야."

"너도 이사나에게 예의를 갖춰! 나이는 어려도 황제거든? 이 제국에서 가장 높은 신분이라고!"

"흥, 그래 봤자 인간……."

"자꾸 그런 식으로 나온다 이거지!"

"알았어, 알았어. 성질은……."

라피스는 귀찮다는 듯이 고개를 끄덕였다. 마지못해 대답한다는 걸 누구라도 알 수 있을 만큼 불량한 태도였다. 나쁜 녀석이 아닐지도 모르기는 개뿔. 정정한다. 이 녀석은 세상에서 가장 열 받는 녀석이다.

그때까지 이사나는 여전히 긴장한 얼굴로 상황을 관전하고 있었다. 나는 한숨을 내쉬며 그에게 사과부터 건넸다.

"미안해, 이사나. 이런 녀석이라."

"아, 아니야. 난 괜찮아. 그런데 방금 전에 드래곤 님이 하신 말씀이 무슨 뜻이야? 앞으로 당분간 얼굴을 볼 사이라니?"

"응? 아, 그게 말이지……."

"말 그대로의 의미다, 인간. 앞으로 이 몸이 너희와 함께하게 됐다는 소리지."

대답을 이은 건 라피스였다. 전후사정 설명 없이 곧장 본론으로 직행한 대답에 이사나의 얼굴이 희게 질렸다.

"드, 드래곤 님이 우리와 함께하신다구요?"

"뭐야, 그 표정은. 그래서 불만이야?"

"아, 아뇨. 그런 게 아니라……."

"말해두지만 나도 좋아서 이런 결정을 내린 게 아냐. 엘퀴네스가 네 곁을 떠날 수 없다고 하니 내가 온 것뿐이라고. 같은 계약자인데 너만 그를 독차지하는 건 불공평하잖아. 안 그래?"

"저, 저는 딱히 독차지를 할 생각은……."

"그래, 그러니까 이제부터 나도 같이 다닐 거라고. 설마 반대를 할 생각은 아니겠지?"

험악한 눈빛을 받은 이사나는 황급히 고개를 저었다. 그제야 만족한 얼굴로 느긋하게 소파에 등을 기대는 라피스를 나는 한심한 시선으로 바라봐주었다.

"아무튼 그렇게 됐어. 미안해, 이사나. 이런 결정을 멋대로 해서."

"으응, 아니, 괜찮아. 드래곤 님의 말이 맞아. 같은 계약자인데 네가 나에게만 신경을 쓰면 저분의 입장에선 당연히 서운할 거야. 그런데 우리를 배려해서 이렇게 친히 찾아오시기까지 하다니, 정말 좋은 분이신 것 같아."

"……이사나, 넌 어쩌자고 이 험난한 세상에 그렇게 착한 성격으로 태어난 거야."

"으응? 내가 그런가? 난 별로……."

"아니, 착해. 정말 넘치도록 착해."

그렇지 않고서야 방금 전까지 이어진 그 수많은 오만방자한 모습을 보고도 어떻게 그런 결론을 내릴 수 있겠는가.

그 와중에 라피스는 배를 움켜쥐고 폭소를 터트리기 바빴다. 그로서도 방금 전 이사나의 발언이 웃기긴 했던 모양이다. 그리고 주위 사람들은 그의 웃는 얼굴에 더 넋이 나간 것 같았다. 그렇지 않아도 쏟아지던 시선이 그가 웃기 시작한 시점에서 한층 더 짙어진 것이 느껴졌다.

'이래 가지고 잘해나갈 수 있을까.'

막막한 기분에 나는 나직이 한숨을 내쉬었다. 진정한 이후에도 라피스는 여전히 웃음기를 드리운 얼굴로 이사나를 바라보며 물었다.

"너 마음에 들었다. 이름이 이사나라고?"

"네, 하지만 지금은 라이라는 가명을 사용하고 있습니다."

"그렇군. 난 라피스라즐리다. 그냥 라피스라고 불러."

"예, 라피스 님."

뭘 사이좋게 통성명을 하고 있는 거야?

나만 빼고 화기애애한 분위기에 저절로 심통이 일었다. 내 몸에 일어난 변화를 깨달은 것은 바로 그때였다. 조금 전까지도 전혀 눈치를 채지 못했는데, 이제 보니 내가 사용할 수 있는 마나량이 갑자기 대폭 불어나 있었던 것이다.

'헉…… 설마 라피스와 계약한 것 때문에?'

사실 그것 말고는 달리 이 현상을 설명할 길이 없었다. 나는 서둘러 내 몸을 다시 점검했다. 지금까지의 마나량이 운디네 한두 마리만 간신히 다룰 수 있는 수준이라면, 지금은 수백 마리의 시큐엘을 한꺼번에 형상화시키고도 끄떡없을 것 같았다. 드래곤의 마나가 풍부하다는 말은 들었지만 설마 이 정도일 줄이야.

'이래서 다들 드래곤이랑 계약하는 거구나.'

나는 감격스러운 기분으로 라피스를 바라봤다. 조금 전까지만 해도 못마땅하기만 했던 녀석의 얼굴에 갑자기 후광이 비치는 것 같았다. 머리끝까지 차올랐던 불만은 이미 눈 녹듯 사라진 지 오래였다.

이런 걸 속물이라고 하는 걸까? 새삼 계약하기를 잘했다는 생각이 들었다.

3.

새 일행의 합류를 맞아 우리들은 앞으로의 일정을 의논했다. 사실 의논이라고 해 봤자 내가 임의로 세운 계획들을 그에게 알려주는 수준이었지만 그 역시 알아둬서 나쁠 건 없으니 필요한 과정이었다.

"신관?"

라피스의 놀란 눈동자를 바라보며 나는 고개를 끄덕였다. 그는 조금 얼굴을 찌푸렸다가 이내 이해한 표정을 지었다.

"흐응, 하긴. 치유 능력을 마음껏 쓰려면 그것도 하나의 방법이긴 하겠군. 그래서 신의 문장을 받겠다고?"

"응, 엘뤼엔에게 도움을 받을 거야."

"엘뤼엔? 혹시 형벌의 신 엘뤼엔 말이야?"

모를 거라는 예상과는 다르게 라피스는 바로 그의 이름을 알아들었다. 하지만 그다지 좋은 반응은 아니었다.

"아직 교파도 크지 않은 초짜 신이잖아. 그런 녀석의 문장을 받아서 뭘 어쩌겠다고. 정령왕이 청하면 마신이라도 나와 줄 거다. 차라리 그의 문장을 받는 게 낫지 않아?"

"교파 같은 건 상관없어. 중요한 건 치유 능력을 써도 되느냐 마느냐의 문제지. 마신의 사제에겐 치유 능력이 없다고 들었거든. 모처럼 문장을 받아도 그런 식이면 전혀 소용이 없잖아. 게다가 개인적인 친분을 일부러 썩힐 필요도 없고."

"개인적인 친분? 너와 엘퀴엔이라는 신 사이에?"

"그래."

내가 긍정하자 라피스는 다시금 못마땅한 표정을 지었다.

"너 유희 이제 막 시작한 거 아니었냐? 태어난 지 얼마나 됐다고 벌써 신과 친분을 쌓았어?"

"음. 뭐, 어쩌다가 보니……."

"대체 어떻게 알게 된 사이인데?"

"그런 게 있어. 자세한 건 나중에 설명할게."

두루뭉술한 대답이 마음에 안 들었는지 라피스는 나를 집요하게 바라봤다. 하지만 내가 계속 회피하자 어쩔 수 없다고 여긴 듯 곧 한숨을 내쉬며 고개를 끄덕였다.

"뭐, 좋아. 아무튼 친분이 있다면 문장을 얻는 건 쉽겠군."

"으음, 사실 그렇게 간단하진 않아. 지금은 그저 희망 사항일 뿐이거든. 일단 엘퀴엔이 날 기다리고 있다고 했으니 가능성은 있는 것 같지만."

"그건 또 무슨 소리야? 정령왕의 요청인데 당연히 해 줘야지."

"그렇게 단정할 수 있는 문제가 아냐. 모든 건 엘퀴엔의 의사에 달린 거니까."

"하, 정령왕이 한낱 초짜 신의 눈치를 본다고?"

"초짜, 초짜 하지 마. 엘뤼엔은 엄연히 상급신이거든?"

"흥, 그래 봤자 태어난 지 이제 고작 25년 남짓 되었을 뿐이잖아. 교파는 신이 태어난 시점에 맞춰 생기기 시작하니까 내 계산이 얼추 맞을걸?"

"그래도 신이야. 태어난 날짜가 뭐가 중요해?"

"주신이 아닌 이상에야 신도 처음부터 완벽하진 않아. 태어난 지 얼마 안 되었다는 건 그만큼 어수룩한 부분도 많다는 뜻이지. 하긴, 이제 갓 태어난 네 입장에선 꽤나 거대하게 보이긴 하겠군."

"그런 거 아냐! 엘뤼엔은……!"

"뭐가 아닌데?"

"……아무튼 만나보면 알아."

라피스는 뭔가 할 말이 많은 표정을 지었지만 이내 입을 다물었다.

아무렴. 직접 만나보지 않으면 절대 모르지. 아마 엄청 놀랄 거다. 자기가 몇천 년 동안 매달렸던 그 도도한 물의 정령왕이 떡하니 신이 되어 나타났는데 놀라지 않을 녀석이 어디 있겠어?

설마 너무 기뻐서 자기도 엘뤼엔의 사제가 되겠다고 설치는 건 아니겠지. 지금의 도도한 모습을 봐서는 전혀 상상이 가지 않지만, 그가 엘뤼엔에게 보인 집착의 세월이 길었으니 가능성이 아주 없는 것은 아니었다.

말이 좋아 몇천 년이지, 정말 까마득한 세월이 아닌가. 사랑의 유통 기한도 3년이면 끝난다는데, 그것의 몇십, 몇천 배의 세월을 오직 한 사람에게만 바쳤다니. 지고지순이란 단어로도 그의 모습을 설명하긴 어려울 것 같았다.

'설마 이프리트처럼 내 엄마가 되겠다고 선언하는 건 아니겠지?'

생각만으로도 철렁한 기분에 나는 힐끔 라피스를 살폈다. 속사정을 알 리가 없는 녀석은 앞으로 어떤 일이 일어날 줄도 모르고 마냥 태연한 모습이었다.

무성이던 시절이면 모를까, 이제 완벽한 남성이 된 엘뤼엔을 보고서도 포기하지 않으면 정말 곤란해진다. 만약 정말 그런 사태가 발생하게 되면 계약이고 뭐고 다 끊어버릴 테다!

이 순간 나는 마음속으로 굳게 다짐했다.

"그런데 왜 여기서 이러고 있는 건데? 계획이 이미 다 정해져 있다면 바로 신전으로 찾아가면 되는 거 아니야?"

"으응, 실은 기다리고 있는 사람이 있거든."

"일행이 더 있었어?"

"아니, 우리를 신전까지 안내해주기로 한 사람이야. 그런데 길이 좀 엇갈리게 돼서……."

"흐응—."

그때 딸랑거리는 소리가 울리더니 누군가 식당 문을 열고 들어섰다. 아직도 거센 눈발을 증명하듯 온몸에 눈덩이를 잔뜩 묻히고 있는 소년이었다. 소년은 잠시간 주위를 두리번거리더니 곧 큰 소리로 외쳤다.

"저, 혹시 여기 엘이라는 손님이 계신가요?"

응? 설마 날 찾는 건가?

뜻밖에 불린 이름에 나는 번쩍 고개를 들었지만 선뜻 대답은 하지 못했다. 혹시 내가 아닌 다른 사람을 찾는 것일 수도 있단 생각이 들었기 때문이었다. 일단 엘이라는 이름이 그리 특이한 것도 아니고, 이런 생면부지의 땅에 날 알고 있는 사람이 있을 리도 없었다. 그런데 바로 그때 소년이 다시 큰 소리로 외쳤다.

"카이테인 신관님의 전언을 듣고 왔습니다. 혹시 손님 중에 엘이라는 분 계신가요?"

'카이테인!'

나는 반사적으로 자리에서 벌떡 일어났다. 그러자 나를 발견한 소년이 한걸음에 다가오며 물었다.

"손님의 성함이 엘이신가요?"

"아, 응. 내 이름이 엘이긴 한데……."

"카이테인 신관님과 아는 사이시구요?"

고개를 끄덕이자 소년은 안도한 얼굴로 해맑게 웃었다.

"우와, 다행이다. 드디어 찾았네요. 실은 이번이 세 번째 가게였거든요. 마을 안에 계실 거라는 말만 들었지 정확히 어디 계신지를 알 수가 없어서 계속 찾아다녔어요. 마침 눈이 내려서 어딘가로 대피해 계실 거라 짐작했는데 역시 제 생각이 맞았네요. 이렇게 만나게 돼서 정말 다행이에요."

"아, 음, 그런데 카이테인 신관님의 전언이라고?"

"아 참, 그렇지. 네, 이걸 전해달라고 하셨어요."

소년은 황급히 품 안을 뒤지더니 얇은 종이봉투 하나를 꺼내 내밀었다. 아마도 카이테인이 내게 주라고 맡긴 것인 듯했다. 왜 직접 오지 않고 사람을 보낸 걸까? 봉투 안에는 작은 지도 하나와 편지가 들어 있었다. 편지를 펼치자 정갈하게 적힌 글씨가 눈에 들어왔다.

엘 님께.

눈발이 거세져 성문이 폐쇄되었습니다. 아무래도 오늘 안으로 입성하기는 어려울 듯합니다. 더불어 병사들의 감시가 제게 미쳤습니다. 아마도 형벌의 신이 황제 폐하를 돕고 있다는 소문 때문인 것 같습니다. 송구하지만 기다리지 마시고 먼저 가시는 것이 좋을 듯합니다.

여기, 신전으로 향하는 간단한 약도를 첨부합니다. 오렌 산만 오르시면 되니 찾기 어렵진 않으실 겁니다. 끝까지 두 분을 보필하지 못하는 죄는 훗날 엘뤼엔 님께 청하겠습니다.

그럼 신전에서 뵙겠습니다.

―카이테인 올림.

똑바로 쓴 글자마다 그의 차분한 성정이 묻어나는 것 같았다.

하지만 그 안에 적힌 내용에는 얼굴을 굳힐 수밖에 없었다. 설마 신관인 카이테인에게 감시가 붙을 줄이야. 생각지도 못한 곳에서 뒤통수를 얻어맞은 기분이었다.

"나도 봐. 무슨 편지인데?"

"앗!"

그때 불쑥 뒤에서 큰 손이 나타나더니 내게서 편지를 낚아챘다. 라피스였다. 그는 내가 얼굴을 찌푸리거나 말거나 태연히 편지를 눈으로 훑더니 모든 정황을 파악한 얼굴로 피식 웃었다.

"안내인은 오지 못하려나 본데?"

"……나도 눈 있거든?"

"그럼 이제 우리끼리 가면 되겠군."

가볍게 중얼거린 그는 편지를 내게 돌려주고는 휘파람을 불며 자리에 앉았다. 나는 잠시 그를 노려본 다음 다시금 편지를 전해준 소년을 바라보았다. 그는 라피스의 모습을 넋을 잃은 얼굴로 바라보고 있다가 나와 시선이 마주치자 황급히 자세를 바로 했다.

"오렌 산은 여기서 많이 머니?"

"아, 아뇨, 북쪽으로 조금만 가시면 돼요. 제일 큰 산이라 바로 눈에 띄실 거예요. 하지만 신전에 가시는 거라면 좀 걸려요. 산의 최정상에 있는데, 오르기까지 꼬박 하루가 넘게 걸리거든요."

"컥! 하루?"

"네, 게다가 오렌 산은 사계절 내내 혹독한 추위로 유명해요.

옷과 식량을 단단히 준비해 가셔야 할 거예요. 지금 그런 차림으로 가셨다간 얼어 죽기 딱이실걸요. 참배 드리러 갔다가 얼어 죽은 사람 여럿 봤어요."

'으음. 누가 괴팍한 성격 아니랄까 봐 신전을 지어도 꼭 그런 곳에······.'

나는 한숨을 내쉰 다음 사례의 뜻으로 소년에게 금화를 건네주었다. 생각보다 큰 금액에 놀랐는지 눈을 휘둥그렇게 뜬 소년은 몇 번이나 허리를 굽힌 후에야 가게를 떠났다.

"카이테인 씨는 오지 못하는 거야, 엘?"

"응, 아무래도 우리끼리 가야 할 것 같아. 산이 춥다고 하니까 외투를 좀 더 구입한 후에 바로 출발하자."

내 제안에 이사나는 고민도 하지 않고 바로 고개를 끄덕였다. 그와 달리 라피스는 찌푸린 얼굴로 말했다.

"바로 출발한다니. 지금 밖에 눈 쌓이는 거 안 보여? 갈 땐 가더라도 눈이 좀 그치고 난 후에 가는 게 낫지 않겠어?"

"검문 때문에 안 돼. 눈이 그치면 다시 병사들이 활동하기 시작할 거야. 그전에 떠나야 뒤탈이 없을 것 같아. 안 그래도 지금도 불안해 죽겠구만."

"왜? 누가 신고라도 할까 봐?"

내가 고개를 끄덕이자 라피스는 황당한 표정을 지었다. 내가 너무 오버한다고 여기는 것 같았다. 도무지 믿지 못하는 기색이라 나는 어쩔 수 없이 지난 일을 털어놓을 수밖에 없었다.

"진짜야. 이곳에 오기 전에 들른 다른 마을에서 신고당한 적이 있거든. 후드를 쓰고 있는 게 수상해 보였나 봐."

"하아? 그러고 보니 그 답답한 후드는 왜 계속 쓰고 있는 거냐? 그냥 벗으면 되잖아. 황제의 얼굴을 아는 사람이 세상에 얼마나 된다고."

"얼마나 되긴. 지천에 초상화가 붙어 있단 말이야. 보면 바로 알아차릴걸?"

"아하, 그런 문제였군."

그제야 문제가 무엇인지를 깨달은 라피스가 의미심장한 표정으로 이사나를 바라보았다. 그는 죄지은 사람처럼 좌불안석의 모습으로 고개를 숙이고 있는 상태였다. 그때 별안간 라피스가 이상한 질문을 했다.

"어떤 타입이 좋아? 미소년? 미청년? 아니면 미중년? 붉은 머리? 파란 머리? 뭣하면 은발도 상관없는데."

"그, 그게 갑자기 뭔 소린데?"

"얼굴이 다르면 알아볼 수 없을 것 아냐. 그러니까 지금 마법으로 바꿔주겠다는 거다. 이런 친절을 베푸는 경우는 흔치 않지만 동료가 된 기념이라고 해두지. 의견이 있다면 반영해줄 테니까 마음 바꾸기 전에 빨리 대답해."

"헤에……."

그러고 보니 드래곤들은 폴리모프라는 걸로 모습을 변화시키는 거였지. 바로 그 마법을 이사나에게도 걸어주겠다는 소리였다.

설마 그런 방법이 있을 줄이야. 꿈에서도 상상하지 못한 일이라 나는 속으로 매우 감탄했다. 드래곤이란 정말 편리한 존재구나. 부탁하지도 않았는데 나서서 기특한 행동을 하는 걸 보니 녀석의 모습이 조금은 예뻐 보였다.

"잠깐, 근데 왜 예를 드는 것마다 미소년, 미청년뿐인데? 눈에 안 띄려면 평범한 얼굴이 낫지 않아?"

"기각. 위대하신 이 몸은 다른 건 다 참아도 아름답지 않은 건 못 봐준다."

"……."

그래서 네 얼굴이 그렇게 지나치게 잘생겼던 거냐? 차마 대답을 듣기가 두려운 질문을 삼키며 나는 이사나를 돌아보았다. 지나치게 예쁘장한 얼굴은 오히려 평범한 것보다 못하다는 것이 현재의 내 지론이지만(그로 인해 가장 큰 피해를 입은 예가 바로 여기 있지 않은가) 괜히 버텼다가 라피스가 마음을 바꾸기라도 하면 곤란하니 최대한 그의 의견에 맞춰야 했다. 그렇다면 하다못해 색깔만이라도 무난한 것으로 고르고 싶었다.

"그럼 호남형은 어때? 갈색 머리에 갈색 눈동자. 지금보다 약간 남자다운 얼굴도 괜찮지 않아?"

"갈색은 내가 가장 싫어하는 색이야. 똥파리 골드 놈들이 생각나거든. 지네들 딴에는 황금색이라고 우기고 있지만 그게 어디 금색인가? 똥색이지."

"……그럼 검은 머리는?"

"칙칙해 보여서 싫어."

"일일이 네 취향에만 맞출 수는 없어."

"마법을 실행하는 건 나야."

"이쪽 의견을 반영해주겠다고 했잖아."

"그건 나도 동의했을 때의 경우지."

결국 한참의 실랑이 끝에 나는 깨끗이 포기를 선언했다. 당사자인 이사나에게 전권을 위임한 것이다. 말이 좋아 위임이지, 그건 사실 라피스에게 결정하도록 한 것이나 다름없었다. 인간인 이사나가 그의 요구를 거스를 수는 없을 테니까. 실제로 대화 몇 마디 끝에 완성된 외형은 전부 라피스의 일방적인 주장에 맞춰져 있었다.

"은발에 금안? 너무 화려하지 않아?"

"괜찮다니까 그러네. 자, 그럼 실행해볼까? 폴리모프!"

남의 기분이야 어쨌건 자기가 원하는 대로 되자 라피스는 마냥 신이 난 듯했다. 그가 주문을 외우자 짧은 마나의 파동과 함께 이사나에게서 잠시간 은은한 빛이 나타났다. 다행히 후드에 가려져 있어 그다지 눈에 띌 정도는 아니었다.

"다 됐어. 이제 후드 벗어도 돼."

"예? 버, 벌써 끝입니까?"

"그럼 얼마나 오래 걸릴 줄 안 거야? 아무튼 확실히 변했으니까 날 믿고 벗어 봐."

라피스의 말에 이사나는 잠시간 머뭇거리고는 천천히 후드를 뒤로 젖혔다. 그 순간 드러난 모습에 나는 헉 하고 숨을 터트릴 뻔했다. 금발에 푸른 눈동자를 지닌 준수한 소년의 모습은 완전히 사라지고, 그 대신 어깨까지 드리운 화사한 은발에 투명하리만치 새하얀 피부, 매혹적인 금색의 눈동자를 지닌 요정이 그 자리에 있었기 때문이다.

"엘? 나 어때?"

"……."

굳어버린 내게 이사나가 조심스럽게 고개를 갸웃거리며 물었다. 그가 눈동자를 깜빡일 때마다 은백색의 긴 속눈썹에서 새하얀 빛 가루가 떨어지는 듯했다.

'이건 아예 인간이 아니잖아!'

"좋아, 봐줄 만하네."

내가 바뀐 모습에 경악하는 동안 라피스는 흡족한 얼굴로 고개를 끄덕이고 있었다. 나는 그를 돌아보며 낮게 이를 갈았다.

"……봐줄 만해? 이건 너무 눈에 띄잖아. 내 부탁은 귓등으로 흘려들었어?"

"뭘 모르는군. 어차피 나와 네 모습만으로도 충분히 눈에 띄어. 균형을 맞추려면 이 정도는 되어줘야지."

"그래서 아주 작심하고 시선을 끌어보자 이거냐? 이래서야 그냥 후드를 눌러쓰고 있는 게 더 낫겠다!"

아니다 다를까. 이사나가 후드를 벗는 순간부터 주위가 온통 술렁거리고 있었다. 이미 라피스 때문에 끌어질 대로 끌어진 이목이, 그의 요정 같은 외모를 보고 폭발하다시피 달아오른 것이다.
"세상에, 저기 저 사람들 좀 봐. 정말 너무 아름답다!"
"둘 다 남자인 거 맞지? 엘프일까? 인간은 아닌 것 같은데."
"아아, 가까이 가서 말 걸어보고 싶다······."
여자들이 부산스럽게 떠드는 목소리가 귓가에 쟁쟁히 울렸다. 남자들도 예외는 아니었다. 그들은 모두 넋을 잃은 얼굴로 이사나를 바라보기에 여념이 없었다. 내가 거보란 뜻으로 라피스를 노려보자 그는 가볍게 어깨를 으쓱해 보였다.
"원래 잘난 사람은 군중의 주목을 받게 되어 있어."
"그래서 지금 잘했다는 거야?"
"못 한 건 또 뭔데? 아무튼 원래 모습이랑은 전혀 다르니 됐잖아. 지금 주위에서 이사나를 의심하는 눈길로 바라보는 사람이 있어?"
"윽, 그건 아니지만······."
"그것 봐. 그럼 아무 문제 없네."
"······."
음, 그러고 보니 그런가? 왠지 찝찝했지만 듣고 보니 모두 틀린 말은 아니긴 했다. 오히려 화려한 외모 때문에 본래의 모습을 연상하기가 쉽지 않다는 점에서 더 나은 것 같다는 생각도 들었다.
그동안 이사나는 변한 자신의 모습이 신기한지 이리저리 둘러보고 있었다. 호기심 어린 얼굴로 머리카락 끝을 만지작거리는 그를 보니 나 혼자 지레 흥분한 것 같아 괜히 머쓱해졌다.

"이사나 넌 어때? 바뀐 모습 마음에 들어?"

"으응, 난 아무래도 괜찮아. 후드를 벗고 다닐 수 있게 된 것만으로도 좋아."

"뭐, 그렇다면 다행이긴 하지만……."

하긴 나야 가끔씩 편하게 다닐 때도 있었지만 이사나의 경우엔 늘 얼굴을 가리느라 바빴으니 정신적인 스트레스가 상당히 컸을 것이다. 그의 입장에선 자유로울 수만 있다면 무엇이든 감지덕지한 기분일 터였다.

"근데 이런 은발이 실제로 존재하는 색일까? 이렇게 반짝거리는 은색은 처음 봐."

"글쎄, 있으니까 만들어준 게 아닐까?"

사실 나로서도 처음 보는 색깔이긴 했다. 미네르바의 은발도 굉장히 희귀한 색이었지만 지금 이사나의 머리칼 역시 그 나름대로 흔치 않은 특별한 느낌이 들었다. 그러자 라피스가 거들먹거리며 대답했다.

"실버 일족들이 인간으로 폴리모프하게 되면 바로 그런 색의 머리카락을 가지게 되지. 너무 눈에 띈다고 다른 색으로 일부러 바꾸고 다니지만."

"거봐! 역시 눈에 띄잖아!"

같은 종족인 드래곤조차 일부러 바꾸는 색을 선택하다니! 이 망할 드래곤은 대체 무슨 생각을 하는 거야? 그러나 돌아오는 대답은 너무도 당당했다.

"괜찮아. 아무리 그래도 네 머리색만큼은 아니니까."

"……."

내가 무슨 말로 저 녀석을 당하겠는가?

더 열 받는 건 그 말이 반박의 여지가 없는 사실이라는 것이다. 내가 생각해도 우리 셋 중에선 내 머리색이 제일 튀었으니까.

결국 나는 얌전히 침묵하는 쪽을 택했다. 대체 왜 엮이는 일들마다 이렇게 피곤한 걸까? 트로웰의 말마따나 정말 순탄치 않은 유희였다.

4.

쉼 없이 쏟아지는 눈은 시간이 흘러도 좀처럼 그칠 기미를 보이지 않았다. 그러는 동안 날은 거의 저물어 어느새 어두컴컴한 저녁이 되어가고 있었다. 결국 우리는 신전의 방문을 이튿날로 미루기로 하고 하룻밤을 묵어갈 여관을 구했다.

마침 큰 도시라 그런지 숙박 시설을 찾는 건 어려운 일이 아니었다. 골목마다 크고 작은 여관들이 즐비하게 늘어서 있었던 것이다. 반드시 고급 여관이어야 한다는 라피스의 주장에 따라, 나는 개중에서 가장 외관이 깔끔해 보이는 곳으로 향했다.

"어서 오세요."

문을 열고 들어서자 여관의 종업원으로 보이는 소녀가 서둘러 달려나왔다. 식사 때인지라 분주한 홀 안은 맛있는 음식 냄새가 진동했다.

"세 분이시군요. 식사와 잠자리, 어느 쪽이신가요?"

"하룻밤 묵어가려고 하는데 방 있나요?"

"네, 그럼요. 개인실과 단체실 중에서 고르실 수 있구요. 단체실 중에선……."

그런데 그 순간 능숙하게 설명을 잇던 소녀가 갑자기 말을 멈추고 눈을 부릅떴다. 라피스를 발견한 것이다. 시선이 마주치자 멍하니 입을 벌린 소녀의 얼굴이 삽시간에 잘 익은 토마토처럼 붉어지기 시작했다.

비단 소녀만이 아니었다. 여관 홀에 있던 모든 사람들의 시선이 전부 단숨에 그에게 쏠리는 것이 느껴졌다. 전의 가게에서도 이미 있었던 일이라 새삼스러울 것도 없지만 정말이지 대단한 존재감이었다.

'그래 봤자 본체는 도마뱀의 확장판밖에 더 되겠냐마는…….'

나는 가볍게 한숨을 내쉬고 물었다.

"단체실이 어떻다구요?"

"아, 아, 네! 단체실 중에선 일반실과 특실이 있어요. 어느 쪽으로 하실 건지 결정을 하시면 돼요."

그제야 정신을 차린 소녀가 새빨개진 얼굴로 설명을 이었다.

보편적으로 특실은 일반실보다 몇 배나 더 비싼 편이다. 한국의 개념으로 보면 거의 스위트룸급이라고 해야 할까? 특실을 소유한 여관도 그리 많지 않을뿐더러 이 세계에서는 거의 귀족들이나 머무는 그들만의 전유물 같은 거였다. 나와 이사나만 왔다면 선택항목에도 넣지 않았을 텐데, 아마 라피스의 외모 때문에 귀족이라고 오해한 것이 분명했다.

"단체실로 하면 되겠지? 일반실로 하나……."

"특실로 해."

끼어든 사람은 물론 라피스였다.

그는 나른한 듯 무료한 표정으로 멀뚱히 나를 내려다보고 있었다. 돈이 넘쳐나는 피닉스 상단의 상주도 감히 특실에서 묵지는 못했다. 그걸 아무렇지 않게 당당히 요구하다니, 자기 돈 아니라고 막 쓰시겠다 이거지? 나는 살짝 그를 흘겨보았다.

"하룻밤 묵는 건데 특실까지 할 필요는 없잖아."

"무조건 특실."

"나 참, 알았어. 라이, 그럼 특실로 할게."

"응."

대답과 함께 이사나가 후드를 벗었다. 그 순간 경직되어 있던 소녀의 입에서 다시금 낮은 신음소리가 흘러나왔다. 라피스만큼은 아니더라도 그 못지않게 화려한 미모에 질려버린 표정이었다.

"특실로 할게요. 가격이 얼마예요?"

"네? 아, 그, 저기…… 그러니까……."

충격을 수습하지 못한 듯 소녀는 질문에 제대로 대답을 잇지 못했다. 그러자 근처에서 보다 못한 중년의 남자가 다가와 호통을 쳤다. 아마 이 여관의 주인인 듯했다.

"베티! 뭘 하는 게냐! 손님들을 기다리시게 하다니!"

남자는 엄한 얼굴로 소녀를 바라본 다음 이내 우리를 향해 살가운 미소를 지으며 말했다.

"어서 오십시오, 손님들. 무엇을 도와드릴까요?"

"특실로 하룻밤 묵어가고 싶은데요."

"아이고, 정말 잘 선택하셨습니다. 저희 여관의 특실은 수도에 계시는 귀족분들도 종종 찾아주실 정도로 경관이 아름답기로 유명하지요. 분명 후회하지 않으실 겁니다. 그보다 눈을 많이 맞으셨군요. 베티, 뭐 하는 거냐. 어서 닦으실 것을 드리지 않고."

"네, 넷!"

그의 말대로 잠깐 사이 맞은 눈이 꽤 쌓였는지 어느새 흥건히 녹아 뚝뚝 바닥을 적시고 있었다. 베티라 불린 소녀는 서둘러 마른 천을 가져와 우리들에게 건넸다. 뜻밖인 건 라피스의 반응이었다.

"아아, 고마워요. 친절한 아가씨군요."

어울리지도 않게 상냥하게 웃으며 감사 인사를 건네는 것이 아닌가!

심지어 존댓말이라니. 초면에 말꼬리 잘라먹는 게 특기가 아니었던 건가? 황당해져서 돌아보자 그는 아무렇지 않은 얼굴로 내 시선을 받았다. 철면피인 줄은 알았지만 이제 보니 사기꾼 기질까지 있었던 모양이다.

덕분에 소녀의 얼굴은 이제 토마토를 넘어 불타는 화로가 되어 있었다. 저러다 재가 되어버리는 것은 아닐까. 나는 속으로 쓸데없는 걱정을 했다.

"뭐 해? 어서 닦지 않고."

"아, 예."

나와 마찬가지로 굳어져 있던 이사나가 그의 말에 어설프게 답했다. 라피스는 옷을 닦다 말고 날 보며 얼굴을 찌푸렸다.

"넌 왜 후드를 안 벗고 있어? 젖어서 물이 떨어지는 걸 계속 쓰고 있고 싶어?"

"난 아무렇지 않은데."

인간의 모습이라곤 해도 본질이 물이다 보니 난 젖는 느낌 같은 걸 느끼지 못했다. 그렇다 보니 딱히 별생각이 없었지만 라피스의 의견은 달랐다.

"내가 안 괜찮아. 꼭 비 맞은 쥐처럼 궁상맞아 보인다고."

"뭐? 궁상? 비를 맞는 게 왜 궁상이야? 너 지금 비를 무시하냐?"

"비를 무시하는 게 아니고 젖은 꼴을 좋다고 서 있는 널 무시하는 거다. 일반적으론 실내에선 젖은 옷은 벗는 게 예의거든? 상식이 없어도 때와 장소는 가려달라고."

'상식이 없는 건 너잖아!'

나는 그렇게 소리치고 싶은 걸 참았다. 생각해보니 지금은 내

쪽이 불리한 상황이었기 때문이다.

"젠장, 벗으면 될 거 아냐! 벗으면!"

그러자 우리들의 대화가 재미있었는지 종업원 소녀가 옆에서 키득거리고 웃었다. 다 큰 남자 둘이서 만담을 하는 것도 아니고, 이게 대체 무슨 유치한 짓인가 싶다. 다른 사람들 눈에 우리의 모습이 어떻게 보였을까 생각하니 얼굴이 다 화끈거렸다.

나는 곧장 후드를 벗은 다음 보란 듯이 물기를 탈탈 털어냈다. 그러자 갑자기 묘하게 조용해진 공기가 느껴졌다. 고개를 들자 사람들이 모두 굳은 얼굴로 나를 바라보고 있었다. 이번엔 여관 주인까지 마찬가지였다.

'뭐, 뭐지? 물을 너무 과격하게 털었나?'

이해할 수 없는 현상에 나는 얼굴을 살짝 찌푸렸다. 그제야 정신을 차린 듯 여관 주인이 황급히 웃음을 지었다. 다만 억지웃음이라는 것을 증명하듯 입가에 경련이 일어나는 것만은 막지 못했다.

"저어, 다시 한 번 확인하겠습니다, 손님. 단체실로 특실 하나가 맞으십니까?"

"네, 맞아요."

"으음, 단체실은 방이 나눠져 있지 않습니다만."

"그렇겠죠, 단체실이니까요."

"아하하, 알고 계시다니 다행입니다."

어설프게 웃는 얼굴에 식은땀이 맺혔다. 대체 무슨 의도로 한 말인지 알 수가 없어 나는 더 얼굴을 찌푸릴 수밖에 없었다. 더 이해할 수 없는 건 종업원 소녀의 태도였다. 나와 눈이 마주치자 급격히 얼굴이 싸늘해지더니, 새침하게 고개를 돌려버리는 것이 아닌가!

'뭐, 뭐야? 내가 뭘 실수했지?'

조금 전까지만 해도 훈훈한 시선을 보내왔던 소녀였기에 갑자기 달라진 태도가 더 적응이 되지 않았다. 그사이 여관 주인이 다른 종업원을 불러(이번엔 남자였다) 우리의 안내를 맡겼다. 사람 좋은 미소를 지은 종업원은 다행히 내게도 호의적인 태도를 보이고 있었다. 그는 내 옷자락을 잡으며 정중하게 말을 걸었다.

"손님, 제가 옷을 받아드리겠습니다."

"아……."

괜찮다고 답하려는데 이상한 일이 벌어졌다. 문득 내 뒤쪽에 시선을 보내는가 싶던 종업원의 얼굴이 갑자기 파랗게 질린 것이다. 당황해서 고개를 돌리자 무시무시하게 노려보고 있는 라피스의 모습이 보였다.

"남의 거 함부로 건드리지 마."

"죄, 죄송합니다."

단 한마디에 기가 죽은 종업원은 재빨리 뒤로 물러났다. 그리고 나는 녀석의 말에 기가 막혀 바라볼 수밖에 없었다. 뭐라고? 뭘 함부로 건드리지 마?

"지금 뭐 하는 거야?"

"난 내 것이 허락 없이 손 타는 거 제일 싫어해."

"너 또 사람을 물건 취급……."

하지만 내 말은 더 이상 이어지지 못했다. 눈치 없이 불쑥 끼어든 여관 주인 때문이었다. 더구나 그 내용이 날 경악하게 만들기에 충분했다.

"하하하, 정말 선남선녀이시군요. 이렇게 잘 어울리는 한 쌍을 보니 제 기분이 다 좋습니다."

"……네?"

"함께 계신 다른 일행분은 아직 어려 보이시는데, 동생이신가요?"

"아, 뭐……."

질문의 의도를 알 수가 없어서 나는 얼결에 고개를 끄덕였다. 그러자 왠지 조마조마한 시선으로 보고 있던 여관 주인이 안심했다는 듯이 얼굴을 환하게 밝혔다.

"아, 역시! 당연히 그러신 줄 알았습니다. 하긴, 요즘 세상이 아무리 달라졌다고는 해도 다 큰 성인 남녀들이 한방에 머무는 건 좀 그렇죠. 부군과 함께 가족 여행 중이신가 보군요. 클모어에 오신 걸 환영합니다."

"……."

이제야 뭐가 문제인지 알았다. 소녀의 시선이 급격히 싸늘해진 이유도.

그러니까…… 날 여자로 생각한 건가? 심지어 양손에 잘난 남자들을 거느린 채, 그들과 한방을 쓰는 문란한 여자라고?

'맙소사! 누가 사실이 아니라고 말해줘!'

그러나 자신이 핵폭탄을 터트린 걸 알 리가 없는 여관 주인은 금세 다른 일이 생각났는지 유유히 사라졌다. 나는 억울함을 하소연할 겨를도 없이 종업원의 안내를 따라 멀거니 걸음을 옮겨야 했다.

그렇게 해서 들어온 특실은 예상했던 것보다 더 괜찮았다. 방의 크기도 클뿐더러 고급스럽게 꾸며진 내관이 마치 귀족의 저택에 들어온 것 같은 느낌이었다.

내내 노숙 생활만 하다가 지나치게 화려한 방에 들어온 탓인지 이사나는 어린애처럼 들뜬 기색을 감추지 못했다. 다른 때였다면 나 역시 기탄없는 감탄을 퍼부었을 것이다. 조금 전 그 일만 없었다면 말이다.

"뭐, 나쁘진 않네."

방에 들어오자마자 라피스는 마치 제 집에 온 것처럼 편하게 소파에 기대어 앉았다. 그러곤 여전히 멍하게 서 있는 나를 발견하곤 의아한 표정을 지었다.

"왜 그러고 서 있어?"

"에에잇! 지금 그걸 말이라고 물어? 이게 다 너 때문이잖아! 어떻게 책임질 거야? 왜 그딴 말을 해선!"

"뭐? 아아, 여자로 오해받은 것 때문에 그러는 거냐? 뭐 어때, 그럴 수도 있지."

"그럴 수도 있지이?"

"어차피 넌 헷갈리게 생겼잖아. 이참에 그냥 자신이 여자라고 생각하면 간단하겠네."

"하나도 안 간단하거든? 누구 맘대로 내 성별을 바꾸는 거야?"

"성별을 바꾸긴. 애초에 넌 무성이잖아. 사실 지금 모습도 남성체라고 하기엔 무리가 있지 않아? 난 네가 왜 그렇게 남성체에 집착을 하는지 오히려 이해가 안 되는데."

"그거야……."

"그거야 뭐?"

나는 바로 대답하려다 조금 망설였다. 이런 개인적인 사정을 다 털어놔도 되는지 걱정이 됐기 때문이다. 말을 하다 멈춰서인지 라피스는 더 궁금해하는 표정이었다. 나는 한숨을 내쉬고 작은 소리로 말했다.

"……내가 전생에 남자여서 그래."

"하?"

라피스는 무슨 말도 안 되는 농담을 하느냐는 시선으로 나를 바라봤다. 이사나 역시 대놓고 내색하진 않았지만 꽤 당황한 표정이었다. 이왕 이렇게 된 거 속 시원하게 털어놓는 게 좋을 것 같아 나는 담담히 내 과거를 밝혔다.

"난 여기서 태어나기 전에 17년간 남자로 산 기억이 있어. 그때 굳어진 습관이 있기 때문에 여자로 오해받는 게 익숙하지 않아.

그러니까 너희들도 좀 배려해줬으면 좋겠어."

"그게 무슨……."

그제야 진담이라는 것을 깨달았는지 라피스의 표정이 변했다. 그는 진지한 눈빛으로 나를 응시하며 말했다.

"너 지금 네가 무슨 말을 하고 있는 건지 아는 거냐? 영혼의 탄생과 윤회는 신의 관할이지만 나도 어느 정도는 들어서 알아. 정령왕은 윤회의 기억이 없는 가장 처음 창조된 순결한 영혼으로만 탄생하는 거다. 그런데 어떻게 네가 전생의 기억을 가지고 있다는 거야?"

"나도 자세한 사정은 몰라. 그냥 태어나는 과정에 실수가 생겨서 잠시 엉뚱한 차원으로 떨어졌다 돌아온 거라고밖에는……."

"다른 곳에 떨어졌다가 돌아와? 뭐야, 그럼 가뭄이 있었던 것도 그 때문이었어?"

"……."

난 대답 대신 조용히 이사나의 눈치를 살폈다. 그로 인해 가장 큰 피해를 입은 당사자이니만큼 어떤 반응이 돌아올지 걱정이 되었기 때문이다. 그는 조금 놀란 듯했지만 다행히 생각보다는 담담한 표정이었다. 오히려 라피스가 더 당황한 듯 연신 헛바람을 들이켰다.

"거참. 믿을 수가 없네. 난 그냥 정령왕들이 작심하고 재앙을 일으킨 건 줄 알았는데……."

"그럴 리가 없잖아. 내가 태어나지 않는 바람에 정령계도 완전

비상이었다고. 다들 굉장히 힘들었다고 들었어."

"쳇, 어쩐지 로드 영감이 트로웰과 자주 의논을 나눈다 했지. 성룡들이 종종 자청해서 인공우를 뿌리러 다니던 것도 바로 그런 이유 때문이었군. 뭐야, 그럼 혹시 나만 빼고 전부 알고 있었던 건가?"

"넌 전혀 몰랐어? 트로웰은 네 대부이기도 하잖아."

"별로 관심이 없었거든."

그게 자랑이냐?

나는 황당해져서 라피스를 바라보았다. 당장 수많은 사람들이 죽어가고 있는데도 원인조차 알아볼 생각이 없었다니, 무심한 것도 저 정도면 병이 아닐까 싶었다.

"아무튼 신들이 그런 실수를 할 때가 있다니 정말 살다 보니 별일이 다 있군. 특히 정령왕의 탄생 같은 특별한 일은 과실을 범하기도 힘들 텐데 말이야. 뭐, 그건 그렇다 치고, 이전 생의 종족은 인간이었나 보지?"

"아, 응. 어떻게 알았어?"

"묘하게 행동이 인간 같았거든. 인간 종족은 상당히 많을 텐데, 그 사이에서 널 찾아낸 것도 용하네. 혹시 신과 친분을 쌓은 것도 그 일과 관계된 거냐?"

"뭐, 비슷해."

"흐응……."

라피스는 납득한 표정으로 고개를 끄덕였다. 왠지 이해를 받는데도 불구하고 뭔가 찜찜한 이 느낌은 뭘까? 고백을 들은 건 둘 다 마찬가지인데 어쩐지 라피스에게선 불안한 느낌이 들었다. 그런 걸 보면 내가 어지간히 그에게 신의가 없는 모양이다. 그러나 찜찜한 심정과는 다르게 라피스는 의외로 순순히 말했다.

"좋아. 여성으로 인식되는 게 싫다는 말이지? 앞으로 좀 더 신경 쓰도록 할게."

"헤에, 정말?"

"싫으면 관두고."

"아, 아냐! 그렇게 말해줘서 고마워."

황급히 대답하자 라피스는 피식 웃었다. 사실 어느 정도는 놀림도 감수할 예정이었는데 이렇게 쉽게 내 입장을 헤아려줄 줄이야. 정말 예상 밖의 모습이었다.

"참, 그러고 보니 난 널 뭐라고 부르면 되지? 엘퀴네스라고 대놓고 부를 순 없잖아. 보아 하니까 트로웰도 그렇고 다들 널 엘이라고 부르는 것 같던데. 애칭이냐?"

"응, 맞아. 트로웰이 지어준 거야."

"흐응, 그렇군. 그럼 나도 엘이라고 할게."

"좋아."

고개를 끄덕이자 라피스는 다시 웃으며 내 머리를 툭툭 쓰다듬었다. 잠시 후 그는 가볍게 일어나 창문 앞으로 걸어갔다.

"눈이 그쳤군. 내일 바로 출발할 수 있겠어."

"그래? 다행이다."

그의 말대로 조금 전까지 펑펑 내리고 있던 눈이 어느새 그쳐 있었다. 창문을 열자 한기를 가득 머금은 바람이 빠르게 들이닥쳤다. 눈이 내린 탓에 더 온도가 내려간 것 같았다. 그때 잠시간 바깥을 바라보던 라피스가 문득 뜬금없는 질문을 던져왔다.
"근데 너 말이다. 신 말고 또 친분을 쌓은 녀석이 있어?"
"그게 무슨 소리야?"
"예를 들면 마족이라든가."
"마족은 구경해본 적도 없는데?"
"그래? 그럼 말고."
의도를 알 수 없는 질문에 나는 고개를 갸웃했지만 라피스는 더 이상 아무것도 묻지 않았다.
그날의 밤이 그렇게 저물어가고 있었다.

*   *   *

휘이잉.
세찬 바람이 일 때마다 나무숲이 크게 전율했다. 라피스는 쏟아지는 한기를 온몸으로 맞으며 천천히 고개를 들었다. 사람이 모두 잠든 깊은 시각이었다.
이미 엘과 이사나는 한창 단꿈에 빠져 있었다. 일반적이라면 함께 잠들었어야 할 그가 이 시각에 나와 있는 이유는 간단했다. 엘 일행과 마주쳤을 때부터 느낀 기묘한 감각 때문이었다. 잠시간 미간을 좁히고 있던 라피스가 입가를 살짝 비틀었다.
"시커먼 마기가 두 개…… 엘 녀석, 달고 다니는 게 뭐가 이렇게 많은 거야? 이래서야 유희라고 해도 상당히 피곤하겠는걸."

그러나 투덜거리는 말과는 다르게 그의 눈동자는 장난감을 발견한 아이처럼 빛나고 있었다. 처음엔 엘이 이들의 존재를 알면서도 묵인하고 있는 거라고 여겼다. 하지만 그 충격적인 고백을 듣고 나니 어쩌면 그가 전혀 눈치채지 못하고 있을지도 모른다는 쪽으로 생각이 굳어졌다.

마족이라는 단어를 대놓고 언급했음에도 별다른 반응을 보이지 않은 걸 보면 그의 예상대로임이 분명했다. 이 정도로 절제된 기운은 어지간히 감각을 개방하지 않고서는 알아채기 힘든 것이었으니까. 그만큼 저편의 기운 운용이 뛰어나단 소리였지만 엘 본인의 능력 자각이 더디다는 의미기도 했다. 아마도 지금까지는 함께 있던 트로웰이 교묘하게 그들의 시야를 방해해 왔을 터였다.

'인간의 전생을 가진 정령왕이라…… 어쩐지 지나치게 성격이 특이하더라니. 한동안 지켜보는 재미는 있겠어. 그나저나…… 이 정도로 짙은 기운이라면 공작급은 될 것 같은데. 마계의 공작이 둘씩이나 움직인다? 게다가 왜 공격은 하지 않고 주시만 하고 있는 거지? 탐색전이라도 벌이는 건가?'

상대방의 의도는 알 수 없었지만 한 가지는 확실했다. 지금 엘의 주위가 결코 안전하지는 않다는 것. 그것은 결국 평탄한 유희 생활은 애초에 글렀다는 말과 다름이 없었다. 라피스는 마음에 안 든다는 표정으로 나직이 투덜거렸다.

"마계 공작이 움직일 정도면 마왕도 배후라는 소린데…… 거참, 태어난 지 얼마 되지도 않은 주제에 왜 이렇게 사방에 거물급이 꼬이는 거야? 벌써 신계에 아는 신까지 만들어 놓질 않나, 트로웰의 신임을 한몸에 받고 있질 않나. 다른 의미로 만만하지 않은 녀석인지도 모르겠어."

자그마치 3천 년을 기다려 손에 넣은 존재다. 그저 단순한 소유욕이라고 해도 이쯤 되면 애틋한 마음이 생기지 않는 것이 오히려 이상한 일이었다. 그렇기에 그에게 엘은 더욱 특별하고 애착이 가는 존재였다. 더구나 도도하고 오만하던 전대에 비하면 상당히 다루기 쉬운 편이다. 이러니저러니 따지는 것은 많아도 결국 마음이 약한 성격인 것도 마음에 들었다.

모처럼 만에 흡족한 시간이었다. 그런 만큼 그는 자질구레한 방해에 휘말릴 생각이 조금도 없었다. 걸어오는 싸움엔 기꺼이 응하되, 아예 뿌리까지 뽑아버릴 작정이었다.

"어디 보자. 굳이 지금 나서서 초를 칠 필요는 없겠지? 저들이 무엇을 원하고 있는지 모르니 우선은 지켜보는 편이 좋겠군. 저들 쪽에선 아직 내 정체가 뭔지도 파악 못 하고 있는 것 같으니 말이야."

혼잣말로 중얼거린 그는 이내 느긋한 걸음으로 몸을 돌렸다. 지루한 듯 기지개를 켜는 그의 입가엔 회심의 미소가 슬며시 떠올라 있었다.

그리고 바로 같은 시각. 멀찍이서 그런 그의 모습을 지켜보는 한 쌍의 남녀가 있었다. 마도 공작 데르온과 세르피스였다. 그들은 여관으로 돌아가는 라피스의 뒷모습을 경계의 눈으로 바라보았다. 사람이 활동하지 않는 야심한 시각이다 보니 이런 때 돌아다니는 그의 모습이 상대적으로 더욱 눈에 띌 수밖에 없었다.

다행히 별다른 기색 없이 다시 돌아가는 것에 안심했지만 그들은 한동안 경계의 눈으로 살피는 것을 멈추지 않았다. 하지만 두 사람 중 누구도 이미 자신들의 정체가 발각되었을 거라곤 꿈에도 생각하지 못했다. 그만큼 라피스의 행동이 태연했기 때문이었다.

"이런 야밤에 홀로 산책이라니, 꽤 취향이 특이한 인간이 일행으로 붙었네."

황당한 표정으로 세르피스가 중얼거리는 말에 데르온의 눈빛이 차갑게 가라앉았다

"인간이 아닐 거다."

"그게 무슨 말이야, 데르온?"

"너도 조금 전에 봤으면 알 텐데? 사람들이 많은 장소인데도 누구도 알지 못하게 대단위 마법을 펼치더군. 그렇게 정교하게 마나를 다루는 솜씨는 마계에서조차 흔치 않아."

"흐음, 그런가? 뭐, 제법 수준급이긴 했지만."

"그 정도가 아니야. 인간의 능력으론 불가능한 경지다. 게다가 저치와 합류한 이후부터 황제 일행의 윤곽이 더 흐려졌어. 멀리

떨어져 있다지만 고작 이 정도 거리에서 우리가 저들의 동태를 정확히 파악하지 못하고 있다는 말이지. 아무리 생각해도 이상하지 않나?"

그제야 세르피스 역시 사태의 심각성을 깨닫고 얼굴을 굳혔다.

"그러고 보니 정말 그러네. 그럼 저 녀석의 정체가 뭔데?"

"그것조차 알 수가 없으니 문제라는 거다. 아무튼 평범한 놈은 아니야."

어쩌면 황제의 일행들 중에서 가장 위험한 상대일지도 모른다. 데르온은 목구멍까지 치밀어 오른 말을 꿀꺽 눌러 삼켰다. 입안이 바싹바싹 마르고 손이 떨려왔다. 정령왕이 황제를 돕고 있다는 것을 알았을 때도 충격을 받긴 했지만 이 정도는 아니었다.

어차피 정령왕은 그들이 전부 힘을 합쳐도 감히 상대할 수 없는 존재였다. 그렇기에 섣불리 도전하고 싶다는 생각도 들지 않았다. 물론 황제를 제거하기 위해서는 언젠가 정령왕을 상대해야 하는 순간도 찾아올 것이다. 그리고 그 결과는 반드시 죽음으로 이어지겠지만 그것이 두렵지는 않았다. 당연한 일이었으니까.

하지만 저 붉은 머리의 남자는 다르다. 정령왕의 힘이 실체를 알 수 없는 미지의 것을 헤매는 기분이라면, 그에게선 뚜렷한 호기가 느껴졌다. 머리부터 발끝까지, 그를 이루고 있는 모든 것이 강렬한 생명력을 드러내고 있었다. 잠자고 있던 호승심을 몹시 자극하는 힘이었다. 만약 적으로 만난 게 아니더라도, 데르온은 그를 발견하는 순간 죽이고 싶었을 것이다.

그러나 그는 애써 살의를 억눌렀다. 비단 은밀히 주시하라는 마왕의 명 때문만은 아니었다. 한편으로는 더 가까이 다가가고 싶은 충동이 일었지만, 몸이 나서려는 걸 본능이 저지했다. 시선이 마주칠 뻔한 것을 반사적으로 피한 뒤 데르온은 속으로 혀를 찼다. 이거야 마치 웅크린 맹수 앞에 선 사냥감이 된 심정이었다. 마도 공작인 자신이 이런 기분을 느끼다니. 그로서는 이 모든 것들이 생경하기만 했다.

마족은 타고난 전투 종족이다. 그들의 육체는 인간은 감히 견줄 수 없을 정도로 견고했으며 강력한 힘을 지니고 있었다. 그런 마족들이 우글거리는 마계에서도 그는 언제나 포식자의 위치였다. 마왕과 일부 공작들을 제외하면, 그를 위협할 수 있는 존재는 없다고 해도 과언이 아닐 정도였다. 그런데 미개인들이나 산다고 여기던 중간계에서 설마 이런 일이 일어날 줄이야. 어이없긴 했지만 오히려 그는 기분이 좋아졌다. 마족 특유의 파괴 본능이 끓어올랐기 때문이다. 자신의 발밑에서 피투성이로 나뒹구는 남자의 모습을 생각하는 것만으로 전신이 뜨겁게 달아올랐다. 그는 탐욕스러운 눈으로 황제 일행이 머무는 여관을 바라보았다.

"어쩌면 저자를 죽이는 것이 마왕이 되는 것보다 더 짜릿할지도 모르겠어."

"어머? 그런 말을 함부로 해도 괜찮아? 그럼 마왕 자리는 내가 차지해버린다?"

"마음대로."

어차피 세르피스의 힘으론 마왕의 자리를 차지하는 건 역부족이다. 대수롭지 않게 대답한 데르온은 다시금 여관으로 시선을 돌렸다. 붉은 머리칼을 지닌 남자의 모습은 이미 사라진 지 오래였지만 아직도 그의 눈앞엔 마지막으로 보았던 남자의 오만한 눈빛이 자꾸만 어른거리고 있었다.

남자의 정체는 중요하지 않았다. 아무리 강해 봤자 결국 중간계의 생물일 뿐이다. 그의 상상에서 마족인 자신이 진다는 것은 있을 수 없는 일이었다. 치열한 전투가 벌어지겠지만 결국 패배하는 것은 붉은 머리칼의 남자일 것이다. 데르온은 그렇게 확신했다.

'네 상대는 나다. 가장 고통스럽게 죽여주마.'

결전의 순간을 기다리는 것이 오늘만큼 지루했던 적이 있었던가? 다가올 그날을 생각하며 데르온은 비릿하게 웃었다.

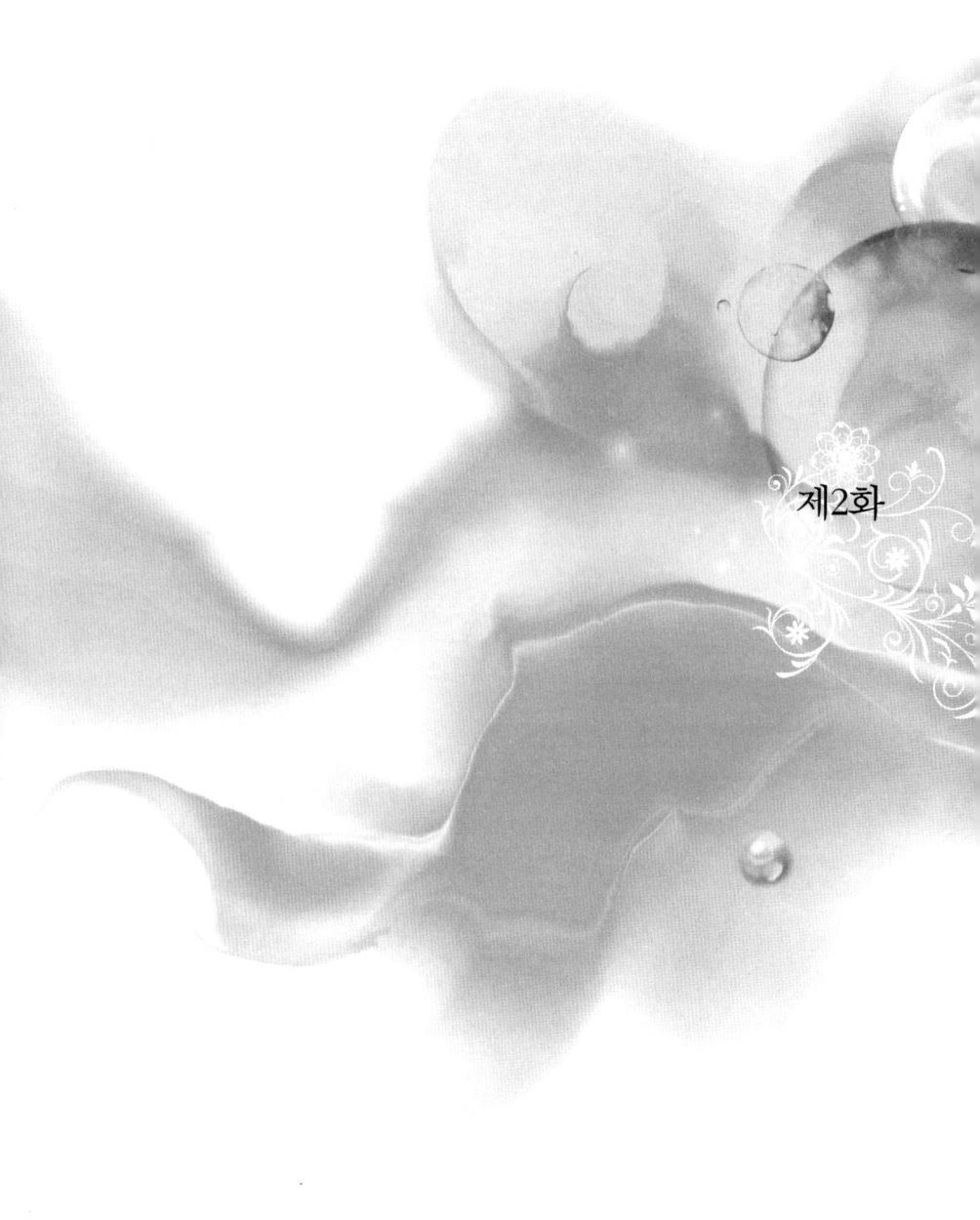

1.

 이튿날 아침 일찍 일어난 우리를 맞이한 건 온통 새하얗게 변한 세상이었다. 오염되지 않은 하얀빛이 온 마을을 뒤덮고 있는 광경은 그 자체로 하나의 절경이었다.
 하지만 감탄하기에 앞서 나는 암담함을 느꼈다. 잠깐 내리고 마는 거라 크게 신경을 쓰지 않았더니, 그사이에 쌓인 눈덩이가 무릎을 넘어 허벅지까지 차올라 있었기 때문이다. 나나 라피스는 그렇다 치더라도, 인간인 이사나가 과연 이 눈길을 헤치고 무사히 산을 오를 수 있을까 싶었다.
 "미안, 이사나. 나이아스들이 너무 신이 났었나 봐. 이럴 줄 알았으면 적당히 자중을 시켜둘걸."

나는 한숨을 내쉬며 미리 자백했다. 본래 눈이 내릴 예정인 곳이긴 했지만 이렇게까지 심하게 쌓이게 된 건 순전히 내 영향이었다. 왕의 방문을 기뻐한 나이아스들이 더 활발하게 활동한 탓이었기 때문이다. 가는 곳마다 곧잘 있었던 일이라 이번에도 그러려니 하고 그냥 내버려두었는데 바로 그게 문제가 됐다. 눈은 비와는 다르게 쌓인다는 사실을 그만 간과하고 만 것이다.

"난 괜찮아, 엘. 오히려 좋은데? 수도는 여기보다 온화해서 이렇게 눈이 쌓이는 걸 볼 기회가 많지 않거든."

마음씨 착한 이사나는 나를 위로하듯 웃으며 말했다. 덕분에 잠시간 편해졌던 기분은 이어진 불퉁한 목소리 때문에 다시 급격히 가라앉고 말았다.

"좋긴 뭐가 좋아? 안 그래도 추워서 짜증나는데 저 치덕치덕한 눈덩어리까지 같이 끌고 가야겠어? 일을 왜 이렇게 만들어? 그래 놓고 사과는 왜 저 녀석한테만 하는데? 난 안 보여?"

당연한 말이겠지만 끼어든 목소리의 주인공은 바로 라피스였다. 나는 발끈했지만 죄인의 심정이라 차마 대놓고 화를 내진 못하고 우물쭈물 변명했다.

"그, 그거야 눈이 이렇게 많이 쌓이면 가장 고생하는 건 인간인 이사나니까 그렇지. 라피스 넌 드래곤이면서."

"흥, 드래곤은 뭐든 다 괜찮은 줄 알아? 나도 눈은 딱 질색이거든?"

"물은 괜찮으면서 눈은 싫다고?"

의아해져서 묻자 그는 당연하다는 얼굴로 대답했다.
"당연히 싫지. 미끄럽고 축축하고 차가운 게 좋을 리가 있겠어? 눈이 내리면 기온도 엄청 낮아진다고. 레드 일족과 추위는 상극인 거 몰라?"
"물도 상극이잖아."
"……뭐, 솔직히 말하면 물도 썩 좋은 건 아냐."
뭐야? 근데 나랑 계약은 왜 했는데?
뜻밖의 고백에 뒤통수를 얻어맞은 심정이었다. 그렇게 계약해 달라고 귀찮게 굴 땐 언제고 이제 와서는 물이 좋은 게 아니라고? 뭐 이런 녀석이 다 있지?
이런 내 기분이 표정에 고스란히 드러난 모양이다. 라피스는 잠시 얼굴을 찌푸렸다가 내키지 않는 듯이 설명했다.
"그냥 평범한 물을 말하는 거야. 널 말하는 게 아니라."
"그 평범한 물이 바로 나거든요?"
"아니, 완전히 달라. 넌 그냥 물이 아니라 그것을 이루는 본질이지."
"본질?"
"더위를 싫어하는 사람도 태양 빛이 없으면 살 수 없는 것처럼, 모든 것을 초월한 근원이자 필수 불가결한 존재라고. 지상의 생물들 중에서 너의 상극이란 것은 존재할 수가 없어. 같은 근원인 이프리트라면 몰라도."
"헤에, 그런가."

들고 보니 꽤 그럴듯한 말이라 나는 나도 모르게 고개를 끄덕였다. 그에 자신감을 얻었는지 라피스의 얼굴이 다시 기고만장해졌다.

"난 어릴 때부터 그걸 찾고 있었어. 이 피부 밑에 흐르는 혈액까지 지배하는, 내 육체의 본질에 가까운 물을 말이야. 그게 물의 정령왕 엘퀴네스라는 걸 깨닫는 것은 별로 어려운 일이 아니었지. 그냥 단순히 아무 물이나 좋았던 게 아니라고."

"……그러니까, 내가 아닌 다른 물은 상극이라 싫다?"

"그래, 바로 그거야."

"그러면서 집에 호수는 왜 갖다 둔 건데?"

만약 이 순간 예전의 일을 떠올리지 않았다면 나는 깜빡 그의 말에 속아 넘어갔을 것이다. 하지만 다행스럽게도 정령왕의 머리는 기억력이 좋았다. 난 이전에 들었던 그의 요청을 아직도 똑똑히 기억하고 있었다. 사실 잊으려고 해도 잊을 수가 없었다. 어떻게 잊을 수 있겠는가. 용암 지대에 사는 주제에 아름다운 호수를 감상하고 싶다던 그 어처구니없는 희망을 말이다.

물을 좋아하는 게 아니라면 굳이 호수를 가져다 둘 필요도 없을 것이다. 누가 봐도 모순이라고밖에 볼 수 없는 행동인 만큼 나는 그가 적어도 당황할 거라 예상했다. 하지만 라피스는 안색 하나 바꾸지 않고 대답했다.

"그건 그냥 취미지."

"취미이?"

내가 황당해하며 반문하자 그는 뭐가 문제냔 듯이 바라봤다. 나는 혈압이 오르는 것을 참으며 억지로 웃어 보였다.

"이보세요. 방금 전까지 아무 물이나 좋은 게 아니라면서요."

"맞아, 그래도 보는 것까진 괜찮거든. 청량감이 느껴지는 게 제법 기분 좋아서 말이야."

"그게 바로 아무 물이나 좋다는 소리잖아!"

더 기가 막힌 건 그의 다음 반응이었다. 마치 어쩔 수 없이 응해준다는 듯이 고개를 끄덕이는 것이 아닌가!

"거참, 알았어, 알았어. 앞으론 너만 좋다고 해줄게. 정령왕씩이나 돼가지고 질투하기는."

"뭐어? 대체 왜 얘기가 그렇게 되는데! 내가 말하고자 하는 요점은 그게 아니라……!"

"알았다니까. 두 번 말하지 않아도 알아들어. 난 너랑 달리 눈치가 좋거든."

이게 어디가 눈치가 좋은 거야! 너 설마 눈치랑 둔치의 뜻을 반대로 알고 있는 거 아냐?

기가 막히다 못해 뒷골까지 당겼지만 나는 더 이상 따질 수가 없었다. 제 할 말만 마친 라피스가 그대로 휙 문을 열고 나갔기 때문이었다.

"야! 너 어디 가는 거야! 거기 서! 내 얘기 아직 다 안 끝났다고!"

다급히 소리쳤지만 내 목소리는 공허한 메아리가 되어 돌아왔을 뿐이었다. 이미 굳건히 닫힌 문은 다시 열릴 기미를 보이지 않았다.

저 자식, 혹시 일부러 저러는 거 아니야?

그때 황망히 서 있는 내 어깨를 다독이는 손길이 느껴졌다. 멀거니 돌아본 곳에 있는 사람은 바로 이사나였다. 시선이 마주치자 그는 난처하게 웃으며 말했다.

"저기, 음…… 엘, 네가 어떻게 생각할지 모르겠는데, 아까 그 대화는 조금 그런 느낌이긴 했어."

"……내가 질투하는 것처럼 느껴졌다고?"

굳어가는 얼굴을 보았는지 이사나는 더 미안한 표정을 지었다. 그것만으로 대답은 충분했다.

"힘내, 엘."

"……."

이 세상에 내 편은 없는 게 아닐까?

갑자기 트로웰이 보고 싶어졌다. 그것도 매우 엄청나게.

2.

엘뤼엔의 신전이 있다는 오렌 산은 이 지역 사람들에게는 만년설이라는 이름으로 더 유명했다. 처음 정보를 주었던 소년의 말대로 사시사철 겨울인 것이 원인이었다.

특이한 것은 정상만이 아니라 산의 입구에서부터 그렇다는 사실이다. 아주 까마득히 먼 옛날에는 꽃도 피고 나무도 울창한 평범한 산이었다는데, 어느 순간부터 새하얀 눈만 흩날리는 얼음산으로 변했다고 했다.

문제는 그 산이 굉장히 높다는 것이다. 이미 정보를 준 소년을 통해 어느 정도는 짐작하고 있었지만 막상 산에 가까워질수록 나는 질릴 수밖에 없었다. 하늘 위로 치솟은 거대한 봉우리가 끝도 없이 이어져 있었기 때문이다. 까마득하게 높은 산을 바라보는 것만으로 온몸에서 혼이 다 빠져나가는 기분이었다.

"……이곳에 엘뤼엔의 신전이 있다는 거지?"

이사나 역시 암담한 얼굴로 중얼거렸다. 그저 높기만 해도 힘든데 얼음 덩어리나 다름없는 바위와 눈 속을 헤치고 올라가야 하니 눈앞이 캄캄한 것이 당연했다.

"뭐야, 이 조악한 장소는. 신전이 아니라 자살 명소라도 되고 싶은 거 아냐?"

그리고 라피스는 안 그래도 불안한 심정에 불을 지폈다. 하지만 이번만큼은 나도 그 말에 차마 반박을 할 수가 없었다. 그 정도로 산은 매우 깊고 위험해 보였다. 그때 이사나가 무언가를 상기한 얼굴로 말했다. 벌어진 입술 사이에서 새하얀 입김이 안개처럼 뿌옇게 흩어졌다.

"그러고 보니 언젠가 들은 적이 있어. 엘뤼엔의 신전은 열악한 장소에만 세워진다고."

"그, 그래?"

"응, 대부분 위험한 절벽 지대에 있다고 한 것 같아. 신력이 높은 사제가 많은데도 교파가 커지지 않는 가장 큰 이유라고 들었어. 혹시 이것도 뭔가 의미가 있는 게 아닐까?"

'그냥 엘뤼엔의 성격이 나쁜 것뿐이야.'

나는 차마 그렇게 대답하지 못하고 어색하게 웃었다. 사실 그라면 찾아오는 신도가 귀찮아서라도 일부러 이런 장소를 선택하고도 남을 신이었다. 신도 수가 늘어나면 관리해야 할 것도 더 많아진다. 그의 입장에선 지금도 일이 산더미 같은데 거기서 더 일거리를 늘리고 싶지는 않을 터였다.

그 뒤 우리는 본격적으로 입산을 시작했다. 이미 예상했던 것처럼 숲 안쪽은 전부 서리와 얼음으로 뒤덮여 있었다. 경사진 바닥은 울퉁불퉁했고, 기둥까지 새하얗게 덧칠된 나무들 사이로 한 사람이 간신히 지날 만한 비탈길이 나 있었다. 아마 신전을 오가는 사람들로 인해 자연스럽게 만들어진 길인 듯했다.

라피스를 필두로 우리들은 천천히 길을 따라 걸었다. 혹시 중간에 이사나가 뒤처지는 일이 없도록 내가 가장 후미에 선 상태였다. 그렇게 얼마나 지났을까. 갑자기 문득 이상한 기분이 들기 시작했다. 마치 전혀 다른 공간에 들어온 듯 생경한 느낌이라고 해야 할까? 정확히 어디서부터인지는 잘 모르겠지만, 어느 지점을 벗어나면서부터 몸을 감싸는 공기의 흐름이 미묘하게 달라져 있었다. 뭔가 설명하기 힘든 이질적인 기운이 천천히 주위를 장악하는 느낌이었다.
'뭐지? 신전의 영향인가? 하지만 신력과는 다른 느낌인데…….'
주위를 둘러보아도 변한 것은 아무것도 없었다. 하지만 단순한 기분 탓이라고 하기엔 찝찝한 느낌이 너무 심했다.
"저기……."
나는 다른 사람들의 의견을 물어보기 위해 고개를 들었다. 그런 내 눈에 어깨를 잔뜩 웅크리고 있는 이사나의 뒷모습이 들어왔다. 조금 전보다 더 몸을 감싸고 있는 건가? 추위를 타다 보면 당연한 현상이겠지만 왠지 갈수록 더 심하게 떨고 있는 것 같았다.
"괜찮아, 이사나?"
"으응, 확실히 산 안이라 그런지 너무 추운 것 같아."
"그래? 바깥이랑 기온 차가 그리 심한 것 같진 않은데."
무심코 이사나의 손을 잡아본 순간 나는 잠시 얼굴을 굳혔다. 바짝 굳어진 손이 냉골 같았기 때문이다. 마치 사람이 아니라 얼음을 만지는 기분이었다.
"언제부터 이랬어?"
"으음, 잘 모르겠어. 어느 순간부터 갑자기 추워져서……."
이사나는 떨림을 멈추지 못하며 가쁜 호흡을 내쉬었다. 말라붙은 입술은 이미 새파랗게 질려 있었다.
사람의 체온이 너무 높아도 문제가 되지만 낮아지는 것 역시 위험한 일이다. 이미 이사나의 체온은 정상인에 비해 많이 떨어져 있었다. 그때 우리가 뒤처지는 것을 느꼈는지 라피스가 걸음을 멈추고 돌아보았다.

"뭐야, 왜 그래?"

"라피스, 아무래도 이사나를 데리고 산을 오르는 건 무리겠어. 몸이 얼음장 같아."

"뭐? 고작 이 정도 기온에?"

그는 노골적으로 황당한 표정을 지었다. 사실 내가 생각해도 좀 당황스럽기는 했다. 낮은 온도이긴 했지만 사람들이 견디지 못할 정도로 심각한 수준은 아니었기 때문이다. 하지만 체온이 떨어진 건 분명한 사실이었고, 무엇보다 이사나가 이런 일에 엄살을 피우는 성격인 것도 아니었다. 뭔가 내가 알지 못하는 부분에서 영향을 받고 있는 게 틀림없었다.

"……아, 혹시 그것 때문인가?"

"그거라니?"

"조금 전부터 이상한 기운이 느껴졌거든. 마치 공간이 바뀐 것 같은 기분이라고 해야 하나? 산 밖과는 기류가 조금 다른 것 같은 느낌이…….'

"기류?"

라피스는 의아해하며 고개를 들었다. 그리고 다음 순간 그의 표정이 빠르게 변했다. 그는 미간을 왕창 찡그린 채 나직이 혀를 찼다.

"젠장, 어떤 할 일 없는 놈이 이런 쓸데없는 짓을……."

"응? 그게 무슨 소리야?"

"이곳만 공간이 바뀐 것 같다고 했지? 그 말이 맞아. 누가 산 전체에 마법을 펼친 거다."

"마법?"

"공간 장악 마법의 일종이야. 마법이 걸려 있는 공간의 계절을 전부 겨울로 만드는 거지. 보통 이런 짓을 할 만한 건 실버 놈들 밖에 없어. 녀석들은 눈과 얼음 속에 사는 걸 좋아하거든. 하지만 드래곤의 기운이 전혀 느껴지지 않는 걸로 봐선 이미 오래전에 레어를 옮긴 모양이군. 떠나면서 마법을 해지하지 않은 거야."

"헉! 그건 생태계 파괴잖아!"

마법으로 그런 일이 가능하다는 것도 놀라웠지만 나는 산을 일부러 못 쓰게 만들었다는 사실에 더 큰 충격을 받았다. 그런 내 모습에 라피스가 가볍게 실소했다.

"누가 정령왕 아니랄까 봐 자연 환경부터 가장 먼저 챙기는 거냐?"

"당연하지! 그건 내 의무기도 하다고!"

"뭐, 걱정하지 마. 이런 종류의 마법은 실제로 날씨를 바꾸는 게 아니라 그냥 그렇게 느끼게끔 만드는 일종의 환각 계열이거든. 딱히 생태계엔 영향을 미치지 않을 거야. 아니, 어떤 의미에선 인간의 발길을 막아줄 테니 오히려 식물들에겐 최적의 환경일지도 모르지."

"환각 계열?"

"그래, 게다가 수준이 별로 높은 편도 아냐. 너나 내가 마법에 걸리지 않은 게 바로 그 증거지. 지금이 겨울이라 그렇지, 아마 여름에 왔다면 넌 이곳이 왜 만년설이라 불리는지도 이해하지 못했을 거다."

"헤에, 그렇구나. 어라? 그치만 여기가 평소보다 기온이 더 낮은 건 맞는 것 같은데?"

"그건 여기만이 아니라 다른 곳도 마찬가지일걸? 누구의 정령들이 어제 밤새도록 눈을 퍼부은 덕분에 말이지."

"……."

정곡을 찔린 기분에 나는 잠시간 입을 다물었다. 괜히 스스로 땅굴을 파고 기어 들어간 기분이랄까. 나는 민망함을 감추기 위해 재빨리 화제를 돌렸다.

"흠흠, 아무튼 지금 이사나가 지나치게 추위를 느끼는 이유가 마법 때문이라는 거지?"

"그래, 환각에 의한 암시에 걸린 거다. 인간은 정신력에 영향을 크게 받는 존재니까. 아마 추울 거란 생각을 너무 지나치게 한 게 원인이 된 거겠지. 여기서 얼어 죽었다는 놈들은 대부분 그런 경우일걸?"

"윽, 그럼 어떻게 하지?"

"어떡하긴 뭘 어떡해. 암시로 생긴 현상은 암시를 풀면 그만이야. 이것이 환상이라는 사실을 깨닫고 나면 간단하게 해결되는 문제지. 하지만 인간의 의지력으로는 스스로 암시를 벗어나는 게 쉽진 않을 테니 이 경우에 해결 방법은 하나밖에 없겠군."

"그게 뭔데?"

"이번엔 따뜻해졌다는 암시를 주는 거야. 더 강한 암시를 덧씌움으로써 기존의 암시를 없애는 거지."

"그걸 어떻게 하면 되는데?"

"……정말이지 귀찮은 동행자로구만. 기다려 봐."

라피스는 살짝 한숨을 내쉬더니 가볍게 손가락을 튕겼다. 그러자 그의 손 위에서 순식간에 새파란 불꽃이 타올랐다. 레드 드래곤은 화기를 타고난 종족이라더니 자유자재로 불을 다루는 것도 가능한 것 같았다. 다음 순간 그는 그것을 이사나의 눈앞으로 불쑥 들이밀었다.

"자, 똑바로 봐. 뜨겁지?"

이사나가 얼떨떨한 표정으로 고개를 끄덕이자, 그는 불꽃을 주먹으로 움켜쥐고는 이사나의 가슴 위에 대었다. 동시에 불꽃의 열기가 그의 몸속으로 스며들 듯 파고들었다. 마치 거대한 불덩어리에 휩싸이는 것 같은 착각이 일 정도였다. 그러자 급히 숨을 몰아쉰 이사나가 놀란 듯 두 눈을 부릅떴다. 방금 자신이 겪은 일에 혼비백산한 얼굴이었다.

"어때?"

"……굉장히 따뜻해요."

"좋아, 암시가 풀렸군."

라피스는 만족한 듯이 고개를 끄덕이며 손을 거뒀다. 그의 말이 사실인지, 조금 전까지만 해도 백지장 같았던 이사나의 얼굴에 혈색이 돌기 시작했다. 위험 수준까지 떨어졌던 체온도 다시 원래대로 돌아온 상태였다. 나는 감탄하며 라피스를 바라보았다. 갑자기 그의 모습이 엄청나게 위대하게 느껴졌다.

"방금 어떻게 한 거야?"

"뭐? 아아, 불꽃은 그냥 암시를 풀기 위한 눈속임 용도고, 실제로는 보온 마법을 건 것뿐이야."

"보온 마법?"

"말 그대로 적정 온도를 유지시켜주는 마법이지. 이제 어지간하면 추위는 느끼지 않을 거다."

"뭐야, 그런 게 있으면 진작 좀 걸어주지."

"유감이지만 난 부탁받지 않은 일은 안 하거든."

"……너 잘났다."

어이가 없어서 중얼거리자 라피스는 흐뭇하게 웃었다. 뻔뻔함이 도에 지나치다 못해 이젠 비꼬는 소리조차 칭찬으로 알아듣는 모양이었다.

"아무튼, 앞으로는 필요한 게 있으면 바로 말하라고. 이사나, 너한테 하는 말이다. 정령왕이 보모인 줄 알아? 언제까지 엘이 널 챙기게 만들 생각이야? 황제랍시고 어릴 때부터 떠받들어져 키워져서 누가 옆에서 알아서 챙겨주는 걸 당연하게 여기나 본데, 어리광은 여기까지야. 알았어?"

"죄, 죄송합니다."

라피스의 말에 이사나의 얼굴이 붉어졌다. 나는 발끈해서 그를 노려보았다.

"왜 이사나한테 시비야? 그냥 내가 좋아서 챙기는 건데. 그리고 알아서 챙겨주길 바라는 게 아니라 참을성이 많은 것뿐이거든? 이런 건 오히려 어른스럽다고 하는 거라고."

"뭐야, 지금 내 앞에서 저 녀석 편을 드는 거야?"

"편을 드는 게 아니라……."

"흥, 넌 저 녀석한테 하는 반의반이라도 날 챙겨 봐. 같은 계약자인데 너무 차별이 심한 거 아니야?"

어린애처럼 툴툴거리는 라피스를 보며 나는 황당함을 감추지 못했다. 아니, 저게 나보다 수천 배는 더 살았다는 존재가 할 소리인가?

대체 누가 누구더러 어리광이라는 건지. 역시 저 녀석은 단어의 뜻을 반대로 알고 있는 게 분명했다.

3.

우리가 산 정상에 도착한 건 이튿날 이른 아침이었다. 전날 아침에 출발했으니 말 그대로 꼬박 하루가 걸린 셈이었다.

아무리 이사나의 체력을 고려해서 수시로 휴식을 취했다고는 하나 설마 산에서 밤까지 새우게 될 줄은 몰랐기에 떠오르는 아침 해를 바라보는 기분이 마냥 밝지만은 않았다. 다행히 보온 마법이란 게 효과가 좋기는 한 모양인지 한밤중 모진 바람 속에서도 이사나는 기침 한 번 하지 않았다. 오히려 평소보다 체온이 높을 정도였다.

도착한 정상 위에는 널따란 고원이 펼쳐져 있었다. 갈대숲처럼 늘어진 수많은 식물들이 눈 속에서 새하얗게 빛나고 있는 것이 보였다. 바람이 불 때마다 그들 사이로 흩어지는 얼음 알갱이들이 수정 구슬처럼 반짝거렸다. 그리고 그 위에 새하얀 신전이 찬란한 태양 빛을 받으며 자태를 드러내고 있었다. 마치 한 폭의 그림 같은 광경이었다.

"헤에, 드디어 도착인가?"

이렇게 외진 장소, 게다가 사람이 오르기 쉽지 않은 장소에 건물이 있다는 이유만으로도 신전의 모습은 상당히 신비롭게 보였다. 게다가 일반적인 건축물들과는 다른 무언가 이질적인 느낌도 있었다. 잠시간 살펴본 끝에 나는 그 원인을 찾아냈다. 마치 통째로 깎아낸 듯 구조물들 사이에 이음새가 하나도 보이지 않았던 것이다. 벽면 자체도 페인트를 칠한 게 아니라 그 자체로 하얀색인 재질로 이뤄진 것 같았다. 비단 종교적인 감상이 아니더라도 경이로운 기분이었다.

그러나 원치 않은 강행군에 산에서 밤을 새웠다는 불쾌감으로 온통 신경이 예민해져 있던 라피스의 경우엔 의견이 달랐던 모양이다. 그는 신전을 보자마자 불퉁한 표정을 지으며 투덜거렸다.

"무슨 놈의 신전을 이딴 곳에 박아둔 거야? 취미도 더럽게 나쁜 신 같으니. 게다가 신전의 규모가 저게 뭐야? 하긴, 생긴 지도 얼마 안 된 애송이 신의 신전 따위에 기대를 한 내가 잘못이군."

"그래도 상당히 멋진걸요. 설원에 세워진 얼음성 같아요."

"뭐? 네 눈엔 저게 멋져 보여? 다른 신전을 가 봐. 마신의 가장 작은 신전도 저것보다는 클걸?"

"으음, 확실히 마신전에 비하면 소박한 느낌이 없는 건 아니지만……."

"흥, 소박한 게 아니라 초라한 거겠지."

과감한 혹평에 이사나의 얼굴이 희게 질렸다. 아무리 드래곤이라지만 신전 앞에서 신을 모욕하는 말을 아무렇지 않게 하고 있으니 당연했다.

'……저러다 벼락 맞는 거 아니야?'

나는 불안감에 휩싸여 빠르게 주위를 살폈다. 지금 이 순간에도 어딘가에서 엘뤼엔이 듣고 있을지도 모른다는 생각이 들었기 때문이다. 그때 신전 안에서 한 무리의 사람들이 나오는 것이 보였다. 모두 새하얀 법의를 입은 것을 보니 아마 이곳에 거주하는 신관들인 듯했다. 그들은 멀찍이서 우리를 발견하고 깜짝 놀란 표정을 지었다. 이런 척박한 외지에 이른 아침부터 손님이 찾아왔으니 당황할 만도 했다.

잠시 후 그들 중 가장 어려 보이는 신관이 급히 달려나왔다. 그는 가슴 부위에 손가락으로 한 바퀴 별을 그리더니(아마 성호인 것 같았다) 공손하게 말을 걸어왔다.

"여러분께 엘뤼엔 님의 가호가 임하시길 바랍니다. 저는 엘뤼엔 님의 작은 종 세이렌이라 합니다. 실례지만 이곳엔 어떤 목적으로 오셨습니까?"

"아, 안녕하세요. 엘뤼엔 님께 기도를 드리려고요."

"그러시군요. 혹시 사제의 도움이 필요하십니까?"

그게 무슨 뜻이지?

이해할 수 없는 말에 나는 무심코 라피스를 바라보았다. 그러자 그가 시큰둥하게 대답했다.

"치유의 성력이 필요하냐고 묻는 거야. 즉, 우리 중에 치료가 필요한 환자가 있는지를 확인하는 거지. 보통 신전의 방문 목적은 치료와 축언을 받기 위해서니까."

"아, 그렇구나. 아뇨, 저희는 그냥 기도만 드릴 거예요."

"그러시군요. 저를 따라오십시오. 참배실로 안내해드리겠습니다."

정중한 말과 함께 신관은 먼저 걸음을 떼었다. 우리는 앞서 걷는 그를 따라 천천히 신전 안쪽으로 이동하며 주위를 구경했다.

가까이에서 본 신전은 멀찍이서 봤을 때보다 훨씬 더 아름다웠다. 보통 아무 무늬가 없는 흰 벽은 밋밋해 보이기 마련인데, 이곳은 전혀 그렇지 않았다. 티끌 하나 없이 새하얀 느낌이 신성한 분위기를 자아낼 뿐 아니라 보고 있는 사람의 마음까지 정화시켜주는 것 같았다. 심지어 건물 전체에 은은한 광채마저 나고 있는 듯했다.

예전에도 이것과 비슷한 건물을 본 적이 있다. 신계에 있는 엘뤼엔의 궁처, 바로 그곳과 똑같은 느낌이었다. 비록 거기에 비해서는 훨씬 작고 단순한 구조이긴 했지만, 재질만은 같은 것을 사용했음이 분명했다. 그리고 그건 이 신전을 만든 존재가 인간이 아니라는 가장 확실한 증거이기도 했다.

'하긴, 이런 산 위에 인간의 힘으로 신전을 세웠을 리가 없지.'

만약 한국에서 이런 건물이 발견됐다면 전 세계 언론이 발칵 뒤집혔을 것이다. 그러나 그 엄청난 사실이 여기서는 크게 놀랄 만한 일이 아닌 듯했다. 원래 신전은 신이 직접 세운다는 것이다.

때문에 신관들은 신전의 위치를 고를 필요도, 돈을 들여 지을 필요도 없었다. 심지어 아무리 강력한 제국이라도 신전을 함부로 허물거나 주인을 마음대로 바꾸지 못했다. 자기 땅에 멋대로 신전이 세워져도 그냥 묵묵히 받아들이고 신관들에게 양보해야 하는 사례도 적지 않았다. 그 어느 곳보다 신의 개입이 강력한 세상이다 보니 가능한 일인 것 같았다.

신전 안에는 신관을 제외하고도 일반인으로 보이는 사람들이 많았다. 귀족으로 보이는 사람들부터 후줄근한 복장을 한 사람까지, 각양각색의 사람들이 무리를 지어 몰려 있었다. 그들은 새로 등장한 우리에게 잠시 호기심 어린 시선을 보냈다가 이내 흥미를 잃은 듯 다시 저들끼리 떠들었다.

"참배객이 굉장히 많네요."

솔직한 심정으로는 조금 놀라웠다. 오지에 가까운 곳이니만큼 완전히 썰렁한 신전을 예상하고 있었기 때문이다. 정령왕인 내 기준으로 봐도 이곳의 산은 오르기가 그리 만만한 편이 아니었다. 그런데 이렇게 많은 사람들이 그 험악한 지형을 뚫고 방문했다는 사실이 믿어지지 않았다. 그러자 안내를 하던 신관이 흐뭇한 표정을 지으며 말했다.

"평소엔 이렇게 많은 편은 아닙니다. 저분들은 모두 이제 곧 방문하실 귀한 손님을 보기 위해 모여든 사람들이랍니다."

"귀한 손님이요?"

"아, 소식을 아직 못 들으셨나 보군요. 실은 얼마 전에 바로 이곳에 천사가 강림했거든요. 무려 여섯 장의 날개를 지닌 대천사 나드엘이 말입니다. 나드엘께서 말씀하시길 곧 저희 신전에 귀한 손님이 방문할 거라고 하시더군요."

"아……."

그래, 그러고 보니 그런 예고를 했다고 했지.

새삼스레 상기한 사실에 나는 어색하게 웃었다. 신관은 달라진 내 분위기를 눈치채지 못한 듯 연신 흥분해서 떠들었다.

"그날 이후로 며칠간 오렌 산 전체에 엘뤼엔 님의 성력이 충만했답니다. 본래 이 산은 사시사철 혹독한 추위로 유명한데 그 시기만큼은 선선한 날씨였다고 하더군요. 덕분에 참배객들이 무사히 산을 오를 수 있었죠. 여기 계신 분들은 모두 그때 소식을 듣고 방문하신 분들입니다."

"그, 그렇군요."

"사실 그래서 조금 놀랐습니다. 다시 산이 추워졌다는 얘기를 들었기 때문에 이제 한동안 손님이 찾아오실 일은 없을 거라고 생각했거든요. 그래서 잠시 나드엘께서 예언하신 분들인가 싶기도 했었지요. 물론 그분들은 수석 사제이신 카이테인 님께서 직접 모셔오고 있는 중이긴 하지만 말입니다."

"수석 사제요?"

뜻밖에 들린 낯익은 이름에 나는 무심코 반문했다. 그러자 직분에 감탄한 것이라 여겼는지 신관이 자부심 가득한 얼굴로 고개를 끄덕였다.

"카이테인 신관님은 갓난아이일 때 신의 부름을 받아 본교에서 자라신 분입니다. 저희 교단에선 가장 신성에 가까운 존재라는 평가와 함께, 차기 대신관으로 거론되고 계시는 분이죠."

"헤에……."

"저도 언젠가 멀찍이서 뵌 적이 있는데 정말 고결한 성품을 지니신 분이셨습니다. 이번 손님들을 모셔오는 임무도 엘뤼엔 님께서 직접 명하셨다고 하더군요."

설마 카이테인이 그 정도로 거물일 줄이야. 상당한 성력을 지녔다는 건 알고 있었지만 놀라운 기분이 사라지지 않았다. 마치 코앞에 연예인을 두고 알아보지 못한 기분이랄까?

"자, 바로 여기입니다."

잠시 후 신관이 멈춘 곳은 굳게 닫힌 거대한 문 앞이었다. 우뚝 솟은 상아색의 양 문 위엔 나팔을 부는 천사의 모습이 정교하게 조각되어 있었다.

문을 열자 탁 트인 실내의 모습이 눈에 들어왔다. 휑할 정도로 넓은 공간에 있는 건 가장 상단에 놓여 있는 작은 제단 하나뿐이었다.

"마침 미사 시간이 다가오는지라 안이 비어 있습니다. 시간은 상관이 없으니 원하시는 때까지 머물다 가셔도 됩니다."

"알겠습니다. 안내해주셔서 감사드려요."

"아닙니다. 당연한 일인걸요."

신관은 정중하게 답하며 부드럽게 웃었다. 바로 그때 근처에서 웅성거리는 소리가 들렸다. 정숙한 신전의 분위기에 걸맞지 않게 매우 소란스러운 느낌이었다. 어리둥절해져서 돌아본 나는 한 무리의 신관들이 어딘가로 뛰어가고 있는 것을 발견했다. 무슨 일인지는 몰라도 그들 모두 잔뜩 흥분한 모습이었다.

"지금 다들 어디를 가시는 길이십니까? 혹시 무슨 일이 있습니까?"

궁금한 것은 우리를 안내한 신관도 마찬가지였는지 그가 몰려가는 사람들을 향해 크게 외쳤다. 그러자 신관들 중 한 사람이 다급히 돌아보며 대답했다.

"아, 세이렌 형제. 기쁜 소식이네! 방금 카이테인 수석 사제께서 도착하셨다는군!"

"예? 그, 그게 정말입니까?"

당황한 신관만큼이나 나도 놀라긴 마찬가지였다. 설마 카이테인이 이렇게 빨리 도착할 줄이야. 아무래도 그 역시 우리와 비슷한 시간대에 출발했던 모양이다.

"글쎄, 그렇대도? 지금 대신관님과 대화 중이신 것 같네. 이러고 있을 때가 아니야! 어서 손님들을 마중해야지! 자네도 그러고 있지 말고 어서 오시게!"

"아, 저기, 저어……."

신관은 안절부절못하는 얼굴로 허둥거렸다. 당장 뛰어가고 싶은 것을 손님인 우리를 생각해 간신히 자제하고 있는 표정이었다. 나는 풋 하고 터져 나오는 웃음을 참으며 고개를 끄덕였다.

"괜찮으니 가보셔도 돼요."

"예? 그, 그래도 괜찮으시겠습니까?"

"어차피 참배만 드리러 온걸요. 저희는 신경 쓰지 않으셔도 괜찮아요."

그 말에 신관은 구원이라도 받은 듯 환한 표정을 지었다. 그는 우리를 향해 직각으로 허리를 숙였다.

"배려해주셔서 정말 감사합니다! 혹시 미사에 참석하고 싶으시면 근처에 있는 아무 신관이나 수련 사제들을 붙잡고 물어보십시오. 그들이 대강당으로 안내해드릴 겁니다. 그럼 저는 이만!"

말을 마친 즉시 그는 몸을 돌려 달려나갔다. 슬쩍 주위를 둘러

보니 다른 신관들도 모두 그쪽으로 간 듯 아무도 보이지 않았다. 잠시간 빠르게 멀어지는 신관의 뒷모습을 지켜보던 라피스가 시큰둥하게 물었다.

"근데 저 녀석들이 말하는 손님이란 게 너희들 아니냐?"

"……맞아."

"나중에 알면 땅을 치겠군."

그의 단조로운 평가에 나는 어깨를 으쓱해 보였다. 기대하고 있는 신관들이나 카이테인에겐 미안한 말이지만 그와 중간에 헤어지게 된 건 하늘이 내려준 안배나 다름없었다. 하마터면 동물원 원숭이 신세가 될 뻔했지 않은가.

그래도 혹시 모를 만일의 사태를 대비해, 나는 참배실 안으로 들어오자마자 빗장을 단단히 걸어 잠갔다. 용건을 마치기 전까지 누구도 이 안에 들어오지 못하게 할 생각이었다. 여러 번 확인 작업까지 마친 다음 몸을 돌리자 그제야 실내의 모습이 제대로 눈에 들어오기 시작했다.

내부에는 대체적으로 별다른 장식이 없이 오직 제단을 쌓은 단상만이 존재하고 있었다. 그 모습을 보니 불쑥 긴장이 되기 시작했다. 마치 큰 전투를 앞둔 군인처럼 비장한 기분이었다.

'……자, 이제 어떤 식으로 기도를 한다?'

단상 위 제단 안에는 아무것도 놓여 있지 않았다. 어떻게 보면 그저 마구잡이로 돌을 쌓아 놓은 듯 평범하고 단출한 구성이었다. 하지만 그 모습에서 왠지 모를 위압감이 느껴졌다. 나는 그 앞으로 다가가 조심스럽게 호흡을 가다듬었다. 그러자 라피스가 눈치 없이 나를 재촉했다.

"뭐 하고 있어? 빨리 문장 달라고 해."

"······거참, 좀 기다려 봐. 나한테도 마음의 준비라는 게 필요하거든?"

"친한 사이라며. 뭘 마음의 준비까지 필요해?"

"이 형님께는 네가 모르는 깊은 사정이란 게 있어."

"얼씨구?"

황당한 표정을 짓는 그를 무시하며 나는 다시 심호흡했다. 머릿속에선 온갖 문장과 단어들이 얽히고설킨 채 맴돌고 있었다. 내내 이날을 기다려왔지만 막상 현실이 되고 나니 어디서부터 어떤 식으로 말을 꺼내야 할지 잘 갈피가 서지 않았다.

'음, 그러니까······ 일단 사과부터 하는 게 맞겠지?'

이 세계에서 신관 사칭은 신성모독에 해당하는 중범죄다. 아무리 친분이 있는 사이라지만 양해도 구하지 않고 일부터 벌인 건 분명 예의에 어긋나는 짓이었다(물론 양해를 구할 시간도 없긴 했지만). 하다못해 엘뤼엔이 내색을 비치기만 했어도 이렇게까지 불안하진 않을 텐데, 그의 의중을 알 수가 없으니 마냥 찜찜한 기분이었다. 이런 내 심정을 알 리가 없는 라피스는 그저 한심하다는 시선을 보냈다.

"적당히 하고 시작하지? 여기서 날이라도 새울 작정이야?"

"알았으니까 재촉 좀 하지 마."

"쯧, 문장 하나 달라는 부탁이 뭐가 그리 어렵다고. 아무튼 정령왕이 저렇게 소심해서야……."

"자꾸 그러면 진짜 날 새워버린다?"

"쳇, 알았어. 얌전히 기다리면 되잖아."

협박을 듣고 나서야 그는 툴툴거리며 얌전히 물러섰다. 그러곤 괜히 심술이 났는지 옆에서 열심히 구경 중인 이사나에게 대뜸 시비를 걸기 시작했다.

"뭘 그렇게 두리번거리고 있어? 이 안에 볼 게 뭐가 있다고."

"네? 아, 그냥 신기해서요. 아주 어릴 때 빼고는 신전에 와본 게 처음이거든요. 그때도 느꼈지만 이 안에 들어오면 정말 마음이 경건해지는 것 같아요. 라피스 님은 그렇지 않으신가요?"

"경건은 무슨. 어디 뭐 하나 제대로 갖춰진 게 있어야 말이지. 판자촌에 들어가도 이것보단 형편이 나을 거다. 예상은 했지만 정말 초라하기 그지없군."

"라, 라피스 님. 참배실 안에서는 그런 말씀하시면 안 됩니다. 신이 들으신다고요."

"흥, 들어 봤자 지가 어쩔 거야?"

이사나의 만류에도 불구하고 도마뱀은 당당했다. 드래곤 일족이 다 저런 건지, 저 녀석이 유달리 특이한 건지는 모르겠지만 신이란 존재를 전혀 두려워하지 않는 것 같았다.

저러다 진짜 벼락을 맞아 봐야 정신을 차리지. 나는 고개를 설레설레 저으며 다시금 재단 쪽으로 시선을 돌렸다. 그런데 뜻밖의 광경이 시야에 들어왔다. 조금 전까지만 해도 어두컴컴했던 제단 위에 한 줄기 선명한 빛이 비치고 있었던 것이다. 반짝이는 햇살이 마치 물웅덩이처럼 제단 안에 고여 넘실거렸다.

'갑자기 어디서 빛이⋯⋯.'

당황스러운 기분에 나는 멀거니 천장을 올려다봤다. 하지만 위쪽 어디에서도 햇빛이 들어올 만한 구멍은 보이지 않았다. 사방은 전부 두꺼운 벽에 막혀 있었고, 그 흔한 창문조차 달리지 않은 구조였다.

상식적으로 저렇게 밝은 빛이 지붕을 투과해서 들어온다는 건 말도 되지 않는 일이다. 하지만 눈앞에서 넘칠 듯이 흐르는 빛 웅덩이 또한 부정할 수 없는 현실이었다.

'그렇다는 건 설마⋯⋯.'

"어떤 싸가지 없는 녀석이 감히 내 신전이 초라하다는 예쁜 말을 지껄이는 걸까."

그 순간 들려오는 목소리에 나는 그 자리에서 얼어붙었다. 치켜뜬 눈앞에 믿을 수 없는 광경이 들어오고 있었다. 햇빛이 내비치는 제단 위, 한 남자가 느긋한 자세로 걸터앉아 있는 것이 아닌가! 시린 얼음을 담은 것처럼 옅은 푸른색의 눈동자, 발끝까지 흐르는 백금색의 머리칼이 마치 햇살 그 자체인 것처럼 선연히 빛나고 있었다.

"⋯⋯에, 엘뤼엔?"

"뭐?!"

비명과도 같은 내 외침에 이사나와 라피스가 당황하는 것이 느껴졌다. 하지만 나는 두 사람에게 시선을 돌리지도 못했다. 지금 내가 선 채로 꿈을 꾸는 건가 싶을 정도로 도무지 믿어지지 않았기 때문이다.

설마 엘뤼엔이 지상에 직접 나타날 줄이야! 반가운 것도 반가운 거지만 전혀 생각지도 못했던 일이라 그저 어안이 벙벙했다. 이곳 세계에서는 말 그대로 신의 강림인 셈이 아닌가!

그러나 이 엄청난 사태에 경악한 나와는 다르게 엘뤼엔은 여느때의 무표정한 얼굴로 내 모습을 가만히 응시하고 있을 뿐이었다. 아마 그 상태가 계속되었더라면 나는 너무 피곤한 탓에 환각을 본 것이라고 생각했을지도 모른다. 다행히 그렇게 내버려둘 생각은 없었는지 그가 불쑥 한쪽 팔을 내밀며 말했다.

"이리 와, 엘."

"어, 어?"

"오랜만에 만났는데 그렇게 어정쩡하게 서 있기만 할 거냐? 인사는 제대로 해야지."

……저건 설마 달려와서 안기라는 소리는 아니겠지.

아니나 다를까, 힐끔 눈치를 살피자 그가 어서 오라는 듯 내민 손을 까닥거렸다. 당당하게 내려다보는 모습에선 그 언젠가 멋대로 아들 선언을 했을 때만큼이나 독재자의 풍모가 고스란히 드러나 있었다.

하지만 익숙한 태도에 오히려 안정감을 찾은 건지, 그제야 당혹감이 걷히고 차츰 진정이 되기 시작했다. 그때까지 엘뤼엔은 묵묵히 팔을 내밀고 있는 채였다. 그가 원하는 방식대로 '제대로' 인사할 때까지 내내 그러고 있을 작정인 것 같았다.

나는 피식 웃은 다음 천천히 그 앞으로 다가갔다. 이곳까지 직접 찾아온 성의를 생각해서 그가 원하는 대로 해줄 생각이었다. 그런데 누군가 내 팔을 강하게 붙잡아 걸음을 멈추게 했다. 굳어 있는 얼굴의 라피스였다.

"가긴 어딜 가! 저 녀석은 대체 뭐야?"

머리색이 달라진 탓일까? 그는 엘뤼엔을 전혀 알아보지 못하고 있었다. 나는 혀를 차며 그의 팔을 뿌리쳤다.

"누구긴. 방금 엘뤼엔이라고 말했잖아."

"엘뤼엔? 저 녀석이 형벌의 신 엘뤼엔이라고?"

내가 고개를 끄덕이자 그는 더 황당한 표정을 지었다. 그럼에도 믿어지지 않는지 뚫어지게 응시하는 얼굴엔 불신의 빛이 가득했다. 그것을 본 엘뤼엔이 얼굴을 가볍게 찌푸렸다.

"예의를 수프에 말아먹은 녀석이군. 엘, 언제부터 저런 무례한 도마뱀을 데리고 다닌 거냐?"

"어? 누군지 알겠어?"

나는 그가 라피스를 알아본 거라고 생각했다. 그러나 예상과 다르게 엘뤼엔은 무슨 소리를 하냐는 듯이 나를 바라봤다.

"글쎄, 내가 알아야 하는 녀석이냐?"

"어? 아, 아니. 딱히 그런 건 아니긴 한데……."

"그럼 모른다."

"그, 그래? 그런데 드래곤인 건 어떻게 알았어?"

"신의 눈에는 언제나 본질만이 보이지. 꽤나 더럽게 생긴 붉은색 도마뱀이로군."

누가 독설가 아니랄까 봐 일말의 배려도 담기지 않은 가차 없는 평가였다. 한순간에 더럽게 생긴 도마뱀이 된 라피스는 당연히 광분했다.

"뭐야? 너 지금 뭐라고 그랬어!"

"얼굴이 더러우면 성격이라도 좋아야 하는데 그것도 아니라니, 쯧. 엘, 이런 참견은 기분 상할지 모르겠지만 가급적 어울리는 종자는 구분하도록 해라. 뭐, 저런 것 때문에 네 격이 떨어지지는 않을 테지만."

"아하하……."

왠지 정령왕 시절일 때의 그와 라피스의 모습이 어땠을지 한눈에 그려지는 것 같았다. 분명히 그때도 어마어마한 독설을 쏟아 부었겠지. 그런데 심지어 알아보지도 못하다니. 이 순간만큼은 라피스가 조금 불쌍하게 느껴졌다.

"너 지금 말 다했냐? 애송이 신 따위가!"

"애송이? 나한테 하는 말이냐?"

"그럼 여기에 너 말고 애송이 신이 누가 있는데? 태어난 지 이제 삼십 년은 되셨나? 드래곤으로 치면 알 속에서 한창 헤엄이나 치고 있을 시기지. 그런 걸 두고 애송이라고 하지 않으면 뭐라고 하겠어?"

"흐응, 재밌군."

"뭐라고?"

"거기서 한마디만 더해 봐. 한번 맞아 봐야 정신을 차릴 것 같으니."

노골적인 도발에도 엘뤼엔은 무심히 반응했다. 하지만 나는 속으로 철렁할 수밖에 없었다. 이미 지난날의 경험을 통해 그가 두 번의 경고는 하지 않는다는 걸 알고 있었기 때문이다. 당연히 그 사실을 알 리가 없는 라피스는 용감했다.

"흥! 누가 해보라면 못 할 줄 알아? 이 애송이……!"

'저 바보!'

기겁하며 돌아봤을 때는 이미 늦었다. 콰앙! 하는 거대한 소음이 터지는 것과 동시에 어느새 라피스의 몸이 구석에 처박혀 있던 것이다. 워낙 순식간의 일이라 나는 그가 날아가는 것조차 보지 못했다.

라피스는 비틀거리며 몸을 일으켰다. 구부려진 그의 몸 위로 갈라진 벽의 잔해가 후두둑 떨어져 내리고 있었다. 그것만으로 방금 전에 받은 충격이 얼마나 엄청난 것이었는지 선명히 알 수 있었다.

"큽! 쿨럭, 쿨럭!"

멀쩡해 보인 것도 잠시간, 그는 이내 엎드린 채 울컥 피를 쏟아 냈다. 바닥을 붉게 물들이는 핏물의 양이 생각보다 많았다. 그 자리에서 기절하지 않은 게 용할 정도였다.
 그 모습을 보고 단번에 질린 나와는 다르게 엘뤼엔은 무슨 일이 있었냐는 듯 여유롭게 머리카락을 쓸어올렸다. 제단에 걸터앉은 몸은 여전히 그 자리에서 미동도 하지 않는 상태였다. 다만 조금 전보다 기분이 더 나빠 보였다.
 "이놈이나 저놈이나 내 말을 귓구멍으로 처 듣는 놈들이 없군. 접대가리를 상실한 놈들이 이렇게 많다는 건 안타까운 일이지. 굳이 내가 수고를 하게 만들거든."
 "큭! 너……."
 "멍청한 녀석은 몸이 고생을 한다고 하지. 엘, 저 녀석과는 인연을 끊는 게 좋겠다. 내버려뒀다간 널 상당히 피곤하게 만들 녀석이야."
 "아하하……."
 설마 이것도 경고인 건 아니겠지?
 나는 어색하게 웃으며 시선을 회피했다. 다른 때라면 그의 말에 적극 동감했을 테지만 처절하게 밟힌 라피스를 보니 왠지 그러마고 선뜻 대답할 수가 없었다. 그랬다간 두고두고 후환이 있을 것 같았기 때문이다.
 '그나저나 아까부터 뭔가 허전한 기분이…….'
 내가 여기서 잊고 있는 게 있었던가? 잠시간 고개를 갸웃하던 나는 곧 그 원인을 깨달았다. 당연히 느껴져야 할 이사나의 기척이 이상하리만치 잠잠했던 것이다.

다행히 그의 모습은 근처에서 쉽게 발견할 수 있었다. 하지만 나는 안심하는 대신 얼굴을 굳혀야 했다. 그의 상태가 조금 이상했기 때문이다. 그는 온몸을 둥그렇게 만 자세로 구석에 바짝 붙어 있는 상태였다. 마치 겁에 질려 떨고 있는 작은 동물 같았다.

"이사나?"

라피스가 피를 토하는 걸 보고 충격을 받은 걸까? 당황해서 말을 걸자 그가 허옇게 질린 안색으로 힘겹게 고개를 들었다. 새파래진 입술이 냉동고에 들어가 있기라도 한 것처럼 푸들푸들 떨리고 있었다. 나는 깜짝 놀라 그의 앞으로 다가갔다.

"왜 그래, 이사나! 어디 아파?"

"에, 엘…… 나…… 숨을 못 쉬겠…….'"

"뭐? 숨을 못 쉬겠다고?"

내가 부축하자 이사나는 천천히 기대어 오며 고통스러운 표정을 지었다. 그러는 중에도 그의 온몸은 심하게 경련을 일으키고 있었다. 그러자 뒤쪽에서 엘뤼엔이 쯧, 하고 가볍게 혀를 차는 소리가 들려왔다.

"인간의 육체가 내 기운을 견디지 못하는 거다. 최대한 자제한 건데도 영향을 받는군."

"어? 그, 그럼 어떡해?"

"기다려 봐라."

짧게 답한 후 엘뤼엔은 살짝 고갯짓을 했다. 그러자 주변의 공기가 한층 가벼워지는가 싶더니, 꺼질 듯 사그라지던 이사나의 호흡이 단번에 돌아오는 것이 느껴졌다.

"흡! 허억, 허억!"

"이사나! 괜찮아?"

내 질문에 그는 거칠게 숨을 몰아쉬며 고개를 끄덕였다. 그 말이 사실인지 창백하던 안색에 점차 혈기가 돌기 시작했다. 발작하는 것처럼 떨던 몸도 차츰 진정되어가는 것이 느껴졌다. 그것을 보며 안도하는 내게 엘뤼엔의 말이 이어졌다.

"임시적인 방편일 뿐, 이 상태가 그리 오래가진 않을 거다. 아무래도 용건을 서두르는 게 좋겠군."

"으음, 그럼 금방 헤어져야겠네."

"어차피 내게 주어진 시간도 그리 많지 않다."

"……뭐야, 요즘도 그렇게 바빠?"

장장 몇 개월 만에야 보는 얼굴이었다. 어쩔 수 없는 상황이긴 했지만 빠른 작별을 아쉬워하는 나와는 다르게 그는 아무렇지 않게 여기고 있는 것 같아 내심 기분이 우울해졌다. 나도 모르게 그런 기색을 내비쳤나 보다. 잠시 놀란 표정으로 나를 보던 그가 곧 희미하게 미소 지으며 고개를 저었다.

"바쁜 건 사실이지만 그런 이유 때문만은 아니다. 원래 신은 지상에 오래 존재하지 못해. 정령왕들이 지상에서 능력의 제한을 받는 것처럼, 신들은 시간의 제약을 받는다. 그나마 인가(認可)를 받지 않고 자유롭게 내려올 수 있는 장소도 신전뿐이지."

"헉, 그, 그런 거야?"

"인간의 나약한 육체에 정제되지 않은 신의 기운은 치명적이니까. 다른 곳에서 이 기운을 정면으로 받게 되면 대부분의 인간은 그 자리에서 심장이 멎을 거다. 그래서 내가 널 여기로 부른 거고."

"헤에, 그렇구나."

설마 그런 깊은 뜻이 있었을 줄이야.

그제야 나는 모든 상황을 납득하며 고개를 끄덕였다. 왜 굳이 이곳까지 찾아오게 한 건가 했더니 그는 처음부터 직접 내려와 날 만날 생각을 했던 것 같다. 그 사실이 왠지 기뻤다. 그사이 대충 몸을 추슬렀는지 벌떡 일어난 라피스가 씩씩거리며 다가왔다.

"뭘 화기애애하게 속닥거리고 있는 거야! 넌 네 계약자가 다쳤는데 걱정도 안 하냐?"

"멀쩡해 보이는구만, 뭘."

"장난해? 자꾸 이런 식으로 나오면 재미없을 줄 알아!"

이 녀석은 아무래도 기차 화통을 삶아먹은 모양이다. 귓가에서 요란하게 울리는 목소리에 나는 얼굴을 크게 찡그렸다. 방금 전 피를 토한 사람인 게 맞기는 한 건지, 오히려 다른 때보다 힘이 더 펄펄 넘치는 것 같았다. 그러자 엘뤼엔이 싸늘한 표정으로 라피스를 응시했다.

"너야말로 엘에게 함부로 대하지 않는 게 좋을 거다. 다음엔 경고만으로 끝나지 않을 테니."

"하! 나도 이번엔 순순히 당해줄 생각 없거든? 방금 전엔 방심해서 당한 거라고! 그리고 내가 엘을 어떻게 대하든 네가 무슨 상관이야? 설마 보호자 행세라도 하고 싶은 거냐?"

"그렇다면?"

"별로 마음에 드는 대답은 아닌데? 그저 친분이 있는 사이치곤 간섭이 좀 지나친 것 아냐? 아무리 신이라고 해도 함부로 남의 것에 눈독을 들이면 곤란하지."

"……남의 것?"

"그래, 남의 것. 사태 파악이 잘 안 되나 본데, 어제부로 이 녀석은 내 소유가 됐거든."

'누구 마음대로!'

너무 기가 막히면 말도 제대로 할 수 없게 되나 보다. 황당한 나머지 나는 반박조차 하지 못하고 입을 뻐끔거렸다. 엘뤼엔은 무슨 생각을 하는지 알 수 없는 무심한 얼굴로 그를 바라보고 있었다.

"네가 엘을 소유했다, 지금 그렇게 말한 건가?"

"그래."

"그건 엘도 동의한 일이냐?"

"그거야 당연한 거 아니야?"

뻔뻔한 대꾸에 엘뤼엔의 미간이 꿈틀거렸다. 기분 탓인지는 모르겠지만 눈빛도 더 살벌해진 것 같았다.

그의 시선이 내게 향하자 나는 필사적으로 고개를 좌우로 흔들었다. 저 방정맞은 입이 언제고 사고를 칠 줄은 알았지만 설마 엘뤼엔 앞에서 이런 사달이 벌어질 줄이야. 창피하다 못해 쥐구멍에라도 기어 들어가고 싶은 심정이었다.

"엘은 그렇게 생각하지 않는 것 같은데."

"흥, 저 녀석의 의사 따윈 상관없어. 계약을 했으면 얘기는 다 끝난 거지."

"……네 멍청한 발언을 들으니 기분이 굉장히 나쁘군. 그러고 보니 예전에도 너 같은 녀석이 있었지. 고집과 오기밖에 안 남은 주제에 세상의 중심을 자신이라고 생각하는 벽창호 같은 도마뱀 말이다."

"그거 잘됐군. 마침 나도 같은 생각을 했거든."

"본인이 벽창호라는 사실에 동의를 하는 모양이지?"

"……그래, 그 재수 없는 말투. 오래전 날 짜증나게 했던 누군가를 떠오르게 만드는 게, 어째 상당히 마음에 안 들어."

지금 서로를 가리켜 말하고 있다는 걸 알게 되면 무슨 표정을 지을까. 나는 조마조마한 눈으로 두 남자의 대립을 지켜보았다. 그 순간, 엘뤼엔을 똑바로 응시하던 라피스의 두 눈이 크게 떠졌다. 빠르게 굳어가는 표정을 보고 나는 직감적으로 상황을 눈치챘다. 드디어 그의 얼굴을 알아본 것이다.

"……뭐야. 너, 이제 보니 그 얼굴…….."

"뭐지?"

"왜 네가 엘퀴네스와 똑같은 얼굴을 갖고 있어?"

경악하며 외친 소리에 엘뤼엔은 다시금 얼굴을 찌푸렸다. 갑자기 무슨 헛소리를 하느냐는 표정이었다.

"네 눈은 장식으로 달렸나? 나의 어디가 엘과 똑같은 얼굴이라는 거냐?"

"제기랄! 그 엘퀴네스 말고! 엘 전대의 엘퀴네스 말이다!"

"……."

"맞아! 틀림없어! 그 오만한 표정! 기분 나쁠 정도로 예쁘장한 얼굴! 머리색과 눈동자색만 빼고 전부 다 똑같잖아! 뭐야, 이걸 왜 지금에서야 깨달았지? 너 설마 전대의 엘퀴네스냐? 하하, 말도 안 돼! 그런 거 아니지?"

"……그래, 이제 알겠군. 네가 바로 그 녀석이었나."

그리고 엘뤼엔 역시 그의 정체를 깨달은 듯했다. 한쪽으로 비스듬히 올라간 입꼬리에 노골적이다시피 짙은 비웃음이 떠올라 있었다.

"엘에게 이야기를 들었을 때만 해도 그냥 그런 일이 있었나 했지. 얼굴을 보니 분명히 알겠군. 그래, 확실히 그런 얼굴이었지."

"뭐, 뭐?"

"완전히 잊고 있었는데 덕분에 생각났다, 도마뱀. 멍청할 정도로 한심한 행동은 지금도 여전하군."

"……."

직접적으로 정체를 밝힌 건 아니었지만 그와 다름없는 발언이었다. 그에 잠시간 굳어 있던 라피스가 휙 소리가 나도록 내게 고개를 돌렸다. 뚫어지게 노려보는 눈빛은 현 사태에 대한 해명을 요구하고 있었다. 나는 쓰게 웃으며 어깨를 으쓱해 보였다.

"그래서 내가 만나보면 알 거라고 했잖아."

"……이게 그냥 그렇게만 말하고 말 일이야? 젠장, 대체 뭐 이런 경우가……."

라피스는 혼란스러운 표정으로 머리를 짚었다. 정령왕이 신으로 환생한다는 사실은 바로 얼마 전까지 정령계에서조차 알지 못했던 일이다. 그가 놀라는 것도 무리가 아니었다. 하지만 그에 비해 엘뤼엔은 전혀 아무렇지 않아 보였다. 애초에 그를 정말로 기억한 게 맞는 건지 의심스러울 정도였다.

나는 조마조마한 기분으로 라피스를 바라봤다. 그가 어떤 식으로 나올지 도무지 짐작이 불가능했기 때문이다. 아무리 물의 정령왕과 계약하고 싶다는 단순한 이유 때문이라곤 하지만 헤아릴 수 없을 만큼 오랜 세월을 바라만 보던 존재였다. 끊어졌던 인연이 다시 이어진 지금, 그가 어떤 반응을 보일지 궁금해졌다. 마치 예고편이 없는 드라마를 기다리는 기분이었다.

'남자와 남자라는 점에서 막장 드라마 같긴 하지만…….'

그러나 잠시 후 라피스의 입에서 나온 건 내 기대(?)와는 사뭇 다르게 전혀 엉뚱한 말이었다.

"잠깐, 이거 그냥 넘어갈 일이 아닌 것 같은데? 왜 전대가 네 일에 관여하고 있는 건지 제대로 설명해봐."

"응? 갑자기 그게 무슨 말이야?"

"신으로 태어났건 어쨌건 저 녀석은 이미 엘퀴네스의 임기가 끝났잖아. 왜 지금의 너한테까지 영향력을 행사하고 있냐는 말이다. 너 설마 저 녀석이 시키는 대로 정령계의 일을 하고 있는 건 아니겠지?"

"뭐? 아, 아냐. 내 쪽에서 조언을 구할 때도 있긴 하지만 그게 아니면 엘뤼엔은 기본적으로 정령계의 일엔 관여하지 않아."

"흥, 지금이야 그렇지만 속내가 어떨지 어떻게 알겠어? 너 정신 단단히 차려. 그렇게 어리바리하게 있다가 정령계를 저 녀석에게 홀랑 내어 바치는 수가 있다고."

어라? 이, 이게 아닌데?

시큰둥하다 못해 살벌하기까지 한 조언에 나는 당혹감을 감추지 못했다. 로맨스까진 아니더라도 어느 정도 반가워하는 광경은 볼 수 있을 거라 생각했다. 하지만 이건 오히려 원수를 만난 것 같은 분위기가 아닌가? 당연히 엘뤼엔의 표정은 더 싸늘해졌다.

"지금 네가 하는 말이 무슨 의미인지 알고는 있나, 도마뱀?"

"그야 매우 잘 알지. 신들이 호시탐탐 이 세계의 장악을 노리고 있다는 거 말이야. 하지만 정령왕들의 눈치를 보느라 뜻대로 하지 못해서 상당히 불만이 많다고 하던가?"

"어디서 쓸데없는 이야기라도 주워들은 모양이군."

"딱 잘라 아니라곤 못 할걸? 네 입장에선 상당히 안타깝겠어. 한때는 정령왕이었는데 이젠 전세가 바뀌어 이런 초라한 신전이나 지키는 신세가 되었으니 말이지. 그래서 정령왕 하나 잘 구워 삶아 마음대로 해볼 생각인 거 아냐?"

'맙소사.'

다른 신도 아니고 엘뤼엔더러 전세가 바뀌었다니. 상급신이라고 친히 일러준 얘기는 그새 전부 다 까먹은 건가?

나는 황망한 심정으로 라피스를 바라보았다. 그는 자신이 무엇을 착각하고 있는 건지 전혀 깨닫지 못한 듯 의기양양한 표정이었다. 그 옆에서 이사나가 '정말 그런 거야?' 하는 얼굴로 경악한 표정을 짓는 것을 보니 더 머리가 아파왔다.

물론 라피스의 말이 완전히 틀린 건 아니다. 언젠가 트로웰이 불만을 내비친 적이 있을 만큼, 아크아돈은 수많은 신들이 관여하고 싶어 하며 탐을 내는 땅이었다. 하지만 그것은 어디까지나 중하위급의 신들에 한정될 뿐, 상급신은 전혀 경우가 달랐다.

상급신이 상급신인 이유는 그 존재 자체가 다른 자들과 차원이 다르기 때문이다. 그들에겐 각기 주 관할 차원이 주어지며, 그 세계의 유일신으로 군림했다.

신계가 그저 주 거주지일 뿐 다스리는 영역이 될 수 없는 것처럼, 그들에게 정령계는 역시 스쳐 지나간 고향땅일 뿐 탐나는 대상은 아니었다. 사실 맡고 있는 차원만으로도 방대한 양의 일거리가 쏟아지는데 굳이 다른 차원을 장악하고 싶지도 않을 것이다.

특히 지금도 엄청난 업무에 시달리고 있는 엘뤼엔의 입장에선 충분히 어이없을 수밖에 없는 오해였다. 그러나 당장 응징을 가할 것이란 예상과는 다르게 그는 가볍게 코웃음을 쳤을 뿐이었다.

"유치해서 도무지 상대해줄 수가 없군."

"뭐야?"

"엘, 다시 한 번 말하지만 저런 녀석은 곁에 두지 마라. 전염이 될까 두려울 정도로 멍청한 것 같으니 말이다."

"아하하……."

설마 갑자기 관대해졌을 리는 없고, 대체 왜 화를 내지 않는 거지? 지금쯤이면 주먹이 날아와도 이상하지 않을 것 같은데 이상하게 잠잠한 모습을 보니 오히려 더 불안했다. 하지만 이런 기분을 느낀 것은 나 하나뿐이었는지 라피스는 전혀 아무렇지 않은 모습이었다. 심지어 그는 착실하게 엘뤼엔을 도발하고 있었다.

"찔리면 솔직히 그렇다고 말하지그래? 애써 아닌 척해봤자 비참해 보이기만 할 뿐이거든. 게다가 아까부터 곁에 두라 마라, 뭘 당연한 듯이 참견하는 거야?"

"왜, 그게 불만인가?"

"당연한 거 아냐? 대체 네가 무슨 자격으로 엘에게 그런 말을 하는 건데?"

"자격이야 충분하지. 아버지가 아들이 잘못된 길에 들지 못하도록 조언하는 건 당연한 일 아닌가?"

"뭐, 뭐? 아버지라니? 누가 누구의?"

예고도 없이 내뱉어진 부자 선언엔 나조차 당황했다. 설마 그가 타인 앞에서 이렇게 대대적으로 공개할 것이라곤 전혀 생각하지 못했으니까.

당연히 라피스는 놀라다 못해 경악에 가까운 표정을 지었다. 그것은 경청만 하던 이사나 역시 마찬가지였다. 하지만 엘뤼엔은 오히려 그들의 반응을 이해할 수 없다는 얼굴을 하고 있었다.

"당연히 내가 엘의 아버지다."

"뭐?"

"귓구멍이 막혔나? 엘이 내 아들이라고 했다."

"그게 무슨 어처구니없는…… 신과 정령 사이에 혈연관계가 가능하다고?"

황당해하는 그에게 엘뤼엔은 평온한 어조로 다시 답했다.

"물론 직접적인 혈연은 아니다. 하지만 피보다 더 짙은 인연이지. 내가 그렇게 정했으니까."

"하! 뭐야, 결국 양자라는 소리잖아?"

"그게 무슨 문제라도 있나?"

"당연하지! 그게 뭐가 아버지와 아들이야?"

라피스는 더 이상 못 들어주겠다는 듯이 입매를 비튼 채 비아냥거렸다.

"무슨 속셈인지는 알겠어. 저 녀석이 전생에 인간이었다고 하니까 인간 흉내를 내서 환심이라도 살 생각이었겠지. 홀랑 넘어오게 한 다음에 마음대로 조종하려고 말이야. 하지만 뭐든 적당히 해야지. 이건 너무 허무맹랑한 주장이잖아. 애초에 신이 정령을 양자로 들인다는 게 말이 돼? 그런 관계가 인정받을 수 있을 것 같아?"

"남의 인정 따윈 상관없다."

"상관이 없는 게 아니라 못 하는 거겠지. 네 주장이야 어쨌건 그게 바로 현실이니까."

"현실이라……."

"뭐야, 설마 진심이었다고 말할 생각은 아니겠지? 설령 그렇다고 해도 소용없어. 달라질 건 아무것도 없거든."

"……."

"어차피 전부 '가짜'인 주제에."

따끔.

그 순간 날카로운 바늘이 가슴을 꾹 찌르는 것 같았다.

라피스의 저런 반응은 익히 예상했던 바였다. 사실 나도 어느 정도는 그런 생각을 갖고 있었으니까. 하지만 머리로 알고 있는 것과 마음으로 받아들이는 것은 전혀 달랐던 모양이다. 일부러 자극하기 위해 하는 말인 걸 뻔히 알면서도 동요가 이는 걸 멈출 수가 없었다.

바로 그때였다. 지금까지 한 번도 미동하지 않았던 엘뤼엔이 천천히 자리에서 몸을 일으켰다. 사라락, 백금색의 머리칼이 사방으로 흩어져 내리며 그의 수려한 외모가 빛 속에서 선명히 모습을 드러냈다. 분명 방금 전까지 보았던 얼굴임에도 새삼 적응이 되지 않을 만큼 화려한 얼굴이었다. 이윽고 봄 하늘을 연상시키는 옅은 푸른색의 눈동자가 라피스를 똑바로 응시했다.

"뭐, 뭐야."

스스로 찔리긴 했던 걸까? 라피스는 조금 당황한 얼굴로 주춤거렸다. 그러자 무표정하던 엘뤼엔의 눈동자가 휘어지더니 입가에 부드러운 곡선이 떠올랐다. 잠시간 정신이 멍해질 정도로 화사한 미소였다.

하지만 그것을 보며 느낀 감정은 감탄보다 두려움에 더 가까웠다. 성스러우리만치 청아한 그의 모습 주위로, 오싹할 정도로 차가운 한기가 피어오르고 있었기 때문이다. 마치 억눌려 있던 것들이 한꺼번에 터져 나오기라도 한 것 같았다.

……설마 엘뤼엔, 완전히 돌아버릴 때까지 기다리고 있었던 건 아니겠지?

불현듯 스치는 불길한 기분에 나는 반사적으로 옆에 있던 이사나를 끌어안았다. 거의 본능에 가까운 행동이었다.

콰아아앙—!

그 순간 사방에서 엄청난 폭발이 일어났다.

4.

바람이 멈추자 주위를 가득 채운 압력도 사라졌다. 고막을 찢을 듯 거대한 소음 역시 이미 사그라진 후였다. 그제야 나는 질끈 감고 있던 눈을 뜨고 천천히 머리를 들었다. 그 순간, 품 안에 있던 이사나가 힘없이 축 늘어졌다. 폭발의 기압을 이기지 못하고 기절한 것이다.

"이사나, 정신 차려. 이사나?"

나는 약하게 그의 뺨을 두드리며 상태를 확인했다. 다행히 의식만 잃었을 뿐, 그 외에 별다른 문제는 없는 것 같았다. 그러나 안도의 순간은 짧았다. 문득 정신을 차리고 보니 믿을 수 없는 광경이 시야에 한가득 들어오고 있었다. 밀실이나 다름없던 참배실이 온데간데없이 사라지고, 주위에 휑한 설원이 펼쳐져 있는 게 아닌가!

'맙소사.'

설마 건물을 통째로 날려버린 건가?

나는 황망한 심정으로 주위를 둘러보았다. 그 짧은 시간에 일어난 일이라고는 생각지 못할 만큼 주변이 완전히 황폐해져 있었다. 벽이고 기둥이고 멀쩡히 남아 있는 것이 아무것도 없었다. 이곳이 방금 전까지 건물 안이었다는 것을 알려주는 증거라고는 바닥에 깔려 있는 약간의 잔해가 전부였다.

그리고 그 폐허의 한가운데, 엘뤼엔이 무표정한 얼굴로 서 있었다. 그 앞에는 대(大) 자로 뻗어 있는 라피스의 모습이 보였다. 그 역시 이사나와 마찬가지로 의식을 잃은 것 같았다.

그러나 그의 상태는 단순한 기절과는 엄청난 차이가 있었다. 온몸이 피와 터진 자국으로 얼룩져 있었던 것이다. 그것만 봐도 방금 전 폭발이 어디에서 일어난 건지는 명백했다.

'주, 죽은 건 아니겠지?'

그렇게 생각하는 게 전혀 이상하지 않을 만큼 라피스의 모습은 처참했다. 만약 미약하게나마 숨을 쉬고 있는 것을 발견하지 못했다면 정말 시체로 오인했을 것이다.

하지만 살아 있다고 해서 완전히 안심할 수 있는 상황은 아니었다. 한동안 무심히 그를 내려다보기만 하던 엘뤼엔의 눈에 다시 살기가 서렸기 때문이다. 심지어 그의 목 부근에서 발을 들어 올리는 것이 아닌가!

"우와왁! 스톱!"

기겁한 나는 바로 뛰어가 엘뤼엔의 허리를 끌어안았다. 그는 무미건조한 표정으로 나직하게 말했다.

"이거 놔라, 엘."

"그만 해! 진짜 죽일 생각이야?"

"얼마든지."

단호한 대답에 심장이 철렁했다. 엘뤼엔은 본래 농담과 거리가 먼 성격이다. 그게 아니라도 지금 그의 눈빛을 본다면 누구나 진심이라는 것쯤은 바로 알 수 있을 터였다. 정말로 라피스의 목숨을 거둘 생각인 것이다.

라피스가 얄미운 녀석인 건 사실이지만 눈앞에서 죽는 걸 가만히 지켜볼 수는 없었다. 나는 필사적으로 엘뤼엔을 설득하기 시작했다.

"저, 저기, 그냥 용서해주면 안 될까? 라피스도 충분히 반성했을 거야! 성격이 좀 더럽긴 하지만 그렇게 나쁜 녀석은 아니야. 이런 일로 죽일 필요까진 없잖아?"

"신의 권위에 도전하는 행위는 그 즉시 참형이다. 이 녀석은 벌써 몇 번이나 수위를 넘겼지. 죽을 이유는 이미 충분한 것 같은데."

"으으, 그러지 마. 내가 나중에 따끔하게 말해둘게! 그래도 내 계약자잖아. 만약 라피스가 이렇게 죽어 봐. 내 입장이 뭐가 되겠어? 날 봐서 한 번만 봐줘, 응?"

그 말에 마음이 흔들린 걸까? 예리한 날처럼 날카로웠던 그의 기세가 조금 수그러드는 것이 느껴졌다. 엘뤼엔은 살짝 얼굴을 찌푸리더니 이내 한숨을 내쉬며 다리를 제자리에 내려놓았다. 그가 마음을 바꾼 것이다.

라피스의 머리 위에 지척까지 드리워졌던 그늘이 걷히는 것을 보며 나는 안도의 숨을 삼켰다. 내가 위협을 당한 것도 아닌데 십 년은 감수한 기분이었다.

"넘어가 주는 건 이번뿐이다."

"응, 응, 미안해, 엘뤼엔. 그리고 진짜 고마워."

사실 부탁을 하면서도 그가 정말 들어줄 거라곤 상상도 하지 못했다. 내가 고개를 숙여 연신 감사 인사를 건네자 엘뤼엔은 다시 한숨을 내쉬더니 한 손으로 내 머리를 툭툭 쓰다듬었다. 단지 그것뿐인데도 왠지 위로받은 듯 안도감이 일었다.

그때 멀찍이서 웅성거리는 소리가 들려왔다. 다른 쪽 건물에서 신관들과 방문객들이 혼비백산한 얼굴로 달려나오고 있었다. 아마 조금 전의 폭발음을 들은 것 같았다.

"이, 이럴 수가!"

"참배실이……!"

그들은 흔적도 없이 사라진 참배실을 보며 아연실색했다. 당장 실신할 것처럼 부들부들 떠는 모습이 안쓰럽게 여겨질 정도였다. 그들 중에는 우리를 이곳으로 안내했던 신관 세이렌 역시 포함되어 있었다. 그는 날 발견하고 허겁지겁 달려왔다.

"대, 대체 이게 어떻게 된 겁니까? 이곳에서 무슨 일이 있었던 거지요?"

"으음, 그게요. 아주 사소한 문제가 조금……."

"사소하다니요! 대체 어떤 사소한 문제가 일어나면 신전이 무너질 수 있단 말입니까?"

"아하하, 그, 그러게요?"

"설명해주십시오. 설마 여러분이 이렇게 만든 겁니까?"

당장 눈앞에 일어난 일에 너무 신경이 쏠린 탓일까? 신관은 엘뤼엔의 존재를 알아보지도, 의식하지도 못하고 있는 것 같았다. 점차 굳어가는 그의 얼굴을 보며 나는 어떻게 대답을 해야 할지 몰라 입을 여는 걸 망설였다. 그러자 갑자기 뒤쪽에 있던 다른 신관이 크게 소리쳤다.

"죄인들을 잡아라!"

그 순간 어디선가 창을 든 신관들이 우르르 달려나왔다. 모두 몸을 단련한 듯 건장한 체격을 지닌 자들이었다. 그들은 순식간에 나와 엘뤼엔의 주위를 에워싸더니, 날카로운 창끝을 우리를 향해 겨눴다.

한순간 달라진 분위기에 나는 어리둥절해져서 그들을 바라보았다. 그러자 처음 명령을 내렸던 신관이 험악하게 쏘아붙였다.

"정체를 밝혀라. 누구의 사주를 받고 온 자들인가?"

"네, 네에?"

"최근 마신의 신관들이 다른 신의 교단을 돌며 해코지를 한다는 소문을 들었다. 너희도 그들과 관계된 자들인가?"

"아뇨! 아니에요. 뭔가 오해가 있으신 것 같은데……."

"닥쳐라! 감히 신의 힘으로 세워진 신전을 훼손하다니, 엘뤼엔께서 용서하지 않을 것이다!"

바로 그 엘뤼엔이 이렇게 만든 건데요?

나는 그렇게 대답하고 싶은 것을 꾹 참으며 힐끗 이 모든 일의 주범인 엘뤼엔을 바라보았다. 하지만 정작 그는 돌아가는 상황에 크게 관심이 없는 듯 무심한 얼굴로 가만히 팔짱을 끼고 있을 뿐이었다.

그래도 특유의 존재감만은 어쩔 수 없었던 것일까? 처음엔 의식하지 못하고 있던 사람들이 점차 하나둘씩 그에게 시선을 보내는 것이 느껴졌다. 우리를 안내한 신관 세이렌 역시 마찬가지였다. 그는 그제야 엘뤼엔을 발견한 듯 당황한 표정을 지었다.

"으음, 아까 전에도 저런 분이 계셨던가."

"무슨 말이지, 세이렌?"

"아! 아닙니다. 실은 조금 전에 이분들을 안내했을 때는 저분을 뵙지 못했던 것 같아서요."

"그건 다시 말해, 저자가 남몰래 침입했다는 뜻인가?"

그러자 약속이라도 한 듯 겨눠진 창끝이 일시에 엘뤼엔 쪽으로 돌아섰다. 고도로 훈련된 듯 일사불란한 움직임이었다. 다만 신속한 행동과는 다르게 막상 무기를 움켜쥔 신관들의 얼굴엔 겁먹은 기색이 역력했다. 정체를 알지는 못해도 신인 그에게 본능적인 두려움을 느끼고 있는 것 같았다. 게다가 기분 탓인지는 모르겠지만 전보다 엘뤼엔의 존재감이 더 강해진 것 같기도 했다. 그래선지 처음 명령을 내렸던 신관도 긴장한 모습이었다.

"그대의 이름을 밝혀라."

"……"

"어서 정체를 밝히지 않으면……!"

"시끄럽군."

"뭐, 뭣?"

드디어 내뱉어진 한마디에 신관들은 모두 일제히 숨을 멈췄다. 엘뤼엔은 그들의 반응을 돌아보지도 않고 심드렁히 중얼거렸다.

"애초에 필요하지 않은 걸 없앤 것뿐이다. 고작 이 정도 일로 수선 피우지 마라."

"지, 지금 감히 무슨 말을 하는 건가! 고작이라니! 참배실은 신전의 심장이 되는 장소다. 인간이 신과 소통하고 교류할 수 있는 유일한 장소라는 것을 모를 리가 없을 터! 그런 곳을 필요 없다고 하다니……!"

"그러니까 없앤 거다."

"뭐, 뭐라고?"

"너희들의 그 의미 없는 기원과 참배를 매일 검토하는 것도 골치라는 뜻이다. 그 대부분이 여기서 시작되더군."

"대체 무슨 소리를……."

신관들은 혼란스러운 표정으로 서로를 바라봤다. 다만 나만은 정확히 그 의미를 깨닫고 어색하게 웃을 수밖에 없었다. 그러니까 한마디로, 일거리를 줄이기 위해서 원천을 봉쇄했다는 소리였다.

"이게 대체 무슨 소란인가!"

그때 또 다른 곳에서 쩌렁쩌렁한 호통이 울렸다. 당황해서 고개를 돌려본 나는 빠른 걸음으로 다가오고 있는 한 무리의 사람들을 발견했다. 그들 모두 법의를 걸친 신관들이었다. 다만 그들 중에 가운데에 선 한 사람은 다른 신관들과는 복장이 조금 달랐다. 의복 자체도 좀 더 품이 풍성한 데다 장식이 화려했고, 머리엔 새하얀 관을 쓰고 있었다.

"대, 대신관님!"

그를 알아본 사람들이 허둥거리기 시작했다. 아마도 그가 이 신전에서 가장 신분이 높은 사람인 모양이었다. 무엇보다 손등에 선명히 찍혀 있는 신의 문장이 바로 그 증거였다.

일반적으로 직위가 높은 사람은 나이가 지긋할 거란 편견과는 다르게 그의 용모는 카이테인과 거의 엇비슷하게 젊었다. 아주 많이 잡아야 그보다 한두 살 정도 더 많을까? 그러고 보니 일반 신관들 중에서도 나이가 많은 사람은 없는 것 같았다. 가장 많아 보이는 사람이 겨우 삼십 대 초중반 즈음으로 예측되는 정도였다. 엘뤼엔의 교단이 역사가 그리 길지 않다고 하더니, 그것이 신관들의 평균 연령에도 영향을 미친 듯했다.

"대신관님! 큰일 났습니다! 엘뤼엔 님의 참배실이 무너졌습니다!"

"참배실이 무너지다니! 대체 어떻게 그런 일이 일어났단 말인가!"

"저희도 잘 모르겠습니다. 마침 용의자를 잡아 정황을 묻는 중이었습니다."

"용의자?"

"저기, 바로 저쪽에 있는 저들입니다."

신관들의 말에 대신관의 얼굴이 우리 쪽을 향했다. 하지만 정작 내 시선이 향한 것은 그가 아닌 그 옆에 있는 다른 신관이었다. 그의 키가 다른 이들보다 훤칠한 탓도 있었지만, 무엇보다 얼굴이 매우 낯익었기 때문이다.

바로 카이테인, 그였다.

"어라, 카이 씨?"

"엘 님!"

그 역시 나를 알아보고 당황한 표정을 지었다. 그리고 그의 짧은 외침은 그렇지 않아도 어수선했던 공간에 엄청난 파문을 일으켰다. 대신관은 물론, 신관들 모두가 경악해서 나를 바라보았던 것이다.

"에, 엘 님이라고?!"

"설마 신탁에서 말씀하셨던 그 엘 님?"

"그럼 저들이 우리가 기다리던 손님이시란 말이야?"

아차, 그러고 보니 신탁에 내 이름이 들어갔었지.

나는 어색하게 웃으며 옆에 있던 엘뤼엔을 향해 슬쩍 원망의 시선을 던졌다. 물론 그래 봤자 그는 전혀 문제를 느끼지 못하는 얼굴이었지만 말이다.

"모두 조용히 하시오!"

술렁거리는 사람들을 진정시킨 건 대신관이라 불린 남자였다. 그는 고요해진 좌중을 돌아본 다음 차분히 카이테인에게 물었다.

"어떻게 된 일인가, 카이테인. 설마 저분이 엘뤼엔 님께서 말씀하신 그분이란 말인가?"

"예, 맞습니다, 루얀 님. 틀림없는 엘 님이십니다."

"하지만 신전을 훼손한 범인이라는 것은……."

"무언가 오해가 생긴 것 같습니다. 엘 님은 결코 그런 일을 하실 분이 아닙니다."

단호하게 대답한 카이테인은 이윽고 우리를 견제하고 있던 신관들을 차분히 돌아보았다. 그의 시선을 받은 신관들은 모두 어깨를 움츠리며 당혹감을 드러냈다.

"모두 손님께 겨눈 무기를 거둬주시지요."

"……하, 하지만……."

그의 정중한 요청에 신관들은 당황한 표정으로 서로 눈치를 보았다. 방금 전까지 신관을 무너트린 범인으로 추궁을 받던 죄인이 난데없이 신분이 격상했으니 당연한 반응이었다.

"다들 무엇을 하시는 겁니까? 엘뤼엔 님께서 맞이하라 하신 손님께 계속 무례를 범하실 겁니까?"

그가 재차 재촉(을 가장한 협박)을 하자 신관들은 우물거리며 창을 거뒀다. 덕분에 시야가 트이자 카이테인이 한달음에 내 앞으로 다가왔다.

"엘 님, 무사하십니까?"

"아, 네. 괜찮아요."

"마침 때가 맞아서 다행입니다. 혹시 제가 먼저 도착한 것은 아닌가 싶었는데 역시 먼저 와 계셨군요. 무슨 오해가 생긴 건지는 모르겠지만 염려하지 마십시오. 제가 전부 해결하겠습니다."

그는 정말로 우리가 신전을 무너트린 범인이라고는 생각하지 않는 것 같았다. 하기야 신의 부름을 받아 방문한 정령왕이 설마 신전을 날려버릴 거라곤 상상하기 어려울 것이다. 그나마도 실제론 내가 한 게 아니라 엘뤼엔의 짓이긴 했지만, 그런 사정을 알 리가 없는 카이테인은 내게 무한한 신뢰의 눈빛을 보내고 있었다. 그러다 얼핏 엘뤼엔에게 시선을 보낸 그가 조심스럽게 물었다.

"그런데 실례지만 옆에 계신 분은……? 새로운 일행이십니까?"

"으음, 그게 말이죠. 카이 씨도 잘 아는 분이랄까요?"

"예? 저는 처음 뵙는 분입니다만."

"얼굴을 보는 건 처음이라도 분명히 알긴 할 거예요."

"그렇습니까?"

의아한 표정으로 엘뤼엔을 응시하길 잠시간, 곧 그의 안색이 빠른 속도로 창백해졌다. 무언가를 깨달은 듯 넋이 나간 얼굴이었다.

"빛으로 빚은 것 같은 백금색의 머리칼, 푸른색의 눈동자. 설마……."

카이테인은 한눈에도 알아볼 정도로 온몸을 부들부들 떨기 시작했다. 내가 했던 말이나 그동안의 정황을 통해, 직감적으로 엘뤼엔의 정체를 알아챈 것이 틀림없었다.

"카이테인 수석 사제님! 바로 그자가 신전을 무너트린 범인입니다!"

그때 누군가 눈치 없이 끼어들어 소리쳤다. 조금 전 우리를 추궁했던 바로 그 신관이었다. 바로 옆에 서 있던 대신관이 그의 말에 관심을 보였다.

"그 말이 사실인가?"

"틀림없습니다, 대신관님! 그자가 자신의 입으로 자백한 소리를 제 귀로 똑똑히 들었습니다! 참배실이 필요가 없기에 없앴다고 했습니다!"

"그게 무슨……."

"그것만이 아닙니다! 저희의 참배가 의미가 없다는 둥, 무례한 말을 늘어놓았습니다! 하늘 아래 어찌 저런 자가 있을 수 있단 말입니까! 감히 신성한 터전과 신의 종들을 모욕한 자입니다! 마땅히 그 죄를 치르게 해야 합니다!"

사람들이 자신을 주목하는 데 희열을 느낀 것일까. 그는 자신감이 넘치는 얼굴로 크게 외치며 주장했다. 그러나 그 순간은 그리 오래가지 않았다. 엘뤼엔이 시선을 보내는 순간, 그의 얼굴이 빠르게 굳었기 때문이다.

"컥!"

그는 두 눈을 부릅뜬 채, 두 손으로 가슴을 움켜쥐었다. 그러곤 숨이 막혀 버둥거리는 것처럼 이상한 신음을 뱉기 시작했다.

"컥! 크으윽!"

"에룬 님?"

"에룬! 왜 그러는 건가!"

그의 갑작스러운 행동에 곁에 있던 신관들이 당황한 표정을 지었다. 그러나 그 자리에 있던 누구도 그의 대답을 들을 수 없었다. 털썩, 바닥에 쓰러진 그가 그대로 조용해졌기 때문이다. 엎드린 그에게선 생기가 전혀 느껴지지 않았다. 직후 신관 중 한 사람이 그에게 다가가 조심스럽게 상태를 살피더니 희게 질린 얼굴로 고개를 들었다.

"주, 죽었습니다."

"……."
"……."
일순 사람들 사이에 서늘한 정적이 감돌았다. 멀쩡하던 사람이 별안간 눈앞에서 죽었으니 누구든 충격을 받을 수밖에 없을 것이다. 입을 꾹 다문 신관들은 한동안 제자리에서 움직이지 못했다. 구경꾼들 중 몇몇은 그대로 풀썩 주저앉기도 했다. 나는 굳은 얼굴로 엘뤼엔을 바라봤다. 그러자 그 시선의 의미를 눈치챈 듯 그가 가볍게 고개를 저었다.
"내가 한 게 아냐."
"그, 그럼?"
"신관이 자신의 근원을 부정했으니 저주를 받은 거다. 경솔함이 스스로 화를 불렀군."
엘뤼엔은 어리석은 사람을 바라보듯 낮게 혀를 찼다. 그리고 그 대답은 그 자리에 있던 모든 신관들에게 깨달음을 준 듯했다. 그들은 모두 흙빛이 된 얼굴로 엘뤼엔을 바라보았다. 그 순간 쐐기를 박는 것처럼 카이테인이 엎드리며 소리쳤다.
"미, 미천한 종 카이테인이 우리의 주인, 전능하신 엘뤼엔 님을 뵙습니다!"
"……!"
비단 그만이 아니었다. 대신관 루야은 물론 다른 신관들 또한 파도처럼 차례로 엎드리기 시작했다. 신력이 낮거나 객으로 온 일반인들은 아직 사태를 파악하지 못한 표정이었지만 그들 역시 신관들을 따라 허둥지둥 무릎을 꿇었다.

수많은 사람들이 일시에 엎드려지는 광경은 그 자체로 장관이었다. 분위기에 휩쓸려 나는 무심코 덩달아 몸을 굽히려 했다. 그러자 엘뤼엔이 바로 저지하며 얼굴을 찌푸렸다.

"왜 너까지 무릎을 꿇으려는 거야?"

"아하하, 그, 그러게."

내가 어색하게 웃자 그는 한숨을 내쉬며 고개를 가볍게 저었다. 그 모습을 보니 괜히 몸이 움츠러들었다. 혹시나 내 행동에 질린 것인가 싶었기 때문이다. 분위기에 선동되어 사람들을 따라 하는 정령왕이라니, 스스로 생각해도 너무 한심하긴 했다. 그의 입장에선 더 어처구니가 없었을 것이다.

그 순간 갑자기 엘뤼엔이 내 머리를 세게 쓰다듬었다. 말이 좋아 쓰다듬는 것이지, 머리를 마구잡이로 내리누르는 것이나 다름없었다.

"우왁! 지금 뭐 하는 거야?"

"엘, 내가 너의 뭐라고 했지?"

"뭐? ……아, 아버지?"

"알면 됐다."

뭐야, 그게 끝이야?

나는 황당해져서 그를 바라보았다. 하지만 엘뤼엔은 이미 관심이 떠난 듯 내게서 시선을 돌린 뒤였다. 단지 그것뿐인데도 이상하리만치 기분이 가벼워졌다. 왠지 괜스레 웃음이 나올 것 같았다.

 나는 실실 웃지 않기 위해 억지로 입을 꾹 다물었다. 다른 사람들이 고개를 숙이고 있느라 내 얼굴을 보지 못한 게 다행이었다. 분명히 엄청 바보 같은 표정을 짓고 있을 테니까.

 물론 보았다고 해서 그들 중에 날 눈여겨볼 사람이 있을까 싶긴 했다. 그 정도로 좌중은 경직되어 있었고, 사람들의 신경은 온통 엘뤼엔에게만 쏠려 있는 상태였다. 처음엔 어리둥절해했던 사람들도 지금은 모든 상황을 깨닫고 납작 엎드려 떨고 있었다.

 신의 강림. 그것도 이 신전의 진정한 주인이 직접 찾아온 것이다. 평범한 사람은 일평생을 통틀어도 겪지 못할 일이었다. 갑작스럽게 들이닥친 기적 앞에 사람들은 어떻게 해야 할지 생각조차 잇지 못하고 있는 것 같았다.

 그때 대신관이 머리에 쓰고 있던 관을 벗어 바닥에 내려놓았다. 그는 두려움과 경이에 찬 얼굴로 크게 절하며 말했다.

 "엘뤼엔 님의 첫 번째 종 루얀이 신성하신 분을 뵈옵니다. 감히 우매한 눈으로 주인을 알아보지 못한 죄를 다스려 주옵소서."

 "죄를 다스려 주옵소서!"

 그의 말이 떨어지기 무섭게 신관들이 일제히 합창하듯 소리쳤다. 두 눈을 질끈 감은 사람들의 얼굴엔 체념의 빛이 만연했다. 당장 어떤 일이 벌어지든 모두 감내할 작정인 듯했다.

 엘뤼엔은 그 모습을 심드렁히 돌아보며 말했다.

 "첫 번째 종은 들으라."

"하, 하명하시옵소서."

"너희는 내가 명한 일을 하나도 지키지 못했다."

그러자 엎드려 있던 대신관의 어깨가 눈에 띄게 움찔거렸다. 하지만 엘뤼엔은 그에게 발언의 기회를 주지 않고 곧바로 다음 말을 이었다.

"이날 이후로 너희는 살아 있는 동안 참배실의 복원을 보지 못할 것이다. 또한, 두 번 다시 나의 계시를 받지 못하게 될 것이다."

무심한 어조에 담긴 내용은 가혹할 정도로 냉정했다.

계시를 받지 못한다는 건 신과 단절하게 된다는 의미다. 한순간의 실수로 그들 모두가 앞으로 죽을 때까지 신과 소통하지 못하게 된 것이다. 말이 좋아 단절이지 실제로는 파면이나 다름없는 선언이었다.

"하명, 받드옵니다."

대신관은 생각보다 차분하게 대답했다. 그러나 참담한 심정은 숨길 수 없었는지 답하는 목소리 끝에서 떨림이 느껴졌다. 주위에선 조금씩 흐느끼는 소리가 섞여 들려왔다. 슬픔을 억누르지 못한 사람들이 울기 시작한 것이다.

설마 나 한 사람으로 인해 이런 사달이 벌어지게 될 줄이야. 이대로 가만히 있을 수는 없다는 생각에 나는 엘뤼엔을 바라봤다. 그러자 그가 나를 돌아보지도 않고 대꾸했다.

"안 돼."

"그, 그치만 너무하잖아. 일부러 그런 것도 아닌데."

"맡긴 일을 수행하지 못했을 땐 그만한 책임도 지는 거다."

"내가 먼저 잘못한 거야. 시끄러워지는 게 싫어서 일부러 이름도 말하지 않고 엘뤼엔의 손님이라는 것도 밝히지 않아서 그런 거라고."

"그 또한 애초에 저들이 네가 부담을 느끼게 만든 탓이지."

"윽, 그렇게 치면 애초에 엘뤼엔이 천사를 보냈기 때문이잖아. 저 사람들이라고 일이 이렇게 커질 줄 알았겠어?"

"……."

그 순간 어떤 말에도 꿈쩍하지 않을 것 같았던 엘뤼엔의 표정이 조금 흔들렸다. 어라, 혹시 내가 정곡을 찔렀나? 그렇다 해도 설마 엘뤼엔이 당혹감을 드러낼 줄이야. 전혀 기대하지 않았던 부분이라 보면서도 신기한 기분이었다. 내친김에 나는 좀 더 파고들어 보기로 했다.

"그러고 보니 정말 천사는 왜 보낸 거야? 그냥 넌지시 한두 사람에게만 알려도 되는 일이었잖아. 그랬으면 애초에 사람들이 몰려들 일도 없었고, 이렇게까지 시끄러워지지도 않았을 텐데."

"어떤 방식이든, 그건 내 마음이다."

"그래도 너무 눈에 띄었는걸. 나만 해도 그 이야기를 들었을 때 얼마나 놀랐다고. 손님 하나 온다고 천사까지 보내서 마중을 시키는 신이 몇이나 되겠어? 누가 보면 엘뤼엔이 자식 자랑하는 팔불출인 줄 알걸?"

"그게 어떻다는 거지?"

"응?"

"아버지가 아들을 위해 그 정도는 당연히 할 수 있는 것 아닌가?"

"어?……아하하, 그, 그건 그렇지."

설마 그가 이렇게 쉽게 긍정할 줄 몰랐던 터라 나는 황급히 고개를 끄덕였다. 그러나 머릿속은 온통 혼란스러운 상태였다. 아버지가 아들을 위해서라니. 뭐야, 그럼 정말 그 모든 것들이 날 생각해서 그런 거란 말이야?

솔직히 말하면 뒤통수를 거세게 얻어맞은 기분이었다. 어떤 의미에선 되로 주고 말로 받은 것 같기도 했다. 오히려 그는 아무렇지 않은 표정이라 더 똑바로 마주볼 수가 없었다. 눈이라도 마주쳤다간 그대로 불타올라 재가 돼버릴 것 같았다.

사실 지금까지는 자식 자랑하는 부모를 자녀가 꺼려한다는 말을 들었어도 잘 이해하지 못했다. 그런데 이제야 겨우 그들의 심정을 알겠다. 우와, 그동안 겪어보지 못해서 몰랐는데 이거 진짜 창피한 기분이잖아? 나는 분위기를 전환시키기 위해 허둥지둥 화제를 돌렸다.

"으음, 아무튼 엘뤼엔, 조금 전에 한 말은 그냥 취소해주면 안 될까?"

"봐주는 건 한 번뿐이라고 했을 텐데."

"그건 내 교우 문제잖아. 이번 일은 엄연히 경우가 다르지."

"그런 억지를……."

"불쾌한 거 알아. 하지만 그래도 어떻게 좀 안 될까? 이렇게 끝나면 나 이 사람들이 눈에 밟혀서 밤에 잠도 못 잘지도 몰라. 죄책감 때문에 계속 시달릴 거라고. 엘뤼엔은 내가 그렇게 돼도 괜찮아?"

"……정말 못 말리겠군."

"그럼 들어주는 거야?"

엘뤼엔은 잠시간 복잡한 표정으로 날 바라보았다. 그러곤 이내 눈을 감고 가볍게 고개를 흔들었다. 결국 안 되는 건가. 밀려오는 실망감에 한숨을 푹 내쉴 때였다.

"복원."

그 순간 눈앞에서 놀라운 광경이 펼쳐졌다. 바닥에 엉망으로 굴러다니던 돌조각들이 공중에 한꺼번에 떠오르더니, 마치 자석에 이끌리듯 하나로 모여들었던 것이다. 그렇게 뭉친 조각들은 이내 한 덩어리가 되어 빠른 속도로 형태를 이루기 시작했다. 마치 그들 스스로 의지를 갖고 움직이고 있는 것 같았다.

그 모습에 놀란 건 나만이 아니라 신관들도 마찬가지였다. 그들 모두가 입을 벌리고 주변에서 일어나는 일들을 멍하니 구경했다.

돌조각은 벽면으로부터 시작해서, 기둥과 바닥, 그리고 장식물들을 하나둘씩 차례로 이루어갔다. 그리고 정신을 차렸을 때, 우리는 어느새 말끔해진 참배실 안에 서 있었다. 도대체 언제 파괴가 된 적이 있었냐는 듯 정교하게 복원된 참배실은 처음 들어왔을 때 보았던 광경과 하나도 달라진 것이 없었다. 마치 꿈이라도 꾸고 일어난 것 같은 기분이었다.

그러나 이 공간의 복원엔 더 중요한 의미가 담겨 있었다. 바로 조금 전, 그는 신관들을 향해 그들이 살아 있는 동안 참배실의 복원을 보지 못할 것이라 말했다. 그런데 그가 스스로 선언했던 말을 깨트린 것이다.

"아아, 주인이시여!"

신관들은 감격에 벅차올라 다시 바닥에 엎드렸다. 그들 역시 눈앞에서 일어난 기적에 차마 형용할 수 없을 만큼 충격을 받은 모습이었다.

"오늘의 일은 특별히 불문에 부친다."

그의 짧은 말에 신관들이 모두 울기 시작했다. 오히려 벌을 내렸을 때보다 더 크게 흐느끼는 것 같았다. 엘뤼엔은 살짝 혀를 차곤 이제 됐냐는 듯이 나를 바라봤다. 그 모습에 이루 말할 수 없이 가슴이 뭉클해졌다.

아무리 문외한인 나라도 신의 언약이 얼마나 엄격한지 모르지 않았다. 그의 입장에선 자존심이 걸린 문제이기도 할 것이다. 그런데도 그는 그것을 아무런 거리낌 없이 번복했다. 고작 내 부탁 하나 때문에.

"……고마워."

"말해두지만, 이제 정말로 마지막이다."

그는 나직하게 말했지만 나는 그저 웃을 수밖에 없었다. 왠지 다음에도 또 다른 마지막이 있을 거란 생각이 드는 건, 내가 너무 기고만장해진 탓일까? 이러다 괜히 나쁜 버릇이라도 들 것 같았다. 그런 나를 본 엘뤼엔이 나직이 혀를 찼다.

"웃지 마라. 나 참, 아들이라곤 하나밖에 없는 녀석이 이렇게 말썽을 피워서야."

"에헤헤……."

그런데 바로 그때였다. 갑자기 엘뤼엔에게서 빛이 터져 나오기 시작했다. 한순간 눈을 크게 뜰 수가 없을 만큼 강렬한 빛이었다.

"윽! 엘뤼엔?"

"……쯧."

그는 난처한 듯 가볍게 혀를 찼다. 그와 함께 지금까지 감춰왔던 그의 존재감이 서서히 드러나기 시작했다. 나조차 숨이 막힐 정도로 엄청난 위압감이었다.

"컥!"

"커흑!"

주위를 가득 채운 신성한 기운에 신관들은 거의 넋을 잃은 것 같았다. 대신관을 비롯하여 카이테인까지 모두 실성한 얼굴로 비명인지 외침인지 알 수가 없는 이상한 소리를 내뱉었다. 마치 약에 취한 사람들 같았다.

그나마 그들의 경우는 조금 나았다. 일반인들은 입에 거품을 물고 바닥에 쓰러진 채 부들부들 경련을 일으키고 있었다. 눈과 귀에서 피를 쏟으며 그대로 까무러친 자들도 적지 않았다.

하지만 사태가 이런데도 엘뤼엔은 존재감을 거두려 하지 않았다. 아니, 거두지 못하는 것 같기도 했다. 그로부터 시작된 빛은 이미 기세를 전환해 역으로 그의 몸을 전부 삼켜가고 있었다. 이제 어디서부터가 빛이고 어디서부터가 그였는지조차 알아보지 못할 정도였다.

"에, 엘뤼엔?"

"엘, 이리로."

나는 아연한 심정으로 눈앞에 내밀어진, 그의 손으로 추정되는 빛 덩이를 바라보았다. 조심스럽게 잡자 평소와 똑같은 따스한 체온이 전해졌다. 덕분에 긴장으로 굳어졌던 기분이 조금 안정되었다.

"내게 주어진 시간이 끝난 것 같다. 이 이상 기운을 갈무리하는 건 무리일 것 같군. 더 지체하면 이곳만이 아니라 도시 전체에 큰 영향을 미치게 될 거다."

"윽, 그렇구나. 그럼 얼른 돌아가야겠네."

"아아, 모처럼 만인데 미안하다."

그의 사과에 나는 얼른 고개를 저었다. 서운한 건 사실이지만, 바쁜 와중에 틈을 내어 와준 그에게 투정을 부릴 순 없었으니까. 그런 기분이 전해진 건지 엘뤼엔은 부드럽게 미소 지었다.

"그러고 보니 본래 용건은 따로 있었지."

말을 마침과 동시에 엘뤼엔은 손가락으로 내 이마를 지그시 눌렸다. 그러자 익숙지 않은 열기가 미간 위의 피부를 뜨겁게 달구기 시작했다. 나는 화들짝 놀라 얼른 이마를 짚었다.

"뭐, 뭐야?"

"이번 유희에 필요한 것. 이게 필요해서 날 만나려고 했던 것 아니었나?"

"응? 아! 설마 신의 문장?"

그러고 보니 완전히 잊고 있었다. 이곳에 온 가장 중요한 용건이었는데 말이다. 십년감수한 기분에 안도의 한숨을 내쉬자 엘뤼엔이 재미있다는 듯 피식 웃었다.

"이제부턴 그 문장을 통해 나와 언제든 대화할 수 있을 거다."

"우와, 정말? 어떻게?"

"나와 연결된 일종의 개별 통로가 생긴 거라 보면 된다. 신의 문장은 신전의 참배실과 동일한 역할을 하거든. 신관이 개인적으로 신탁을 받을 수 있는 것도 바로 그 때문이지. 그래서 정식 신관은 그 자체로 하나의 작은 신전이라고도 불린다."

"헤에, 그렇구나."

"개인적으론 아들이 내 사제가 되니 기분이 좀 이상하군. 아마 신에게 문장을 달라고 하는 정령왕은 너밖에 없을 거다."

"왜? 서로 연락이 편해지면 좋은 거 아니야?"

"그렇게 생각하는 점이 너답긴 하군."

엘뤼엔은 다시 피식 웃으며 내 머리를 쓰다듬었다. 왠지 바보 취급을 당한 것 같은데, 그저 기분 탓이겠지?

잠시간 이마 위에 머물던 열기는 곧 언제 그랬냐는 듯이 사라졌다. 그럼에도 계속 이마를 만지고 있는 내게, 엘뤼엔의 말이 이어졌다.

"그럼 난 이만 돌아가마. 필요하다면 언제든 연락해도 된다. 그리고 가급적 그 도마뱀은 떼어놓고 다니도록 해라. 죽여 버리면 더 좋고."

"아하하……."

후자의 말에 더 힘이 실렸다고 느낀 건 내 착각만이 아닐 것이다. 아무래도 라피스는 그에게 단단히 미운털이 박힌 것 같다. 신과 대적(?)하고도 살아남은 셈이니, 어떤 의미에서는 상당히 운이 좋은 걸지도.

"아참, 엘뤼엔, 물어볼 게 있는데!"

"뭐지?"

귀환하려는 찰나 갑자기 붙잡은 건데도 그는 불쾌한 기색 없이 차분하게 답했다. 나는 그것에 용기를 내어 물었다.

"신전을 찾아가면 어느 신이든 다 만날 수 있는 거야?"

"글쎄, 신들마다 다르겠지만 정령왕의 청을 거절하는 경우는 드물겠지."

"그럼 마신도 만날 수 있어?"

그 순간 엘뤼엔에게서 짧은 침묵이 흘렀다. 분명 빛 때문에 모습이 보이지 않는 상황인데도, 왠지 그의 얼굴이 일그러졌다는 것을 알 것 같았다.

"마신은 왜?"

"음, 딱히 중요한 일은 아니긴 한데, 그에게 물어볼 말이 있거든."

"중요한 용건이 아니라면 그만두는 게 좋을 거다."

"응? 어째서?"

"다른 신의 문장을 달고 마신의 신전을 방문하겠다는 거냐? 입구에서부터 거절당할 게 뻔하지. 운이 나쁘다면 고초를 치를 가능성도 적지 않다."

"아, 그렇겠구나."

그러고 보니 마신의 사제들이 조금 공격적이라고 했던가? 처음 이곳의 사람들이 다짜고짜 우리를 마신의 잔당들로 오해한 걸 보면 다른 신관들에게 행패를 부리는 사례도 적지 않은 것 같다. 그런 그들 앞에 대놓고 찾아가면 시비를 건다고밖에 여기지 않을 것이다.

'이사나의 아버지를 죽게 만든 신탁에 관해서 물어보고 싶었는데.'

이럴 줄 알았으면 마신의 신전부터 먼저 들러볼 걸 그랬나? 왠지 아쉬운 기분에 나는 쩝, 입맛을 다셨다. 그러자 조금 더 낮아진 엘뤼엔의 목소리가 들렸다.

"그게 아니라도 가급적 마신과는 상종하지 마라. 그럴 일은 없겠지만, 설령 그쪽에서 찾아온다고 해도 마찬가지다. 네가 감당할 만한 녀석이 아니야."

"그, 그렇게 무서운 신이야?"

"……차라리 그렇게 단순하게 표현할 수 있다면 나을지도 모르지."

의미를 알 수 없는 말에 나는 더더욱 어리둥절해질 수밖에 없었다. 그런 나를 향해 엘뤼엔이 다시금 낮은 목소리로 말했다.

"내 말, 반드시 명심해라."

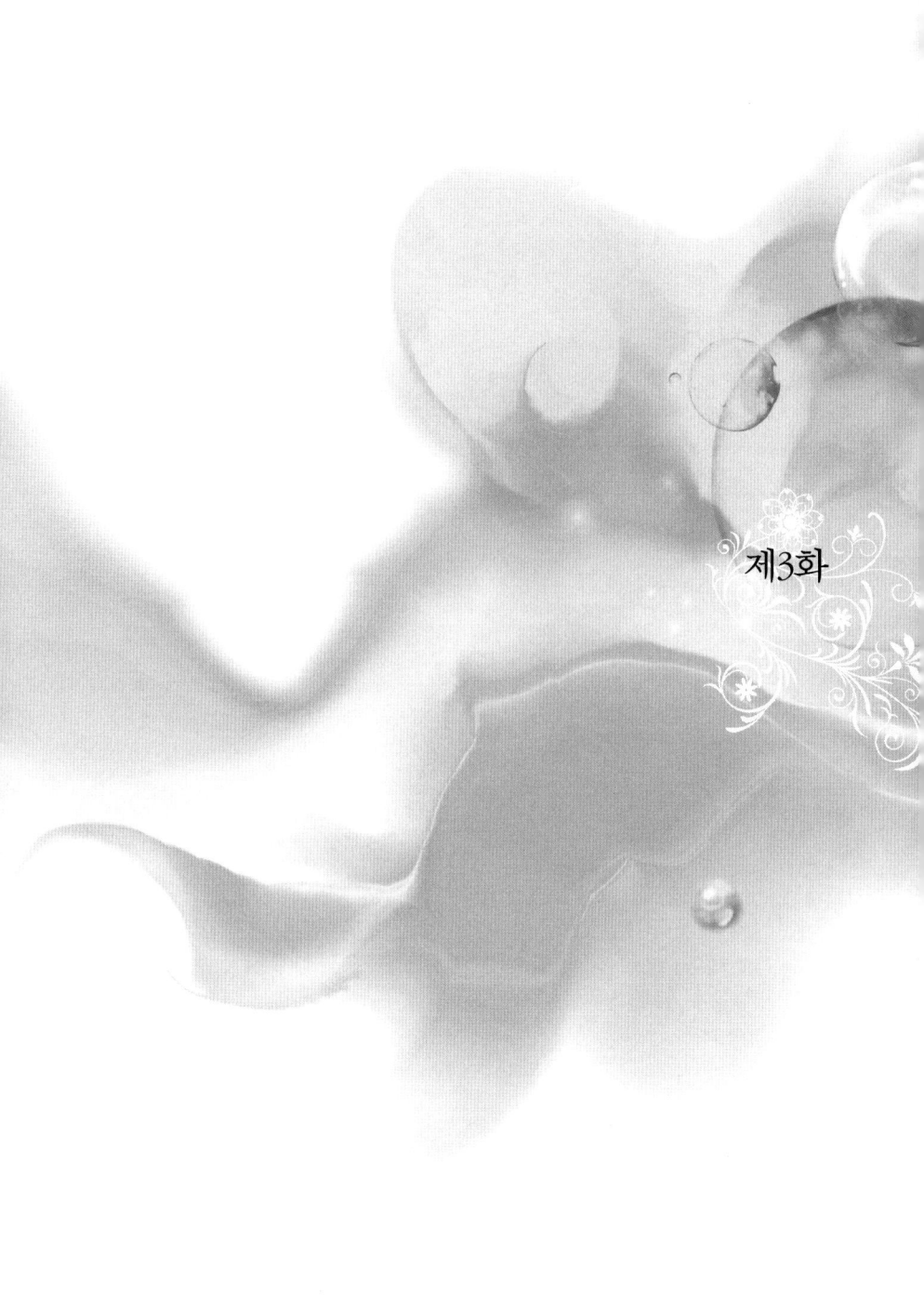

1.

 떠나는 이보다 남은 이의 삶이 더 서글프다고 했던가. 왠지 적절한 예시는 아닌 것 같지만, 그보다 더 지금의 내 상황을 제대로 표현할 만한 말은 없을 것 같다. 그런 의미에서 엘뤼엔이 돌아간 이후 나는 한숨을 내쉴 수밖에 없었다. 처리해야 할 문제가 산더미 같았기 때문이다.
 가장 먼저 날 기다리고 있던 건 처참한 참배실 안의 현장이었다. 간신히 버티고 있던 신관들도 그가 돌아갔을 때쯤엔 더 이상 견디지 못하고 의식을 잃은 상태였다. 사람들은 전부 쓰러져 있었고, 그들이 내뱉은 토사물과 오물들로 바닥이 온통 너저분했다. 이 공간 안에 멀쩡히 깨어 있는 사람은 나 하나뿐이었다. 즉,

뒷수습을 할 사람이 나밖에 없다는 뜻이었다.

나는 일단 라피스부터 순차적으로 살피기 시작했다. 이곳에 있는 이들 중에선 단연 그의 상태가 가장 심각했다. 사실 그 때문에 조금 당황스럽기도 했다. 머릿속에 저절로 떠오르는 지식에 의하면 드래곤은 재생력이 뛰어난 종족이었다. 그런데도 그의 상태는 처음보다 조금도 나아진 것이 없었다. 심지어 치유력을 써도 곧장 아물지 않을 정도였다.

정령왕의 능력을 써도 바로 낫지 않는 부상이라니, 아무래도 엘뤼엔이 정말 단단히 작정을 했던 게 분명했다. 결국 몇 번 더 치료를 거듭한 후에야 나는 그를 간신히 봐줄 만한 모습으로 만들 수 있었다.

이후로 나는 본격적으로 사람들 사이를 돌아다니며 그들의 다친 부위를 치료하거나 더러운 곳을 청소했다. 간단한 작업이었지만 인원이 많다 보니 대충 돌아보는 것만도 꽤 시간이 걸렸다. 그렇게 어느 정도 정돈이 되고 나자 그때부터는 슬슬 다른 부분이 걱정되기 시작했다.

'그나저나 사람들이 깨어나면 뭐라고 설명을 하지?'

후회는 아무리 빨라도 늦는다더니. 정작 일을 저지를 땐 아무 생각이 없었는데, 흥분이 가라앉으니 조금 전까지의 일들이 머릿속에서 파노라마처럼 스쳐 지나갔다. 사람들 앞에서 너무 대놓고 엘뤼엔을 편하게 대했던 것이나, 아들이니 정령왕이니 위험한 발언을 거리낌 없이 한 것 등, 하나같이 전부 다 마음에 걸리는 것들뿐이었다.

아마 우리의 대화를 들은 사람 중 대다수는 이미 내 정체를 눈치챘을 것이다. 그마나 신관들만이라면 어떻게든 수습을 시도해보겠지만 문제는 이곳에 일반인들도 섞여 있다는 사실이었다. 내가 아무리 협박을 한다고 해도 그들의 입까지 막을 수 있을 것 같진 않았다.

"으으, 이게 다 엘뤼엔 때문이야. 너무 아무렇지 않게 말하니까 나까지 경각심을 잃은 거잖아."

나는 괜히 애꿎은 엘뤼엔을 원망하며 한숨을 푹 내쉬었다. 차라리 이틈에 일행들만 챙겨서 도망을 칠까도 싶었지만 그랬다간 일이 더 커질 것 같아 차마 그럴 수가 없었다.

결전(?)의 순간은 그리 오래지 않아서 찾아왔다. 사람들 사이에서 작은 신음소리가 들리더니 누군가 천천히 몸을 일으킨 것이다.

"으음……."

그는 바로 대신관 루얀이었다. 가장 많은 신력을 가진 사람답게 회복 역시 가장 빠른 것 같았다.

그는 흐트러진 머리칼을 쓸어올리며 어리둥절한 얼굴로 주위를 살폈다. 아직 상황을 분간할 정도로 정신이 돌아오진 않은 듯 눈빛이 흐린 상태였다.

그와 눈이 마주치는 순간 나는 바짝 긴장해서 주먹을 움켜쥐었다. 머릿속에선 변명으로 시작해서 변명으로 끝날 말들이 분주하게 차례를 기다리고 있었다. 그런데 그의 입에서 나온 것은 전혀 예상하지 못했던 질문이었다.

"여긴 참배실 아닙니까? 제가 왜 이곳에 있는 겁니까? 아니, 그보다…… 당신은 누구십니까?"

"네? 저, 저요?"

설마 기억을 못 하는 건가? 더 당혹스러운 건 다음으로 이어진 그의 행동이었다. 멍하게 나를 쳐다보던 그의 눈에서 구슬 같은 눈물이 뚝뚝 떨어지기 시작한 것이다.

"대, 대신관님?"

내 부름을 듣고서야 그는 자신의 상태를 자각한 듯했다. 두 손을 들어 가만히 뺨을 만진 그는 손바닥을 흥건히 적신 액체를 물끄러미 응시했다. 그 자신도 자신의 모습을 이해하지 못하는 것 같았다.

"이상하군요. 눈물이 나는데 멈출 수가 없습니다. 하지만 아무리 노력해도 생각이 나질 않는군요. 왠지 잊지 말아야 할 것을 잊은 기분입니다."

"저, 정말 아무것도 기억이 안 나요?"

"그렇게 질문하신다는 건, 당신은 제가 왜 이러는 건지 알고 계시는 겁니까?"

아차 싶은 기분에 나는 살짝 혀를 깨물었다. 그것을 보고 더 자신의 생각을 확신했는지, 그가 나를 똑바로 응시했다.

"말씀해주십시오. 대체 이곳에서 무슨 일이 있었던 겁니까?"

"으음, 그게 말이죠······."

나직하게 응시하는 시선에 나는 마른침을 꿀꺽 삼켰다. 설마하니 기억을 잃을 줄이야. 이런 경우는 생각해본 적이 없어서 어떻게 설명을 해야 할지 알 수가 없었다.

그 순간 대신관의 눈동자가 갑자기 크게 뜨였다. 그는 조금 당황한 듯 두 눈을 몇 번이나 깜빡이더니 뜻밖의 질문을 내뱉었다.

"혹시, 성함이 엘······ 되십니까?"

"어? 기억났어요?"

"······제 짐작이 맞았군요."

어라, 생각이 난 게 아닌 건가?

반응을 봐선 기억이 돌아온 것 같진 않은데, 가르쳐주지도 않은 이름을 알고 있으니 기분이 이상했다. 도대체 어떻게 돌아가는 상황인가 싶어 나는 조심스럽게 그의 눈치를 보았다.

대신관은 무언가 생각에 잠긴 표정이었다. 잠시 후 그가 다시 고개를 들고 나를 바라보았다.

"성함이 분명 엘이라고 하셨지요."

"네."

"그렇다면 한 가지만 더 여쭙겠습니다. 혹시 이곳에 엘뤼엔 님께서 직접 다녀가셨습니까?"

혹시 독심술을 쓰는 게 아닐까? 나는 얼결에 천천히 고개를 끄덕였다. 그러자 모든 것을 다 이해했다는 듯 그의 입가에 부드러운 미소가 번졌다.

그때 다른 쪽에서도 신음소리가 울리기 시작했다. 쓰러져 있던 사람들이 하나둘씩 정신을 차린 것이다. 그들 중에는 이사나도 포함되어 있었다.

"으음, 엘……?"

"이…… 라이, 괜찮아?"

내 질문에 그는 몸을 일으키며 고개를 끄덕였다. 그 상태에서 멍하니 눈을 비비기를 잠시간, 그가 퍼뜩 당황한 얼굴로 물었다.

"그런데 내가 왜 누워 있지? 혹시 나 잠들었어?"

"응? 설마 너도 기억이 안 나?"

"너도라니, 그럼 엘도 기억을 못 하는 거야?"

"아니, 그런 건 아니고…… 어디까지 생각나는데?"

"으음, 참배실에 들어왔던 것까진 생각이 나는데…… 그 뒤로는 전혀……."

결국 엘뤼엔을 만난 시점부터의 기억이 전부 날아갔단 소리였다. 깨어난 다른 사람들도 이사나와 비슷한 반응이긴 마찬가지였다. 그들은 모두 어리둥절한 표정으로 주위를 두리번거리고 있었다. 아무도 방금 전까지의 일을 기억하지 못하는 것 같았다.

한 사람이라면 몰라도 이렇게 많은 사람이 일시에 기억을 잃은 걸 그저 우연이라고 치부할 수는 없을 것이다. 아무래도 엘뤼엔이 돌아가기 전에 뭔가 조치를 한 것이 분명했다.

'이런 건 미리 말해달라고!'

이럴 줄 알았으면 그냥 몰래 신전을 떠날걸, 절호의 기회를 그냥 놓쳐버렸다는 사실에 나는 속으로 좌절했다. 그때 두 뺨에 강렬한 시선이 닿는 것이 느껴졌다. 이사나가 놀란 토끼 눈으로 나를 바라보고 있었다.

"왜 그래, 라이?"

"음…… 아, 저기…… 혹시 우리 말이야. 엘뤼엔 님을 만난 거야?"

"에? 너도 알겠어? 어떻게?"

"그거야……."

이사나는 주저하며 제대로 설명을 잇지 못했다. 왠지 조금 들뜬 것 같기도 했다.

"엘 님?"

그 순간 들려온 목소리에서 강렬한 기시감이 느껴졌다. 고개를 돌리자, 놀란 얼굴을 한 카이테인이 망연히 서 있는 것이 보였다. 이곳에서 재회한 순간 보았던 모습 그대로였다. 그리고 그때와 마찬가지로 그의 한마디는 주위에 커다란 파장을 일으켰다.

"에, 엘 님이라고?"

"설마 신탁에서 말씀하셨던 그 엘 님?"

"그럼 저분이 우리가 기다리던 손님이시란 말이야?"

헛숨 속에 터져 나온 음성도 놀라울 정도로 똑같았다. 어떤 면에서는 참 한결같은 사람들이었다.

"어떻게 되신 겁니까? 대체 이곳에서 무슨 일이…….""

카이테인은 허겁지겁 사람들 사이를 헤치고 앞으로 달려나왔다. 그런데 다음 순간, 내 얼굴을 본 그가 하던 말을 멈추고 두 눈을 부릅떴다. 대신관이나 이사나가 보였던 것과 비슷한 반응이었다.

비단 그만이 아니었다. 나를 본 사람들마다 모두 하나같이 똑같은 표정을 짓기 시작했다. 기분 탓일까? 왠지 참배실이 폭발했을 때보다 더 경악한 것 같았다.

"왜, 왜 그래요?"

내가 긴장해서 묻자 카이테인은 겨우 정신을 차린 듯 굳어진 얼굴을 풀었다. 그래도 여전히 놀란 기색을 감추지는 못한 모습이었다.

"으음, 아무것도 아닙니다. 그나저나 드디어 문장을 받으셨군요. 경하드립니다."

"어? 바로 알겠어요?"

"네, 물론입니다. 아주 선명한걸요."

"그래요? 어디에 있는데요?"

나는 황급히 내 몸을 내려다보았다. 고위 신관일수록 눈에 띄는 부위에 문장이 드러난다고 했다. 난 정식 신관도 아니니 어느 정도 적당한 선에서 찍어줬을 거라고 생각했는데, 생각보다 잘 보이는 위치였던 모양이다.

그러나 살이 드러난 부분은 물론, 소매를 걷어보아도 문장은커녕 그와 비슷한 것조차 찾아볼 수가 없었다. 어리둥절해져서 고개를 들자 카이테인은 조금 난처한 표정을 지었다. 왠지 대답을 꺼려하는 것 같은 느낌이었다.

그때 툭툭, 누군가 내 어깨를 두드렸다. 이사나였다. 의아해하며 돌아본 내게 그는 어색한 표정으로 자신의 이마를 가리켰다. 그 순간 갑자기 불길한 기분이 엄습했다.

그러고 보니 엘뤼엔이 문장을 새길 때 어떻게 했더라……?

"……!"

기억을 떠올리는 건 어렵지 않았다. 그것을 상기하자마자 나는 서둘러 두 손으로 이마를 덮었다. 절대 믿고 싶지는 않았지만, 설마하니 엘뤼엔 이 아버지가……!

"혹시 신의 문장이 이마에…… 새겨진 거야?"

아니나 다를까. 떨떠름하게 묻는 말에 이사나만이 아니라 사람들 전부 고개를 끄덕였다.

이제야 그들이 날 보며 경악했던 이유를 알 것 같았다. 대신관인 루얀이 단번에 엘뤼엔의 강림을 눈치챈 이유도.

이 신전에서 가장 신분이 높은 그가 문장을 받은 부분이 손등이었다. 즉, 지금까지 그게 최대치로 눈에 띄는 위치였단 뜻이다. 그런데 갑자기 튀어나온 내가 별안간 더 높은 위치에 문장을 받아버린 것이다. 그것도 심지어 가장 눈에 띄는 얼굴에!

설마 그게 즉석에서 문장을 새기는 것이었을 줄이야! 그저 과정의 일부라고 생각해서 방심했던 것이 화근이었다. 날 마중하기 위해 수많은 일들을 벌였다고 할 때부터 눈치를 챘어야 했다. 젠장, 엘뤼엔!

'자식 사랑도 적당해야 한다는 거 몰라?'
소리 없는 비명이 목구멍까지 치솟아 올랐다.

2.

한 차례 파란 이후 대신관은 곧장 상황을 정리하고 모든 사람들을 물러나게 했다. 그리고 우리는 그의 개인 집무실로 장소를 옮겼다. 혹시 말이 새어나갈 것을 대비해 동석인은 이사나와 카이테인, 단 두 사람으로만 한정한 상태였다.

"이분이 라이 님이셨군요. 전혀 몰라 뵀었습니다."

뒤늦게야 이사나의 정체를 깨달은 카이테인은 매우 놀란 표정을 지었다. 후드로 얼굴을 가리고 다닌 모습만 기억하다가 처음으로 실물을 보게 된 데다, 드러난 외형이 예상과 전혀 다른 모습이라 더 놀란 것 같았다.

"실례지만 라이 님은 본래 금발에 벽안을 지니고 계신 게 아니셨습니까?"

"예? 어떻게 그걸……."

당연히 정체를 모를 거라 생각한 탓인지 이사나는 매우 놀란 표정을 지었다. 당황하는 그에게 나는 얼른 사실을 알려주었다.

"라이, 실은 카이테인 씨는 우리 일을 전부 다 알고 있어."

"뭐? 저, 정말?"

"전부터 짐작하셨는데 우리를 위해 함구해주기로 하셨어. 미리 말하지 않아서 미안해."

"아, 아냐. 그랬구나."

이미 한 번 샴페인 용병단의 일을 경험한 탓인지 이사나는 예상보다 침착했다. 잠시간 머뭇거리던 그는 곧 카이테인을 향해 꾸벅 고개를 숙였다. 그에 카이테인 역시 부드럽게 웃으며 고개를 숙여보였다. 서로 말하지 않아도 그 속에 담긴 의미만은 충분히 전해졌다.

직후 카이테인은 진지한 얼굴로 나를 응시했다. 나는 반사적으로 마른침을 삼켰다. 드디어 본론이 시작될 차례가 온 것이다.

"어쨌든 엘 님, 짐작하고 계실지 모르겠지만 예상보다 일이 커지게 된 것 같습니다."

"혹시 제가 문장을 받은 위치 때문인가요?"

예상대로 그는 천천히 고개를 끄덕였다.

신관의 운명은 대개 태어난 지 5년, 즉, 5살 전후로 결정된다. 부모의 신분이 고귀하든 그렇지 않든, 심지어 죄인의 아이라 할지라도 일단 신의 문장을 갖고 태어난 아이는 사제로 칭함을 받으며 신전에서 직위를 부여받는다.

그 외에는 스스로 신관의 길을 갈망하거나 외부의 압력에 의해 어쩔 수 없이 신관이 되는 경우뿐이었다. 하지만 이런 이들은 문장을 받지 못하는 일이 부지기수고 설령 받더라도 그 위치가 보이지 않는 쪽인 경우가 태반이라 결코 고위 신관은 될 수 없었다.

그건 엘뤼엔의 교단만이 아니라 모든 교단이 전부 마찬가지였다.

이미 유년기가 지난 사람이 고위직의 문장을 받았다. 이것만으로도 누구나 크게 놀랄 만한 사건이었다. 그런데 더 경악스러운 건 문장이 찍힌 위치가 바로 얼굴이라는 사실이다.

나중에 알고 보니 얼굴에 문장이 있다는 건 단지 높은 위치라는 의미 정도가 아니었다. 어느 교단이나 공통적으로 얼굴에 문장을 받은 신관이 탄생하는 경우는 오직 하나, 아주 특별한 조건이 성사될 때뿐이라는 것이다.

"특별한 조건……이라면?"

"그 신을 최고신으로 섬기는 나라가 세워질 때입니다."

이번 질문에 대답한 사람은 대신관 루얀이었다. 집무실에 들어온 이후부터(아니, 사실 문장을 받은 그 순간부터) 그는 이상할 정도로 일렁이는 눈으로 나를 바라보고 있었다. 나는 시선을 피하려다 말고 의아해져서 물었다.

"최고신이요? 이 대륙에 엘뤼엔을 최고신으로 섬기는 나라가 있나요?"

"지금까지는 없었습니다. 하지만 엘 님이 문장을 받으심으로써 이제 그렇게 되었습니다. 저희의 신전이 있는 이 산 자체가 하나의 신성왕국이 된 셈이죠."

"……그게 인정이 된다고요?"

"신이 하시는 일이니까요. 교단들은 대체로 국법을 따르는 편이지만 이런 식으로 신이 강하게 개입한 경우엔 국가에서도 교단의 독립적인 주권을 인정합니다. 특히 이곳 스왈트는 이미 신성제국으로서 교권과 황권이 분리되어 있기도 하고요."

사실 그건 당연한 일이기도 했다. 아크아돈처럼 신의 개입이 활발한 땅에선 언제 어느 때 무슨 일이 벌어질지 모르니까. 인간들의 입장에선 언제든 예외를 생각해둘 수밖에 없을 것이다. 뿐만 아니라 이종족들의 영역에선 또 그 나름의 규칙이 달리 적용된다고 하니, 여러모로 특이한 세상인 건 틀림없었다.

"으음, 그렇군요. 아무튼 조건이 세워지면 얼굴에 문장을 받는 사람들이 태어난다는 거죠?"

"사람들이 아닙니다."

"……?"

"단 한 사람만이 그러한 문장을 지닐 수 있습니다. 모든 신관들과 신성왕국을 다스리는 최고 신관의 직위니까요."

"그 말은……."

"즉, 엘 님이 저희의 교황이시라는 겁니다."

'엘뤼에엔!'

오늘만 벌써 몇 번이나 그의 이름을 부르는지 모르겠다. 나는 쓰러지고 싶은 기분을 참으며 머리를 마구 쥐어뜯었다.

"괜찮으십니까?"

아니, 하나도 안 괜찮아.

카이테인의 말에 그렇게 대꾸하고 싶은 것을 참으며 나는 간신히 입꼬리를 들어 올렸다. 그러자 내 기분을 이해한다는 듯 대신관이 차분히 고개를 끄덕였다.

"충격이 크신 걸 이해합니다. 하지만 예하, 심신을 굳게 하셔야 합니다."

"……저기, 잠깐만요. 뭔가요, 그 예하라는 말은?"

"교황 폐하이시니 이제부터 정식 호칭으로 부르는 것이 도리지요."

"으, 그러지 마세요! 일이 좀 꼬인 것 같은데요, 저는 교황이 될 생각이 전혀 없거든요?"

사실 정령왕이 교황이 된다는 것 자체가 어불성설한 일이었다. 종족의 문제를 떠나, 일단 나한테는 성력이라곤 손톱만큼도 존재하지 않았으니까. 하지만 이런 사실을 까맣게 모르는 대신관은 단호했다.

"신이 정한 운명은 누구도 거스를 수 없습니다. 이제부터 예하께선 이곳 신성왕국의 첫 주인으로서 교황의 길을 걸으셔야만 합니다."

"그런……."

"납득하기 힘드셔도 어쩔 수 없습니다. 부디 주어진 운명에 빠르게 순응해주시길 바랍니다. 그런 의미에서 앞으로 주의하실 사항을 알려드리겠습니다. 향후로 예하께서는 사람들 앞에 함부로 모습을 보이시면 안 됩니다. 이곳을 떠나시는 것도, 멀리 여행을 가시는 것도 허가되지 않습니다."

"뭐, 뭐라고요? 대체 그런 경우가……!"

날더러 이 외진 신전에 틀어박혀 망부석이 되라는 소린가? 더 이상은 안 되겠다는 생각에 나는 결심을 굳혔다. 일이 더 커지기 전에 모든 상황을 상세하게 고백할 작정이었다. 특별히 신경을 써준(비록 그 신경이 조금 많이 지나치긴 했지만) 엘뤼엔이나 교황이 생겼단 사실에 기뻐하는 대신관에게는 미안한 일이지만 그 때문에 내 계획을 송두리째 변경할 수는 없었다. 이마의 문장을 반납하는 한이 있더라도 이 상황만은 모면해야 했다. 그러나 내가 입을 여는 것보다 대신관의 말이 이어지는 것이 더 빨랐다.

"……라고 말씀을 드리고 싶습니다만, 사실 그 부분은 예하의 뜻대로 하시면 됩니다."

"……네?"

이건 또 무슨 소리인가 싶어 나는 멀뚱히 대신관을 바라보았다. 그러자 내 표정이 웃겼는지 그가 가벼운 미소를 머금으며 대답했다.

"솔직히 말씀드리면 이렇게 작은 교단에선 교황의 역할이 그리 크지 않습니다. 특히 첫 번째 교황은 신께서 신성왕국을 세운다는 뜻을 밝힌 초석으로서의 존재 의미가 더 크지요. 교황이 제대로 된 역할을 할 때가 오려면 앞으로 몇 세대는 더 지나야 할 겁니다. 그래서 대개 첫 번째 교황은 자유로이 대륙을 돌아다니며 보다 많은 사람들에게 신의 교리를 전파하는 일을 하는 편입니다."

"그러니까…… 지금은 명예직이라는 건가요?"

"그렇게 말씀을 드릴 수도 있겠군요. 물론, 그렇다 해도 교황으로서의 권리는 전부 갖고 계십니다."

한마디로 정리하면 의무 없이 권리만 지닌 속 편한 자리라는 소리였다. 뭐야, 그럼 이렇게 수선을 피울 필요가 전혀 없었던 거잖아? 벼랑 끝에 내몰렸다가 간신히 구제받은 기분이다. 이사나도 이미 알고 있었던 내용인지 연신 웃고 있었다.

하긴, 그러고 보면 처음부터 눈치를 챘어야 하는 일이었다. 엘뤼엔이 무슨 억하심정이 있어 날 곤란하게 만들 일을 벌였겠는가. 제대로 알아보지도 않고 조금이나마 그를 원망했던 게 너무 미안했다. 창피한 기분에 얼굴도 제대로 들지 못하는 내게 대신관은 다시 차분히 말을 이었다.

"앞으로 어떻게 하시든 저희는 예하의 뜻을 존중할 겁니다. 다만 가끔씩 사람을 보내 안부만 전해주십시오. 본교에서 예하의 안위조차 파악하지 못하고 있다면 아무래도 문제가 되지 않겠습니까?"

"아하하, 그, 그럴게요."

"아, 그리고 가급적 이마의 문장은 가리고 다니시는 것이 좋을 것 같습니다. 원치 않은 분쟁이 일어날 수 있으니까요."

"분쟁이요?"

의아해져서 바라보자 대신관은 고개를 끄덕이며 설명을 이었다.

"사실 조금 전에는 당연한 일인 것처럼 말씀을 드렸습니다만,

조건이 갖춰진다고 해서 반드시 그 교단에 교황의 운명을 가진 사람이 태어나는 건 아닙니다. 실제 역사상으로도 그리 많지 않죠. 가장 큰 세를 지니고 있으며, 이곳 신성제국 스왈트의 최고신으로 군림하는 마신의 교단만 해도 그렇습니다. 그들 역시 첫 선출 때 이후로 한두 명에게만 교황의 문장이 나타났을 뿐, 이후로는 대신관 중에서 한 사람을 선출하는 방식을 쓰고 있으니까요. 간혹 문장이 없는데도 교황이 되는 경우도 있습니다."

"문장이 없는데 교황이 된다고요?"

"상당히 드문 편이긴 합니다만, 황족 출신의 신관이 교황으로 선출되는 사례입니다. 아실지 모르겠지만 스왈트 황실에서는 태어난 황손 중 한 명을 교단으로 보내 신관으로 자라게 하는 관습이 있거든요. 그 황족은 문장이 없어도 처음부터 대신관의 자격을 부여받습니다. 황족의 핏줄은 그 자체로 마신의 축복을 받았다 여기기 때문이죠. 그런고로 교황 후보의 자격도 지니고 있습니다."

"아, 그러고 보니 들은 적 있어요. 황손 중에서 교황이 나온 적이 있는데, 그 덕에 황실과 마신교가 서로 공존하고 있다고요. 그게 그래서 가능한 거였군요."

내 대답에 루얀은 만족스럽다는 듯이 고개를 끄덕였다.

"대체적으로 정식 교황의 문장은 신의 관여가 가장 강하게 이루어질 때 나타납니다. 그만큼 신의 관심을 받고 있다는 뜻이죠. 때문에 같은 교단의 신관들에게는 큰 자부심이 되지만 그렇지 않은 자들에겐 괜한 질시를 받을 우려가 있습니다."

심한 경우에는 납치나 암살의 위협을 받는 경우도 있다고 대신관은 덧붙였다. 그게 아니라도 교황쯤 되면 강한 신력을 지니고 있기 마련이라 그 능력 자체를 탐하는 자들도 많다는 것이다.

특히 치유 능력을 가진 신관은 평소에도 범행 목표가 되는 일이 잦다고 했다. 그래서 대개 신전을 떠나지 않거나, 불가피하게 장소를 옮겨야 하는 경우엔 신관기사들을 대동하고 다니는 편이었다. 그렇지 않은 특이한 케이스가 형벌의 교단—즉, 엘뤼엔의 신관들이었는데, 이들은 치유 능력을 지니고 있으면서도 거리낌 없이 홀로 순례를 다녔다. 어릴 때부터 자기 몸 하나쯤은 지킬 만한 무예를 익히기 때문이었다.

하지만 교황의 경우엔 한 단체를 대표하는 존재인 만큼 위험에 더 쉽게 노출될 수밖에 없었다. 대신관은 진지한 표정으로 나를 바라보며 말했다.

"오늘 예하의 문장을 목격한 이들이 많으니 삽시간에 관련 소문이 퍼질 겁니다. 그렇게 되면 분명 예하를 주시하려는 자들도 생길 거라 생각됩니다."

"으음, 그렇겠네요. 최대한 가리고 다녀봐야겠어요."

나는 머리칼로 이마를 덮으려는 시도를 하며 얼굴을 찌푸렸다. 문장의 크기가 그리 큰 편은 아니긴 하지만 제대로 가려지기나 할지 모르겠다. 두건이라도 두르고 다녀야 하려나? 정 안 되면 그 방법밖에는 없겠지만 왠지 더 눈에 띌 것 같기도 했다.

이러다 또 얼굴을 전부 가리고 다녀야 하는 상황이 생기는 건 아닌지. 지난 몇 달간 후드를 덮어쓰고 다녔던 기억을 떠올리자 절로 한숨이 흘러나왔다. 문제 하나가 해결되니 또 다른 문제가 생긴 기분이었다.

3.

바로 떠날 예정이었던 계획과는 다르게 우리는 신전에서 며칠 더 머물렀다. 라피스의 의식이 계속 돌아오지 않았기 때문이다. 외상은 완전히 사라진 상태였지만 무엇이 문제인지 그는 좀처럼 눈을 뜨지 못했다. 그렇다고 버리고 갈 수도 없는 노릇이라 나는 간간이 그를 들여다보며 치유술을 써주는 걸로 하루의 일과를 보냈다.

그렇다 보니 비상이 걸린 건 일반 신관들이었다. 난 신경 쓰지 않아도 된다고 했지만 그들은 내내 필요한 것이 없는지 수시로 살피러 오기 바빴다. 그들 입장에선 하늘에서 갑자기 교황이 뚝 떨어진 셈이었으니 아무래도 대하는 것이 어려울 만도 했다.

"예하."

처음엔 질색하던 단어도 하도 들으니 차츰 포기하게 되었다. 물론 여전히 적응은 되지 않았지만 말이다. 떨떠름하게 돌아본 나는 서 있는 사람이 카이테인인 것을 확인하곤 한숨을 내쉬었다.

"카이 씨, 그냥 엘이라고 부르라니까요."

"신전 안에선 봐주십시오. 사람들의 눈이 있어서 저도 어쩔 수가 없습니다."

장난스럽게 웃는 그를 보며 나 역시 피식 따라 웃을 수밖에 없었다.

"그나저나 라피스 님이라고 하셨던가요? 다른 일행분께선 아직도 깨어나지 않으신 겁니까?"

"네, 저러다 잠자는 숲 속의 미녀라도 될 기세네요."

"미녀요? 실례지만 남자분 아니셨습니까?"

"아하하, 그냥 그런 동화가 있어요."

"아아, 동화에 빗대신 거였군요. 그런데 그런 내용의 동화가 있었던가요? 전 처음 들어 봤습니다만."

"그럴 거예요. 굉장히 먼 나라에 있는 동화거든요."

이곳으로 와서 지구에서의 삶이 그리워질 때가 아주 가끔씩 있는데, 그게 바로 이럴 때다. 겪어온 환경이 워낙 다르다 보니 무심코 던지는 화제에서 공감대가 형성되질 않는 것이다. 이젠 익숙해졌지만 즐겨 쓰던 단어는 물론 사소한 농담조차 통하지 않는 경우가 많았다. 그나마 즐거운 추억이라고 할 만한 게 학교 친구들과의 단편적인 기억들뿐이라 다행이었다. 그렇지 않았다면 정말 외로웠을 것이다.

'그러고 보니 태진이 녀석은 잘 지내려나.'

나는 의식적으로 떠올리지 않으려 했던 옛 친구를 생각하며 쓰게 웃었다. 그동안엔 주어진 일정을 소화하는 것만으로도 벅차 여유를 부릴 정신이 없었는데 한가해지고 보니 자꾸만 잡생각이 드는 것 같았다.

얼른 라피스가 깨어나야 할 텐데. 그의 헛소리를 듣다 보면 우울한 기분도 다시 털어낼 수 있을 것 같았다. 물론 다른 방식의 정신적 피해를 감수해야겠지만.

그동안 신전에서는 몇 가지 일들이 있었다. 우선 체류하고 있던 일반객들이 모두 집으로 돌려보내졌다. 구경꾼을 막으려는 취지도 있었지만, 대체로 교황이 탄생한 교단은 신성국가로서 기반이 다져질 때까지 한동안 봉문을 하는 것이 관례라는 것이다. 더불어 혹시 모를 전쟁을 대비하기 위한 차원이기도 했다.

"전쟁이라니요?"

"아무래도 국가로 인정을 받으려면 여러 가지 문제가 생기기 마련이니까요."

"그, 그치만 제국에선 관여하지 않는다면서요."

"황실의 입장은 그렇습니다. 문제는 마신의 교단이죠."

"마신의 교단?"

"현 스왈트 제국의 최고신이 바로 마신이니까요. 그들 쪽에선 토벌군을 보낼 가능성이 있습니다."

"토, 토벌?"

"교단 간 공존의 문제 때문입니다. 이미 이 제국은 마신을 토대로 신성제국이라 칭함을 받고 있습니다. 그런데 그들의 영역 안에 또 다른 신성왕국이 들어선 상황이니 조금은 문제가 있을 수밖에요. 기존에 이 땅을 장악하고 있던 신이 새로운 신의 영향력을 마음에 들어 하지 않으면 분쟁이 생길 수밖에 없지 않겠습니까? 그렇게 되면 빼앗아 쟁취하거나, 역사에서 사라지는 수밖에 없죠."

청천벽력과 같은 소리를 태연하게 하는 카이테인을 보며 나는 한숨을 푹푹 쉬었다. 누가 엘뤼엔의 신관 아니랄까 봐 성격이 지나치게 관조적인 게 상당히 비슷한 것 같았다. 내 표정이 너무 굳어져 있는 탓일까? 그는 부드럽게 웃으며 말했다.

"너무 염려하지 마십시오. 사실 이런 문제는 비단 왕국의 문제가 아니라 다른 때에도 흔히 있는 일이니까요. 누군가의 교단이 세워져도 다른 교단의 신전에서 공격하여 무너트리곤 하지요. 반대로 새 교단이 기존 교단을 무너트려서 장악을 하는 경우도 있고요. 때문에 일각에선 이런 식의 분쟁을 신들의 전쟁이라고도 부릅니다."

"신들의 전쟁이라…… 결국 더 약한 신 쪽이 진다는 거네요."

"네, 맞습니다."

"으음, 다른 신이면 몰라도 마신도 상급신이라 분명 만만치 않을 텐데."

"예?"

"아니, 아무것도 아니에요. 그나저나 마신의 교단에서 공격을 해오면 방비할 방법은 있나요?"

"현재로선 마땅한 대책은 없습니다."

"없다니⋯⋯."

"엘뤼엔 님의 가호가 임하실 테니 괜찮습니다. 설령 이대로 사라진다고 해도 그 역시 신의 뜻이겠지요."

"⋯⋯."

침착하자, 엘. 설마 엘뤼엔이 아무 생각 없이 이런 일을 벌였겠어? 분명 마신을 잠잠하게 만들 자신이 있었을 거다. 그게 아니라면 어느 정도 친분이 있는 사이거나.

그러나 엘뤼엔의 성격상 아군보단 적군을 더 많이 만들 것이 뻔해서 그다지 안심이 되지는 않았다. 특히 마지막에 했던 경고를 떠올리면 딱히 마신과 사이가 좋아 보이지는 않았던 것 같아서 더 불안했다.

"정말 괜찮습니다. 아무리 마신교라고 해도 신이 강림한 교단은 함부로 치지 못합니다. 게다가 그거 아십니까? 지금 산 밑에서 특이한 일이 벌어지고 있다고 하더군요."

"특이한 일요?"

이어진 카이테인의 설명에 나는 놀랄 수밖에 없었다. 엘뤼엔이 강림한 이후 산 전체에 짙은 안개가 끼었다는 것이다. 일반인들이 들어오면 한 치 앞도 보이지 않지만, 엘뤼엔의 사제들에겐 선명하게 신전으로 향하는 길이 열린다고 했다. 즉, 누구도 침범할 수 없는 천연의 요새가 된 것이다.

"대천사 나드엘의 강림 이후 두 번째로 일어난 기적이라 클모어 공국 전체가 관련 화제로 크게 들썩이고 있다고 합니다. 아무리 마신의 교단이 강력하다 해도 그 안개를 뚫고 들어올 순 없을 겁니다."

"그렇다면 다행이긴 하네요."

"물론이지요. 그러니 전혀 걱정하실 필요 없습니다. 게다가 예전의 마신교라면 몰라도 근래의 마신교는 이전만큼 강하진 않으니까요."

"네? 그게 무슨 소리예요? 마신의 교단이 약해졌단 말인가요?"

마신은 무려 4대 차원 중 하나인 마계를 담당하고 있는 상급신이다. 그런 그의 신전이 세가 약해진다는 것은 말이 되지 않는 일이었다. 심지어 몇 년 전엔 대중 앞에서 공개적으로 신탁까지 내려진 일이 있지 않았던가! 영향력이 커진 만큼 오히려 권세가 더 강해졌어야 정상이었다. 그래선지 카이테인도 자신 있게 대답하지는 못하는 것 같았다.

"사실 저도 자세한 일은 알지 못합니다만. 마신의 교단에 내부적인 문제가 있는 건 분명합니다. 차기 신관들이 거의 없는 상태거든요."

"신관이 없다고요?"

"특히 대신관의 자격을 지닌 이가 전무합니다. 몇 년 전부터 마신의 문장이 내려지는 일이 줄어들기 시작했는데 대부분 눈에 띄지 않는 위치라 하위 신관밖에 되지 못했죠. 그나마도 최근에는 받은 이가 없다고 들었습니다. 정확하게는 현 대공이 대신관의 자격을 받은 이후부터인 것 같군요."

그러고 보니 대공이 원래는 마신교의 대신관이라고 했던가? 나는 새삼 기억을 되짚으며 카이테인을 응시했다. 대공을 향해 쓴 표현이 마음에 걸렸기 때문이다. 황족은 문장이 없어도 그 핏줄 때문에 대신관이 된다고 했는데 굳이 '자격을 받았다'라고 지칭한 것이 이해가 되지 않았다. 차라리 교단으로 보내진 이후라고 말하는 게 더 낫지 않았을까? 그러자 카이테인이 뜻밖의 사실을 알려주었다.

"아아, 모르셨군요. 대공은 본래 황실에서 자랐다가 뒤늦게 문장을 받아 정식 대신관으로 입적하게 된 사람입니다. 처음부터 신관으로 큰 사례는 아니죠."

"헉, 그래요?"

"예. 심지어 그는 늦은 나이에 문장을 받았습니다. 유년기를 지나 신관의 문장을 받은 것만 해도 흔치 않은 일인데, 새겨진 위치마저 상당히 높았던지라 상당히 큰 화제가 되었다고 들었습니다. 어떻게 보면 예하와 비슷한 경우라고 할 수 있겠군요."

"흠, 그렇군요."

"돌아가신 선황께서 태자로 즉위하기 직전의 일이었죠. 그래서 그 시기에 대해 의구심을 품은 자들도 많습니다. 당시 선황과 더불어 가장 유력한 태자 후보였기 때문에 반대파들로부터 숙청을 당할 수도 있었던 상황이었거든요. 하지만 교단으로 가게 된 덕분에 기적적으로 살아남았죠."

헤에, 그런 일이 있었단 말이야?

처음 들어보는 제국의 역사에 나는 꿀꺽 마른침을 삼켰다. 형제간에 숙청이라니. 소설이나 드라마에서나 보던 골육상잔을 이렇게 직접 들으니 기분이 이상했다. 이미 이사나의 일을 통해서도 어느 정도는 실감했지만 확실히 왕족들의 세상은 굉장히 냉혹한 세계인 것 같았다.

"당시, 이미 교단에는 태어나자마자 보내진 황족이 있긴 했습니다. 선선대 황제의 막내아들로, 대공과는 이복형제 사이였죠. 그런 와중에 새 황족 출신의 대신관이 들어오게 된 것이라 그들 사이에 상당히 기묘한 구도가 형성되었다고 합니다. 심지어 한쪽은 정식 대신관이기도 했으니까요. 그런데 그 황족은 얼마 되지 않아 모종의 사건으로 죽었다고 하더군요."

"모종의 사건?"

"말을 타고 가다 갑자기 낙마를 했다고 합니다. 그 일 때문에도 대공의 이미지가 좋지만은 않았다고 들었습니다. 하지만 역시 본격적으로 문제가 된 건 그 이후로 차기 신관의 숫자가 줄어들기 시작하면서부터였죠. 행간에선 대공의 문장이 위조된 것이 아닌지 의심하는 자들도 있다고 들었습니다."

"위조? 그게 가능해요?"

"기본적으론 불가능한 일이긴 합니다. 하지만 그렇기 때문에 마신이 분노하셔서 새 문장을 내리지 않는 것이 아닌가 하는 소문이 돌고 있는 것 같습니다."

"으음, 그게 사실이면 심각한 일 아닌가요?"

"그저 심각한 정도가 아닙니다. 교단에서 가장 기본이 되는 신권을 뿌리째 뒤흔드는 일이니까요. 하지만 현 마신교의 교황이 대공을 절대적으로 지지하고 있기 때문에 현재까진 모두 추론에 불과할 뿐입니다. 그리고 어쩌면 그 모든 것들 또한 전부 마신이 의도한 일일 수도 있구요."

결국 직접 물어보기 전까진 아무것도 알 수가 없다는 말인가. 머릿속이 복잡한 느낌에 나는 얼굴을 찌푸렸다. 감춰진 진실을 읽을 수 없는 건 당연한 일이지만 그래도 찝찝한 건 어쩔 수 없었다.

"가급적 마신과는 상종하지 마라."

떠나기 전 엘뤼엔이 했던 말이 다시금 귓가에 울렸다. 라피스와도 어울리지 말라고 했으니 그 말 역시 그저 조언 차원에서 건넨 것일지도 모른다. 하지만 혹시 다른 원인이 있는 거라면?

"내 말, 반드시 명심해라."

나는 푹 한숨을 내쉬었다. 마치 보이지 않는 손에 조종당하는 꼭두각시가 된 기분이었다.

4.

라피스가 정신을 차린 건 의식을 잃은 뒤 꼬박 일주일째 되는 날이었다. 마침 그의 상태를 보려고 다가갔던 나는 아무런 미동 없이 눈만 시뻘겋게 뜨고 있는 그를 보곤 소스라치게 놀라 숨을 삼켰다.

"뭐, 뭐야. 언제 깼어?"

당황해서 묻는 말에 그는 가만히 쳐다보기만 할 뿐 아무런 대답을 하지 않았다. 정말 깨어 있긴 한 건지 의심스러울 정도였다.

아니지, 어쩌면 잘못 맞아서 머리가 이상해진 건 아닐까? 하루도 빠지지 않고 치유술을 써주긴 했지만 그럼에도 오랫동안 깨어나지 않았던 걸 생각하니 불안해지는 것은 어쩔 수 없었다. 혹시나 싶은 마음에 나는 더 가까이 다가가 눈앞에서 손을 흔들어봤다. 그러자 그가 살짝 얼굴을 찌푸리곤 내 팔을 낚아채듯 붙잡았다.

"뭐 하는 거야."

"아하하, 다행히 멀쩡한 것 같네."

내가 어색하게 웃자 그는 혀를 차며 몸을 일으켰다. 일주일이나 의식불명이었던 사람이라곤 생각할 수 없을 정도로 가뿐한 모습이었다. 잠시 주변을 둘러보던 그는 곧 가라앉은 목소리로 물었다.

"······그 자식은?"

"응? 누구?"

"누구긴. 그 엘뤼엔인지 뭔지 하는 신 말이야."

드래곤이라 그런 걸까. 다른 사람들과 다르게 그는 기억을 잃지 않은 듯했다. 단지 의식을 잃은 동안의 시간은 통째로 날아간 것 같긴 하지만. 나는 쓰게 웃으며 그가 알면 기함을 토할 현실을 알려주었다.

"엘뤼엔은 이미 한참 전에 신계로 돌아갔어."

"뭐? 한참 전이라니?"

"그게 말이지. 너 지금 일주일 만에 깨어나는 거거든."

"뭐야?"

예상대로 그는 크게 경악했다.

"이 내가 일주일이나 누워 있었다고? 그 망할 신한테 맞은 것 때문에?"

"그 정도로 끝난 걸 감사해. 죽이려는 걸 간신히 말렸다고."

"젠장, 치사하게 기습을 했기 때문이야! 말해두는데 방심만 하지 않았어도 내가 이렇게 쉽게 당하진 않거든?"

"그래도 결과가 그리 달라졌을 것 같진 않은데."

"뭐야, 너. 지금 날 무시하는 거냐?"

기분이 상한 듯 두 눈을 부라리는 라피스를 보며 나는 가볍게 어깨를 으쓱해 보였다.

"상대가 상대잖아. 상급신을 무슨 수로 이겨? 애초에 그를 화나게 만든 게 문제지. 말해두지만 이번 일은 전적으로 너의 자업자득이야."

"내가 뭘?"

"엘뤼엔을 만난 순간부터 계속 시비를 걸었잖아. 오랜만에 만난 건데 말을 그렇게밖에 못 하겠어? 그러니 예전에도 계약을 안 해줬지."

"그것과 이건 전혀 다른 문제야! 게다가 그런 헛소리를 그냥 듣고만 있으란 말이야? 피도 안 섞였으면서 아들은 무슨 아들! 그게 말이 돼?"

"미안한데…… 양자라도 아들은 아들이거든?"

"뭐야, 너까지 그런 말도 안 되는 장단에 놀아나고 있는 거야?"

"글쎄. 하지만 한 가지는 확실하지. 적어도 너보단 그가 더 나를 생각해준다는 거. 나도 자존심이 있어서 '물건'보단 '아들' 취급이 더 좋거든."

"……물건이라고 하진 않았어."

그래도 찔리긴 했는지 그는 한층 누그러진 표정으로 중얼거렸다. 나는 그를 힐끔 노려보며 단호하게 말했다.

"넌 아니라고 해도 네가 날 대하는 태도를 보면 딱 그런 식이야. 완전 소유물 취급이잖아."

"그럼 내 정령을 내 정령이라고 말도 못 해?"

"나 참, 입장을 바꿔서 생각을 해 봐. 내가 널 내 거라고 하면 넌 기분이 좋겠어?"

"난 상관없는데?"

"헐?"

설마 이런 반응이 돌아올 거라곤 예상하지 못한 탓에 나는 잠시간 할 말을 잃었다. 그러나 라피스는 오히려 좋은 생각이라는 듯 신이 난 표정이었다.

"아, 그래. 내 호칭이 마음에 안 들면 너도 날 그렇게 부르면 되겠네. 내 드래곤, 내 것, 원하는 쪽으로 마음대로 써도 돼. 그럼 동등하지?"

"미쳤어? 사람들한테 무슨 오해를 받으라고?"

"뭐 어때서. 오해해 봤자 연인 관계 정도로나 보지 않겠어?"

바로 그게 문제인 거거든?

생각만으로도 끔찍한 기분에 나는 몸서리를 쳤다. 하지만 이번에도 이 망할 도마뱀은 상황을 전혀 판단하지 못하는 것 같았다. 그는 도리어 이해할 수 없다는 시선으로 나를 바라보고 있었다. 그 뻔뻔한 시선에 나는 이를 갈았다.

"내가 전에 했던 얘긴 다 뭐로 들었어?"

"뭐가? 네가 남성체라는 거? 알았다고 했잖아. 누가 뭐래?"

"알긴 뭘 알아! 진짜 이해한 녀석이 사람들의 시선을 그렇게 가볍게 여기냐?"

"그게 무슨 상관이야. 어찌 됐건 내가 널 여자로 대하지 않으면 되는 거 아냐?"

"……됐다, 말을 말자."

변태에겐 약도 소용없다더니, 애초에 이 녀석에게 정상적인 논리를 펼치려고 했던 것 자체가 어리석었다. 나는 한숨을 내쉬며 몸을 돌렸다. 여기서 더 머리가 아파지기 전에 이 녀석의 꼴을 내 시야에서 치워버릴 생각이었다.

그런데 바로 그때였다. 별안간 라피스가 어깨를 붙잡더니 내 몸을 다시 돌려 세웠다. 그러곤 한 손으로 내 턱을 고정한 채 강제로 고개를 들게 만드는 것이 아닌가!

"뭐 하는 거야?"

어이가 없어서 묻자, 그는 나보다 더 찌푸린 얼굴로 못마땅하게 물었다.

"이마에 이거 뭐냐?"

"뭐? 아……."

이제 보니 신의 문장을 발견한 모양이다. 게다가 이 땅에서 오래 살아온 존재답게, 이것이 뜻하는 의미도 알고 있는 것 같았다. 나는 머쓱해하며 대답했다.

"보다시피…… 신의 문장인데."

"누가 그런 걸 물었어? 신의 문장인 건 나도 척 보면 알아. 대체 이걸 이마에 받으면 어쩌자는 거야? 눈에 띄려고 작정한 거야? 얼굴에 문장이 있는 게 무슨 의미인지 모르는가 본데……!"

"나도 알아. 대신관이 전부 설명해줬거든."

"그런데도 그냥 가만히 있었다고?"

"그럼 이미 받아버린 걸 어떡해? 엘뤼엔 딴엔 신경 써준다고 그런 것 같은데 다시 물리자고 할 수는 없잖아."

"참 대단한 효자 나셨군."

효자라는 단어 때문일까? 노골적으로 빈정거리는 말인데도 그리 기분이 나쁘진 않았다. 오히려 아들로 인정을 받은 것 같아 내심 뿌듯하기까지 했다. 라피스도 체념했는지 이내 한숨을 내쉬며 물었다.

"그래서 이제 어떻게 할 건데? 설마 그 꼴로 그냥 돌아다닐 생각은 아니겠지."

"나도 그렇게까지 눈치가 없지는 않거든? 걱정하지 않아도 가리고 다닐 거야."

"뭘 어떻게 가릴 건데?"

"으음, 글쎄, 터번 같은 걸 쓰면 괜찮지 않을까? 정 안 되면 두건이라도 둘러매지 뭐."

"……네 머리엔 심미안이라는 게 전혀 없는 거냐?"

"딱히 다른 방법이 없잖아. 물감으로 덧칠할 수도 없고."

"쯧, 기다려 봐."

가볍게 혀를 찬 뒤 라피스는 한 손을 들어 공중을 휘저었다. 뭐 하는 건가 싶어 어리둥절하게 지켜보는 순간, 곧 엄청난 일이 벌어졌다. 아무것도 없는 허공에서 무언가가 그의 손에 툭 떨어져 내린 것이다.

"……헉? 뭐, 뭐야?"

당황한 내게 그는 아무렇지 않게 손에 든 것을 내밀었다. 얼결에 받고 나서 보니 그것은 황금으로 둘러진 둥그런 테에 색색이 화려한 보석들이 수처럼 놓인 장신구였다. 가운데엔 커다란 다이아몬드가 박혀 있었는데, 반짝반짝 빛나는 광채가 얼마나 화려한지 보석을 잘 모르는 사람이 봐도 단번에 가치를 판단할 수 있을 것 같았다.

"서클렛이라고 하는 거다."

"서클렛? 갑자기 이게 어디서 난거야? 설마 마법으로 만든 거야?"

"그럴 리가 있냐. 마법이란 게 대단하긴 해도 무(無)에서 유(有)를 창조하는 능력은 아니거든? 그냥 아공간에서 꺼내온 것뿐이야."

"아공간? 그게 뭔데?"

"공간을 강제로 비틀어서 그 틈 안에 다른 작은 공간을 만들어둔 거랄까. 이를테면 나만 알고 나만 열 수 있는 개인 창고인 셈이지. 뭐, 그것도 나 정도 되니까 만들 수 있는 거지만."

어떤 상황이든 결론이 자기 자랑으로 이어지는 것도 어찌 보면 재주인 것 같다. 내가 떨떠름하게 쳐다보자 그는 어깨를 으쓱해 보였다.

"아무튼 한번 써봐. 보아하니 대충 가려질 것 같네."

"어? 이걸 써보라고?"

"그럼 그냥 구경하라고 줬겠냐? 두건 따위를 두르고 다니는 꼴을 보느니 아까워도 내 수집품을 희생하는 게 나은 것 같아서 주는 거야. 보면 알겠지만 그거 진짜 좋은 거다. 지금으로부터 한 천 년 전인가? 마황국 황실의 보물이었지. 인간들에게는 고대 황금시대의 유산이라고 알려진 모양이다만."

화, 황금시대의 유산?

나는 멍하니 입을 벌린 채 라피스를 바라보았다. 아무리 생각해도 이 녀석은 제정신이 아닌 게 분명했다.

"저기 라피스……."

"뭐야, 얼른 써보라니까?"

"유산인지 뭔지는 잘 모르겠지만 이거 너무 눈에 띄지 않을까?"

"……."

"설마 가는 길마다 도둑들 꼬이게 만들 생각은 아니겠지?"

"……."

언제나 당당하게 대답하던 그도 이번만큼은 입을 열지 못했다. 그 역시 거기까지는 생각을 하지 못한 것 같았다.

의도가 좋으면 뭐 하겠는가, 전혀 도움이 안 되는 것을. 나는 한숨을 내쉬며 서클렛을 다시 그에게 내밀었다.

"도로 집어넣어. 상점에라도 들러서 다른 걸 살 테니까."

"소심하긴. 겨우 이 정도 가지고."

"겨—우? 이 사방에 광채를 흩뿌리는 보석들을 봐! 이게 네 눈엔 그냥 '겨우'로 보여? 그렇게 아무렇지 않으면 네가 착용하고 나가보든가. 얼굴보다 보석이 눈에 먼저 들어올걸?"

"알았어, 알았어, 성질은. 그럼 조금 더 기다려 봐. 이것보다 수수한 것도 있던 것 같으니까."

그렇게 말한 뒤 라피스는 다시 아까처럼 공중으로 손을 휘젓기 시작했다. 한참 동안 뒤적거리던 손은 내가 지칠 무렵이 되어서야 간신히 아래로 내려왔다.

"자, 이건 어때?"

또 얼마나 엄청난 걸 꺼낼까 싶어 나는 잔뜩 긴장해서 바라봤다. 그러나 그가 이번에 내민 것은 예상외로 상당히 단순한 형태의 서클릿이었다. 은빛으로 둘러진 테에 별다른 장식 없이 가운데에 푸른색의 보석이 하나 달려 있을 뿐이었다. 하지만 형태는 단순해도 가치가 떨어져 보이진 않았다. 특히 가운데에 박힌 보석이 매우 예뻤다.

보석은 작은 동전 크기만 한 원형으로, 흔히 알려져 있는 푸른 계열과는 전혀 다른 색을 갖고 있었다. 전체적으로는 매우 불투명했고, 새파랗다 못해 짙은 군청색에 더 가까웠다. 언뜻 보기엔 그저 단색인 것처럼 보였지만 자세히 들여다보면 마치 일부러 박아 넣은 것 같은 황금색의 무늬가 춤을 추듯 섞여 있어 굉장히 신비로운 느낌마저 들게 했다.

별다른 세공이 없는 것을 보면 아마 원석을 그대로 사용한 듯

싶었는데, 오히려 그래서 더 돋보이는 것 같았다. 깊이감이 있는 새파란 색깔이 마치 우주에서 바라보는 지구의 모습을 그대로 옮겨 담은 듯했다. 신기해서 구경하는 내게 라피스가 약간 머쓱한 표정으로 말했다.

"라피스 라줄리 원석이야."

"응?"

"이 서클렛에 달린 보석 말이다. '라피스 라줄리'라는 보석의 원석이라고. 성공과 번영, 행운을 뜻하고 있지. 지금은 사파이어 때문에 가치가 많이 떨어졌지만 2천 년 전만 해도 꽤 귀한 보석이었어."

"아, 이게 라피스 라줄리? 실제로 보는 건 처음이야. 심하게 화려하지도 않고 딱 괜찮은데?"

이 정도면 길거리에서 착용하고 다녀도 크게 문제가 생길 것 같지 않았다. 나는 기꺼이 서클렛을 받으려다 말고 라피스를 바라보았다.

"그런데 새삼 느끼는 건데 말이지. 레드 드래곤한테 파란색을 상징하는 이름을 붙여주다니, 너희 부모님 엄청 특이한 거 같아."

"내가 지은 거야."

"에?"

"내 이름은 내가 지은 거라고. 드래곤은 태어나자마자 부모가 지어주는 아명 외에 일정 시기가 되면 따로 정식 이름을 받거든. 그때 '라피스라즐리'로 해달라고 요청했어."

제3화 **181**

"헤에, 그럴 수도 있구나. 원래는 무슨 이름이었는데?"

"사도닉스."

라피스는 망설임 없이 바로 대답했다. 개명 요청을 했단 말을 너무 깊이 생각한 탓일까? 뭔가 엄청날 거라는 예상과는 다르게 생각보다 멀쩡한 이름이었다. 아니, 오히려 상당히 어울리는 것 같기도 했다. 나는 무심코 고개를 끄덕이다가 퍼뜩 한 가지 사실을 깨닫고 다시 그를 바라봤다.

"잠깐! 사도닉스면 붉은 보석 아니야?"

"맞아."

"근데 굳이 라피스로 해달라고 했다고? 넌 레드 드래곤인데?"

"그게 뭐가 어쨌다는 거야? 내 이름인데 어떻게 짓든 내 마음이지."

"……그거야 그렇지만."

아무리 그래도 굳이 대비되는 색상의 보석을 이름으로 붙일 필요까진 없잖아. 나는 목까지 튀어나오려는 말을 꿀꺽 눌러 삼켰다. 진즉부터 알아봤지만, 라피스 녀석의 변태성은 태어나면서부터 시작된 게 분명했다.

"그래서 어쩔 거야."

"응? 뭐가?"

"서클렛 말이야. 받을 거야, 말 거야? 설마 이것도 화려해? 다른 거 찾아봐?"

"아, 아냐. 이건 괜찮은 것 같아. 받을게."

나는 급히 고개를 흔들며 서클렛을 받아 들었다. 그리고 그가 지켜보는 가운데 시험 삼아 조심스럽게 착용해보았다.

"어때? 문장 다 가려져?"

"응, 전혀 안 보이네. 잘 어울려."

"그래?"

물의 정령왕이 좋은 건 이럴 때 굳이 거울을 찾지 않아도 된다는 것이다. 나는 허공에 물의 장막을 얇게 펼친 다음 그 위에 비치는 모습을 확인해보았다. 다행스럽게도 라피스가 말했던 것처럼 서클렛은 신의 문장을 완벽하게 가려주고 있었다. 색깔 자체도 머리색과 어울려서 크게 튀는 느낌은 없는 것 같았다.

"고마워, 라피스. 잘 쓸게."

"마음에 들면 됐어. 근데 그거 알아? 그거 모양은 단순해 보여도 아까 보여줬던 것보다 더 비싼 거다."

"헉! 정말?"

뜻밖의 사실에 나는 물의 장막을 거두려다 말고 다시 고개를 돌렸다. 고급스러운 건 사실이지만 이 단순한 형태의 서클렛이 조금 전의 그 화려한 보석덩어리(그렇게밖에 표현이 되지 않았다)보다 더 비싸다니, 도무지 믿어지지가 않았다.

이거 혹시 내가 아무것도 모른다고 사기 치는 거 아니야? 불신의 시선으로 바라봤지만 돌아오는 대답은 의외로 진지했다.

"말했잖아. 라피스 라줄리는 상당히 귀한 보석이었다고. 워낙 희귀해서 인간들 사이에선 축복을 내려주는 성스러운 돌로 알려져 있었어. 내가 이걸 구하던 시절은 그런 사상이 극에 달하고 있던 때였지. 다이아몬드보다 더 구하기 어려웠어."

"그럼 이것도 황실의 보물?"

"아니, 신전의 보물이었지. 아마 어딘가에 기록이 남아 있을지도 몰라. 마신교 신관들이 제단 위에 장식해둔 것을 몰래 빼돌린 거거든. 그래서 한동안 꽤 시끄러웠어."

"……."

네가 진정 미쳤구나. 신의 보물을 훔쳤단 말이냐?

경악한 나는 서클렛을 냉큼 빼서 던지다시피 라피스에게 도로 안겼다. 얼결에 받아 든 그는 이해할 수 없다는 듯이 나를 바라봤다.

"왜?"

"왜? 지금 왜라는 말이 나와?! 훔친 보석이면 장물이라는 거잖아! 지금 그걸 나한테 쓰라고 준 거야?"

"어차피 2천 년도 더 된 일이야. 나조차 잊어버리고 있었던 건데 누가 이걸 알아보겠어?"

"다른 신전도 아니고 마신교라며! 거긴 아직도 건재하잖아! 자료로 남겨뒀으면 누구든 알아볼 수 있을 거라고! 이걸 내가 가지고 있다가 나중에 문제가 생기기라도 하면 어떡해? 엘뤼엔의 신관들에게도 피해가 갈지도 모른다고!"

"아, 그건 걱정 안 해도 돼. 지금의 마신교는 그때의 마신교가 몰락하고 다시 부흥한 거거든. 과거의 자료 따윈 거의 소멸되었을 거다. 또 알아보면 뭐 어때? 아니라고 우기면 그만이지."

"그걸 지금 말이라고……!"

"왜 말이 안 돼? 옛날이면 몰라도 지금은 라피스 라줄리가 그리 희귀한 보석이 아니야. 이런 형태의 서클렛은 얼마든지 만들 수 있다고. 게다가 이게 몇천 년이나 묵은 걸로 보여?"

"그, 그건 아니지만……."

듣고 보니 전부 맞는 말이라 나는 자신 없이 말끝을 흐렸다. 그의 말대로 서클렛은 방금 만들어졌다고 해도 믿을 만큼 깨끗했고, 전체적으로 광택까지 흘렀다. 누가 봐도 몇천 년 전의 보물이라곤 생각하기 힘들 것 같았다.

가져오자마자 보존 마법을 걸었거든, 의아해하는 내게 라피스가 간단히 이유를 설명했다.

"그리고 어차피 마신교는 한 번 몰락했을 때 대다수의 보물들을 약탈당했어. 이런 서클렛 하나 정도는 티도 안 날 거다. 굳이 찾을 생각도 없을 거고."

"뭐? 그런 거야? 그럼 진작 그렇게 말할 것이지."

"네가 너무 소심한 거야. 전생에 남자였던 것으로도 모자라서 어지간히도 가난뱅이였던 모양인데, 정령왕 주제에 그런 것 갖고 일일이 벌벌거리지 말라고."

남의 물건을 훔쳐놓고 당당한 게 더 웃긴 일 아닌가? 아무리 몇천 년 전의 일이라도 훔친 건 훔친 거다. 한국에서도 빼앗긴 문화재를 되찾기 위해 얼마나 애쓰고 있는데! 세월이 깡패라고, 눈앞에 놔두고서도 되찾지 못해 피눈물을 흘리는 일이 더 많지만 말이다. 하지만 그건 옳지 않은 일이다. 정말 옳지 않은 일이라고!

나는 속으로 투덜거리면서도 묵묵히 서클렛을 받아 들었다. 혹시 문제가 생기면 몰랐다고 잡아떼고 순순히 돌려주면 되겠지, 라는 어느 정도는 태평한 계산도 있었다.

"자, 그럼 다 된 거지?"

"아, 잠깐 기다려."

다시 서클렛을 끼자 라피스가 불쑥 손으로 그 위를 덮었다. 어리둥절해져서 있으려니 갑자기 주위에서 진한 마나의 파동이 느껴졌다. 아마도 그가 마법을 사용한 것 같았다.

"지금 뭐 한 거야? 마법 쓴 거 맞지?"

"아아, 서클렛을 고정시켰어."

"고정?"

"덜렁거리다 실수로 흘러내리기라도 하면 곤란할 것 아냐. 그래서 마법으로 떨어지지 않게 해둔 거다. 앞으로 너 외엔 누구도 강제로 서클렛을 벗겨낼 수 없을 거야. 아무렇게나 편하게 행동해도 돼."

그런 편리한 마법이 있었을 줄이야. 하지만 나는 감탄하기에 앞서 빤히 라피스를 쳐다보았다. 마법 자체의 기능보다는 그가 알아서 선심을 써줬다는 사실이 더 놀라웠기 때문이다. 그러자 라피스의 얼굴이 단번에 찌푸려졌다.

"그 시선의 의미는 뭐야?"
"음, 그냥…… 왠지 되게 친절한 것 같아서."
"뭔 소리야. 난 원래 친절하거든?"
"언제는 부탁받지 않은 일은 안 한다더니."
"그래서 불만이야?"
"아니, 그건 아니고."

나는 헤헤 웃으며 이마 부분을 매만졌다. 항상 매끈하던 자리에 딱딱한 금속의 느낌이 닿으니 어색하기도 하고 재미있기도 했다.

그러고 보니 이 서클렛도 알아서 먼저 건네준 거였지. 이러니저러니 해도 이것저것 챙겨주는 걸 보면 확실히 나쁜 녀석은 아니었다. 보기보다 세심한 면도 있는 것 같고 말이다. 단순히 내가 제 물건을 잃어버릴까 봐 걱정한 걸지도 모르지만, 매번 도움을 주니 그가 다시 보이는 것은 어쩔 수 없었다.

이런 걸 보면 왠지 내가 동료복은 있는 것 같았다.

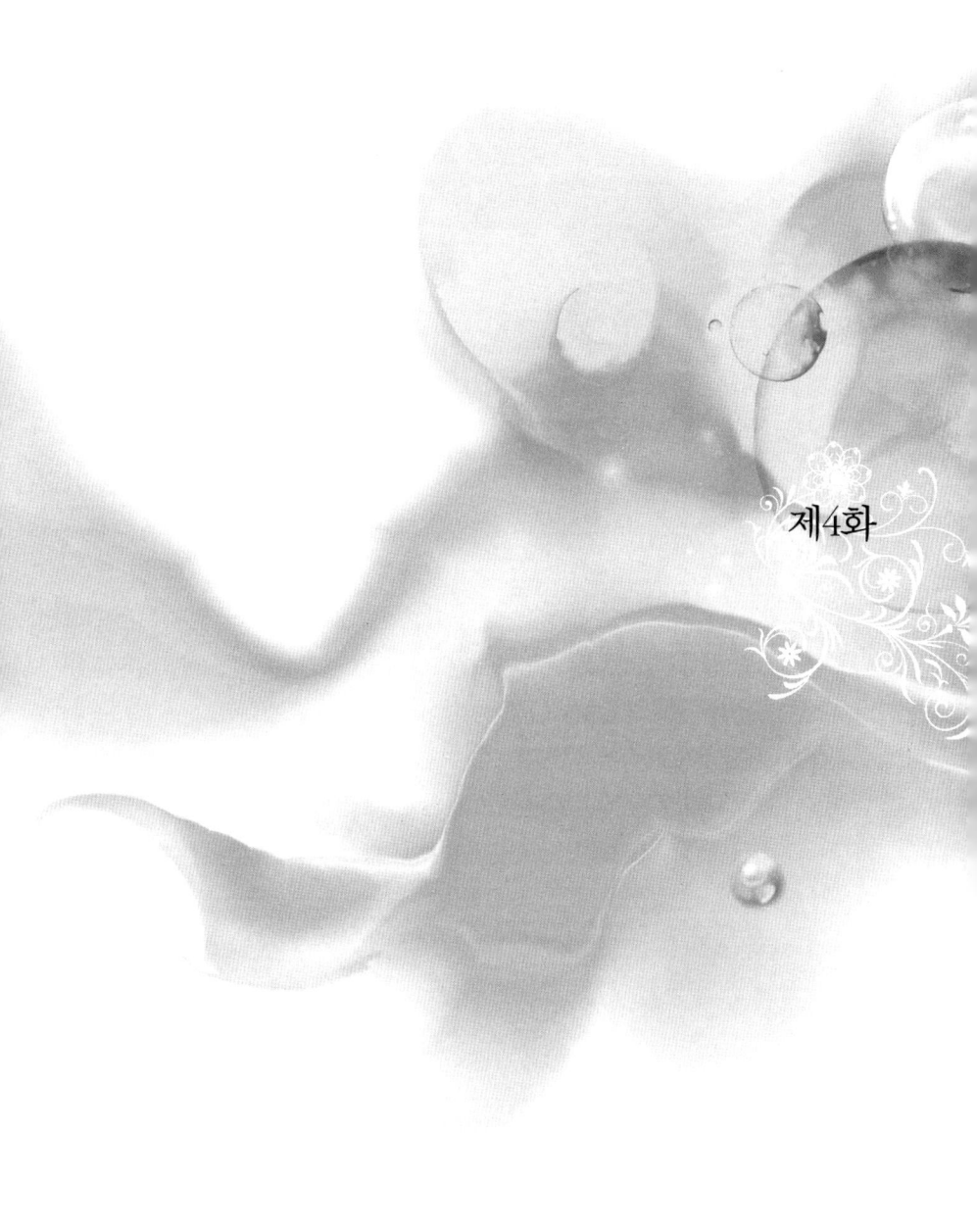

1.

 라피스가 깨어났다는 소식을 들은 신관들은 모두 안도했다. 의식이 없는 기간이 워낙 길었다 보니 혹시나 시체를 치우게 되는 건 아닌지 노심초사했던 모양이었다.
 물론 라피스는 전혀 기뻐하지 않았다. 오히려 누군가 안부라도 물을라치면 살기를 흩뿌리기까지 했다. 그의 입장에선 두 번 다시 기억하고 싶지 않을 흑역사라 그런지, 언급조차 듣고 싶지 않은 것 같았다. 그리고 그건 이사나에게도 마찬가지였다.
 "저어, 라피스 님. 몸은 좀 괜찮으신……."
 "죽을래?"
 "아, 아뇨, 죄송합니다."

그의 살벌한 시선에 이사나는 희게 질려 바로 사과를 건넸다. 나는 얼른 그를 감싸며 라피스를 노려보았다.

"왜 겁을 주고 그래? 동료로서 걱정이 돼서 물어본 말 가지고."

"내가 세상에서 용서하지 못하는 부류가 세 가지 있어. 첫째, 능력 없는 놈. 둘째, 나한테 도전하는 놈. 셋째, 눈치 없는 놈."

"그게 죄는 아니잖아!"

"나한텐 죄야."

이 피도 눈물도 없는 자식!

나름 동료에게조차 이러는 상황이다 보니 신관들은 모두 멀찍이에서 그를 흘끔흘끔 살피기만 할 뿐, 감히(?) 가까이 다가오려고 하지 않았다. 하지만 그들 중에는 그것을 무시하고 말을 건네오는 과감한 사람들도 있었다. 바로 대신관 루얀과 카이테인이었다.

"무사히 깨어나셔서 정말 다행입니다."

차분하게 건네 오는 말에 라피스의 표정이 바로 썩었다. 하지만 두 신관에게는 그의 전신에서 흩날리는 살기가 전혀 느껴지지 않는 모양이었다. 오히려 부드럽게 미소를 짓는 그들의 모습에 라피스의 눈썹이 크게 꿈틀거렸다. 저러다 사고 칠까 싶어 나는 얼른 그 앞으로 나서며 말했다.

"걱정해주셔서 감사합니다. 저어, 이제 이 녀석도 일어났으니 저희들은 이만 이곳을 떠날까 하는데요."

"이런, 벌써 말입니까?"

"네, 반드시 해야 할 일이 있어서요."

우리가 신전에 머물게 된 지도 어느새 열흘째였다. 본래 넉넉히 잡아 이삼 일 정도로 예상했던 여정임을 감안하면 너무 오래 체류하고 있는 셈이었다.

물론 당장 내려간다 해도 카웰 공작을 바로 만날 수 있을까 하는 현실적인 문제가 있기는 했다. 공식적으로 그는 칩거 중이었고, 들리는 소문에 의하면 벌써 몇 년째 저택을 나온 적이 한 번도 없다고 했다. 저택의 모든 출입문이란 출입문은 전부 봉쇄되어 있을 뿐만 아니라 수많은 병사들이 주위를 지키고 있다는 얘기도 있었다. 그들 앞에서 이사나의 정체를 밝힐 수도 없으니 정당하게 들어갈 만한 다른 구실을 찾아야 했다.

"애초에 공작은 왜 칩거를 시작한 건데?"

떠나기 전날, 앞으로의 계획을 의논하기 위해 모인 자리에서 라피스는 퉁명스럽게 물었다. 그에 이사나의 얼굴에 잠시간 난처한 표정이 떠올랐다.

"실은…… 저도 잘 모르겠습니다."

"모른다고?"

"형님은 본래 국경을 지키는 경비대의 사령관이었습니다. 외숙부께서 갑자기 병환으로 돌아가시면서 낙향하시긴 했지만 이후로도 선황 폐하와 계속 친서를 주고받으며 관계를 유지해왔었죠.

제4화 **193**

그런데 갑자기…….”

"소식이 끊겼다?"

"예."

"그런 뒤에 한 번도 연락이 없었단 말이지? 네 아버지가 처형을 당할 때도?"

"……예."

약간의 숨소리와 함께 한 템포 느린 대답이 이어졌다. 아직 이 사나에게는 쉽게 꺼낼 수 없는 이야기일 것이다. 무릎 위에 놓인 그의 두 손이 꽉 움켜 쥐이는 것이 보였다. 나는 라피스를 가볍게 흘겨보았다.

"라피스, 단어 좀 골라서 얘기해."

"없는 얘기를 한 건 아니잖아."

"눈치 없는 사람은 싫다며? 너야말로 눈치 좀 챙기시지?"

"상관없어. 난 알면서 일부러 그러는 거니까."

그게 더 나쁜 거거든?!

이 녀석이랑 얘기하고 있으면 가끔씩 선과 악의 정의가 헷갈리는 것 같다. 황당해하고 있으려니 이사나가 어색하게 웃으며 내 소매 끝을 잡았다.

"난 괜찮아, 엘. 라피스 님이 하신 말이 틀린 건 아니니까."

"어휴, 넌 정말 너무 착해서 문제야. 기분 나쁜 건 그렇다고 말해도 돼. 저렇게 막말하는 녀석 앞에선 예의 차릴 필요 없다고."

"얼씨구?"

라피스가 두 눈을 부릅떴지만 나는 바로 무시했다. 그것을 본 이사나가 더 어색하게 웃었다.

"아니, 정말이야. 사실 나도 항상 이상하다고 생각했던 일이었어. 내가 아는 카웰 형님은 절대 그러실 분이 아니었거든. 황실, 특히 선황 폐하의 일이라면 목숨이라도 아끼지 않고 내주시려고 하던 분이었어. 만약 형님이 나서줬다면 선황께서 그런 비극을 맞이하는 일은 없었을지도 몰라."

"흠, 병환 중이라고 했었던가?"

"몇 년째 칩거가 계속되니까 백성들 사이에 그런 소문이 돌기 시작했다고 들었어. 확인된 건 아니야."

"그럼 아닐 수도 있다는 거네. 만약 아픈 게 아니라면 무슨 이유인 걸까?"

"모르겠어. 다만 뭔가 문제가 있는 것만은 확실해. 일부러 그러실 분은 아니야."

"혹은 이미 죽었을지도 모르고."

이번에도 찬물을 들이부은 건 라피스였다. 그 순간 이사나의 얼굴이 눈에 띌 정도로 창백해졌다. 내가 노려보자 그는 뭐가 문제냐는 듯 뻔뻔한 시선을 보냈다.

"뭐가. 몇 년째 소식도 없지, 모습을 본 사람도 없지, 그렇다면 결과는 뻔한 거 아니야? 배신을 했거나, 이미 이 세상 사람이 아니거나. 둘 중 하나지."

"매, 매해 황실로 보내야 하는 공문들은 한 번도 빠진 적이 없습니다만."

"바보냐. 그런 서류들이야 인장만 있으면 되는 건데 누군가 대신 처리했겠지."

"아닙니다. 정식 외출이 없을 뿐, 필요 비품들을 보충하기 위해 저택을 방문하는 상인들 중에서 형님의 모습을 본 사람이 있다고 했었습니다."

"뭐야, 그럼 배신 쪽이야?"

저러다 심장 마비라도 걸리는 게 아닐까. 라피스의 대꾸가 이어질수록 이사나의 얼굴은 점점 더 파리하게 질려갔다. 말리려고 했지만 바로 이어지는 말 때문에 나는 그냥 입을 다물어야 했다.

"그, 그럴 리가…… 설마 형님이 그럴 리가 없습니다."

"쯧, 뭘 모르는구만. 인간의 일에 설마가 어딨어? 얼마나 배신하기 쉬운 생물인데."

"하지만 형님은 절대……."

"어떤 일이건 절대란 기준치는 없어. 그게 인간의 일이라면 더더욱. 하긴, 생각해보면 그러네. 살아 있다면 이 녀석이 지금 황성에서 도망쳤다는 것이나, 절 찾고 있다는 것도 전부 다 알고 있을 텐데 침거를 풀지도 않고 조용하잖아. 대공의 병사들이 영지를 쑤시고 다니고 있는데 그것도 모른 척하고 있는 것 같고."

"……."

"뭐야, 이쯤 되면 못 알아차리는 게 오히려 바보 같은데? 어떡하냐, 너? 지금까지 헛걸음한 것 같은데."

그래, 지금이라도 늦지 않았어. 저 녀석의 입을 틀어막자.

나는 한숨을 내쉰 다음 허공 위로 거대한 물 풍선을 만들었다. 그리고 그것을 라피스의 머리에 뒤집어씌웠다.

"으읍? 으으으읍!"

갑작스러운 공격(?)에 그는 미처 대항하지도 못하고 버둥거렸다. 바로 벗어나려고 하는 것 같았지만 정령왕이 만든 것이 완력으로 간단히 풀어질 리가 없었다.

어차피 드래곤이니 그렇게 쉽게 질식하진 않겠지. 나는 속으로 중얼거리며 이사나를 향해 생긋 웃었다. 그는 여전히 굳어진 얼굴로(이번엔 다른 의미로 굳어진 것 같았지만) 나를 바라보고 있었다.

"저 도마뱀의 말은 신경 쓰지 마, 이사나. 우선은 공작을 만날 방법을 생각해보자. 모든 건 확인하고 나서 생각해도 늦지 않으니까."

"아, 으응. 저기, 근데 엘…… 라피스 님 저렇게 그냥 놔둬도 돼?"

"괜찮아. 물을 좋아한다잖아. 그렇게 좋아하는 물이랑 함께 있는 건데 뭐 어때? 숨이 막혀 죽기밖에 더하겠어?"

"엘…… 왠지 조금 성격이 변한 것 같아."

후후후, 그야 당연하지. 난 아직 태어난 지 얼마 안 된 정령이니까. 원래 애들은 주변 환경에 따라 인격이 형성되는 거잖아? 그런 의미에서 내 성격이 더러워지는 건 다 주위 사람들 때문이다. 암, 그렇고말고.

그러나 평화로운 시간은 그리 오래가지 않았다. 누가 화기를 지닌 레드 드래곤 아니랄까 봐, 그 많은 양의 물을 단번에 증발시킨 것이다.

"제기랄! 야, 엘! 너 이게 지금 뭐 하는 짓이야!"

자유를 되찾자마자 그는 내게 고성을 질렀다. 실로 유감스러운 기분에 나는 혀를 찰 수밖에 없었다.

"쳇, 5분 정도는 버텨줄 줄 알았더니."

"너 지금 그걸 말이라고……!"

다행히 소란은 금세 수그러졌다. 가벼운 노크소리가 들리더니 누군가 문을 열고 얼굴을 들이민 것이다. 조심스럽게 이쪽을 살피는 그는 바로 카이테인이었다.

"저, 엘 님. 잠시 들어가도 되겠습니까? 드릴 말씀이 있습니다만."

"아, 네. 들어오세요."

카이테인이 갑자기 무슨 일이지? 어리둥절해져서 고개를 끄덕이자 그는 가볍게 인사를 하고는 안으로 들어왔다. 직후 우리는 그로부터 뜻밖의 제안을 받았다.

"칙사요?"

카이테인의 말에 의하면 한 교단이 국가로 승격을 하게 되면 그 지역의 영주에게 관련 문서를 전해야 하는 규율이 있었다. 그래서 칙사, 즉, 사신의 자격으로 클모어의 영주에게 정식 방문을 요청할 수 있다는 것이다.

"마침 저도 다음 순례 일정 때문에 곧 떠나야 하는지라 내려가는 김에 그 일을 맡기로 했습니다. 엘 님께서만 괜찮으시다면 저와 함께 사절 일행인 것처럼 위장해서 저택에 들어갈 수도 있으실 것 같습니다만."

"헉, 그럼 저야 너무 고맙죠! 정말 그렇게 해도 돼요?"

"물론입니다. 사실 완전한 거짓말도 아니지 않습니까? 엘 님도 어엿한 엘뤼엔 님의 정식 신관이시니 말입니다."

빙긋 웃는 그의 뒤로 찬란한 후광이 비쳤다. 혹시 그는 천사로 태어나야 할 걸 인간으로 잘못 태어난 게 아닐까? 아무래도 그런 것 같다. 정령왕도 잘못 태어나는데 신족이라고 그러지 않으리란 법이 없지 않은가. 나는 맹렬한 감동에 젖어 그를 바라봤다.

"가 봤자 소용없다니까? 어차피 배신일 게 뻔한데."

이럴 때 뒤에서 초를 치는 음성 따위는 가볍게 무시해주기로 했다. 카이테인이 천사였다면 저 녀석은 전생에 분명히 마족이었을 거다. 아니, 어쩌면 마왕이었을지도 모른다. 그것도 역대 급의 엄청나게 사악한 마왕이었겠지. 저 시커먼 성격을 보면 그러고도 남을 게 틀림없었다.

마신은 뭐 하고 있는 거람? 제 핏줄 좀 얼른 찾아가지 않고.

나는 괜히 속으로 애꿎은 마신을 원망했다. 그동안 너무 선입견이 쌓였나? 아직 만나본 적도 없는 그를 엉뚱한 분풀이 대상으로 삼는 것 같아 조금은 미안해졌다.

2.

 떠나는 날이 되자 우리는 모든 채비를 마치고 신전을 나섰다. 소식을 접한 신관들이 우르르 몰려나와 우리를 배웅했다.
 "이렇게 가시는군요."
 함께 배웅을 나온 대신관이 매우 아쉬운 표정을 지었다. 나는 그와 가볍게 악수를 나누며 말했다.
 "그동안 신세 많았습니다."
 "그런 소리 하지 마십시오. 이곳은 이제 예하의 집입니다. 언제든 마음이 이끄실 때 돌아오십시오. 저희는 항시 예하를 기다리고 있을 겁니다."
 그는 단호하게 말했지만 나는 어색한 웃음으로 답할 수밖에 없었다. 그가 바라는 것처럼 내가 이곳으로 돌아올 가능성은 거의 없었기 때문이다. 그리고 대신관 역시 은연중에 오늘이 마지막이라는 것을 알고 있는 것 같았다.
 "루얀 님, 그럼 다음에 뵙겠습니다."
 돌아가면서 건넨 인사에 이어 카이테인이 마지막으로 작별을 고했다. 대신관은 섭섭해하면서도 근심이 어린 눈으로 그를 바라보았다.
 "이제 가면 1년 후에나 다시 보겠군. 이번에 갈 곳은 정해두었는가?"

"아직 확실히 생각해둔 곳은 없습니다. 다니면서 천천히 정할 예정입니다."

"그렇군. 하긴 그것은 자네가 알아서 잘하겠지. 허나 어디를 가든 마신의 교단을 주의하게. 지금까진 그들의 태도가 우리에게 호의적이었으나 이제부턴 어떻게 돌변할지 모르네."

"예, 너무 염려하지 마십시오."

"부디 몸조심하시게."

이후에도 대신관은 몇 번이나 그에게 당부를 건넸다. 겉보기에 비슷한 연배로 보이는 두 사람은 실제로도 나이 차이가 그리 많이 나지 않았다. 게다가 비슷한 시기에 신전에 들어와 함께 유년기를 보낸 사이이기도 했다. 그래선지 대신관이나 카이테인이나 서로 특별히 더 애틋하게 여기는 것 같았다.

"부디 여러분께 엘뤼엔 님의 가호가 함께하시길."

대신관의 축언을 마지막으로 우리는 몸을 돌렸다. 우리의 모습이 완전히 사라질 때까지 신관들은 그 자리에서 서서 하염없이 손을 흔들었다.

그런데 막상 산으로 내려서자마자 생각지 못한 문제가 발생했다. 이사나와 라피스가 더 이상 이동하지 못하고 걸음을 멈춘 것이다.

"왜 그래?"

"이대로 내려가는 건 힘들겠는데? 앞이 하나도 안 보여."

"뭐? 안 보인다니?"

"보면 몰라? 안개가 너무 심하잖아."

라피스의 대꾸에 나는 어리둥절해하며 주위를 둘러보았다. 안개는커녕 너무도 화창한 날씨였기 때문이다. 심지어 이곳에 올라올 때까지만 해도 가득했던 얼음과 눈조차 완전히 사라져 있는 상태였다.

"나한테는 안개가 안 보이는데?"

"무슨 소리야. 이렇게 안개가 심한데 그게 안 보인다고?"

"정말이야. 애초에 안개가 끼는 것도 내 관할의 일인데 못 알아볼 리가 없잖아. 이사나, 너도 앞이 안 보여?"

"으응."

"카이테인 씨는요?"

"저는 괜찮습니다."

의아해하는 내 옆에서 카이테인 역시 어리둥절해하며 대답했다. 아무래도 나와 그만이 이 산에 깔려 있다는 안개를 인지하지 못하는 것 같았다.

그리고 보니 신관들에게만 길이 열린다고 했던가. 불현듯 며칠 전 그가 알려줬던 이야기가 떠올랐다. 엘뤼엔의 강림 이후 일어나고 있다는 산 밑의 기적에 관한 일 말이다. 입산을 하는 자들에게만 해당하는 현상인 줄 알았더니, 산에 들어오는 모든 사람들에게 전부 적용되는 일이었던 모양이다.

"쳇, 어쩐지 고작 안개 따위가 내 시야를 가로막는 게 이상하다 했더니."

사실을 알게 된 라피스는 불쾌한 기색을 감추지 못했다. 다분히 사심이 섞인 게 분명한 것이, 이제 엘뤼엔이 하는 일이라면 전부 색안경을 끼고 볼 태세였다.

"그럼 어떡하지? 내 손을 잡고 갈래?"

"그럴 게 뭐 있어? 그냥 간단한 방법을 쓰면 되지."

"간단한 방법?"

"뭐, 어떻게 보면 차라리 잘된 것 같네. 산을 또 타는 것도 귀찮았는데."

"뭘 어쩌려고?"

스멀스멀 밀려드는 불길한 기분에 나는 경계하는 시선을 보냈다. 라피스는 그런 나를 바라보지도 않고 가볍게 대꾸했다.

"텔레포트."

"텔레포……? 으앗! 잠깐만, 라피스!"

파앗!

뒤늦게 그가 한 말의 의미를 깨달았을 땐 늦었다. 말리려는 시도도 보람 없이 순식간에 마나의 파동이 우리를 덮친 것이다.

정신을 차렸을 땐 조금 전과는 전혀 다른 공간이 눈앞에 펼쳐져 있었다. 크고 작은 나무들이 펼쳐진 평지 아래 바위가 듬성듬성 늘어진 곳이었다.

나는 단번에 이곳이 어딘지를 알아보았다. 산의 제일 밑자락, 숲으로 들어서는 첫 입구 부분이었다. 무려 하루치 거리를 단번에 이동한 것이다.

"어떻게……."

황망해하며 중얼거리는 내게 라피스가 으스대며 말했다.

"한 번 지나온 거리의 좌표를 계산하는 것쯤이야 나한테는 숨쉬는 것보다 간단한 일이지."

그렇게 설명하면 아마 내가 대단하게 여겨줄 거라 생각했던 모양이다. 그리고 당연한 말이지만 나는 전혀 감동하지 않았다.

"미쳤어? 여기에 사람이라도 있었으면 어쩌려고!"

"뭐야, 그게 문제인 거냐?"

"당연하지! 이렇게 갑자기 나타나는 걸 누가 봤으면 어떡해?"

"아무도 없으니 됐잖아. 그리고 그러면 좀 어때서? 텔레포트 마법 정도는 인간들도 할 줄 안다고."

그래도 너무 눈에 띄거든?

나는 그렇게 소리치려고 했다. 그런데 그 순간 이사나와 카이테인이 바닥에 주저앉는 것이 느껴졌다. 두 사람은 손으로 입을 틀어막고 정신없이 헛구역질을 했다. 아마도 갑자기 이동을 한 후유증인 것 같았다.

"괜찮아요?"

서둘러 다가가 살피자 카이테인은 힘겹게 고개를 끄덕였다. 잠깐 사이 창백해진 그의 얼굴은 경악으로 크게 굳어져 있었다.

"믿을 수가 없군요. 진을 그리지도 않고 마법을 사용하시다니…… 게다가 공간 이동 마법은 고위 마법사조차 힘겨워하는 것이라고 들었는데…… 도대체 저분은……."

"놀랄 필요 없어요. 실은 저 녀석, 드래곤이거든요."

"예에? 드, 드래곤?"

충격 어린 표정을 지은 것도 잠시간, 나를 바라본 그는 빠르게 차분해졌다. 지금 그 앞에 있는 내 정체에 생각이 미친 것 같았다.

"하기야 정령왕의 일행이신데 평범한 분일 리가 없군요. 제 생각이 짧았습니다."

"미안해요. 많이 놀라셨죠? 저 녀석이 좀 제멋대로라서……."

"아닙니다. 덕분에 이제 어지간한 일에는 놀라지 않게 될 것 같으니까요. 그러고 보니 아무래도 전 굉장한 행운아인가 봅니다. 황제 폐하와 정령왕을 뵌 것으로 모자라 드래곤까지 만나게 되다니 말입니다. 사람들이 이 사실을 알게 되면 모두 절 부러워할 겁니다."

순수하게 감탄하는 그의 모습에 나는 오히려 민망해졌다. 사실 겉만 번지르르했지 우리 일행 중에서 정상이라고 할 만한 존재는 없었으니까.

이름뿐인 황제, 능력을 각성하지 못한 정령왕, 심지어 변태적 취향이 다분한 괴짜 드래곤이라니. 생각해보면 억지로라도 이렇게 모이기 참 힘들 것 같았다. 그런 의미에서는 굉장한 걸지도.

'……하나도 자랑스럽지는 않지만.'

이 길의 앞에는 또 무엇이 기다리고 있을까? 이 순간 새삼 앞날이 불안하게 느껴지는 것은 내 탓이 아닐 것이다. 제발 모든 여정을 무탈하게 마칠 수 있기만을 바랄 뿐이었다.

3.

카이테인의 협력으로 모든 일이 순조로워졌다는 생각과는 다르게 현실은 그리 녹록지 않았다. 정작 카웰 공작이 사절의 알현 요청을 거부했기 때문이었다.

"죄송하지만 현재 공 각하께서는 몸이 편찮으시어 운신하실 수 있는 상태가 아닙니다. 따라서 알현 또한 받으실 수 없습니다."

공작을 대신해서 나왔다는 집사가 문 앞에서 딱딱한 어조로 통보(말 그대로 통보 형식이었다)했다. 당황한 우리를 대신해서 카이테인이 침착하게 말했다.

"몸이 많이 불편하신 겁니까? 미력하지만 저희가 치유술을 써 드릴 수 있습니다만."

"신관의 치유술은 소용이 없습니다. 육체로 인한 병이 아니니까요."

"그럼 마음의 병이란 말씀이십니까?"

"자세한 건 더 말씀드릴 수가 없습니다. 관련 문서는 제가 대신 공 각하께 전해드릴 터이니 신관들께서는 이만 돌아가시지요."

정중하게 말하고 있었지만 명백한 축객이었다. 그대로 더 버티고 있다간 병사라도 부를 기세라. 결국 우리는 아무런 소득 없이 몸을 돌릴 수밖에 없었다.

그것이 바로 몇 분 전의 일이었다.

"정말 난처하네. 이걸 어떡하지?"

우리는 저택에서 조금 떨어진 식당에 죽치고 앉아 저택의 주위를 살폈다. 실제로 본 공작의 저택은 소문만큼이나 견고한 철옹성이었다. 얼추 지키고 있는 병사의 숫자만 수백 명은 되는 것이, 경계가 허술한 부분이 하나도 없었다. 혹시나 싶어 라피스를 바라봤지만 그 역시 가볍게 고개를 저었다.

"무리야."

"왜?"

"저택의 주위에 마나 감지 마법이 펼쳐져 있어. 무시하고 파괴하는 건 가능하지만 그랬다간 마법을 펼친 녀석이 바로 알아차릴 거야."

"……정말 철저한 성격이네."

설마 그렇게까지 조치를 해놓을 줄이야. 아직 본 적도 없는 사람이지만 굉장히 완고한 사람일 거란 생각이 들었다. 좀처럼 좋은 생각이 나지 않아 나는 한숨을 푹 내쉬었다. 그런 내 옆에서 이사나는 연신 안절부절못했다. 그는 공작이 병을 앓고 있다는 이야길 들은 후부터 온통 걱정에 사로잡혀 있는 상태였다.

"마음의 병이라니, 대체 형님에게 무슨 일이 있었던 걸까? 내가 알고 있는 형님은 그렇게 심약하신 분이 아닌데."

"으음, 혹시 네 아버지가 돌아가신 것 때문이 아닐까? 멀리서 소식을 듣고 충격을 받은 걸지도 몰라."

"형님……."

이사나는 금방이라도 울음을 터트릴 것처럼 눈시울을 붉혔다. 라피스가 그 모습을 보고 쯧쯧 혀를 차며 말했다.

"너무 기대하진 말지? 충격을 받은 인간이 그냥 저러고 자리보전하고 있겠어? 그것도 사령관까지 했던 인간인데? 당장 군대를 이끌고 황성으로 쳐들어가야 정상이지."

"그래도 운신을 하지 못하실 정도라니, 여력이 안 되신 걸 수도……."

"흥, 그게 핑계인지 아닌지 어떻게 알아?"

"라피스라즐리."

아무튼 좋은 분위기를 초치는 것만큼은 타의 추종을 불허하는 것 같다. 내가 가만히 노려보고 있자 스스로 찔끔했는지 그는 이내 입을 다물었다. 물론 그래 봤자 이미 분위기는 가라앉을 만큼 가라앉은 상태였다.

한숨을 내쉬다 말고 나는 문득 얼굴을 찌푸렸다. 누군가 우리를 쳐다보는 것 같았기 때문이다.

'또 이거야?'

지금은 익숙해졌지만 최근 들어 가는 곳마다 낯선 시선이 달라붙는 느낌이 들었다. 정확히는 라피스가 합류한 시점에서부터 시작되었던 것 같다.

아니나 다를까. 근처에 있던 사람들이 황급히 고개를 돌리는 것이 보였다. 대부분이 라피스의 미모에 넋을 잃은 여인들이었다.

'저런 녀석이 대체 뭐가 멋지다고.'

겉가죽이 아무리 잘생겨 봤자 결국은 전부 만들어진 환상일 뿐이다. 나는 그의 실체를 만천하에 공개하고 싶은 기분을 참으며 속으로 투덜거렸다.

그때 무언가를 발견한 듯, 카이테인의 표정이 굳었다.

"저건……."

"응? 왜 그래요, 카이 씨?"

그의 시선을 따라 돌아본 나는 곧 저택 근처로 다가오고 있는 마차 한 대를 발견했다. 새카만 지붕에 붉은색의 무늬가 화려하게 아로새겨진 이륜 마차였다. 마차는 잠시 후 카엘 공작의 저택 앞에서 우뚝 멈췄고, 그 안에서 한 사람이 내렸다. 신관의 복장을 한 남자였다. 특이한 점이라면 새하얀 법의 위로 피처럼 검붉은 휘장 같은 것을 걸치고 있다는 것이었다.

"마신의 사제입니다."

주시하고 있는 내게 카이테인이 바로 정체를 알려주었다. 예로부터 마신관들은 외출 시 법의 위에 검붉은 휘장을 걸치는 것을 관례로 여겨왔다는 것이다.

당황스러운 건 바로 그다음 일이었다. 굳게 닫혀 있던 저택의 문이 열리더니 집사가 그를 반갑게 맞아들인 것이다. 조금 전 우리를 매몰차게 내칠 때와는 전혀 다른 분위기였다. 나는 황당함을 감추지 못해 중얼거렸다.
"뭐야, 우리는 거절하더니 왜 마신관은 순순히 들여보내는 거지?"
"공작이 독실한 마신교의 신도라면 가능한 일이지요."
"그래서 우리를 배척한 걸까요?"
"그럴지도 모르겠습니다. 하지만 조금 미심쩍기는 하군요. 정말 병환 중이라면 마신관을 가까이 하는 것은 오히려 좋지 않을 텐데 말입니다."

마신의 힘은 파멸과 정복을 위한 것. 강한 자에게는 더 강력한 힘이 되지만 반대로 약한 자에게는 다루기 힘든 칼날과도 같았다. 그래서 아무리 독실한 신도라도 아플 때는 교단을 찾아가는 일을 중단하는 편이라고 했다. 그런 점을 생각하면 공작의 행동은 확실히 수상쩍었다. 게다가 마신교가 이사나를 대놓고 배척하고 있는 현 상황에서 마신의 사제와 공공연한 교류라니. 아무리 긍정적으로 보려고 해도 해석이 한쪽으로 기울 수밖에 없었다. 이사나 역시 마찬가지였는지 창백해진 얼굴로 주먹을 불끈 움켜쥐고 있었다. 그때 시큰둥하게 앉아 있던 라피스가 대뜸 말했다.

"여기서 고민만 한다고 뭐가 달라져. 궁금하면 직접 가서 내부 사정을 들여다보든가."
"들어갈 수가 없는데 어떻게 내부 사정을 봐? 마법도 못 쓴다면서."
"육체가 통과를 못 할 뿐이지 영체는 상관없거든?"

"뭐? 그게 무슨…… 아차, 그러고 보니 나 정령이었지."

중간계 생활에 익숙해진 나머지 그만 깜빡 잊고 있었다. 그러자 일행들의 황당한 시선이 날아와 박혔다.

하긴 나도 어처구니가 없는데 다른 사람들은 오죽하겠는가. 쥐구멍에 들어가고 싶을 만큼 창피했지만 나는 애서 아무렇지 않은 척 의연한 표정을 지으려고 노력했다. 사람(은 아니지만)이 살다 보면 실수할 수도 있는 거지. 자연체로 돌아가 본 지가 언젠지 기억도 까마득한데 그걸 일일이 자각하고 사는 게 더 어려운 거다. 암, 그렇고말고.

'어라? 가만, 그럼 물의 기억을 읽는 것도 가능한 거잖아?'

그제야 떠오른 생각에 나는 바로 저택을 주시했다.

영체의 정령들은 이 세상 어디에든 퍼져 있고, 정령왕은 언제든 그들의 신체를 빌릴 수 있다. 그 말인즉, 단순히 흔적을 따라가는 것만이 아닌 즉석에서 그들의 시야를 투시하는 것도 가능하다는 소리였다. 굳이 내가 직접 갈 필요가 없이 그들의 눈과 귀를 빌리기만 하면 이 자리에서 저택의 안을 살펴보는 것도 가능할 터였다.

내가 가만히 저택을 노려보고 있자 이사나가 의아한 표정을 지었다.

"엘? 왜 그래?"

"음, 잠깐만 기다려."

나는 작게 심호흡을 한 다음, 천천히 사방에 정신을 집중했다.

그러자 그 언젠가의 일처럼 눈앞에 전혀 다른 공간이 펼쳐지기 시작했다. 마치 무언가의 시선을 따라가듯, 뚜렷한 장면들이 빠르게 길을 이동했다.

이윽고 시선은 저택의 문을 넘어 복잡한 구조로 이루어진 내부 쪽을 정신없이 훑었다. 그곳에서 나는 조금 전 저택으로 들어갔던 신관과 집사를 어렵지 않게 발견할 수 있었다. 복도에 선 그들의 맞은편엔 고급스러운 옷차림을 한, 조금 창백한 안색의 중년 남자가 서 있었다. 마신관은 그를 향해 정중히 고개를 숙여 보였다.

"공 각하, 또 뵙습니다."

아무래도 직접 듣는 것은 아니라서인지 목소리의 울림이 조금 묘하게 들렸다. 하지만 그것보다 중요한 사실은 마신관이 남자를 향해 부른 호칭이었다. 공 각하. 아마도 그가 우리가 만나려고 한 카웰 공작인 모양이었다.

신관의 인사에 남자는 무심히 고개를 끄덕였다. 사촌이라고 하더니 금발에 푸른색 눈까지, 전체적인 외형이 본래 이사나와 상당히 닮은 모습이었다. 그래선지 그가 이사나를 배신했다는 사실이 쉽게 와 닿지가 않았다.

"저를 찾으셨다지요?"

마신관의 질문에 공작은 다시 고개를 끄덕였다. 친근한 표정을 짓는 마신관과는 다르게 그를 응시하는 공작의 표정은 상당히 굳어 있었다.

"마신의 교단은 도대체 무슨 생각을 하는 것이오?"

"그게 무슨 말씀이신지?"

"오늘이 벌써 2년째요. 대체 언제쯤 봉문을 끝낼 수 있냐고 묻는 것이오."

"이런, 또 그 말씀이셨습니까?"

마신관은 대수롭지 않다는 듯이 혀를 차며 중얼거렸다. 한 공국의 공작을 대하는 태도치고는 지나치게 불손한 모습이었다. 그게 불쾌했는지 공작의 눈빛에 더 짙은 날이 섰다. 그리고 이어진 그의 말은 가히 충격적이었다.

"상황이 점점 악화되고 있지 않소! 그대들이 일러준 대로 봉문을 하고 칩거를 시작했으나 제국의 불행을 막지 못했소! 선황 폐하의 죽음조차 막지 못하고 피를 토하는 심정으로 이 저택에 머물고 있다는 말이오! 심지어는 현 황제 폐하께서 이곳 클모어로 향하고 있다는 소문이 공공연하게 퍼져 있는데 그의 신하인 내가 맞이하러 달려나가지 못하는 것이 말이 된다고 생각하오? 더 이상 기다릴 수 없으니 나는 이제 봉문을 끝내겠소!"

"안 되십니다! 왜 일을 그르치려 하시는 겁니까? 공 각하의 결단 덕분에 그나마 좋아진 것이 이 정도라는 겁니다. 각하께서 나서시면 얼마나 더 비참한 일이 벌어질지 모릅니다! 그 사실을 왜 모르십니까?"

"허나!"

"아무것도 걱정하실 게 없으십니다. 모든 것이 잘되고 있습니다. 아시지 않습니까? 지하에 계시는 에이프릴 님의 영혼이 오늘도 구슬피 울며 제국의 안위를 걱정하고 있사옵니다."

"큭……!"

지하에 있어? 영혼?

마신관의 말이 무슨 약점이라도 되는지 공작은 말을 멈추고 입을 꾹 다물었다. 그것을 본 마신관의 얼굴에 음흉한 미소가 떠올랐다.

"설마 잊으신 건 아니시지요? 에이프릴 님이 왜 저주를 받아 돌아가셨는지 말입니다."

"……."

"이제 조금이면 됩니다. 이 시기만 견디시면 곧 제국은 안정을 되찾을 것입니다. 그러니 자중하십시오. 공 각하의 결단에 폐하의 안위가 걸려 있습니다."

속살거리는 음성이 마치 주문이라도 거는 것 같이 들렸다. 공작은 흔들리는 시선으로 마신관을 바라보더니 이내 침통한 얼굴로 고개를 끄덕였다.

"……알겠소. 내 다시 한 번 믿고 기다리지."

"잘 생각하셨습니다, 공 각하. 이것으로 황제 폐하는 무사하실 겁니다."

"……."

"잊지 마십시오. 저희 마신관들은 어디까지나 정통을 이으신 황제 폐하의 편이라는 사실을 말입니다."

그 장면을 마지막으로 나는 시선을 거둬들였다. 접촉을 떼어낸 충격으로 눈앞이 핑글핑글 돌았지만, 방금 전 들은 대화 내용을 정리하느라 그런 것은 신경 쓸 정신도 없었다. 처음부터 끝까지, 전혀 생각해본 적도 없는 상황이라 신음이 저절로 튀어나왔다.

"……으음, 이거 뭔가 일이 요상하게 돌아가는 것 같은데."

"그게 무슨 소리야?"

황망함에 중얼거리자 이사나를 비롯한 일행들이 모두 나를 바라보았다. 내내 관심 없어 보이던 라피스도 이번만큼은 호기심이 생긴 얼굴이었다.

"저택 안을 봤어?"

"보기는 봤는데……."

"봐, 봤다고? 형님은 어때, 엘? 무사하신 거야?"

대답이 떨어지기가 무섭게 이사나가 다급히 내게 물었다. 하지만 그의 절박한 얼굴을 보니 오히려 선뜻 입이 떨어지지가 않았다. 그러자 그것을 최악의 뜻으로 받아들였는지 이사나의 얼굴이 새파래졌다. 그 모습에 나는 얼른 그를 다독이며 말했다.

"네 형은 무사해, 이사나. 안색은 좀 나빴지만 대체로 건강해 보였어."

"그, 그럼?"

"공작이 스스로 칩거를 시작한 건 사실인 것 같아. 다만, 뭔가 조금 이상해."

"이상하다니?"

체념하듯 눈을 감던 이사나가 바로 이어진 말에 의아한 표정으로 나를 바라보았다. 나는 조금 떨떠름한 기분으로 볼을 긁적이며 대답했다.

"왜 그런 건지는 잘 모르겠는데, 공작은 봉문을 한 것이 널 위한 일이라고 생각하고 있어."

"날 위해서……?"

이사나는 멍하니 눈을 깜빡였다. 위험으로 몰아넣었으면 몰아넣었지, 조금도 도움이 되지 않은 그 결정이 오히려 자신을 위한 것이라니. 직접 봤던 나도 황당한데 그의 입장에선 더더욱 이해할 수 없을 것이다.

나는 조금 전 저택 안에서 보았던 광경을 차분히 설명했다. 마신관이 했던 말부터, 그로 인한 공작의 반응까지. 설명이 이어질수록 일행들은 모두 혼란스러운 표정이 되어갔다.

"그러니까…… 공작은 자신이 나서지 않아야 저 녀석이 무사하다고 생각하고 있는 건가?"

"응."

"마신관이 그렇게 말했다는 거지?"

라피스의 말에 나는 고개를 끄덕였다. 대강 추측해보건대 아마도 마신교에서 황제의 불행한 미래를 예고했을 것이다. 그리고 그 과정에 공작이 관여하게 되면 더 위험해진다고 말했겠지. 그렇기에 공작은 황제가 더 큰 화를 당할까 봐 감히 움직이지 못하고 있는 것이다. 그 대화를 들은 사람이라면 누구나 그렇게 여길 수밖에 없는 상황이었다. 그리고 이어진 라피스의 평은 가차 없었다.

"바보 아냐? 신탁을 받은 것도 아니고, 고작 신관 따위가 한 사람의 개입으로 인한 파국을 무슨 수로 점쳐?"

"어, 그럼 아니야?"

"당연하지! 애초에 대공이란 녀석이 대신관 출신인데 마신교가 황제의 편을 드는 게 말이 돼? 심지어 교황이 대놓고 수배를 내리고 있는 이 판국에? 공작씩이나 돼서 그런 말을 믿는다고?"

"하지만 뭔가 그럴 만한 이유가 있는 것 같았어."

"무슨 이유? 정말 신탁이라도 받았대?"

"으음, 그렇다기보다는 좀 다른 이유 같더라고. 마신관이 한 말에 의하면 에이프릴이란 사람의 영혼이 지하에서 울고 있다고……."

"에이프릴?"

"응, 그 에이프릴이란 사람이 뭔가 저주를 받아서 죽었다고 했어. 그 때문에 공작이 자중해야 한다는 듯이 말하던데, 대체 그게 무슨 소린지……."

쨍그랑!

그 순간 바로 옆쪽에서 날카로운 소리가 울렸다. 이사나가 들고 있던 찻잔을 떨어트린 것이다.

"이사나, 괜찮아?"

황급히 돌아본 나는 곧 그의 모습을 확인하고 더 당황할 수밖에 없었다. 그는 찻잔을 들려고 했던 상태 그대로 파리하게 굳어 있었다.

"이사나?"

"……무슨, 에이프릴…… 누님이…… 돌아가셨다고?"

"누님?"

당황해서 묻자 이사나가 덜덜 떨며 고개를 끄덕였다.

"혀, 형님의 하나뿐인 여동생이야. 형님이 누구보다 아끼고 사랑하는…… 그런데 누님이 저주를 받아 죽었다니, 그게 대체 무슨……."

후두둑

그의 황금색 눈동자 위로 순식간에 굵은 눈물이 흘러내렸다. 이사나는 채 말을 잇지 못하고 한 손으로 입을 틀어막았다. 갑작스러운 친인의 죽음 소식에 큰 충격을 받은 것 같았다.

나는 급히 한 팔로 그의 어깨를 감싼 다음 주위를 둘러보았다. 근처에 있던 사람들이 이쪽을 수군거리며 바라보고 있는 것이 느껴졌다.

라피스가 마법을 펼쳐뒀기 때문에 대화의 내용이 새어 나갈 염려는 없었다. 워낙 눈에 띄는 일행이라 처음부터 주목을 받아서 그렇지, 그게 아니었다면 그가 운다는 사실을 알아차리지도 못했을 것이다. 하지만 한 번 시선을 끈 이상 계속 이곳에 머무를 수는 없었다. 벌써 이곳의 일에 참견하고 싶어 어깨를 들썩거리는 여인들의 모습이 눈에 띄었다.

"일단 장소를 옮기자."

다른 일행들 역시 사태를 깨달은 듯 고개를 끄덕였다. 나는 흐느끼는 이사나를 조심스레 부축해서 자리에서 일어났다.

떠나기 전 슬쩍 돌아본 저택의 문은 여전히 굳게 잠겨 있었다. 생기가 전혀 느껴지지 않는 외관은 오랫동안 사람의 손길에서 방치된 듯 바래 있었다. 그래선지 제아무리 태양 빛 속에 웅장히 서 있어도 버려진 건물처럼 쓸쓸해 보였다. 그 모습이 조금 전 마신관 앞에 서 있던 공작의 모습과 겹쳐 마음을 더 무겁게 했다.

4.

탈진할 듯이 울던 이사나는 한참만에야 간신히 진정했다. 이후 정신을 차리자마자 그가 한 일은 사촌 누나인 에이프릴의 죽음을 수소문하는 것이었다.

공국을 다스리는 영주의 하나뿐인 여동생, 심지어 아직 미혼이라 저택에서 오빠와 함께 살고 있었다고 했다. 그런 그녀의 갑작스러운 죽음이라면 공국 내에서도 크게 소문이 났을 거라는 생각이었다.

그러나 짐작과는 다르게 영지의 사람들은 에이프릴에 관한 소식을 전혀 모르고 있었다. 장례를 치렀다는 말도, 심지어 죽었다는 소문도 없었다. 다만 그들이 아는 것은 2년 전부터 그녀의 모습을 본 사람이 아무도 없다는 것뿐이었다.

"2년 전……."

"공 각하께서 저택을 봉문하실 무렵 말이우. 에이프릴 아씨는 그때부터 저택 밖으로 한 번도 나오신 적이 없다우."

설명해준 상인이 어깨를 으쓱이며 대답했다. 그 말에 나와 일행들은 서로 바라볼 수밖에 없었다. 아무리 봉문이 급했다 해도 공작이 하나뿐인 여동생의 장례식을 치르지 않았을 리가 없었다. 소규모라도 준비하는 하인과 하녀들이 한두 사람쯤은 있었을 터. 그 과정에서 소문이 퍼지지 않았다는 건 말이 되지 않는 일이었다.

그 이후 몇 번이나 영지를 오가며 물어봤지만 돌아오는 대답은 한결같았다. 더구나 그들 모두 에이프릴의 죽음에 관해서는 전혀 염두에 두지도 않는 분위기였다. 특히 저택의 식솔들과 직접적으로 교류가 있는 상가들 쪽에선 더 강경한 입장이었다. 저택 안으로는 관은커녕 장례 물품조차 들어간 적이 없다는 것이다.

"으음, 도대체 뭐가 어떻게 된 거지? 마신관은 분명 여동생이 죽은 것처럼 말을 했는데, 정작 마을 사람들 중에서 그녀의 죽음에 대해 아는 사람이 아무도 없다니."

"사람들에게 알리지 않기 위해 장례를 치르지 않았을 수도 있지. 혹은 마신교 쪽에 시신을 맡겼거나."

"아뇨, 카엘 형님이 에이프릴 누님의 시신을 타인에게 맡겼을 리가 없습니다. 정말 아끼고 사랑하던 동생인걸요."

라피스의 추론을 이사나는 강하게 부정했다. 그리고 그 부분은 나 역시 이사나와 같은 생각이었다. 아주 잠시 오가는 시선을 본 것뿐이었지만 공작은 마신관을 매우 싫어하는 것처럼 보였다. 그런 그들에게 하나뿐인 여동생의 장례를 대신 맡겼을 것 같지는 않았다. 물론 그들이 강제로 빼앗아 갔다면 얘기가 달라지겠지만 말이다.

  그때 무언가 생각에 잠겨 있던 라피스가 지나가는 듯이 물었다.

  "여동생의 나이가 몇이랬지? 너보다 연상이라면 성인일 것 같은데."

  "아, 네 맞습니다. 살아 있다면 올해 스물한 살입니다."

  "그래? 흠, 그럼 제물이 되었을 것 같진 않고······."

  "제물이라니?"

  섬뜩한 단어에 나는 기겁해서 그를 바라봤다. 라피스는 오히려 그런 반응이 이상하다는 듯 의아한 표정이었다.

  "대공이 마신에게 드리는 번제물 말이야. 보통 유아부터 십 대 중반까지의 연령만 해당하는 것 같으니 그 여인은 상관없겠다는 뜻인데."

  "자, 잠깐! 그게 무슨 말이야? 대공이 마신에게 번제를 드려? 그럼 아이들을 모으는 이유가 설마 제사를 지내기 위해서란 말이야? 사람을 제물로 쓴다고?"

  "뭐야, 그걸 몰랐어?"

당연히 몰랐다. 그냥 다분히 변태적인 취미라고만 생각했지, 설마 제물로 바치려고 아이들을 모은다는 생각을 누가 할 수 있겠는가!

이사나를 바라보니 그 역시 금시초문이라는 표정을 짓고 있었다. 내내 조용히 대화를 경청하던 카이테인 또한 얼어 있기는 마찬가지였다.

어느 교단이든 번제는 사라진 옛 고대의 풍습이다. 근래의 제사는 형식만 남은 공식 행사에 더 가까웠고, 신전에 기부금을 내거나 기도를 하는 것으로 대신하는 추세였다. 그 외에 개인이 제(祭)를 진행하는 경우가 있긴 하지만 이런 건 대부분 특별한 목적이 있을 때(예를 들면 흉악한 범죄를 면죄받기 위해서라든가, 타인에게 강한 저주를 거는 것 등)뿐이라 의도 자체를 좋지 않게 여긴다는 것이 카이테인의 설명이었다. 특히 피를 사용하는 제사는 반드시라고 해도 좋을 만큼 생명과 운명을 주관한다고 봐도 무방했다.

제물의 가치가 클수록 영향력 또한 더욱 커지는 것은 당연. 하물며 사람을 제물로 바치는 제사는 그 의도 자체를 매우 사악하게 여겨 공통적으로 금기로 정하고 있었다. 물론 그게 아니라도 그 자체로 엄청나게 끔찍한 짓이라는 것은 두말할 필요도 없는 일이다. 그런데 한 나라의 대공이란 자가 버젓이 그런 짓을 하고 있는 것이다.

더 충격적인 건 제단이 있는 장소가 바로 황성의 가장 밑바닥, 즉, 황실 본궁의 지하라는 사실이었다. 바로 그곳에서 벌써 몇 년째 아이들이 제물로 바쳐지고 있다는 것이다. 그 사실에 가장 경악한 사람은 바로 이사나였다.

"황궁의 지하라니…… 그런 곳에 제단이 있다는 겁니까?"

"그렇다니까."

"말도 안 됩니다. 어떻게 그럴 수가……."

"흠, 반응을 보니 너도 모르고 있었던 모양이지?"

"몰랐습니다. 황궁 지하엔 비상 탈출을 위한 수로밖에 없다고 알고 있었습니다. 당연히 그 외의 다른 것이 있어서도 안 되고요. 그런데 도대체 어떻게 그런 일이……."

"하지만 분명한 사실이야. 아마 대신들은 대부분 알고 있는 일일걸? 그중 몇몇은 제사를 참관하기도 한다고 들었거든."

"……그게 정말입니까?"

"그럼 정말이지. 내가 왜 없는 소리를 지어 하겠냐?"

이사나는 혼란스러운 표정으로 머리를 흔들었다. 바로 얼마 전까지 황제로서 황궁에서 살았던 그다. 그조차 모르게 진행되고 있었던 참혹한 행사에 그는 완전히 넋을 잃은 것 같았다. 얼빠진 우리들의 모습이 재밌었는지 라피스는 짓궂게 웃으며 말했다.

"내친김에 제사가 어떤 방식으로 진행되는지도 알려줄까?"

"방식?"

"제물로 선정된 아이들은 일주일 동안 성수라고 알려진 것으로 목욕재계를 해. 그러곤 일곱 명을 한 파로 묶어서 매일 한 명씩 신전의 제단에 바쳐지는 거야. 제사는 대공 자신이 직접 주관하고, 높이 쳐든 단검으로 단번에 심장을 파내. 그다음엔 그 피를 짜 그릇에 담……."

"으아악! 그만 스톱! 넌 대체 그런 얘기는 어디서 듣는 거야?"

기겁해서 귀를 틀어막고 소리치자 라피스는 어깨를 으쓱해 보였다.

"어디서긴. 제단에서 들었지."

"뭐?"

"내가 말 안 했던가? 나 얼마 전까지 황궁 지하에 있었어. 제단에 바쳐질 제물로서 말이지."

"뭐어?"

그 엽기적인 대답에 기겁한 사람은 나만이 아니었다. 그러나 일행들의 굳어진 시선에도 라피스는 여전히 태연했다. 심지어 그것이 나를 만나기 전에 즐겼던 유희라는 망발까지 서슴지 않았다. 아니, 대체 왜 그딴 것을 유희로 삼는 건데? 이 순간만큼은 진심으로 그의 머리를 해부해보고 싶었다.

"혹시 이 대륙에도 정신과 의사가 있을까? 진지하게 상담 치료를 권해보고 싶은데."

"무슨 소린지는 모르겠는데, 그거 내 정신에 문제가 있다는 말이지? 유감이지만 나도 일부러 그런 건 아니거든? 그냥 어린 모습으로 변해서 거리를 걷고 있는데 병사들이 갑자기 들이닥쳐서 끌고 갔다고. 이게 대체 뭐 하는 짓인가 구경하는 셈치고 가만히 있어줬더니, 황궁으로 가대? 재밌을 것 같아서 잠깐 놀아줬지."

"너 미쳤어? 그러다 정말로 죽으면 어쩌려고!"

"이봐, 난 드래곤이라고. 수틀리면 언제든 현신해서 뒤집을 수도 있고, 텔레포트란 간편한 방법도 있는데 쉽게 당해줄 것 같냐? 그 증거로 지금 이렇게 멀쩡한 거잖아."

라피스는 가슴을 쭉 펴고 의기양양하게 말했다. 그 모습이 얄미워서 나는 불만스럽게 투덜거렸다.

"그렇게 잘났으면 제단도 뒤집고 나오지 그랬냐. 아예 제사도 못 지내게."

"그래 봤자 그때뿐이지. 당장 제단이 망가진다고 해서 그놈들이 제사를 안 지낼 것 같아? 난 쓸데없는 일에 힘을 빼는 취미는 없어."

"그래서 혼자 도망쳐 나왔냐? 이 천하의 매정한 놈."

"나 참, 위험한 일을 한다고 걱정할 땐 언제고 이젠 또 매정하대?"

"그건 그거고 이건 이거지."

황당하다는 듯 찌푸려진 얼굴을 무시하고 나는 이사나와 카이테인 쪽으로 시선을 돌렸다. 두 사람은 여전히 안색이 좋지 않았지만 그래도 처음보다는 충격에서 많이 벗어난 모습이었다. 이사나는 한층 가라앉은 얼굴로 라피스를 응시했다.

"누님이 제물이 되었을 가능성은 정말 없는 겁니까?"

"말했잖아. 제물의 연령은 십 대 중반까지라고. 거기서 약 한 달 정도 지내봤는데 단 한 번도 예외가 있었던 적은 없었어. 그런 걸 보면 그전에도 다르진 않았을 거야. 보아하니 나름의 제물 선별 기준이 있는 것 같았거든."

"선별 기준?"

"첫째, 연령이 어릴 것. 둘째, 미색이 곱거나 외관이 깨끗할 것. 셋째, 장애나 지병이 있지 않을 것. 대충 이 정도?"

언젠가 사람들이 말하던, 병사에게 끌려가는 것과 부합하는 조건이었다. 이사나는 안도하는 표정을 짓기 무섭게 얼굴을 굳혔다. 누나인 에이프릴이 제물로 잡혀가지 않았다는 사실에 안심하면서도 희생된 아이들에 대한 생각 때문에 마음 놓고 표현할 수가 없는 것 같았다.

가만, 그러고 보니 나도 예전에 끌려갈 뻔했었는데. 그때 그대로 얌전히 따라갔으면 제물이 되었다는 거잖아? 새삼 그렇게 생각하니 이미 지나간 일임에도 화가 치밀었다. 마을 한복판, 더불어 사람들이 모두 모여 있는 장소에서 일어났던 일이었다. 그런 일이 일상에서 아무렇지 않게 일어난다는 사실에 더 소름이 돋았다. 내 경우엔 어떻게든 빠져나갈 수 있었지만, 평범한 아이들은 아무런 저항도 하지 못하고 그대로 끌려갔을 게 아닌가.

"조금 이상하긴 합니다."

"뭐가요, 카이 씨?"

"마신교가 죽음을 숭상하는 경향이 있긴 합니다만, 그곳에서도 사람을 제물로 쓰는 일은 흔치 않은 일입니다. 심지어 그렇게 오랜 기간 동안 주기적으로 제를 드린다는 얘기는 들어본 적이 없습니다. 대공은 그 아이들을 바쳐서 마신에게 무슨 기원을 하는 걸까요? 단지 황제가 되기 위해서라기엔 너무 과한 것 같군요."

"반대로 마신 쪽에서 요구한 걸 수도 있지."

대답을 한 사람은 라피스였다. 모두의 시선이 쏠리자 그는 어깨를 으쓱하며 말했다.

"제사는 신 쪽에서 먼저 요구하는 경우도 있잖아. 조건을 충족하기 어렵고, 누구나 납득하기 어려운 형태일수록 그런 경우가 대부분이지. 그렇다면 딱히 이해 못 할 것도 없지 않아? 마신이 피를 즐기는 신이라는 건 오래전부터 공공연한 사실인걸."

"……."

그 말에 나는 묻어뒀던 가설을 다시 떠올렸다. 이번 일에 마신이 개입되어 있을지도 모른다는, 불길한 상상 말이다. 그 순간 급속도로 얼굴이 창백해진 것을 보면 이사나도 나와 같은 생각을 한 게 분명했다.

"그럼…… 마신이 이 모든 일을 주관하고 있다는 거야?"

"나야 확실한 건 모르지. 정 궁금하면 물어보든가. 마침 적당한 추궁 상대도 있는 것 같은데."

"추궁 상대?"

어리둥절해하길 잠시간, 나는 기묘한 감각을 느끼고 얼굴을 찌푸렸다. 또 그거였다. 가끔씩 느껴지곤 하던 누군가의 시선. 그것이 다시 따라붙고 있었다.

나는 두리번거리고 싶은 충동을 억지로 참았다. 지금 우리가 있는 곳은 번화가도 아니었고, 오히려 사람들이 잘 오가지도 않는 한적한 공터였다. 이런 곳에서 낯선 시선이 느껴진다면 이유는 한 가지밖에 없지 않은가.

"……혹시나 해서 묻는 말인데. 우리 지금 감시당하고 있어?"

"호오, 이제 보니 아주 둔치는 아니었군."

라피스는 기특하다는 듯이 싱글거렸다. 보아하니 이미 오래전부터 눈치채고 있었던 것이 분명했다. 젠장, 이런 건 진작 말했어야지! 나는 그의 뒤통수를 후려치고 싶은 충동을 느끼며 얼굴을 찌푸렸다.

"그 추궁 상대, 인간인 거 맞아?"

"왜?"

"뭔가 기운이 좀 이상해. 더 텁텁하고 음습한 느낌이라고 해야 하나……."

"그래? 많이 위험할 것 같아?"

"음, 아니. 딱히 그 정도까지는……."

숫자가 하나가 아닌 것 같아서 조금 걸리긴 했지만 그다지 위협적이라는 느낌은 아니었다. 솔직한 심정을 말하자 라피스는 재미있다는 듯이 웃었다.

"그렇다는데? 이제 그만 슬슬 나오는 게 좋지 않겠어? 이미 다 들켰다고, 너희들."

그는 아무것도 없는 허공을 돌아보며 말했다. 그때까지 카이테인과 이사나는 상황을 판단하지 못한 듯 어리둥절한 표정을 짓고 있었다.

쏴아아—

그 순간 바람이 불지도 않는데 나뭇가지들이 크게 흔들렸다. 나는 본능적으로 그것이 마나의 파동이라는 것을 깨달았다. 누군가가 폭사한 기운이 공간 전체로 퍼져나간 것이다.

"흥, 이렇게 나오시겠다?"

얼굴을 찌푸리는 사이, 라피스는 호전적인 표정을 지으며 입술을 말아 올렸다. 동시에 그의 몸에서도 강한 기운이 터져 나오기 시작했다. 마치 파도가 퍼지듯, 거친 파동이 그의 주변으로 퍼져나가는 것이 뚜렷하게 느껴졌다.

슈우욱! 콰아아앙!

거칠고 강한 기운이 마치 폭풍처럼 뒤엉켜 서로 크게 맞부딪쳤다. 그 파장에 공터에 있는 나무들의 줄기가 고무처럼 휘었다.

제아무리 강렬한 기류도 내게는 딱히 큰 영향을 끼치지 못했다. 문제는 카이테인과 이사나가 평범한 인간이라는 사실이었다. 마나의 파동이 일 때마다 두 사람은 속수무책으로 휘청거렸다. 웅크린 두 사람을 본 나는 서둘러 라피스를 바라보았다.

"라피스, 그만해! 이사나와 카이 씨가 힘들어하잖아!"

그러나 그는 내 말에 전혀 반응을 보이지 않았다. 청각이 인간의 수십 배에 달하는 드래곤 주제에 설마 듣지 못했을 리는 없고, 그저 내 목소리를 완전히 무시할 작정인 것 같았다.

"야! 그만두라는 말 안 들려?"

점점 더 거세지는 바람을 느끼며 나는 더 크게 소리쳤다. 그럼에도 라피스는 여전히 요지부동이었다. 그때 우두둑, 요란한 소리가 들리더니 휘청거리고 있던 나무 하나가 뿌리를 드러내며 쓰러졌다. 압력을 이기지 못하고 부러진 것이다. 그런데 하필이면 쓰러지는 장소가 카이테인 위쪽이었다.

"카이 씨!"

내 외침에 카이테인은 위험을 깨달은 것 같았지만 꼼짝도 하지 못했다. 기운의 파동 때문에 움직일 수 없는 처지였던 것이다. 나는 황급히 손을 뻗어 큰 물줄기를 일으켰다.

좌아악! 우두두둑!

나무가 카이테인을 덮쳐든 것과 물이 솟구친 것은 거의 동시에 일어난 일이었다. 솟구친 물줄기는 간발의 차이로 나무줄기를 쿠션처럼 받아냈다. 카이테인은 바로 그 밑에서 딱딱하게 굳어 있었다. 나는 받아낸 나무를 멀리 치워낸 다음 급히 카이테인에게 다가갔다.

"카이 씨, 괜찮아요?"

"아, 정말 감사합니다, 엘 님. 덕분에 살았습니다."

다행히 그는 상처 하나 없이 무사한 모습이었다. 다만, 상당히 놀랐는지 안색이 매우 창백했다. 안도의 한숨을 내쉬기를 잠시 간, 나는 이를 갈며 뒤를 돌아보았다. 이 와중에도 정체 모를 상대와의 기 싸움은 계속되고 있었다. 나는 더 이상 참지 못하고 소리쳤다.

"전부 그만두지 못해!"

쩌어어억!

그 외침에 멋대로 휘몰아치던 기류들이 단숨에 흐트러졌다. 그와 함께 주위의 모든 풍경들이 일시에 얼어붙었다. 조금 전까지 거친 기류에 휘청거리던 나무들이 모두 새하얗게 굳어진 것이다. 굳어진 나뭇가지 사이로 작은 살얼음들이 눈처럼 흩날렸다. 마치 이 장소만 설원이 된 것 같았다.

갑자기 일어난 현상에 어안이 벙벙한 건 나 역시 마찬가지였다. 라피스도 놀란 표정으로 나를 바라보고 있었다.

"……과연 정령왕. 화나니까 무섭네."

"……유언은 그걸로 끝이야?"

"알았어, 알았어. 안 할게. 그만두면 되잖아."

그는 항복을 하듯 두 손을 들어 올리며 말했다. 하지만 겁이 나서 그만둔 게 아니라는 것쯤은 바보라도 알 수 있었다. 그 증거로 그는 여전히 여유로워 보였으니까.

"봤지? 우리 무서운 정령왕께서 굉장히 많이 화가 나셨다. 다음엔 너희들 숨통을 얼려버릴지도 몰라. 그러니까 이제 그만 슬슬 정체를 드러내시지?"

내가 어이없어하든 말든, 상대를 도발하는 것도 멈추지 않았다. 그런데 의외로 그 황당무계한 도발이 효과가 있었던 모양이다.

저벅.

잠시 후 얼어붙은 나무들 사이로 두 사람이 모습을 드러냈다. 군복으로 보이는 검은색 제복에 긴 망토를 걸친 남자와, 아슬아슬할 정도로 노출이 심한 옷차림을 한 여인이었다(그것을 본 라피스가 가볍게 휘파람을 분 건 무시하기로 하자).

남자는 무슨 생각을 하는지 알 수 없을 정도로 얼굴에 표정이 없었다. 반면 여인은 초조한 듯 눈을 똑바로 맞추지 못하며 입술을 깨물고 있는 모습이었다. 두 사람 다 머리가 칠흑처럼 검었고, 눈동자 역시 동일한 붉은색이었다.

마족.

어떻게 알았는지는 모른다. 다만 정령왕들을 처음 봤을 때처럼, 나는 반사적으로 그들의 정체를 깨달았다. 그리고 그 사실에 가벼운 충격을 느꼈다.

마족이라니. 어째서 마족이 우리를 감시하고 있었던 거지?

의도한 게 아니라면 참으로 기가 막힌 타이밍이다. 지금 막 마신의 개입 여부를 판단하고 있었던 참이지 않은가. 마족이 마신의 고유 창조물이라는 것은 모르는 사람이 없을 정도로 이미 유명한 사실이었다.

마신으로부터의 신탁, 마신을 위한 번제, 그리고 마신이 창조한 그의 아이들. 그 모든 것들이 단지 우연일 뿐일까? 드러나는 정황들마다 모두 하나를 가리키고 있는 것 같았다. 나는 동요하지 않으려고 노력하며 차분하게 두 마족을 응시했다.

"당신들은 마족이군요. 왜 우리를 감시하고 있었죠?"

마족이란 단어에 옆에 있던 이사나와 카이테인이 어깨를 흠칫하는 것이 느껴졌다. 불끈 움켜쥔 주먹이 새하얗게 일어난 것을 보며 나는 초조하게 마족들의 대답을 기다렸다. 짧은 침묵이 흐른 후, 먼저 입을 연 것은 남자 쪽이었다.

"물의 왕께 인사드립니다. 저는 데르오느빌, 제 옆의 여인은 세르피아네스라고 합니다. 저희는 스왈트 제국의 황제 이사나의 뒤를 쫓으란 명을 받았습니다."

"명? 누가 그런 명령을 내렸죠?"

"마왕 전하입니다."

"마왕?"

생각보다 순순하게 대답하는 태도도 그렇지만, 뜻밖의 존재에 나는 잠시 당황했다. 당연히 마신의 명이라고 대답할 거라 생각했기 때문이다. 하지만 생각해보면 일개 마족에게 마신이 직접 명령을 내렸을 리는 없었다. 총책임자가 마왕이고 그를 통해 전달이 되는 구조라면 그럴 수도 있겠다 싶었다.

"제 정체는 언제부터 알았죠?"

"처음부터 알았던 건 아닙니다. 지켜보는 도중에 깨달았습니다."

"왜 공격을 하지 않고 따라만 다닌 거예요? 지금까지 얼마든지 기습할 기회가 있었을 텐데."

"저희가 받은 명령은 황제의 동태를 파악하라는 것뿐이었습니다."

"……그래서 그냥 지켜만 봤다구요? 보고도 하지 않고?"

"예."

막힘없는 대답에 나는 잠시 황당해했다. 데르오느빌이라는 마족은 전혀 문제를 느끼지 못한 듯 당당한 모습이었다. 왠지 상당히 특이한 성격인 것 같았다.

"저기, 이름이 데르오느빌이라고 했죠?"

"정식 이름은 그렇지만 보통은 데르온으로 더 많이 불립니다."

"데, 데르온?"

먼저 반응을 보인 건 이사나였다. 그는 믿을 수 없다는 듯이 눈을 부릅뜨고 있었다.

"왜 그래, 이사나?"

내 질문에 그는 데르온에게서 시선을 떼지 않은 상태로 입술을 악물었다.

"들어본 적 있어. 마계 4대 공작의 이름 중 하나야."

"4대 공작?"

"마왕 다음으로 높은 신분이야. 만약 내 짐작이 맞는다면 세르피아네스라고 했던 저 여성 마족은 4대 공작 세르피스가 분명해."

과연, 그저 평범한 마족은 아니라는 소리인가? 데르오느빌, 아니, 데르온은 눈앞에서 대놓고 정체를 가늠하는데도 전혀 반응이 없었다. 단지 침묵을 지키는 것으로 이쪽의 짐작을 긍정하는 듯 보였다. 반면 세르피스라는 여성 마족은 눈에 띌 정도로 불안한 얼굴이라 안쓰러운 느낌마저 들었다.

"좋아요, 데르온. 마왕이 왜 당신들에게 그런 명령을 내린 거죠?"

"저희도 그 이유까진 알지 못합니다. 다만 개인적인 용무라고 알고 있습니다."

"개인적? 혹시 마신의 뜻인 건 아니구요?"

그 순간 스산할 정도로 냉정하던 마족의 얼굴에 옅은 웃음이 스쳤다. 누가 보기에도 명백한 비웃음이었다. 이어진 말에 나는 깜짝 놀랄 수밖에 없었다.

"황송합니다만, 물의 왕이시여. 오해가 있으신 것 같습니다. 현 마왕 카류드리안 전하는 왕이 된 이후로 단 한 번도 마신의 부름을 받은 적이 없습니다."

"마신의 부름을 받은 적이 없다고요?"

"예. 그뿐만 아니라 마신께서 마계를 직접적으로 관장하지 않으신 지 시일이 꽤 오래됐습니다."

"얼마나 됐는데요?"

"대략 백 년이 넘은 것 같군요."

어라라, 그럼 마신은 이번 일들과 전혀 상관이 없다는 소린가? 대답하는 데르온의 태도는 단호했다. 마왕이 개인적으로 대공을 돕고 있는 것이라 확신하고 있는 게 분명했다. 뒤죽박죽 엉키는 정보에 머릿속이 온통 혼란스러웠다. 유력했던 용의자가 사라지고 갑자기 수사가 원점으로 돌아간 기분이었다. 나는 노골적으로 얼굴을 찌푸리고 물었다.

"잠깐만요. 그럼 대공이 마신을 위해 번제를 드리는 건요? 그것도 마신의 뜻과는 관계가 없는 일인가요?"

"그건 저도 모르는 일입니다."

"아이들을 죽여서 제사를 지내고 있어요. 전혀 들어본 적이 없어요?"

"없습니다."

담담한 대답에 나는 더 이상 질문을 잇지 못하고 입을 다물었다. 기색을 보니 딱히 거짓말을 하는 것 같진 않았다. 하긴 아무리 고위 마족이라고 해도 마계의 내부 사정을 다 알 수는 없겠지. 나는 속으로 가볍게 한숨을 내쉬었다.

"이제 저희를 어떻게 하실 겁니까?"

고민이 깊어질 무렵 데르온이 차분한 음성으로 물었다. 딱히 다음 일을 두려워하지도, 기대감이 담겨 있지도 않은, 단순히 궁금해서 묻는 얼굴이었다. 그 태연한 모습에 오히려 흥미가 생겨서 물었다.

"이대로 보내주면 어떻게 할 건데요?"

"이미 정체를 들킨 이상 임무를 계속 수행하긴 어려우니 아마 마계로 돌아가겠지요."

"가자마자 마왕에게 이쪽의 일을 보고하겠네요?"

"네, 그게 저희가 받은 임무였으니까요."

역시 지나치게 솔직하다. 자신에게 불리할 수 있는 발언조차 거침이 없었다. 마족들은 원래 다 이런 건가? 나는 묘한 심정으로 데르온을 바라보았다.

"저런 대답까지 들었는데 뭘 망설여? 애초에 화근을 만들지 않으려면 지금 없애는 게 좋을걸?"

옆에 있던 라피스가 시큰둥하게 말했다.

바로 그때, 내내 눈치를 살피고 있던 여마족 세르피스가 별안간 앞으로 몸을 내밀었다. 동시에 주위의 기류가 뒤틀리더니, 곧 눈앞에 새카만 안개가 터져 나왔다.

슈우욱! 촤아아악!

"윽!"

"……엘!"

무심코 팔을 들어 피한 뒤 나는 아차 싶은 기분에 고개를 들었다. 아니나 다를까. 세르피스의 모습이 홀연히 사라져 있었다. 동료인 데르온을 놔두고 홀로 달아난 것이다.

"역시 마족, 동료 의식 따위는 전혀 찾아볼 수가 없군. 아주 마음에 들어."

싱글싱글 웃는 라피스의 말을 무시한 채, 나는 데르온을 바라보았다. 그는 이미 짐작하고 있었던 일인지 딱히 놀란 기색도 없이 여전히 무표정한 모습이었다.

"한 가지만 더 물어볼게요. 마왕의 계획이 마신의 뜻은 아닐 거라고 했었죠? 그럼 마왕이 대공을 돕고 있는 건 사실인가요?"

"아마도 그럴 겁니다."

"둘이 어떤 관계인 거죠?"

"정확한 건 저도 잘 알지 못합니다. 다만, 계약 관계일 거라 짐작하고 있습니다."

"계약? 대공이 마왕을 소환했다는 건가요?"

데르온은 차분히 고개를 끄덕였다. 생각해보면 그 둘의 관계를 설명하는 데 그 이유 말고 달리 마땅한 것이 없었다. 마신을 배제했을 경우, 상식적인 선에서 마왕이 평범한 인간을 도울 일은 그것밖에 없었으니까.

인간은 마족을 소환할 수 있다. 소환된 마족은 정령과 마찬가지로 계약을 맺어 그들의 힘이 되거나 소원을 들어주는 편이었다. 다만 정령과의 계약 조건이 단순히 마나를 빌려주는 것뿐이라면, 마족은 무슨 대가를 요구할지 모른다는 차이가 있었다. 때문에 위험부담이 매우 큰 편인데도 이곳의 사람들은 마족과의 계약을 꿈꾸곤 했다. 특히 마신을 섬기는 스왈트 제국에서는 마족을 딱히 사악한 종족으로 규정하지 않기 때문에 소환 의식을 제지하지도 않는 편이었다.

물론 그렇다고 해서 마족과의 계약이 평범한 일은 아니다. 마족의 소환 방법은 정령의 소환 의식만큼이나 거의 알려져 있지 않기 때문이다. 하지만 대공이라면 수많은 정보를 얻기 쉬운 위치일 테니 구하기로 마음먹으면 아주 불가능하지도 않았을 터였다. 하필 소환된 마족이 마왕이라는 건 개탄스러운 일이긴 했지만 이사나도 정령왕을 소환해냈는데 그라고 하지 못하리란 법은 없었다.

"그럼 혹시 이사나의 사촌 형에 대해서 알고 있는 게 있어요? 죽었다는 누이의 행방에 대한 것이라든가."

"그건 저도 모르는 일입니다."

"그렇다면 그 일은 대공이 관여한 게 아니라는 건가요?"

"글쎄요. 저도 왕의 모든 계획을 다 알고 있는 건 아니라서 말입니다. 저희가 개입하지 않았다 해서 반드시 대공과 상관이 없다고는 말씀드릴 수 없습니다."

"그렇군요. 알겠어요. 당신도 이만 돌아가도 좋아요."

그러자 데르온은 조금 당황한 얼굴을 했다. 우리 앞에 모습을 드러낸 이래 처음으로 보인 반응다운 반응이었다. 라피스 역시 찌푸린 얼굴로 나를 바라봤다.

"뭐야, 그냥 보내주려고?"

"이미 한 명이 달아났는데 할 수 없잖아. 어차피 보고는 들어갈 거고, 입막음하기엔 늦었는걸. 그냥 지켜만 본 것뿐인데 일을 더 크게 만들고 싶진 않아."

"지금까지야 그냥 지켜만 봤겠지. 다음엔 공격하려고 할 텐데?"

"그건 그때 가서 생각하지 뭐."

사실 별로 크게 걱정은 되지 않았다. 설령 그가 정말 공격을 해온다 해도 왠지 내가 질 것 같은 느낌은 들지 않았기 때문이다. 그 생각은 라피스 또한 별반 다르지 않은 듯했다. 끝까지 반대할 거란 예상과는 다르게 그는 아무렇지 않게 고개를 끄덕였다. 애초에 내가 무슨 결정을 내리든 상관없어하는 것 같긴 했다.

"자, 이만 가 봐요."

"……물의 왕의 관대한 처사에 감사드립니다."

고개 숙여 인사를 한 데르온은 묘하게 착잡한 표정을 지었다. 싸움과 분란을 즐기는 종족이라더니, 왠지 간단히 풀려난 상황에 매우 큰 아쉬움을 느끼고 있는 것 같았다.

"아아, 그러고 보니 이 얘기를 드리는 것을 잊었군요."

"……?"

돌아서기 전 데르온은 문득 생각이 났다는 듯이 중얼거렸다. 내가 의아해져서 바라보자 그는 차분하게 나를 돌아보았다.

"조금 전 대공이 어린 인간을 산 제물로 삼아 번제를 드렸다는 이야기 말입니다. 저도 마신께서 하시는 일을 감히 헤아릴 수는 없습니다만, 한 가지만은 분명히 말씀드릴 수 있습니다. 마신께선 매우 냉혹한 분이시지만, 그 어떤 피조물이든 아이들에겐 관대하시다는 겁니다."

"마신이 아이에게 관대하다고요?"

"의외라고 생각하시겠지만 사실이 그렇습니다. 지금은 외면을 받고 있는 카류드리안 전하 역시 어린아이였던 시절에는 마신의 사랑을 받았죠. 대공이란 자가 무슨 생각을 하는지는 모르겠지만 정말 마신을 위한 번제를 드리는 거라면 실수를 하고 있는 게 분명합니다. 그분이 아이를 제물로 바치는 제사를 달갑게 여길 리 없으니까요."

결국 그가 전달하려고 하는 의미는 하나였다. 대공의 번제가 마신과는 아무런 상관이 없다는 것. 아마도 그는 마신과 마왕의 관계성을 완전히 부인하고 싶어 하는 것 같았다. 마왕의 명을 따르면서도 그를 달갑게 여기고 있는 건 아닌 것처럼도 보였다. 그렇다고 의심이 완전히 사라지는 건 아니었지만 나는 일단 고개를 끄덕였다.

"무슨 말인지 알겠어요. 참고하도록 할게요."

"이왕이면 이것도 참고해두시길. 아마 저희는 빠른 시일 내에 다시 만나게 될 겁니다."

"……그것도 무슨 말인지 알겠어요."

마왕이 대공을 돕고 있다면 정령왕의 개입을 결코 좌시하진 않을 것이다. 분명 어떤 식으로든 나를 방해하거나, 지금보다 더 이 사나를 죽이기 위해 혈안이 될 것이 분명했다. 그리고 그 선봉에 데르온이 설 가능성은 달아난 여마족이 마왕에게 고자질을 할 가능성만큼이나 매우 높았다.

다음에 만날 땐 지금처럼 평온한 분위기는 아니겠지. 데르온에게 생각보다 호감이 간 탓일까? 그와 적이라는 사실이 매우 아쉬웠다.

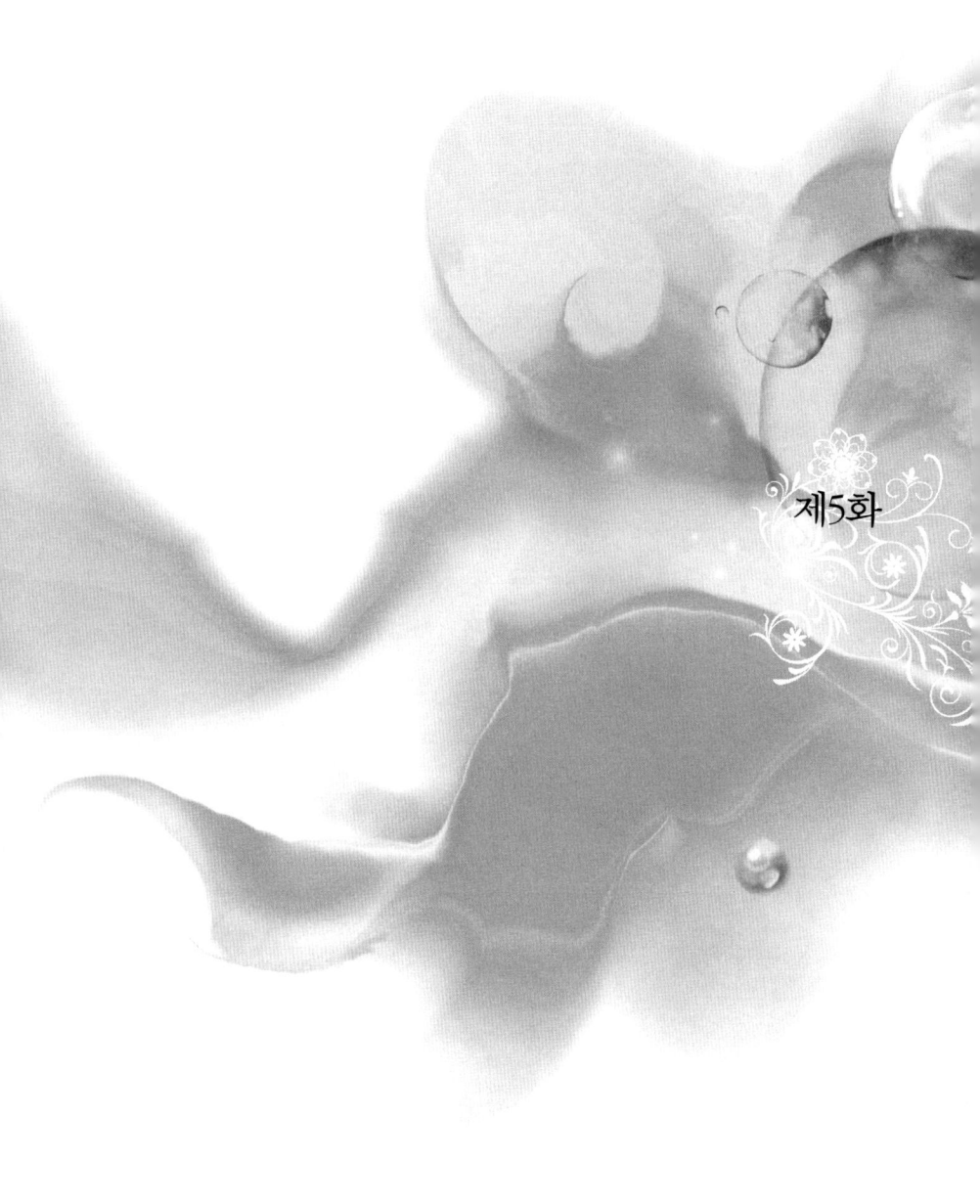

1.

 날이 저물자 나와 일행들은 마을 안으로 자리를 옮겼다. 이사나와 카이테인의 식사도 챙길 겸, 적당한 숙소를 잡기 위해서였다. 본래는 공작의 저택으로 직행할 예정이었기 때문에 따로 숙소를 생각해두지 않았지만 이제 상황이 달라졌으므로 한동안 묵을 곳을 다시 알아봐야 했다.

 마침 식사 때였기 때문에 상가는 어디를 가도 사람이 붐볐다. 우리는 그중에서 가장 큰 식당에 들어가 구석진 곳에 자리를 잡고 앉았다(그리고 라피스는 늘 그랬듯이 마법을 걸어 소리를 차단했다).

 "기분은 좀 괜찮아, 이사나?"

마족들과 대면한 이후로 이사나는 내내 안색이 좋지 않았다. 나는 간신히 웃어 보이는 그를 걱정스럽게 바라보다 한숨을 내쉬었다.

"아무튼 얘기는 다시 원점으로 돌아왔네. 결국 에이프릴 양이 어떻게 되었는지는 아무도 모른다는 거잖아. 마신의 개입 여부도 지금으로선 확신할 수 없고."

"흐응, 마족이 하는 말을 전부 믿는 거냐?"

"역시 거짓말일까?"

불안해져서 바라보자 라피스는 시큰둥하게 어깨를 으쓱여 보였다.

"글쎄, 어쨌든 한 가지는 확실해졌으니 된 거 아냐? 마왕이 대공과 한편이라는 거. 마신이 개입했건 어쨌건, 앞으로 우리가 상대해야 할 존재가 마족들이라는 건 전혀 달라지지 않는다는 거지."

"으음, 그것도 그러네."

사실 마왕만 두고 보아도 그리 만만한 상대는 아니긴 했다. 그의 힘은 잘 모르지만 오늘 찾아온 공작보다는 훨씬 더 까다로운 상대일 게 분명했으니까.

결국 나는 복잡하게 생각하는 걸 그만두기로 했다. 어차피 지금 여기서 머리를 싸매고 있어봤자 당장 해결이 될 리도 없었다.

"아무튼 지금은 눈앞의 일들부터 하나씩 처리를 해보자. 그러다 보면 다른 일들도 실마리가 보이겠지."

"눈앞의 무슨 일?"

"에이프릴 양의 행방을 찾는 것 말이야. 산 제물 얘기 때문에 잠시 길이 딴 데로 새긴 했지만, 원래 우리가 하던 일은 그거였잖아."

"켁, 오늘 하루 종일 수소문하고 다닌 것으로도 모자라 그 짓을 또 하자고?"

벌써부터 질린다는 표정을 짓는 라피스를 보며 나는 볼을 부풀렸다.

"성과가 하나도 없는 걸 어떡해. 그래도 계속 알아보면 누군가 한 명쯤은 진상을 아는 사람이 나오지 않겠어?"

"그럴 바엔 차라리 공작을 직접 찾아가든가."

"어? 공작에게?"

"어차피 전부 공작과 관련된 일이잖아. 당사자만큼 진상을 정확하게 아는 사람이 어딨어? 떠도는 얘기들을 접하는 것보다야 오히려 그게 제일 확실하지. 너한테는 저택에 들어가는 게 별로 어려운 일도 아니고. 나로선 왜 쉬운 길을 빙빙 돌아가려고 하는지 이해가 안 되는데?"

나와 이사나는 서로 멀뚱히 바라보았다. 그러고 보니 왜 그 방법을 생각하지 못했을까. 갑자기 퍼뜩 정신이 드는 기분이었다.

"헤에, 라피스, 너 되게 똑똑하다."

"그걸 이제 알았냐? 아무튼 정령왕이나 그 계약자나 둔해 터져 가지고선."

"뭔가 잊은 모양인데, 너도 그 계약자 중 한 명이거든요?"

"하, 누굴 똑같은 취급이야?"

"같은 취급이 싫어? 그럼 계약을 파기하시든가요."

"……제길."

그래도 차마 파기하자는 말은 할 수 없었는지 라피스는 얼굴을 왕창 찌푸렸다. 보란 듯이 혀를 내밀자 쿡쿡 작은 웃음소리가 들려왔다. 그린 듯이 조용히 앉아 있던 카이테인이었다. 유치한 모습을 보였단 생각에 민망한 표정을 짓자 그가 얼른 웃음을 거두고 말했다.

"아, 죄송합니다. 보기 좋은 광경이란 생각에 그만…… 불쾌하셨다면 용서하십시오."

"아, 아니에요. 불쾌하긴요. 그러고 보니 카이 씨는 이곳에서의 용건은 전부 끝나신 거죠? 이제 어떻게 하실 거예요? 저희를 생각해서 머무시는 거라면 먼저 떠나셔도 되는데……."

"괜찮으시다면 이 일이 해결이 될 때까지 엘 님과 함께하고 싶습니다."

"어, 정말요?"

"어차피 지금 당장은 목적지가 있는 것도 아니라서요. 다른 곳도 아니고 저희 신성왕국과 밀접한 클모어의 일인 만큼 사정을 알아두는 것도 좋을 것 같습니다."

그는 당당하게 신전을 왕국이라 표현했다. 설령 세상에서 가장 작고 볼품없는 왕국일지라도 자부심을 느끼는 모습이 보기 좋은 건 사실이었다. 나는 웃으며 고개를 끄덕였다.

"그것도 그렇겠네요. 저야 카이 씨가 함께해주시면 좋죠. 오히려 이대로 헤어지면 서운했을 거예요."

"그렇게 말씀해주셔서 감사합니다."

"정말이에요. 그럼 시간도 늦었으니 오늘은 이만 쉬기로 할까요? 본격적인 일은 내일부터 다시 의논을……."

나는 잇던 말을 멈추고 입을 다물었다. 누군가 다가오는 기척이 느껴졌기 때문이었다. 고개를 돌리자 가까운 곳에 누군가 서 있는 것이 보였다. 발끝까지 늘어진 긴 망토 차림에 후드를 거뭇하게 뒤집어쓴, 한눈에 봐도 수상해 보이는 옷차림을 한 사람이었다.

워낙 오가는 사람이 많은 곳이라 그저 스쳐 지나가는 걸 수도 있었지만 나는 착각이 아니라고 확신했다. 그는 분명 우리에게 목적을 가지고 다가오고 있었다.

"넌 뭐야?"

라피스 역시 같은 것을 느꼈는지 싸늘한 눈빛을 보냈다. 그러자 다가오던 상태 그대로 그가 움찔 걸음을 멈췄다. 설마 이렇게 빨리 기척을 간파할 거라곤 생각하지 못했는지 당황한 기색이었다. 그러다 이내 정신을 차린 듯 그는 곧 자세를 바로 하고 척척 빠르게 다가왔다. 이왕 들킨 거 대놓고 나가기로 결심한 모양이었다.

"묻고 싶은 게 있어서 실례를 무릅쓰고 찾아왔소. 에이프릴 영애의 소식을 묻고 다닌다는 이방인들이 있다 들었는데, 혹시 그게 당신들이요?"

우람한 덩치만큼이나 낮고 굵직한 목소리였다. 하지만 서로 어울린다는 느낌은커녕 오히려 겉돈다고 느껴질 정도로 어딘지 부자연스러운 느낌이 들었다. 차림새를 봐선 딱히 병사인 것 같지도 않아 나는 천천히 고개를 끄덕였다.

"맞는데, 무슨 일이시죠?"

"그건 내가 묻고 싶은 말이오. 대체 어디에서 온 누구기에 영애에 관한 소문을 캐고 다니는 거요?"

"아, 딱히 다른 의도가 있는 건 아니에요. 그냥 궁금해서 알아보는 것뿐이거든요."

"단지 그것뿐? 당신들의 그런 행동이 수상하게 보일 수 있다는 생각은 하지 못하는 거요?"

마치 따지는 것 같은 어조에 나는 살짝 얼굴을 찌푸렸다. 처음 낯선 사람이 다가왔을 땐 어쩌면 그로부터 괜찮은 정보를 얻을 수 있을지도 모른단 생각을 했다. 일부러 여기까지 우리를 찾아온 걸로 봐선 그럴 만한 이유가 있는 것 같았으니까. 그런데 다짜고짜 훈계부터 늘어놓을 줄이야. 전개가 너무 뜬금없었다.

"수상하다라, 딱히 그쪽에게 듣고 싶은 말은 아닌데?"

"그게 무슨 뜻이오?"

라피스의 흥미진진한 시선이 상대의 위아래를 노골적으로 훑어내렸다. 다음 순간 이어진 말에 나는 당황할 수밖에 없었다.

"내가 보기엔 여인이 남장을 하고 다니는 게 더 수상한 일이거든."

"엑? 남장?"

그제야 나는 그에게서 느껴지던 위화감의 정체를 깨달았다. 목소리는 물론 말투와 체구까지, 전부 어딘가 억지로 꾸며진 듯 인위적인 느낌이 강했던 것이다. 모두의 놀란 시선이 닿자 그는 매우 당황한 기색을 보였다.

"무, 무슨 헛소리를 하는 거요? 남장이라니! 내가 어디를 봐서 남장을 한 여인이란 말이오?"

"틀림없는 사내시다?"

"당연한 얘기를 하는군! 더 이상 나를 모욕하면 가만두지 않겠소!"

진심으로 모욕을 당한 듯 분개에 찬 목소리였다. 그러나 라피스는 콧방귀를 뀌었다.

"흥, 다른 사람은 다 속여도 이 라피스 님의 눈은 못 속이지. 어디서 얄팍한 마법이라도 좀 주워 배운 모양인데, 이 자리에서 마법이 깨져도 그렇게 자신만만해하는지 볼까? 초급 수준의 환상 마법 따위, 지금 당장이라도 파훼할 수 있는데 말이야."

"……!"

빙긋 웃으며 뱉은 말은 담담했지만, 담겨진 내용은 가차 없었다. 싸늘한 시선을 온몸으로 받은 상대는 그대로 뻣뻣하게 굳었다. 조금도 미동을 하지 않는 걸 보면 숨조차 쉬지 않는 것 같았다. 그 솔직한 반응에 흥이 식었는지 라피스는 노려보던 시선을 거두고 나직하게 말했다.

"무슨 용무인지 모르겠는데, 용건을 말하려면 제대로 그쪽의 정체부터 밝혀. 네 어설픈 위장술은 우리에게 전혀 통하지 않으니까 되지도 않는 수작 부리지 말고."

"……."

그는 말없이 주먹을 불끈 움켜쥐었다. 초반의 당당한 모습은 어디로 갔는지 완전히 전의를 상실한 것 같았다.

나는 조마조마한 기분으로 그를 바라보았다. 라피스의 말에 반격을 하지 못한다는 건 그의 정체가 정말로 여인이라는 말이었으니까.

"저어……."

내가 말을 걸려고 하자 그는 흠칫 어깨를 들썩였다. 후드 아래 흔들리는 눈동자가 나와 내 일행들의 모습을 빠르게 훑더니 낭패감을 드러냈다. 그제야 정신이 돌아온 듯 혼란스러운 기색이었다.

"미, 미안하오. 실례가 많았소."

사과를 내뱉자마자 그대로 달아나듯 몸을 돌리려 했다. 나는 급히 일어나서 그의 팔을 붙잡았다.

"저기요, 잠깐만요."

"뭐, 뭐요?"

붙잡을 줄은 몰랐는지 그는 화들짝 놀란 채 경계 어린 시선을 보냈다. 하지만 그만큼이나 나 역시 놀라긴 마찬가지였다. 겉보기와 다르게 팔 아래 느껴지는 뼈대가 매우 가늘었기 때문이다. 살의 촉감도 단단하지 않고 부드러웠다.

정말 여자였구나. 외관만 봤을 때는 전혀 상상할 수도 없는 결과였다. 어깨와 키 모두 일반인보다 훨씬 우람한 데다 어디를 보아도 근육으로 뒤덮인 체형이었으니까. 라피스가 한 말을 생각하면 아마도 마법을 써서 변장을 한 것 같았지만 말이다.

"음, 그러지 말고 차분히 얘기 좀 하죠. 저희들에게 할 얘기가 있었던 거 아니었어요?"

"돼, 됐소. 생각해보니 이방인들과 나눌 용건은 아니었던 것 같소."

"에이프릴 영애가 죽었다는 사실 말인가요?"

흠칫.

붙잡힌 팔이 눈에 띄게 떨렸다. 내가 그것을 놓치지 않고 주시하자 그는 입술을 악물었다.

"이상하지 않아요? 영애의 행방이 2년째 묘연한데 마을 사람들 누구도 그에 관해 제대로 아는 자가 없더라고요. 당신은 뭔가 알고 있는 거죠?"

"다, 당신들이 상관할 일이······."

"공작 전하가 그 일로 협박을 받고 있는 것 같았어요."

"······!"

뜻밖의 대답이라서일까. 그는 다시 굳어진 채 나를 돌아보았다.

"설마…… 공작 전하를…… 뵈었단 말이오?"

"직접 뵌 건 아니에요. 저택 안을 염탐해서 알아낸 사실이거든요."

"마, 말도 안 돼. 저택의 봉문이 얼마나 철저한데, 염탐이 가능할 리가 없소. 그 안에 들어갈 방법이 있을 리가……."

"뭐, 조금 특별한 방법을 썼죠."

"특별한 방법?"

"이제 좀 얘기할 마음이 생겼나 보네요."

내 말에 아차 싶었는지 그, 아니, 그녀가 다시금 입술을 깨물었다. 나는 조심스레 눈치를 살피는 눈동자를 향해 방긋 웃었다.

"일단 조용한 곳으로 갈까요?"

2.

즉석에서 잡은 숙소는 처음 묵었던 여관의 특실만큼은 못해도 깨끗하고 단정했다. 그러나 라피스는 그게 영 불만인지 내내 구시렁거렸다.

"너무 좁아. 불결해. 하나도 고상하지 않아."

"그만 좀 투덜거려. 그래도 이 여관에선 제일 좋은 방이라고."

"그러게 누가 이 여관으로 하래? 당장 갈 곳이 필요하다고 굳이 바로 앞에 있는 여관으로 들어올 건 없잖아. 난 태어나서 단 한 번도 내 몸을 눕힐 곳을 허투루 정해본 적이 없어. 하물며 특실도 없는 서민 여관 따위……!"

"어휴, 알았어. 나중에 다시 옮기자. 그러면 됐지?"

"그냥 특실은 안 돼. 무조건 귀족 전용."

"알았다고!"

그제야 만족했는지 잠잠해지는 라피스를 보며 나는 질린 표정을 지었다. 이건 숫제 계약자가 아니라 그냥 상전이다. 새삼 이사나가 얼마나 편리한 동행인이었는지 실감할 수밖에 없었다. 그동안 이사나와 카이테인은 못 본 척 묵묵히 짐을 내려놓고 있었다. 나는 한숨을 내쉬다가 아직도 문틈에서 서성거리고 있는 인영을 발견하고 말했다.

"괜찮으니까 안으로 들어오세요."

"……."

"괜찮다니까요. 대화를 하려는 것뿐이니까 너무 경계하지 않으셔도 돼요."

"하지만……."

"공작 전하의 근황이 궁금했던 것 아니었어요?"

그 말에 결심을 굳혔는지 문밖에 선 이가 천천히 안으로 발을 내디뎠다. 여전히 후드를 깊게 눌러쓴 얼굴. 당당한 걸음과는 다르게 가슴 부근에 두 팔을 다소곳이 모은 모습이었다. 아마 긴장한 나머지 무의식중에 여인으로서의 행동이 나온 거겠지만 지금은 누가 봐도 건장한 사내로밖에 보이지 않았기 때문에 상당히 부담스러웠다.

"들어왔으니 이제 말해주시오. 대체 어떻게 저택 안을 염탐한 거요? 공작 전하는 건강해 보이셨소? 그리고 당신들은 도대체 누구기에 이 일에 관심을 갖는 거요?"

들어오자마자 그녀는 작정한 것처럼 질문을 퍼부었다. 나는 조금 움찔하며 어색하게 웃었다.

"으음, 궁금한 게 많으신 것 같네요. 일단 통성명부터 할까요? 제 이름은 엘이라고 해요."

"지금 장난하자는 거요? 난 이름을 묻는 게 아니라……!"

"엘, 숙소를 옮기는 거면 짐은 풀지 말고 그대로 놔둘까?"

그 순간 들려온 이사나의 질문에 그녀의 어깨가 크게 들썩였다. 당황한 듯 고개를 치켜든 상대는 이사나의 모습에 시선을 고정시켰다.

화를 내던 자가 갑작스럽게 자신에게 관심을 보이자 이사나는 어리둥절한 표정을 지었다. 그녀는 마치 귀신이라도 본 듯이 굳어 있었다.

"왜 그러십니까?"

이사나가 묻자 그녀는 다시 어깨를 움츠렸다.

"이, 이 목소리……."

"예?"

"설마…… 황제 폐하?"

"……!"
 아무도 생각하지 못했던 그 한마디는 자리에 있던 모두를 경악에 빠트렸다. 주위의 모든 움직임이 멈추고, 방 안의 공기가 싸늘하게 식었다.
 분위기에서 직감한 걸까? 그녀는 다급히 이사나에게 다가섰다.
 "제 생각이 맞는 건가요? 정말 폐하신가요?"
 "무슨……."
 "폐하! 저예요!"
 다급한 외침과 함께 그녀는 머리를 덮고 있던 후드를 뒤로 젖혔다. 그러자 눈앞에서 놀라운 일이 펼쳐졌다. 주위의 공기가 달라지는가 싶더니, 건장하던 그녀의 체구가 급속도로 작게 줄어든 것이다. 아마 얼굴을 드러내면 마법이 해제가 되도록 설정되어 있었던 듯했다.
 젖혀진 후드 안에선 하얗고 작은 얼굴이 드러났다. 제비꽃을 닮은 연보라색 눈동자, 예상보다 훨씬 예쁘장한 이목구비는 누가 보기에도 여인의 것이었다. 머리 위에 반쯤 걸쳐진 후드 사이로 금색의 머리칼이 풍성하게 흘러내렸다.
 "저 기억나세요?"
 목소리도 고운 음성으로 바뀌었다. 방금 전까지 투박하고 낮은 음성을 내뱉던 사람이라고는 생각할 수 없을 정도였다.
 그러나 그녀를 바라보는 이사나는 다른 의미로 놀란 것 같았다. 믿을 수 없다는 듯 얼어버린 얼굴로 굳어 있던 그는 한참만에야 힘겹게 목소리를 내뱉었다.

"맙소사…… 설마…… 에이프릴…… 누님?"

뭐?

나는 당황해서 여인을 바라보았다. 에이프릴이라니, 설마 저 여인이 우리가 수소문하던 바로 그 장본인이란 말이야?

주위의 시선은 느껴지지 않는지 여인은 오직 이사나에게만 반응하고 있는 것 같았다. 두 손으로 입을 틀어막은 그녀는 큰 눈 가득 눈물을 글썽거렸다.

"역시 폐하셨군요! 아아, 인연의 신이여 감사합니다! 정말 감사합니다!"

"저, 정말 누님이십니까? 제가 보고 있는 게 정말 사실인 겁니까?"

"네, 맞아요, 폐하! 폐하께서 알고 계시는 그 에이프릴입니다. 카웰 드 클모어 공작의 하나뿐인 여동생 에이프릴 드 클모어입니다!"

격정에 차오른 얼굴이 방울방울 흘러내린 눈물로 흠뻑 젖기 시작했다. 기도하듯 모아 쥔 손은 안쓰러울 정도로 부들부들 떨리고 있었다. 이사나 역시 격정에 휩싸인 얼굴로 그녀에게 다가갔다.

"어떻게 된 겁니까? 누님이 왜 이런 곳에서 이런 모습으로 있는 겁니까? 그동안 무슨 일이 있었던 겁니까?"

"사연을 말씀드리려면 너무 길어요. 저야말로 폐하께서 설마 모습을 바꾸고 이곳에 계실 거라곤 생각도 못 했어요. 이젠 아무런 기대도 희망도 없을 거라고 생각했는데…… 정말 다행이에요. 정말 다행…….”

"누님!"

흐느끼듯 중얼거리는 말과 함께 그녀의 몸이 바닥에 무너져 내렸다. 아마 긴장이 한꺼번에 풀린 충격 때문인 듯했다. 깜짝 놀란 이사나가 얼른 달려가 그녀를 받아내려 했다. 그러나 그가 발을 내딛기도 전에 여인을 부축하는 손길이 있었다. 라피스였다.

"아, 감사합니다, 라피스 님."

"됐어. 그보다 이 여자가 에이프릴이야?"

"예, 이 얼굴, 이 목소리. 틀림없는 누님입니다."

"흐응, 죽었다면서 멀쩡하게 살아 있네?"

그의 거침없는 언사에 에이프릴의 어깨가 작게 들썩였다. 질끈 감은 눈에선 눈물만 끊임없이 흘러내리고 있었다. 라피스는 가볍게 혀를 찼다.

"아무튼 진정하려면 시간이 좀 걸릴 것 같은데. 정신을 차릴 때까지 어디든 데려가 눕혀놔."

"네, 알겠습니다."

"저도 같이 돕겠습니다."

이사나가 에이프릴을 넘겨받는 동안 서둘러 다가온 카이테인이 정중하게 부축을 거들었다. 두 사람은 축 늘어진 에이프릴을 조심스럽게 침대에 눕혔다. 그때까지도 그녀는 계속 흐느끼고 있는 상태였다. 완전히 탈진한 탓에 현실 감각도 잊었는지 극도로 불안해하는 모습도 보였다.
"폐하, 폐하……."
"네, 누님. 저 여기에 있습니다. 괜찮습니다. 안심하세요."
에이프릴이 울면서 찾을 때마다 이사나는 침착하게 손을 잡아주며 그녀를 안심시켰다.
자리를 피해주는 게 나으려나? 아무래도 남자들만 있는 방에 여인이 혼자 울고 있으니 신경이 쓰이는 건 어쩔 수 없었다. 아마 에이프릴 역시 정신을 차리고 나면 이 상황을 무척 창피해할 게 분명했다. 적어도 그녀가 진정할 때까지는 남매끼리 시간을 갖게끔 자리를 피해주는 것도 괜찮을 듯싶었다.
나는 나가자고 말할 생각으로 라피스를 바라봤다. 그것을 느낀 듯 그의 시선 역시 내게 닿았다. 눈이 마주치자마자 그는 그럴 줄 알았다는 듯이 고개를 끄덕였다.
"거봐, 침대가 되게 초라하지? 그러니까 이런 여관은 안 된다니까."
"……."
어쩌면 4차원과 개인주의는 종이 한 장 차이일지도 모르겠다. 그런 생각이 들었다.

3.

에이프릴은 한참의 시간이 지난 후에야 겨우 진정했다. 정신이 들자마자 그녀는 젖은 천으로 얼굴을 닦은 뒤 어색하게 우리를 돌아보았다.

"죄송해요. 흉한 모습을 보였네요."

"아니에요. 이제 좀 괜찮으신 건가요?"

"네, 덕분에 나아졌어요."

그녀는 말갛게 웃으며 대답했다. 실컷 울고 난 덕에 두 눈이 퉁퉁 부은 상태였지만 그녀의 미색엔 조금도 영향을 주지 못하는 것 같았다. 다만 안쓰러울 정도로 드러난 뼈대가 눈에 밟혔다.

두터운 망토에 가려져 잘 보이지 않았지만 그녀는 지나치게 마른 상태였다. 손은 한눈에도 버석해 보였고, 손톱 끝도 갈라져 있었다. 몇 달간 산을 헤매며 영양 보충조차 못 했던 시절의 이사나도 이 정도로 상태가 나쁘진 않았다. 상당히 오랜 시간 동안 고생했던 것이 분명했다.

나도 눈치챈 사실을 바로 곁에 있었던 이사나가 모를 리 없었다. 그는 굳은 얼굴로 에이프릴을 채근했다.

"말씀해주십시오, 누님. 형님과 누님에게 그동안 무슨 일이 있었던 겁니까?"

"……"

에이프릴은 망설이는 얼굴로 고개를 들었다. 그녀의 흔들리는 눈빛을 본 이사나가 괜찮다는 듯이 고개를 끄덕였다. 그것에 용기를 가졌는지 에이프릴의 표정이 단호해졌다.

"실은……."

가볍게 운을 뗀 것을 시작으로 그녀는 그간에 있었던 일들을 천천히 설명하기 시작했다. 말이 이어질수록 우리들은 모두 숨을 죽였다. 내뱉어진 이야기들은 하나같이 쉽게 믿기 힘든 사실들뿐이었다.

"형님이…… 세뇌를 당하셨다고요?"

경악에 찬 이사나의 반응에 에이프릴은 다시 울 것 같은 얼굴로 고개를 끄덕였다.

그녀의 설명은 이랬다. 카웰 공작은 제국의 충신이자 독실한 마신교의 신도로서 매해 연례행사처럼 마신교의 신관을 저택에 초대하여 황실을 위한 기도를 드리곤 했었다. 그런데 약 3년 전, 의례히 저택을 방문한 마신관이 갑자기 공작에게 뜻밖의 이야기를 전했다. 꿈에 마신으로부터 계시받기를, 오래지 않아 황가에 큰 파국이 내려질 것이라는 말이었다.

그러나 이것은 정해진 파국이기 때문에 누구도 막을 수 없으며, 막으려고 했다간 오히려 더 큰 해를 불러오게 되니 저택을 봉문하고 얌전히 재앙이 지나가기를 기다려야 한다고 했다. 공작은 긴가민가한 반응을 보였지만 신뢰하는 마신관의 말이었기 때문에 그러마고 대답했다.

그 뒤 얼마 지나지 않아 마신교에서 예기치 못한 신탁이 내려졌다. 10년 가뭄의 원인을 현 제국의 황제에게 돌리는 내용이었다.

공작은 본능적으로 그것이 마신관이 예지했던 파국의 과정임을 깨달았다. 그는 당장 황성으로 가려 했으나 나서면 안 된다고 했던 마신관의 말이 생각나 그럴 수가 없었다. 그 대신 그는 계시를 주었던 마신관을 찾아가 자신이 무엇을 하면 좋을지를 물었다. 그에 대한 마신관의 대답은 간단했다. 그의 여동생인 에이프릴을 마신교로 보내 지극 정성으로 기도를 하게 하라는 것이었다.

그때까진 그녀 역시 공작과 한마음이었다. 그녀는 아무런 의심 없이 마신관의 뜻을 받들어 기꺼이 마신교로 향했다.

그곳에서 신관들은 그녀를 거의 하녀처럼 대했다. 마신교의 허드렛일이란 허드렛일은 모두 그녀의 몫이었다. 마신관들은 그녀가 고통을 감내할수록 황가에 미친 재앙이 덜어질 거라고 했다. 에이프릴은 스스로 얼굴에 검댕을 묻히고 자청해서 궂은일을 했다. 끼니를 굶는 일도 허다했다.

하지만 아무리 고생을 하고 기도를 해도 황가의 사정은 전혀 나아질 기미를 보이지 않았다. 백성들의 화는 가라앉지 않았고, 오히려 점점 더 흉흉한 방향으로 변했다. 그럼에도 마신관은 다 잘되고 있으니 괜찮다는 말만 앵무새처럼 반복할 뿐이었다.

얼마 후 공작이 오랜만에 그녀를 보기 위해 마신교를 방문했다. 그는 자신의 하나뿐인 여동생이 볼품없는 모습을 하고 있는 것에 격노했다. 에이프릴은 웃으며 괜찮다고 말하려고 했다. 그런데 마신관이 내뱉은 변명이 너무 당황스러웠다.

"공작께서 저의 경고를 어기고 이곳을 떠나 수도로 가실 마음을 품으셨기 때문입니다. 그 때문에 동생분이 대신 저주를 받아 앓기 시작하신 겁니다."

하나뿐인 여동생을 마신교로 보냈지만 공작은 황가에서 들려오는 소식을 들을 때마다 좌불안석이었다고 했다. 결국 그는 더는 상황을 좌시할 수가 없다 판단하고 당장 황성으로 떠날 짐을 꾸리려 했다. 마신교에 들른 것도 마음을 정한 김에 에이프릴을 다시 집으로 데려오기 위해서였다. 그런데 자신이 그런 결심을 했기 때문에 여동생이 저주를 받았다고 하니 공작은 혼란스러울 수밖에 없었다.

물론 에이프릴로선 더 황당한 심정이었다. 그녀의 몸이 허름하고 마른 것은 저주를 받은 것도 아파서도 아닌, 그저 마신교에서 허드렛일을 하며 굶었기 때문이었으니까.

에이프릴은 그날 처음으로 마신관을 의심했다. 그러는 중에 그녀는 또 하나의 사실을 깨달았다. 그녀가 가는 곳마다 지켜보는 자들이 있다는 사실이었다. 단순히 기도를 드리러 온 여인에게 감시자를 붙일 필요가 있을까? 그녀는 슬슬 마신관에게 다른 저의가 있다고 생각하기 시작했다.

그들이 하는 모든 말들이 위선처럼 느껴지고 꾸며진 말 같다는 생각이 들었을 때, 그녀는 결국 신전에서 도망쳤다. 감시자들의 눈길이 잠시 소홀해진 틈을 이용한 필사적인 탈출이었다.

다행히 그녀에겐 남들이 잘 알지 못하는 능력이 하나 있었다. 기초 수준에 불과하긴 했지만 마법을 쓸 수 있다는 것이었다. 그녀는 환상 마법을 걸어 자신의 모습을 남자인 것처럼 꾸미고 마신교의 추격을 피했다. 그렇게 나간 대로에서 그녀는 청천벽력과 같은 소식을 들었다. 황제가 스스로 처형대에 오르기로 결정했다는 것이었다.

'그것만은 반드시 막아야 해!'

그녀는 사명감을 지니고 공작을 만나기 위해 노력했다. 그러나 워낙 사방에 지키고 있는 자들이 많아 가까이 접근할 수조차 없었다.

공작 역시 황제가 내린 결정을 들었을 것이다. 게다가 지금쯤이면 여동생이 무단으로 신전을 나갔다는 소식이 알려졌을 텐데도 여전히 저택이 잠잠한 것이 이상했다.

갑갑했지만 연약한 여인의 몸으로는 할 수 있는 일이 아무것도 없었다. 하는 수 없이 에이프릴은 도움을 요청할 만한 사람을 찾았다.

고심 끝에 그녀가 찾아간 것은 클리프라는 이름의 상단이었다. 그곳의 총수는 이카나라는 여인으로, 박식할 뿐만 아니라 제국 정보에 빨랐다. 그리고 유일하게 마신교와 거래가 없는 곳이었다.

총수와 만나는 과정은 쉽지 않았지만 다행히 이카나가 그녀를 알아봤다. 몇 해 전 상단을 정착시키는 과정에서 인사차 영주관을 방문했을 때 아주 잠시 보았던 그녀를 기억하고 있었던 것이다. 이카나는 그녀의 상황에 흥미를 보였고, 흔쾌히 도움의 손길을 내밀었다.

"좋아요, 제가 공작가의 상황을 알아봐 드리죠. 클모어 영애에게 빚을 만들어두는 것도 저희 상단의 미래를 위해 나쁜 거래는 아닌 것 같으니까요."

며칠 후 이카나가 내민 서류 하나에 그녀는 심장이 내려앉는 기분을 느꼈다. 황제의 처형이 집행됐다. 그리고 공작이 그것을 막으려 한 죄로, 공작의 여동생이 저주를 받아 죽었다는 내용이었다.

에이프릴은 입술을 파르르 떨며 주먹을 움켜쥐었다.

"그 뒤로…… 저택의 봉문은 더 심해졌어요. 주기적으로 방문하는 마신관 외에, 오라버니는 누구의 접근도 일절 허락하지 않았죠. 그래도 전 포기하지 않았어요. 어떻게든 오라버니를 뵈어서 제가 살아 있다는 것을 알려야 했으니까요. 하지만 그 모든 게 소용없는 일이었어요."

"그게 무슨 말입니까?"

"……한번은 이카나 총수가 오라버니와 만날 수 있는 자리를 마련해준 적이 있었어요. 상단의 총수는 어떤 경우에서든 단 한 번 영주와 독대할 수 있는 권한이 있거든요. 그녀가 그것을 저를 위해 써준 거죠."

"그럼 형님과 만나셨단 말입니까?"

"네, 폐하. 그런데 오라버니가…… 저를 알아보지 못하시더군요."

"그게 무슨……."

그것만은 정말 예상하지 못한 대답이었다. 이사나가 당황해서 말을 삼키자 에이프릴은 서럽게 눈물을 흘리기 시작했다.

"오라버니라고 불렀더니, 격노하셨어요. 여동생의 죽음을 천한 장사 밑천으로 이용하려 하는 파렴치한 상인이라면서. 무슨 방법을 썼는지 제가 죽었다는 사실을 전혀 의심도 하지 않으셨어요. 심지어 제가 여동생과 닮았다는 식으로조차 생각하지 않으시는 것 같았어요."

"그래서……."

"저는 그 길로 바로 쫓겨났고, 이후로 오라버니는 클리프 상단과 일절 상종도 하지 않고 계세요. 그 일로 제 행적을 눈치챈 마신교가 클리프 상단을 감시하고 있는 상태고요. 저는 이번에도 몰래 도망치는 것이 고작이었어요."

"……."

"……."

그녀가 모든 설명을 마쳤을 때, 우리들은 아무런 말도 이을 수가 없었다. 입술을 악문 그녀를 중심으로 한동안 무거운 침묵이 맴돌았다.

마신관이 거짓말을 한 것이나, 공작이 그에 속았다는 것을 들었을 때만 해도 상황을 그리 어렵게 생각하진 않았다. 진실만 밝히면 금방 해결할 수 있다고 여겼기 때문이다. 하지만 여동생을 눈앞에 두고도 알아보지 못할 정도라면 상당히 문제가 심각했다.

"정말 세뇌를 당한 건가? 염탐을 했을 땐 그렇게 보이지 않았는데……."

"세뇌라기보다는 각인일걸."

"각인?"

대꾸한 사람은 라피스였다. 내가 바라보자 그는 어깨를 으쓱하며 말했다.

"공작은 소드 마스터라며. 그 정도면 일반인들보다 훨씬 정신력이 강해. 광범위한 세뇌는 먹히지도 않을 거고, 시도하면 역으로 바로 눈치챌 위험이 커. 그래서 이용할 수 있는 선에서 가장 무난한 종류의 암시를 걸었겠지. 즉, 여동생이 죽었다는 사실만 머릿속에 인지시킨 거야. 보편적인 최면 요법인데, 간단히 풀리지 않는 걸 보면 그중에서도 저주의 일종인 것 같네."

"저주는 엘뤼엔의 관할 아닌가?"

"마신도 관할해. 오히려 그 부분에서는 마신이 더 강력할걸? 마속성에 관한 건 마신이 최고신이니까. 참고로 마신관이 건 저주는 마신관밖에 못 풀어."

"윽, 정말?"

"그게 아니면 마신의 권능이 깃든 물건을 사용하는 방법도 있지. 아무튼 무조건 마신의 힘이 미쳐야 돼. 그것도 상당히 엄청난 힘이 필요할걸? 아무리 간단한 암시라도 소드 마스터에게 저주를 걸려면 꽤나 고위 신관이 움직였을 테니까. 적어도 마검은 있어야 할 거다."

그 말에 동의하듯 카이테인이 고개를 크게 끄덕였다. 다른 사람은 몰라도 그가 동조할 정도라면 정말이라는 소리다. 나는 얼굴을 찌푸렸다.

"난감하네. 갑자기 마검 같은 걸 어디서 찾아?"

"글쎄, 마계에 가면 널린 게 마검이라고 하던데. 거기서 하나 주워 오면 되겠네."

"마계를 어떻게 가는데?"

"그건 나도 모르지."

"……."

무책임한 대답에 나는 잠시 침묵했다. 황망해져서 바라보자 그는 뭐가 문제냐는 듯이 오만하게 턱을 치켜들었다.

"저어……."

만약 그때 에이프릴의 목소리가 들려오지 않았다면 녀석의 배에 주먹을 날려 버렸을지도 모른다. 때리고 싶은 충동을 간신히 참으며 고개를 돌리자 에이프릴이 조심스럽게 눈치를 살피며 말했다.

"확실하진 않지만 예전에 들은 적이 있어요. 어느 지하 동굴인가에 마검이 봉인되어 있다고요."

"엇, 그래요? 그곳이 어딘데요?"

"거, 거기까지는 저도 잘 몰라요. 클리프 상단에 있을 때 들은 이야기거든요. 아마 이카나라면 그에 관해 자세히 알고 있을 거예요."

"이카나라면, 당신을 도왔다는 그 총수 말이죠?"

"네, 맞아요. 하지만 지금 그곳은 마신교의 감시가……"

자신 없게 말끝을 흐린 그녀는 울 것처럼 얼굴을 일그러트렸다. 자신으로 인해 상단에 피해가 갔단 사실에 죄책감을 느끼고 있는 것 같았다. 라피스는 이번에도 대수롭지 않게 말했다.

"뭐, 만나는 수단이야 적당히 만들어내면 그만이지. 클리프 상단은 대개 뭘 취급하는데?"

"보, 보석이나 고대 유물 같은 것을……"

"그래? 그럼 보석을 감정하러 왔다고 하면 되겠네. 엘, 네가 가지고 있는 꽃 몇 개만 보여주면 금방 통과할걸?"

"꽃? 아, 혹시 브리아의 보석 말이야?"

"그래, 그거. 그것도 일단은 보석이긴 하니까."

듣고 보니 꽤 그럴듯한 방법이었다. 한 가닥 희망의 줄기가 내리는 것을 느끼며 나는 모두를 돌아보았다. 다른 의논은 필요 없었다. 이제 결심을 행동으로 옮길 차례였다.

4.

 상단으로 가는 길엔 나와 카이테인만이 동행하기로 했다. 에이프릴에겐 아직 안정이 필요했고, 유일하게 믿고 의지할 수 있는 이사나가 옆에 있는 것이 나을 것이라 판단했기 때문이었다. 만일을 위해 라피스에겐 두 사람의 보호를 부탁했다. 그는 처음엔 내키지 않아 하는 표정을 지었지만 내 말을 듣고 순순히 고개를 끄덕였다.
 "네가 우리 중에서 제일 강하잖아."
 "알았어, 할게."
 ……어떤 의미에선 상당히 다루기 쉬운 녀석이었다.
 그러나 막상 상단에 도착했을 때 우리는 처음부터 예상치 못한 고배를 마셨다. 문지기가 감정 물품이 뭔지 듣자마자 바로 퇴짜를 놓은 것이다.
 "브리아의 보석? 우리 상단은 그거 구입 안 해."
 "엑? 왜요?"
 "이미 넘칠 만큼 많거든. 우리 총수님이 다른 건 몰라도 브리아의 보석만큼은 확실한 공급처를 갖고 계셔서 말이야. 게다가 전부 상질의 것들이지. 그러니 브리아의 보석이라면 다른 데 가서 알아봐."
 "윽, 그냥 한번 봐주기라도 하시면 안 돼요? 제가 가진 것도 상당히 좋은 것들이거든요."

"소용없어. 게다가 지금 우리 상단이 그런 걸 감정할 여유가 없거든. 그리고 보니 그쪽 일행분은 신관이신 것 같은데……."

문지기의 시선이 내 옆에 있는 카이테인의 모습을 못마땅하게 훑었다. 어디를 보아도 신관의 복장이었기 때문에 알아보는 것은 당연했지만 왠지 눈길에 적의가 서린 느낌이었다.

"마신교단은 아니신 것 같고, 어느 신의 신관이신가?"

"형벌의 사제입니다."

"형벌의 신? 아아, 요즘 소문이 자자한 그 신의 신관이시구만."

납득한 듯 고개를 끄덕인 문지기는 조금 전보다는 한결 누그러진 표정을 지었다.

"아무튼 우리 상단은 신관이랑은 거래하지 않아. 그러니 이만 돌아가시게."

"그러지 마시고……."

"글쎄, 안 된다면 안 된다니까."

"거기, 무슨 소란이지?"

한창 실랑이를 하던 중 들려온 목소리에 문지기의 어깨에 힘이 실렸다.

"에, 엘드란 님! 나오셨습니까?"

그가 우렁차게 인사하며 허리를 굽힌 방향엔 한 젊은 남자가 서 있었다. 긴 로브에 밧줄로 엮은 띠를 허리에 맨, 전형적인 상인의 복장을 한 사람이었다. 그의 등장에 근처에 있던 사람들이 모두 하던 일을 멈추고 머리를 조아렸다. 아마도 이 상단에서 상당히 높은 사람인 듯했다.

"그렇지 않아도 요즘 주위가 어수선한데 너무 소리가 크군. 대체 무슨 일인지 말해보게."

"그, 그게 실은 이자들이 브리아의 보석을 감정하고 싶다고 찾아와서요. 저희 상단은 취급하지 않는다는 말을 하고 있는 중이었습니다."

"브리아의 보석?"

"예! 전혀 신경 쓰지 마십시오. 지금 바로 돌려보내겠습니다."

문지기는 어색하게 웃으며 우리 등을 강제로 떠밀려고 했다. 그에 내가 얼굴을 찌푸리려던 찰나였다.

"아니, 잠시만."

엘드란이라 불린 사람이 한 손을 들어 문지기의 행동을 저지시켰다. 그는 어리둥절해하는 문지기를 물러나게 한 다음 내 앞으로 다가와 천천히 위아래를 훑어 내렸다. 잠시간 살피던 그의 시선이 정확히 내 이마에 머무르는가 싶더니 돌연 선연한 빛을 품었다.

"실례했습니다. 보석을 감정하러 찾아오셨다고요?"

"네, 맞아요."

"훌륭한 서클렛이군요. 그 가운데 박힌 보석은 혹시 라피스 라줄리 아닙니까?"

"네? 아, 네 그런데요."

이제 보니 내 서클렛에 관심을 가진 모양이다. 뒤늦게야 나는 이것이 고대 유물이었다는 사실을 상기했다. 그것도 심지어 장물이었지, 아마?

모두가 그렇진 않겠지만 상인은 대개 눈썰미가 매우 뛰어난 편이다. 그들 중에서라면 서클렛의 유래를 알아볼 사람이 나올지도 몰랐다. 바짝 긴장하자 그럴 줄 알았다는 듯 그의 눈이 가늘게 휘어졌다. 그는 환영하듯 문을 활짝 열며 말했다.

"들어오십시오. 그 서클렛에 관해 자세한 대화를 나누고 싶군요."

　　　　　＊　　　＊　　　＊

상단 안은 수많은 나무 상자들과 두꺼운 장부들로 가득했다. 특이한 건 대부분 정돈되지 않은 채 바닥에 마구 널브러져 있는 상태라는 점이었다. 상자의 뚜껑이란 뚜껑은 전부 열려 있었고, 그 안의 짐들은 엉망으로 튀어나와 있었다. 마치 누군가 일부러 헤집어 놓기라도 한 것 같은 모습이었다.

"죄송합니다. 방 안이 조금 엉망이죠? 지금은 어디를 가도 이런 상태라서요."

"뭔가 공사라도 하시나 봐요."

내 말에 그는 쓸쓸하게 웃었다. 왠지 물으면 안 될 것 같은 분위기라 나는 얌전히 입을 다물었다.

"그나마 이 방이 제일 정돈이 된 편입니다. 일단 여기서 앉아 기다리시면 제가 곧 차를 가져오겠습니다."

"아, 네."

그가 자리를 비운 동안 나와 카이테인은 의자에 앉아 천천히 주위를 구경했다. 어수선한 분위기에서도 시선을 사로잡는 것이 하나 있었다. 새빨간 불씨를 품은 나비들이 춤을 추듯 허공을 날아다니고 있는 모습이었다. 물론 내 눈에만 보이는 광경이다. 나비의 정체는 불의 하급 정령인 '카사'였으니까.

'이 겨울에 웬 불의 정령들이 이렇게 많지?'

내가 무심코 속으로 중얼거리던 그때였다.

『엘.』

"……어? 엘뤼엔?"

갑자기 머리에 울리는 목소리에 나는 깜짝 놀라 숨을 삼켰다. 그러자 옆에 있던 카이테인이 덩달아 놀란 낯으로 나를 바라보았다.

"설마 엘뤼엔 님의 계시입니까?"

나는 침착하게 고개를 끄덕인 다음 작은 목소리로 말했다.

"뭐야, 엘뤼엔? 갑자기 무슨 일이야?"

『내가 내 아들에게 무슨 일이 있어야만 연락을 해야 하는 거야?』

"아니, 그, 그런 건 아니고."

『그냥 잘 지내고 있나 해서 연락한 것뿐이다. 얼굴을 본 지 너무 오래된 것 같아서.』

"너무 오래되긴. 바로 얼마 전에 봤으면서."

『그래서 내가 반갑지 않다는 거냐?』

"아냐, 아냐. 반가워. 당연히 반갑지."

『엎드려 절 받기로군.』

"아냐, 정말이라니까. 근데 정말 무슨 일 있는 건 아닌 거지?"

『그래.』

담담한 말투인데도 나는 왠지 그가 무언가를 숨기고 있다는 의심을 피할 수 없었다. 그것을 느꼈는지 엘뤼엔이 가볍게 한숨을 내쉬었다.

『……못 말리겠군. 별일은 아니다. 그냥, 조금 신경이 쓰이는 녀석이 있는데, 아무래도 네가 그와 만나게 될지도 몰라서 말이야.』

그럼 그렇지. 역시 무슨 일이 있기는 있었구만.

엘뤼엔처럼 바쁜 신이 그저 안부만 확인하기 위해 연락을 할 리는 없었다. 게다가 평소의 그답지 않게 어딘지 초조한 느낌마저 들었다.

"나랑 만나다니. 그게 누군데? 나도 아는 사람이야?"

『지금은 설명해줘도 잘 이해하지 못할 거다. 다만 한눈에 보기에도 멍청해 보이는 녀석이 다가오면 무조건 경계해라. 그래 봤자 딱히 도움은 안 되겠지만. 아예 방심하고 있는 것보다야 낫겠지.』

"……너무 추상적인 설명 아니야?"

『아마 보면 어떤 느낌인지 알 거다. 갑자기 만난 상대가 생각지 못한 정체를 드러내면 욕을 한 바가지 퍼부어버려. 이 아버지가 허락한다.』
"엥? 왜 그래야 하는데?"
『아무튼 나는 분명히 말했다. 내 말 이해했겠지?』
"으응, 아, 알았어."
 사실은 하나도 이해하지 못했다. 다짜고짜 정체도 알 수 없는 사람을 조심하라고 해봤자 날더러 뭘 어쩌란 말인가. 그때 마침 엘드란이 돌아오고 있었기에 나는 양해를 구하곤 얼른 통신을 끊었다. 허둥거리고 있는 내가 이상했는지 엘드란이 고개를 갸웃하며 물었다.
"무슨 일 있으셨습니까?"
"아하하, 아무것도 아니에요. 그보다 혹시 이 상단에 불의 정령사가 있나요?"
"……그건 어떻게 아셨습니까?"
 단순히 화제를 바꾸기 위해 건넨 질문에 엘드란이 조금 경계하는 얼굴로 나를 바라봤다. 어라? 내가 뭔가 실수를 했나? 나는 당황해서 대답했다.
"네? 아, 그냥 주위에 카사들이 많이 있어서……."
"카사?"
"아, 아뇨! 그게 아니라, 난로가 있는 것도 아닌데 건물 안의 온도가 높은 것 같아서요."
 자연체의 정령이라곤 해도 이렇게 숫자가 많으면 반드시 영향을 주게 되어 있다. 이 정도의 온도라면 인간의 입장에선 얇은 옷을 입어도 될 만큼 훈훈하게 느껴질 것이 틀림없었다.

카이테인이 동조하며 고개를 끄덕이고 있었다. 그러나 만족스러운 대답이 아니었는지 엘드란은 경계를 늦추지 않았다.

"고작 그런 걸로 정령사의 존재를 알 수가 있습니까?"

"아, 그, 그게 기운을 느꼈달까요?"

"기운?"

"실은 저도 정령사거든요."

그 말에 엘드란의 눈매가 조금 크게 벌어졌다.

"정령사……라고요? 당신이?"

"네, 물의 정령사예요. 자아, 보세요, 여기."

나는 서둘러 근처를 배회하던 나이아스를 한 마리 잡아 강제로 형상화시켰다. 물론 라피스의 마나를 빌린 것이다. 그제야 엘드란의 눈에 서린 경계의 기색이 풀리며 한결 부드러운 표정으로 변했다.

"이럴 수가. 정말 정령사셨군요. 정령사는 정말 귀한데…… 이렇게 뵙게 되어 영광입니다."

"아하하……."

'망했다.'

안도하기보다 가장 먼저 드는 생각은 그거였다. 생각해 보니 이곳에 들어오게 된 건 서클렛 때문이었다. 즉, 그가 벗어서 보여 달라고 할 가능성이 매우 높다는 의미였다. 딱히 건네주지 못할 것도 없지만 문제는 내 이마에 새겨진 신의 문장이다.

물론 죄를 지은 것도 아닌데 남 앞에 당당히 드러내지 못할 것은 아니다. 교황이라고 해봤자 이름뿐인 데다 그다지 대단한 권력을 지닌 것은 아니었으니까. 실제로 이곳에 들어올 때까지만 해도 그 부분에 대해선 가볍게 생각하고 있는 상태였다.

하지만 이미 정령사라고 밝혀버린 이상 이제 저 사람 앞에선 우연이라도 문장을 보일 수 없게 됐다. 신관의 성력은 그 어떤 능력과도 섞이는 것이 불가능하기 때문이다. 지금 그 앞에서 정령을 소환해보임으로써 나는 내가 가진 신의 문장이 가짜라고 광고를 한 것이나 다름없었다. 최소한 신성 모독이고, 운이 나쁘면 교황 사칭 죄까지 뒤집어쓰고 이 자리에서 종교 재판에 넘겨질지도 몰랐다.

'내가 미쳐. 이걸 어떻게 하지?'

낭패한 내 심정을 카이테인이라고 모를 리가 없었다. 측은한 시선이 느껴지는 가운데, 엘드란만이 아무것도 모르는 얼굴로 호의적인 시선을 보냈다.

"실은 저희 상단의 총수이신 이카나 님이 불의 정령을 조금 다룰 줄 아십니다."

"엑, 그래요?"

"고대로부터 불의 정령은 강한 힘과 부귀를 상징하죠. 그래서 상인들 중에는 불의 정령을 섬기는 사람이 많습니다. 총수께서도 그런 의미에서 정령술을 배우셨다고 하시더군요. 아직 소환할 수 있는 건 하급 정령뿐이긴 하지만요. 그래도 저희 상단 사람들은 그 사실에 큰 자부심을 가지고 있습니다. 덕분에 겨울에도 이렇게 따뜻하게 지낼 수 있으니 참 감사한 일이지요."

단지 하급밖에 되지 않는 정령사에게 이렇게 많은 자연체의 카사들이 모인다고? 의아했지만 나는 자세히 캐묻는 대신 그냥 고개를 끄덕였다.

"그럼 바로 본론으로 들어가도록 하죠. 실례지만 그 서클렛을 제가 자세히 살펴볼 수 있겠습니까?"

"……."

마침내 가장 두려워하던 순간이 닥쳤다. 내가 주춤거리자 엘드란은 의아한 표정을 지었다.

"왜 그러시죠? 보여주기 싫으신 겁니까?"

"아, 아뇨. 그게 아니라……."

"걱정하지 마십시오. 조심히 살펴보겠습니다."

"……."

나는 어떻게 이 고비를 넘길지 맹렬히 속으로 고민했다. 그런데 그때 뜻밖의 구원의 손길이 내려왔다.

"엘드란, 거기 있어?"

멀찍이서 들려오는 고운 여성의 목소리였다. 그러자 한순간에 낯빛이 바뀐 엘드란이 급히 자리에서 일어났다.

"예! 여기 있습니다!"

"잠시 이리로 와줄래?"

"네! 알겠습니다! 손님들, 죄송하지만 잠시 기다려주시겠습니까? 금방 다녀오겠습니다."

 황급히 양해를 구한 뒤, 그는 허둥지둥 어디론가 사라졌다. 미처 반응을 보일 틈도 없이 벌어진 순식간의 일이었다. 영문을 알 수가 없는 상황에 나와 카이테인은 멀뚱히 서로 바라보았다. 그런데 잠시 후, 사라졌던 엘드란이 금방 다시 모습을 드러냈다. 그는 설명하기 힘든 묘한 표정을 짓고 있었다.

 "왜, 왜 그러세요?"

 "으음, 뭐라고 말씀을 드리기가 어렵습니다만, 저와 함께 자리를 옮겨주시겠습니까?"

 "네?"

 뜬금없이 무슨 소린가 싶어 나는 다시 그를 바라봤다. 엘드란은 그조차 이해할 수 없다는 듯이 난처한 표정을 지으며 말했다.

 "이카나 님께서 여러분을 뵙자고 하십니다."

5.

 활짝 개방된 양 문 사이로 붉은 휘장이 둘러진 침실의 모습이 드러났다. 바로 그 아래 엎드리다시피 쿠션에 기대어 있는 한 여인의 모습이 있었다. 아라비안나이트에서나 나올 것 같은 아랍풍의 의상과 눈이 아프도록 화려한 장식들이 지독하게 잘 어울리는 여인이었다.

비칠 듯이 새하얀 피부, 훤히 드러난 등 위로 새빨간 머리카락이 불꽃처럼 화려하게 늘어져 있었다. 아마도 그녀가 이 상단의 총수인 이카나인 듯했다.

맙소사.

그녀를 보자마자 내 머릿속에 떠오른 건 단 한마디였다. 굳어 버린 내 모습을 본 여인이 입가에 짙은 웃음을 지었다.

"엘드란은 이만 나가 있어."

"예? 하지만……."

"괜찮아. 이분들에게 중요한 용건이 있어서 그래. 용무가 끝나면 내가 부를 테니까 그전까진 아무도 들이지 마."

"알겠습니다."

정중하게 답한 엘드란은 이쪽에 불안한 시선을 보내곤(혹시나 우리가 그녀에게 위해가 되진 않을까 걱정스러운 것 같았다) 천천히 몸을 돌려 나갔다. 문이 닫히는 소리가 울리기 무섭게 그녀는 빙긋 웃으며 말했다.

"이제 편하게 얘기할 수 있겠네. 목소리가 들려서 설마 했더니 정말 너였구나? 오랜만이야, 엘. 그동안 잘 지냈어?"

"……!"

다짜고짜 이어진 하대에 카이테인이 당황한 얼굴로 나를 바라봤다. 하지만 지금 이 순간이 가장 당황스러운 사람은 바로 나였다. 아무리 눈을 비벼보고 고개를 흔들어 봐도 결과는 달라지지 않았다. 한눈에도 사람을 현혹시킬 것같이 매혹적인 여인. 그녀는 틀림없는 불의 정령왕 이프리트였다.

"뭐야, 너! 네가 왜 여기에 있어!?"

경악해서 묻는 말에 이카나, 아니, 이프리트는 지루하다는 듯이 가늘게 하품했다. 유연하게 몸을 비트는 동작이 꼭 고양이 같았다.

"뭐긴, 보다시피 유희 중이지. 상황 판단이 느린 건 여전하구나?"

"누가 유희 중인 걸 몰라? 이렇게 갑자기 나타나니까 그렇잖아!"

"말은 똑바로 해야지. 내가 나타난 게 아니라 네가 내 쪽을 찾아온 거거든?"

"그럼 네가 정말 이카나란 말이야?"

"그래. 여인의 몸에 어린 나이, 심지어 이방인, 수많은 악조건 속에서도 오로지 타고난 장사 수완만으로 순식간에 주요 도시의 상권을 거머쥔 불멸의 여인 이카나! 그 사람이 바로 이 몸이시란 말씀!"

자기 자랑을 저렇게 거창하게 늘어놓다니, 이 녀석도 라피스랑 동류인 게 분명하다. 이프리트는 과시하듯이 상체를 앞으로 내밀었다. 그 순간 무심코 확인하게 된 것에 나는 기겁했다.

"뭐, 뭐야. 설마 가슴도 만든 거야?"

"당연하지. 이 몸매에 가슴이 없으면 이상하잖아."

"피부색은! 피부색은 어떻게 한 거야? 너 원래 하얀 피부 아니잖아?"
 "빛 반사를 이용해서 하얗게 보이도록 해봤지. 어때? 꽤 잘 어울리지 않아? 이 정도면 괜찮을 것 같은데, 넌 어떻게 생각해?"
 "어떻게 생각하냐니? 뭘?"
 "답답하긴. 이 정도면 엘뤼엔이 날 덮칠 것 같냐고."
 "푸학! 뭐?"
 "쿨럭! 쿨럭!"
 경악과 동시에 뒤쪽에서 기침소리가 터져 나왔다. 대화가 오가는 동안 꿔다 놓은 보릿자루처럼 얌전히 서 있던 카이테인이었다. 얼마나 놀란 건지 언제나 잔잔하던 그의 얼굴은 처음으로 평정이 흐트러져 있었다.
 "너 미쳤어?"
 "왜 경기를 일으키고 그래. 나도 좋아서 이런 궁리하고 있는 거 아니거든? 내가 오죽하면 이러겠어? 그리고 아까부터 엄마한테 너가 뭐니? 듣는 엄마 서운하게."
 "컥, 어, 엄……?"
 "크흠!"
 이번에도 뒤편에서 충격을 이기지 못한 신음이 터져 나왔다. 아니야! 아니라고! 난 결백(?)하단 말이야! 나는 창백해진 카이테인을 돌아보며 필사적으로 고개를 흔들었다.
 "아, 진짜 그런 소리 좀 하지 마! 내 일행이 오해하잖아!"
 "오해하면 어때서? 어차피 사실이 될 텐데."

"자꾸 그런 식으로 나오면 결혼 방해해버린다?"
"거봐, 일단은 너도 우리가 결혼할 사이라고는 생각하고 있는 거네."
"큽!"

뻔뻔하게 대꾸하는 모습에 말문이 막혔다. 그때 문득 이 녀석을 만나기 직전 엘뤼엔이 전했던 말이 떠올랐다. 갑자기 만난 상대가 생각지 못한 정체를 드러낸다고 했었지. 혹시 그게 이프리트를 말한 거였나? 멍청해 보인다는 표현이 조금 마음에 걸리긴 했지만 왠지 그라면 그렇게 말하고도 남을 것 같단 생각이 들었다.

"욕을 한 바가지 퍼부어버려."

나는 꿀꺽 마른침을 삼켰다. 사실 그런 지시를 들었을 때만 해도 정말 그대로 따를 생각은 없었다. 하지만 이번만큼은 말을 잘 듣는 착한 아들이 돼도 괜찮을 것 같았다.
"해, 해삼!"
"뭐?"
"멍게! 말미잘!"
"이게 지금 뭐라는 거야?"
"에에잇! 바보!"
"죽을래?"
"……잘못했어요."

그래, 나도 안다. 내가 비굴하다는 것을.

대화가 어느 정도 마무리되었을 때 결과적으로 나는 상당히 지쳐 있었다. 그 민망한 광경을 처음부터 끝까지 지켜보았으면서도 차분하게 서 있는 카이테인이 위대해 보일 지경이었다.

"저어, 엘 님? 대체 그분은……."

"으음, 죄송해요. 소개를 드리는 것이 너무 늦었네요. 그러니까 이쪽은…… 불의 정령왕인 이프리트……랄까요."

"예?"

그래도 어느 정도는 짐작하고 있을 줄 알았는데 그는 예상했던 것보다 더 크게 놀랐다. 그쪽으로는 단 한 번도 의심조차 해보지 않았던 모양이다. 하긴 불의 정령왕과 상단의 총수라는 게 정말 어울리진 않는 조합이긴 했다. 게다가 방금 전까지 나와 유치한 설전을 벌인 참이었으니까. 굳어진 그를 향해 나는 짧게 사과를 건넸다.

"미안해요. 이런 게 정령왕이라서."

"뭐야? 이런 거라니?"

"시끄러워. 넌 방금 순수한 동심에 스크래치를 입혔어."

이프리트는 뭘 잘못 먹었냐는 듯이 나를 쳐다봤다. 그때 뒤늦게 정신을 차린 듯 카이테인이 정중하게 인사를 건넸다.

"정령왕 이프리트 님을 뵙게 되어 영광입니다. 저는 엘 님과 동행하고 있는 카이테인이라고 합니다."

"뭐? 아아, 그런 인사는 됐어. 여기선 이카나니까 그냥 이카나라고만 불러줘."

"예, 알겠습니다, 이카나 님."

아랫사람을 대하듯 무례한 말투에도 그는 아무런 불쾌감 없이 고개를 끄덕였다. 그러자 이프리트가 묘한 시선으로 그를 바라보았다.

"이름이 카이테인이라고? 그러고 보니 신관이네. 게다가 손목의 문양을 보니 엘뤼엔의 문장인 것 같은데……."

"맞아, 엘뤼엔의 신관이야."

괜히 자랑스러운 기분에 나는 어깨를 으쓱하며 대답했다. 그런데 뭐가 문제였던 걸까. 별안간 이프리트가 샐쭉한 얼굴로 나를 노려보았다.

"흐응, 역시 그 소문의 주인공은 너였구나."

"으응? 무슨 소문?"

"형벌의 교단에 나타났다는 교황의 문장 말이야. 그거 너 맞지?"

"……."

내리꽂듯 쏟아지는 날카로운 눈빛에 나는 슬그머니 시선을 피했다. 인간의 모습인데도 그녀의 등 너머에 활활 타오르는 불덩이가 보이는 것 같았다.

"너어 치사하게! 날 내버려두고 혼자만 엘뤼엔을 만났다 이거지!"

"엘뤼엔이 부른 거야! 그리고 난 네가 여기 있는지도 몰랐거든?"

"아, 몰라! 아무튼 너 진짜 짜증 나!"

아니, 대체 내가 뭘 어쨌다고? 나는 기가 막혀서 이프리트를 바라봤지만 이미 질투에 눈이 먼 여자는 내 억울한 입장 같은 건 전혀 고려할 생각이 없는 것 같았다. 씩씩거리며 노골적으로 두 눈을 흘기는 것을 나는 반쯤은 체념하는 기분으로 지켜봤다.

"아무튼 정말 능력도 좋아. 유희 못 할 것 같다고 징징거릴 땐 언제고 그사이에 버젓이 인간과 계약까지 하질 않나. 심지어 무려 황제씩이나 된다며?"

"어? 알고 있었어?"

"모르는 게 이상한 거 아니야? 나이아스들이 얼마나 수다스러운데. 이미 정령계에 소문이 쫙 퍼져 있다고. 왕이 유희하는 게 뭐 그리 대단한 일이라고 하루 종일 우리 왕이 어쨌느니 재잘재잘. 아무튼 왕이나 수하들이나 하나같이 칠푼이에 팔푼이라니까."

"그래, 그래. 실컷 욕해라. 내가 다 나쁜 놈이다."

그제야 조금 마음이 풀렸는지 이프리트의 표정이 한결 누그러졌다. 더 이상 퍼부을 기미가 없어 보이기에 나는 속으로 안도의 한숨을 내쉬었다. 마치 거친 폭풍우 속에 휘말렸다 나온 기분이었다.

"그런데 여긴 무슨 일로 온 거야? 아까 엘드란에게 듣기로는 보석을 거래하러 왔다고 하던데."

"아, 그거……."

"밑천을 만들 생각이라면 다른 데를 알아보는 게 좋을걸. 들었는지는 모르겠지만 우리 상단은 브리아의 보석은 취급 안 해. 그 이유는 너도 알겠지?"

물론 당연히 알고 있다. 정령계에 가면 넘치도록 가져올 수 있는 것이 그건데 따로 구입할 필요가 있을 리가. 새삼 문지기가 입에 침이 마르도록 자랑했던 얘기가 생각났다. 상질의 보석을 제공받는 공급처가 따로 있다고 했던가? 그때는 그저 수완이 좋은 총수라고만 생각했는데 알고 보니 그게 정령계였던 모양이다. 문지기가 이 사실을 알면 무슨 표정을 지을지 궁금했다.

"보석을 거래하러 온 건 사실 핑계야. 원래는 이카나를 만나러 왔어."

"날?"

"응, 부탁할 게 있었거든."

"흐응, 그래? 무슨 일인데?"

"마검에 대한 정보가 필요해."

"마검?"

어리둥절해하는 이프리트에게 나는 간략히 지난 일들을 설명했다. 이곳에서 우연히 에이프릴을 만난 것, 그 과정에서 그녀가 처한 입장을 알게 된 것까지. 대부분 이프리트도 알고 있는 내용들이었기 때문에 상황을 이해시키는 건 그다지 어렵진 않았다. 그래선지 처음엔 건성으로 듣던 그 역시 제법 흥미를 보이는 것 같았다.

"흐응, 그 귀족 여자를 네가 보호하고 있었구나? 잘됐네. 안 그래도 잡힐까 봐 노심초사하던 중이었거든. 이제 한시름 덜어도 되겠어."

"헤에, 많이 걱정했나 봐?"

"당연하지. 그 여자한테 물어다 준 정보값이 얼만 줄이나 알아? 기껏 상단의 사활을 걸고 투자했는데 그게 한순간에 날아가 버린다고 생각해 봐. 얼마나 분통이 터지겠니?"

그러면 그렇지. 저 마녀에게 일말의 온정이 있다고 기대했던 내가 바보였다. 물론 이런 생각을 드러내면 파국에 이를 것이 분명했기 때문에 내색은 전혀 하지 않았다. 정령왕이라도 목숨은 하나뿐이니까 말이다. 젠장, 대체 내 주위에는 왜 다들 이런 녀석들뿐이지? 나도 만만한 사람 좀 만나고 싶어!

"아무튼 더 자세히 말해봐. 그래서 공작에게 걸린 저주를 풀기 위해 마검이 있는 동굴을 찾아가겠다고?"

"아, 으응, 에이프릴 양의 말로는 네가 그곳에 대해서 알고 있다고 하던데, 그게 정말이야?"

"뭐, 그 동굴이 내가 알고 있는 그거라면 아마 그렇겠지."

그녀의 대답에 나는 안도했다. 여기까지 와서 헛걸음을 하면 어쩌나 싶었는데, 다행히 제대로 찾아온 것 같았다. 왠지 이프리트의 표정이 묘해 보였지만 기분 탓이라고 생각해 신경 쓰진 않았다.

"근데 그 동굴에 있는 거라면…… 아니, 아무것도 아냐."

"무슨 말을 하려다가 말아?"

"아무것도 아니라니까. 아무튼 그 동굴의 위치를 알고 싶다 이거지?"

"응! 알려줄 수 있어?"

"글쎄, 어쩔까나—."

그럼 그렇지. 웬일로 순순히 대꾸해주나 했다. 대놓고 약 올리는 눈빛에 나는 얼굴을 찌푸렸다.

"너 정말 이렇게 나오기야?"

"알고 싶어? 그럼 엄마라고 불러보든가."

"……안녕히 계세요."

"알았어, 알았어. 알려줄게. 나 참, 고작 그 한마디 하는 게 뭐가 그리 어렵다고."

미련 없이 돌아서는 나를 이프리트가 혀를 차며 붙잡았다. 그녀의 뒤쪽으로 자리한 침실 벽면은 수많은 서랍장으로 빼곡히 차 있었다. 이프리트는 그중 하나를 열어 가죽 뭉치를 꺼내 내 앞으로 던졌다.

"자, 받아."

"……이게 뭐야?"

"뭐긴, 동굴로 가는 지도지."

대답이 떨어지기가 무섭게 나는 얼른 가죽을 집어 들어 펼쳐보았다. 얇은 가죽 위로 어지러이 그려진 곡선들이 복잡한 지형을 나타내고 있었는데, 그중 한 부분에 붉은 잉크가 낙인처럼 찍혀 있었다. 아마도 동굴이 있는 위치를 표시해둔 것 같았다.
"바론 사막? 이곳에 동굴이 있는 거야?"
"그래, 맞아."
"그런데 이 지도…… 스왈트 제국 전도가 아닌 것 같은데?"
"알폰프 제국이야. 여기서 가려면 바다를 건너야 할 거야."
"헤에, 그렇구나. 생각보다 먼 곳에 있었네. 근데 이거 정말 내가 가져도 돼?"
"의심도 많긴. 사람을 그렇게 못 믿어서 어디다 쓰려고 그러니?"
그게 다 너 때문이잖아!
기가 막혀서 바라보는 내게 이프리트는 도리어 눈을 부라렸다. 어차피 항의해 봤자 통할 리도 없었기에 나는 얌전히 지도를 챙기는 쪽을 택했다. 그런 내가 불쌍했는지 그가 선심 쓰듯이 말했다.
"뭐, 사실 공작이 정신을 차린다면 내게도 나쁜 일은 아니야. 안 그래도 요즘 마신관들 때문에 너무 골치가 아픈 참이었거든."
"응? 왜? 아! 혹시 에이프릴 양을 도와준 것 때문에?"
그렇지 않아도 그 문제는 나 역시 신경 쓰고 있던 일이었다. 이곳에 오기 전 에이프릴이 가장 근심하고 걱정하던 부분이었으니까. 어지간한 일에는 눈도 깜빡하지 않을 이프리트가 골치 아프다고 말할 정도면 생각했던 것보다 피해가 더 큰 것이 분명했다.
이프리트는 얼굴 가득 불쾌한 기색을 숨기지 않으며 말했다.
"정말 지긋지긋한 녀석들이야. 들어오면서 상단의 분위기가 좀 이상하다고 느끼지 않았어?"

"으음, 조금. 짐들이 너무 어수선하게 널려 있던데."

"그거 다 마신관들 짓이야."

"엑? 마신관들이?"

고개를 끄덕여 긍정한 뒤, 이프리트는 입술을 잘근잘근 씹었다. 눈앞에 마신관이 있다면 그대로 불태워버리기라도 할 것 같았다.

"짐들 속에 사람을 숨겨둔 게 아닌지 알아보겠다면서 하루에도 몇 번씩 찾아와 헤집어놓고 가고 있어. 덕분에 오늘 자로 맞춰야 할 물량까지 제대로 정리하지도 못하고 있는 중이지. 솔직히 말하면 완전 민폐야. 영업 방해 수준을 넘어섰다고."

"읔, 그거 안됐네."

"그치? 너도 그렇게 생각하지? 그러니까 네가 어떻게든 해결해. 공작을 정신 차리게 하든, 마신관들을 다 없애버리든."

"엥? 내가?"

"뭘 그렇게 놀라? 어차피 하려던 일 아니었어?"

"그거야 그렇지만……."

당연히 해야 하는 일이라도 의무가 되면 엄연히 얘기가 달라지는 법이다. 망설이는 속내를 눈치챘는지 이프리트가 눈을 번뜩였다.

"내가 지도를 그냥 준 줄 알아? 그게 얼마나 비싼 건데! 트레저 헌터들 사이에선 부르는 게 값일 정도로 귀한 물건이라고! 그래도 같은 정령왕이랍시고 의리를 생각해서 큰 맘 먹고 줬더니!"
"아, 알았어. 내가 어떻게든 할게. 하면 되잖아."
"정말이지? 약속한 거다?"
"알았다니까."

한숨을 내쉬며 고개를 끄덕이자 이프리트는 생긋 웃었다. 지금까지 본 얼굴 중에서 가장 환하게 웃는 얼굴이었다.

뭘까, 저 의미심장한 미소는.

대개 누군가의 기쁨에 찬 얼굴을 보면 같이 기분이 좋아지는 게 정상일 것이다. 하지만 이상하게도 이프리트의 미소에는 거부감이 먼저 들었다. 분명 아무것도 거리낄 것이 없는 상황인데도 매우 찝찝한 것이, 마치 사냥꾼이 펼쳐둔 덫에 걸려든 심정이랄까?

아무래도 그동안 너무 당하고 산 탓에 조건 반사적인 반응이 나타난 것 같다. 그렇게 생각하자 문득 내 처지가 처량하게 느껴졌다.

"근데 너 아까 그 이상한 말들은 뭐야?"
"응? 무슨 말?"
"해삼이니 말미잘이니, 뜬금없이 해산물들 이름을 읊었잖아. 왜 그런 거냐고."
"아……."

여기선 그런 식으로 놀리는 말이 없는 건가? 어쩐지 얌전히 듣고 있더라니, 그게 무슨 뜻인지도 인식하지 못했었던 모양이다.

하기야 지금까지 그런 식의 놀림을 받아볼 기회(?)도 없었겠지만.

내 표정이 너무 경직된 것에서 안 좋은 직감을 한 걸까? 이프리트가 가늘게 눈을 뜨고 나를 노려보았다.

"혹시 내가 그렇게 생겼다고 말한 건 아니겠지?"

"아하하, 설마요. 그냥 엘뤼엔이……."

"엘뤼엔이 뭐?"

"아, 아냐. 갑자기 그게 먹고 싶어졌거든. 그래서 그냥 생각난 김에 말해본 거야. 정말이야."

"그런 게 먹고 싶다고? 너 취향 진짜 이상하다."

다행히 이프리트는 별다른 의심 없이 넘어가는 듯했다. 나는 이상하다는 듯이 고개를 갸웃거리는 그의 눈에 띄지 않도록 남몰래 안도의 한숨을 내쉬었다.

그러고 보니 엘뤼엔은 왜 갑자기 그런 말을 했던 걸까? 그가 말한 사람이 정말 이프리트인 건 맞을까?

이프리트와의 만남이 충격이었던 건 사실이나 굳이 경고까지 받을 일은 아니다. 시간이 지날수록 점점 더 그 생각이 확고해졌다. 지금이라도 연락을 해서 물어보면 간단히 해결될 일이었지만 그렇지 않아도 바쁜데 방해가 될 것 같아 그럴 수도 없었다.

다음에 그가 또 말을 걸어오면 그땐 확실히 물어봐야지. 나는 속으로 조용히 다짐했다.

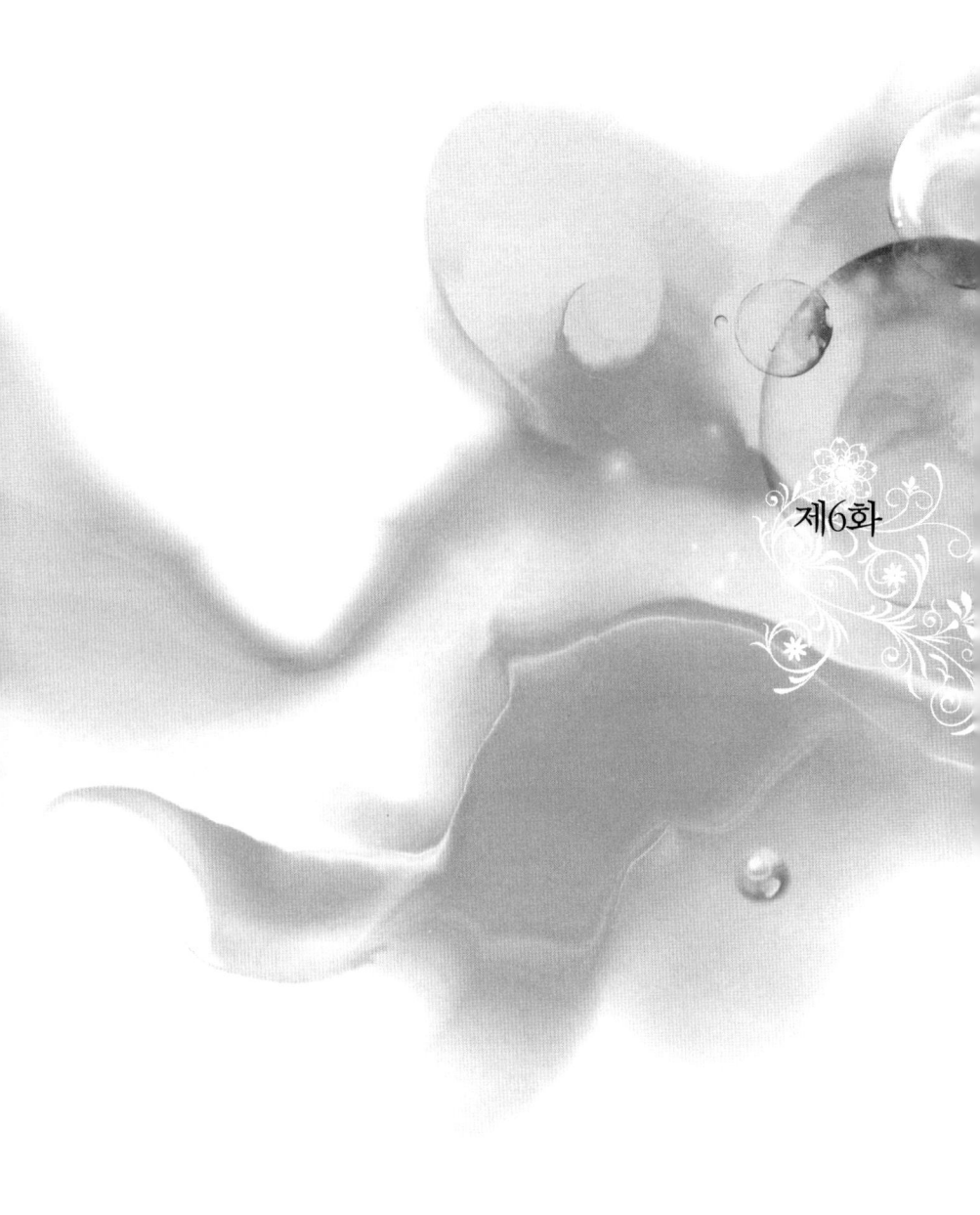

1.

"풍문으로만 듣던 엘뤼엔 님을 뵙게 되어 기쁩니다."

엘뤼엔은 자신의 앞에 앉아 있는 남자를 무감한 시선으로 응시했다. 양 갈래로 땋아 발끝까지 늘어트린 흐린 회색의 머리칼. 갸름한 턱 위로 얼굴을 거의 다 가리다시피 한 두꺼운 안경이 걸쳐져 있었다.

그것만으로도 충분히 괴이했지만 더 눈에 띄는 건 그의 옷차림이었다. 여밈을 목 끝까지 채운 긴 코트에 허벅지까지 오는 검은색의 부츠, 사이사이에 드러난 팔과 손가락엔 붕대를 감아 피부를 완전히 감추고 있었다.

그러나 그런 우스꽝스러운 모습에도 불구하고 그에겐 섣불리

범접할 수 없는 공기가 존재했다. 늪지대에서나 맡을 것 같은 침침한 안개와 습기의 냄새, 그 아래 짙게 깔린 서늘한 죽음의 기운. 틀림없는 명계의 것이었다.

아레히스 역시 같은 기운을 지니고 있었지만 지금 눈앞의 남자와는 감히 비교조차 할 수 없었다. 엘뤼엔은 그가 궁처를 방문하면서 밝혔던 이름을 상기했다.

명계의 신 섀넌.

그 이름 앞에 붙은 명칭이 말해주는 의미 그대로, 그는 망자의 삶을 관장하는 명계의 최고신이었다.

마신 카노스, 운명의 신 라데카, 명계의 신 섀넌, 천신 이오웬. 상급신은 모두 그 자체로 대우를 받지만 각 계열의 최고신은 의미가 더 특별했다. 그들은 주신이 만든 최초의 정령왕이자 최초의 상급신으로, 이곳 신계의 시작을 연 존재들이었다.

대부분의 신들은 그들을 만나는 것만으로도 영광이라 생각했지만 엘뤼엔은 그 반대였다. 그가 판단하기에 최고신들은 정상과는 거리가 먼 존재였다. 그렇기에 갑작스러운 섀넌의 방문이 달가울 리가 없었다.

"이렇게 멋진 분이신 줄 알았으면 진작 찾아뵐 걸 그랬습니다. 소문이 하도 흉흉하셔서 어떤 괴물을 만나게 될까 싶었는데, 완전한 기우였군요. 이런 아름다운 외모를 지니셨으면서 왜 그동안 신들의 연회에 한 번도 참석하지 않으신 겁니까? 오셔서 얼굴만 보여줘도 지금 뒤에서 이상한 소문을 만들어내는 자들이 모두 엘뤼엔 님의 추종자로 돌아설 텐데 말입니다."

"……별로."

"후후, 과묵하신 분이네요. 왠지 점점 더 마음에 드는데요?"

원치도 않은 칭찬에 엘뤼엔의 얼굴이 살짝 찌푸려졌다. 노골적인 거부감을 읽은 섀년은 가볍게 웃으며 어깨를 으쓱해 보였다.

"명계의 신이 내겐 무슨 볼일이지?"

"한 가지 의논을 드릴 게 있습니다."

"의논?"

"마계의 움직임이 심상치 않습니다."

담담히 돌아온 대답에 엘뤼엔의 눈빛이 더 가라앉았다. 여전히 목적을 짐작할 수도 없었거니와, 그가 가장 듣고 싶지 않은 단어가 언급된 탓이었다. 그러나 다음으로 이어진 섀년의 말에 그는 관심을 기울일 수밖에 없었다.

"아무래도 아크아돈이 이용당하고 있는 것 같습니다."

"……그게 무슨 소리지?"

"최근 10년간 아크아돈에서 발생한 사망자가 유독 많다는 걸 알고 계십니까?"

"10년?"

"정확히는 그 전부터였지만 기하급수적으로 증가한 것이 요 근래 10년 사이의 일입니다. 상당히 많은 어린아이가 죽었죠."

"가뭄 때문이겠지."

엘뤼엔은 대수롭지 않게 정의를 내렸다.

주신이 만든 첫 번째 중간계 차원 아크아돈. 4대 정령왕들이 관장하는 탄생과 풍요의 세계. 그곳에 오랜 가뭄이 있었다는 건 새삼 화제가 되지 않을 정도로 유명한 일이었다.

물의 부재로 인한 지독한 재앙은 비단 어린아이만이 아니라 그 땅의 수많은 생명들을 앗아갔다. 엘뤼엔은 섀넌이 왜 그런 당연한 사실을 새삼스럽게 거론하는 건지 이해할 수 없었다. 얼굴의 반을 가린 안경 때문에 표정을 읽을 수가 없어 더욱 그랬다.

"그렇게 생각하십니까?"

"아니라는 말인가?"

"관련이 아주 없는 건 아닙니다. 분명 많은 아이들이 가뭄 때문에 죽은 건 사실이니까요."

"그런데……?"

"그럼 그 아이들의 피가 상당수 제사에 쓰인 건 알고 계십니까? 그것도 단 한 사람의 소관이었다면요?"

"……!"

엘뤼엔은 얼굴을 굳히고 노려보다시피 섀넌을 응시했다. 제사 자체는 특별할 게 없는 일이지만 그것이 전부 한 사람의 소관이라면 문제가 커진다.

섀넌은 수많은 죽음을 관장하는 신이다. 하루에도 수십, 수백 개의 영혼을 관리하는 그는 어지간한 정도로는 '많이 죽었다'는 표현을 쓰지 않았다. 그가 그렇게 말할 정도라면 적어도 수천의 목숨은 걸려 있다고 봐야 했다. 그런데 그 엄청난 수의 생명이 단

한 사람의 주관으로 죽었다는 소리였다.

"사인은 하나같이 심장에 난 깊은 자상, 그로 인한 과다 출혈이었습니다. 회수된 영혼은 모두 기력이 소진된 상태로, 한동안 다음 생을 부여받기 힘듭니다."

"그 말은……."

"누군가 그 생명의 무게만큼 힘을 키우고 있다는 뜻이죠."

비로소 엘뤼엔은 상황의 심각성을 깨달았다. 피를 통해 타인의 생기를 빼앗아 자신을 강건하게 하는 것은 지금은 사라진 지 오래된 암흑 주술 중의 하나다. 한때는 흔하게 쓰인 방식이었지만 그것을 심하게 악용한 누군가가 주신의 권능에 도전하려고 하면서부터 금기로 정해졌다.

이후 관련 내용들은 전부 신계에 회수되어 봉인되었고, 현재로선 주술의 방법조차 아는 자가 거의 없다고 알려져 있었다. 방금 전 섀년의 이야기를 듣기 전까진.

영혼의 생기를 빼앗았다는 것은 주술을 정확히 사용했다는 의미가 된다. 즉, 누군가 금기를 어겼다는 소리였다. 물론 아직 정확한 것은 아닌 만큼 섣불리 판단할 단계는 아니었지만 그럴 가능성이 있다는 것만으로도 사태는 충분히 심각했다. 알려지기만 하면 신계 전체가 크게 뒤집어질 일이었다.

"제사를 지내고 있는 자의 종족은 인간입니다. 그리고 얼마 전 마왕과 계약한 관계임을 확인했습니다."

"마왕이라……."

"은밀히 알아본바, 그가 거두어들인 피가 모두 마계로 유통되었더군요."

그렇다면 이제 그들이 주시해야 할 것은 단 하나다. 이 일이 마왕 한 사람의 소관인지, 혹은 마족들 전부가 연루되어 있는 일인지 판단해야 했다. 차라리 후자라면 많은 이들이 서로 나눠 마셨다는 이야기가 되니 조금 꺼림칙해도 신경 쓸 것은 없다. 마족이 본래 피에 취하길 즐기는 종족이라는 건 새삼스러운 사실도 아니었으니까.

문제는 전자다. 한 사람이 피를 독식하고 있다는 것은 처음부터 작정하고 금기를 어기고 있다는 뜻이었다. 모두가 우려하는, 주신의 권능에 도전하는 행위인 것이다.

잠시간 이마를 두드리며 생각에 잠겨 있던 엘뤼엔은 이내 얼굴을 찌푸리고 섀넌을 바라보았다.

"그런데 왜 이걸 내게 말하는 거지? 마계의 문제라면 마신과 의논하면 되잖아."

"그렇습니까? 전 제대로 찾아온 것 같은데요."

"내가 형벌의 신인 건 알고 하는 말이겠지?"

"물론 당연히 압니다. 하지만 지금은 마계도 관할하고 계시잖습니까."

"……"

"제가 잘못 알고 있는 겁니까? 듣기로는 마신 카노스가 당신에게 마계의 관리를 위임했다고 하던데요. 지옥의 신 크라제 님께서 분명히 그렇게 말씀하셨는데. 아닌가요? 아니라면 당장 가서 따져야겠는데요. 절 헛걸음하게 한 것도 모자라 엘뤼엔 님의 귀한 시간을 낭비하게 했으니 말입니다."

"……아니, 됐어. 맞아."

"아, 역시 그런가요? 잘못 찾은 게 아니군요. 다행입니다."

"……."

크게 안도했다는 듯 과장되게 가슴을 쓸어내리는 시늉을 하는 새년을 보며 엘뤼엔은 이를 갈았다. 덕분에 잊고 싶었던 며칠 전의 기억이 다시 떠올랐다.

신들의 하루는 대개 비슷한 방식으로 전개된다. 이른 오전 집무실에 가면 수행천사들이 그날 검토해야 할 서류와 보고서들을 가져다둔다. 신이 하는 건 진득하게 자리에 앉아 그것들을 처리하는 것이었다.

할당량을 일찍 마치면 나머지 시간은 뜻대로 보내도 무관했지만 대개는 서류가 너무 많은 탓에 밤늦게까지 업무가 이어지는 편이었다. 그렇게 모든 작업을 마치면 침소로 가서 짧은 휴식을 취한다. 그리고 이튿날 또 같은 생활을 반복하는 것이다. 놀라울 만큼 단조롭긴 해도 단 하루도 게을리해서는 안 되는 일이었다.

엘뤼엔은 매우 유능한 데다 성실한 신이었다. 그의 궁처는 다른 곳보다 업무가 많은 편이었지만 그럼에도 불구하고 단 한 번도 속도에 차질을 빚거나 문제가 생긴 적이 없었다. 제아무리 분량이 많아도 그는 언제나 흐트러짐 없이 완벽하게 처리했다.

그날도 엘뤼엔의 일상은 평소와 같이 시작되었다. 그는 시간의 흐름을 느낀 즉시 눈을 떴고, 가볍게 세안을 마친 후 늘 그랬듯이 집무실로 향했다. 그러나 집무실로 들어선 순간, 눈앞에 펼쳐진 광경에 그는 잠시 침묵할 수밖에 없었다.

"······이게 다 뭐지?"

그의 집무실에 서류가 산처럼 쌓여 있는 건 이제 와서는 새삼스럽지 않을 정도로 익숙해진 일이었다. 하지만 그날은 여느 때와 비교가 되지 않을 정도로 서류의 양이 너무 많았다. 채 들어가지 못한 더미들이 집무실 밖까지 빠져나와 있을 정도였다.

문제는 그것들 대부분이 그가 담당하는 관할의 것이 아니라는 점이었다. 그의 눈이 서류 더미를 한 번, 그 앞에서 밀랍처럼 굳어 있는 천사들을 한 번 훑었다. 여섯 장의 검은 날개, 이마에 찍힌 선명한 날개의 문양은 어디를 보아도 엘뤼엔의 궁처와는 어울리지 않는 이질적인 모습이었다.

"왜 마신의 천사들이 이곳에 있는 거냐."

엘뤼엔의 물음에 검은 날개의 천사들이 어깨를 움츠렸다. 그들과 함께 시립해 있던 엘뤼엔의 수행천사들 역시 얼굴이 하얗게 질려 있긴 마찬가지였다.

"대답해라. 왜 너희들이 이곳에 있지?"

재차 이어진 질문에 마신의 천사들이 서로 눈치를 보았다. 이윽고 그들 중 한 명이 부들부들 떠는 손으로 무언가를 엘뤼엔 앞에 내밀었다. 곱게 접힌 하얀색 편지였다.

의아해하면서 편지를 건네받은 엘뤼엔은 대수롭지 않게 종이를 펼쳤다. 그 순간 그의 얼굴에서 표정이 완전히 사라졌다.

안녕, 자기?
자기에게 한 가지 불행한 소식을 전할게.
당분간은 내가 보고 싶어도 만날 수 없을 거야.
내가 휴가를 가게 됐거든.
그러니까 그동안 내 업무 좀 같이 부탁해☆
―너의 그이로부터.

와그작!

처참하게 구겨지는 종이의 소리에 천사들의 어깨가 다시 움츠러들었다.

"……이 미친놈은 지금 어디에 있지?"

"주, 중간계로 내려가셨습니다."

"중간계?"

그는 얼마 전 카노스가 자랑삼아 늘어놓은 이야기를 떠올렸다. 주신으로부터 열심히 일한 공적을 인정받아 몇 년간 중간계에서 머무를 수 있는 특권을 얻게 되었단 내용이었다.

물론 엘뤼엔은 처음부터 말도 안 되는 헛소리로 여기고 제대로 듣지 않았다. 그가 아는 한 카노스는 한 번도 열심히 일한 적이 없었으니까. 그런데 이런 뒤통수를 칠 줄이야. 헛웃음조차 나오지 않았다.

"어느 중간계로 갔지?"

"저어, 그것이……."

"대답해라."

"아크아돈……으로……."

더듬거리는 대답은 매우 작았지만 엘뤼엔은 바로 알아들었다. 갑자기 특권을 쓴 것도 수상한데 그것도 하필이면 아크아돈이라니. 불길한 예감이 스치는 찰나, 편지를 건넸던 마신의 천사가 조심스레 눈치를 살피며 말했다.

"마, 마신께서 얼마 전부터 신계에 떠도는 소문에 관심을 보이셨습니다."

"소문?"

"그게 실은…… 엘뤼엔 님께서 양자를 들이셨는데, 그 아들이 아크아돈에 있다는……."

"그래서, 내 아들을 만나러 갔다?"

그의 눈빛이 살벌해지는 것을 본 마신의 천사들은 그 자리에 차례로 엎드렸다.

"만류해보았지만 저희들의 힘만으로는 역부족이었습니다. 제발 용서하십시오!"

"용서하십시오!"

좌중이 공포에 질려 떠는 가운데 엘뤼엔은 한동안 묵묵히 서 있었다. 한숨을 내쉬기를 잠시간 그는 자신이 구긴 편지를 무심코 바라보았다. 편지의 마지막 귀퉁이에 적힌, 미처 보지 못한 글귀가 눈에 들어왔다.

추신. 자기가 몹시 그리울 거야♡

차라리 보지 않느니만 못한 글귀였다. 곧 그의 노성이 궁처 가득 울려 퍼졌다.
"당장 이 미친 자식을 찾아!"

그것이 벌써 사흘 전의 일이다.
그 순간만 생각하면 지금도 머리가 지끈지끈 아팠다. 혹시나 싶어 부득이 엘에게까지 연락해서 조심하기를 당부했지만 그다지 큰 기대는 하지 않았다. 엘은 세상 물정 모르는 순진한 어린아이였고, 반대로 마신은 능구렁이를 몇백 마리는 집어삼킨 능수능란한 사기꾼이었다. 바로 눈앞에서 심장을 빼 가도 모를 것이 분명했다.
마음 같아선 당장이라도 찾아가 끌고 오고 싶었지만 살인적인 업무량 때문에 꼼짝도 할 수가 없는 처지였다. 용의주도한 마신은 단순히 부탁만 해둔 것이 아니라 공개 인수자를 그로 지정해 두는 치밀함까지 보였다. 그 탓에 지금도 매일같이 마계의 관할 서류들이 그의 집무실로 차곡차곡 배달되고 있는 중이었다.

'죽여 버릴 테다.'

엘뤼엔은 속으로 이를 갈며 그날의 일을 곱씹었다. 그 모습을 가만히 지켜보던 섀넌이 문득 궁금하다는 듯이 물었다.

"엘뤼엔 님께서는 카노스가 정말 단순히 그 이유만으로 아크아돈에 갔다고 생각하십니까?"

"……그게 무슨 말이지?"

"마계가 수상한 움직임을 보이고 있습니다. 카노스가 과연 그 사실을 모르고 있을까요?"

아니, 그럴 리가 없다.

마계는 마신 카노스가 스스로 창조하다시피 만든 세계다. 그 안에서 일어나는 일들을 그가 모를 수가 없었다. 엘뤼엔은 대답하지 않았지만 섀넌은 그의 침묵을 긍정으로 알아들었다. 그는 쓰게 웃었다.

"그 수많은 세월을 겪고도 전 아직도 카노스를 잘 모르겠습니다. 그거 아십니까? 지금은 그렇지만, 정령왕일 때의 그는 지금과는 성격이 많이 달랐죠. 그래요. 마치 엘뤼엔 님, 지금의 당신 같았습니다."

"……농담이라도 불쾌한 소리군."

"하하, 믿어지지 않겠지만 사실입니다. 아마 그래서 그가 당신에게 유독 관심을 보이는 걸지도 모르겠군요. 솔직히 그가 자신의 업무를 당신에게 넘겼다는 말을 들었을 땐 놀랐습니다. 그래 봬도 그는 꽤 철두철미한 성격이라, 썩혀서 놀릴지언정 남에게 자신의 일을 맡기진 않거든요."

"칭찬으로 듣지."

"물론 칭찬입니다. 하지만 그렇기에 저는 더 당신이 걱정됩니다."

엘뤼엔은 무표정한 얼굴로 섀넌을 응시했다. 그 모습조차 언젠가의 카노스와 똑같았다. 섀넌은 다시금 씁쓸한 표정을 지었다.

"카노스는, 마신은 아무도 신뢰하지 않습니다. 정령왕이었던 시절부터 지금까지, 그것만은 쭉 변하지 않은 사실이죠. 사실 전 오히려 그가 부재중이라 다행이라고 생각하고 있습니다. 이 일을 언급했을 때 카노스가 보일 반응이 두려웠으니까요. 아마 찾아가서 물어볼 용기도 낼 수 없었을 겁니다."

"……."

"엘뤼엔 님께서도 아무쪼록 그를 조심하십시오."

섀넌이 돌아간 뒤에도 엘뤼엔은 한동안 응접실에 앉아 있었다. 주위에 있는 수행천사들이 불안한 눈으로 자신을 살피는 것이 느껴졌지만 아무래도 상관없었다. 그는 의자를 뒤로 젖힌 뒤, 섀넌을 상대하느라 피곤해진 미간을 한 손으로 꾹 문질렀다.

"……대체 무슨 짓을 하고 있는 거냐, 너."

2.

알폰프 제국은 사막 한가운데에 세워졌다고 해도 과언이 아닐 만큼 영토의 대부분이 사막으로 이뤄져 있었다. 10년 재앙이 도래하기 전에도 모래밖에 없는 척박한 환경으로 유명해서, 원래부터 여행자가 기피하는 편이었다고 했다.

이곳에 존재하는 사막은 모두 다섯 개의 명칭으로 분류되는데, 바론 사막은 그중에서 가장 기후가 좋은 편이었다. 일교차가 심한 다른 지역들에 비해 전반적으로 기온이 선선했고, 곳곳에 습지도 있었으며, 대륙에서 제일 큰 오아시스도 존재했다.

하지만 동시에 바론 사막은 제국에서 가장 위험하기로 악명이 높은 곳이기도 했다. 땅속에 숨어 사람을 잡아먹는 몬스터—지옥 땅거미의 서식지가 바로 그곳에 있었기 때문이다.

사람들의 기피 현상이 커지자 제국에서는 몇 번이나 토벌군을 보냈지만 단 한 사람도 살아 돌아오지 못했다. 그래서 지금은 아무도 찾지 않는 버려진 땅이나 마찬가지였다.

"알폰프 제국에 도착하는 데까지 걸리는 기간? 글쎄, 경유 시간까지 합치면 최소한 9개월은 걸리지 않을라나?"

"으, 그렇게나 오래 걸려요?"

"그것도 빠르게 잡은 거야. 출항은 날씨에 따라서 영향을 많이 받는다고. 넉넉히 잡으면 1년은 생각해야 할걸?"

배편을 알아보러 간 항구에서 표를 파는 선원이 무심하게 답했다.

기계식 배가 존재하지 않는 이곳에선 직항으로 갈 수 있는 거리가 그리 멀지 않았다. 제국과 제국, 대륙과 대륙처럼 먼 거리를 이동하기 위해선 여러 번 경유지를 거쳐야 했다. 그때마다 배편을 따로 알아봐야 하는 건 당연한 일이었다. 노를 젓는 방식이라 느린 건 기본이고, 운이 나쁘면 한 장소에서 며칠씩 발이 묶이는 경우도 허다했다.

알폰프 제국까지는 최소 여섯 개의 중간 항구를 경유해야 하는데 그래도 그나마 이편이 육로보다는 빠른 것이었다. 육로로 이동을 하면 말을 타고 가도 족히 2~3년은 더 걸린다는 것이다. 일행들은 당연하게 여겼지만, 비행기만 타면 반나절 만에 세계의 반대편에 갈 수 있는 세상에서 살다 온 내게는 그저 별세계의 이야기로만 들렸다.

"……아날로그 세상은 불편한 게 많구나. 산업 혁명은 신의 한 수였어."

"응? 그건 무슨 암호야, 엘?"

"아니, 아무것도 아니야."

어리둥절하게 바라보는 이사나에게 나는 그저 어색한 웃음을 지어 보였다. 그에겐 굳이 다른 세상의 이야기를 알려주고 싶지 않았다. 시간이 흐르면 문명이 발전하는 게 당연한 이치겠지만 왠지 이 세상만은 아무리 오랜 시간이 흘러도 그만한 개혁은 일어나지 않을 것 같았다. 솔직한 심정으로는 변하지 않는 게 더 좋기도 했다. 편리함만으로 잃어버리기에는 이곳이기에 얻을 수 있는 가치들이 너무 아까웠으니까.

"그나저나 아무리 생각해도 거리가 너무 먼데. 정말 이렇게 가도 괜찮겠어?"
"할 수 없지. 그 검은 인간만 가져올 수 있다며."
"그렇긴 한데……."
"응, 그럼 갈래. 난 형님만 구할 수 있다면 아무래도 상관없어."
단호하게 답한 이사나의 두 눈이 결연히 빛났다.
뱃삯을 치르자 선원은 묵묵히 나무패를 건네주었다. 나와 이사나, 그리고 카이테인. 세 사람의 승선이 허가된 표였다.
"다 된 거야?"
큰 그림자가 불쑥 다가오며 물었다. 뒤편에서 뚱하게 서 있던 라피스였다. 나는 고개를 끄덕였다.
"그럼 라피스, 뒷일을 부탁할게."
"알았으니까 출발하기나 해."
"정말 고마워."
그는 더 못마땅한 표정을 지었지만 아무 말도 하지 않았다. 나는 부두 너머 끝없이 펼쳐져 있는 바다로 시선을 돌렸다. 앞으로 한동안 지겹게 보게 될 풍경이었다.

처음 지도를 받아 들었을 때만 해도 나는 상황을 어렵게 생각하지 않았다. 동굴이 다른 제국에 있다는 것도, 바다를 건너서 가야 한다는 것도 알고 있었지만 그런 건 그다지 큰 장애물이 되지 못했다. 영체의 정령은 아무리 먼 거리라도 순식간에 이동할 수 있으니까(물론 위치를 파악하기 위한 시간은 다소 소요된다). 굳이 모두가 고생할 필요 없이 나 혼자 금방 다녀오면 되겠다는 생각이었다.

그런데 이프리트가 알려준 뜻밖의 사실이 나를 좌절에 빠트렸다.

"그 검, 인간밖에 못 들어."

"엥? 그게 무슨 소리야? 인간만 들 수 있다니?"

"장소의 봉인이 걸려 있거든. 봉인을 풀려면 검을 깨워야 하는데, 그건 인간만 깨울 수 있어."

"으......."

아무리 마검이라지만 설마 그런 게 걸려 있을 줄이야. 나는 낭패감을 감추지 못하며 이프리트를 바라보았다.

"왜 하필 인간이야? 강제로 봉인을 풀 수는 없어?"

"힘들걸. 그 검이 스스로 선택한 방식이니까."

"검이 스스로 선택을 해?"

"한마디로 자아를 갖고 있다는 거지. 그 검이 가진 소명은 약한 인간을 자신의 힘으로 강하게 만들어 세상을 호령하는 거야. 그런데 초월자가 소유해버리면 재미가 없잖아. 그래서 인간에게만 자신을 허락하기로 한 것 같아."

"뭐 그딴 검이······."

"아무튼 참고하도록 해. 괜히 혼자 가서 헛걸음하지 말라고 특별히 알려준 거니까. 이동의 언령은 본인 외에 다른 사람은 옮기지 못한다는 건 알고 있지?"

생글생글 웃는 얼굴이 안이하게 상황을 판단했던 나를 타박하는 것처럼만 보였다. 결국 나는 무거운 마음을 안고 일행들에게 돌아올 수밖에 없었다. 실낱같은 희망을 품고 있을 이사나에게 이런 사실을 알려줄 생각을 하니 한숨이 저절로 일었다.

"전 반대예요!"

아니나 다를까. 알폰프 제국이라는 말을 듣자마자 에이프릴이 창백한 얼굴로 소리쳤다.

"그렇게 먼 곳까지 가야 한다니! 그것도 하필이면 바론 사막이라니! 안 돼요, 폐하! 그곳은 정말 위험해요! 군대가 가서도 살아 돌아오지 못하는 곳이라고요! 절대로 가시면 안 돼요!"

"하지만 형님을 구할 마검이……."

"굳이 마검이 아니라도 다른 방법이 있지 않을까요? 분명 다른 방법이 있을 거예요."

"그게 무슨 방법인데?"

질문을 한 사람은 라피스였다. 당연히 마땅히 대답할 말이 있을 리가 없는 그녀는 조개처럼 입을 다물었다. 그것을 본 라피스의 얼굴에 비소가 짙어졌다.

"반대를 하려면 다른 대안을 들고 와야 하는 거 아냐? 무조건 안 된다고만 하면 상황이 알아서 풀려?"

"하, 하지만…… 위험한 건 위험한 거예요. 애초에 왜 이런 사실을 알려주시는 거죠? 이런 건 오히려 알리지 않는 편이 더 나았다고 생각해요. 폐하께 이런 선택을 하게 만드시다니, 너무 잔인해요."

"무슨 헛소리야? 이건 너희들의 일이잖아. 자신의 일을 자기가 정하지 않으면 누가 결정을 하는데?"

"왜 그런 식으로 말씀을 하시죠? 당신들은 폐하를 보필하는 입장이 아닌가요?"

"하? 보필하는 입장이면?"

"수하는 주군의 안전을 최우선으로 생각해야 한다고 배웠어요."

"그래서 스스로 판단할 필요도 없게 만든다? 차라리 그냥 인형놀이를 하지그래? 이 녀석이 무능력하게 자란 게 다 이유가 있었군."

"마, 말투가 너무 불손하세요."

"남이사."

저러다 쓰러지는 건 아닐까. 사람의 안색이 한자리에서 시시각각 바뀔 수도 있다는 것을 처음 알았다. 나는 부들부들 떨고 있는 에이프릴의 모습을 안쓰럽게 응시했다. 이사나 역시 가시방석에 앉은 듯 불편한 표정이었다.

"누님, 그만 하세요. 이분들은 절 도와주시는 것뿐, 제 수하가 아닙니다. 그 이상 무례한 말씀을 삼가세요."

"그게 무슨 말씀이세요, 폐하. 제국의 백성들은 모두 폐하의 수하가 아닌가요?"

"자세한 건 나중에 말씀드리겠습니다. 하지만 분명한 건 이분들이 계시지 않았다면 저는 여기까지 살아서 오지도 못했다는 겁니다."

에이프릴은 입을 꾹 다물었다. 묻고 싶은 것이 많은 표정이었지만 그의 단호한 표정 때문에 차마 입을 열지 못하는 것 같았다. 그사이 나와 라피스는 지도를 펼쳐 들고 의논을 나눴다.

"검에 봉인이 걸려 있다고?"

"응, 인간만 깨울 수 있대."

"쯧, 귀찮게 됐군. 그런 건 보통 자아를 가진 검인데."

"응, 그렇다더라고. 아, 맞다. 혹시 네 마법으로 여기까지 텔레포트는 못 해?"

만약 그게 가능하다면 애초에 고민할 필요도 없이, 이 모든 상황이 간단히 해결된다. 나는 실낱같은 희망을 가지고 라피스를 바라봤다. 그러자 다른 사람들도 모두 그를 주목하기 시작했다(특히 에이프릴은 마법이란 단어에 관심을 보인 것 같았다). 하지만 너무 기대가 컸던 걸까? 라피스는 눈으로만 지도를 훑은 뒤 얼굴을 살짝 찌푸렸다.

"무리."

"으음, 역시 너무 먼가?"

"아니, 거리 자체는 딱히 큰 문제가 아니야. 다만 내가 한 번도 가본 적이 없는 장소야. 이런 경우엔 지도에만 의지해서 좌표를 계산해야 하는데, 이런 지도는 대개 장소가 정확하게 표시된 게 아니거든. 전혀 엉뚱한 곳에 떨어질 수도 있어."

"그래도 거기서부터 출발하는 게 좀 더 빠르지 않을까?"

"오차 범위가 얼마나 생기느냐에 따라 다르지. 거리가 멀수록 오차 범위는 더 커져. 감안해서 계산을 해도 애초에 지도 자체가 허술한 거라 그게 잘 안 되더라고. 운이 나쁘면 바다 한복판에 떨어질 수도 있어. 오히려 시간을 더 잡아먹게 될 가능성이 크지."

"음, 결국 거의 도박이라는 소리네. 그럼 여기서 최대한 가까운 장소까지 정확하게 아는 곳은?"

"없어. 난 그쪽은 한 번도 안 가봤거든."

"……대체 그동안 뭐 하고 산 거야?"

몇천 살이나 먹었으면 보통 세계 이곳저곳을 다 돌아봤어야 정상 아닌가? 황당해져서 바라보자 그는 도도하게 대꾸했다.

"난 원래 돌아다니는 걸 싫어해."

"……그래, 그러고 보니 넌 정상과는 거리가 멀었지."

"당연한 거 아냐? 난 특별하니까."

이제는 이런 말도 아무렇지 않게 한 귀로 듣고 흘릴 수 있게 됐다. 그런데 정작 다른 곳에서 헛웃음소리가 터져 나왔다. 에이프릴이었다.

"이제 보니 상당히 허풍이 심하신 분이로군요. 그냥 처음부터 솔직하게 못 한다고 하시면 될 것을."

"허풍?"

"텔레포트 마법은 대륙의 현자들 중에서도 할 수 있는 사람이 손에 꼽을 정도예요. 그런데 당신처럼 젊은 분이 그런 게 가능할 정도로 대단한 마법사라고요? 심지어 좌표만 보고 거리를 계산해서 공간 이동을 할 수 있다? 본인이 드래곤이라도 된다고 착각하시는 것 같네요."

착각이 아니라 그게 사실인데.

아마 그녀는 자신이 정곡을 찔렀다는 걸 꿈에도 상상하지 못할 것이다. 나는 조심스럽게 라피스의 표정을 살폈다. 그는 재미있다는 듯이 웃고 있었다.

"너야말로 뭔가 착각한 것 같은데."

"네?"

"그런 건 드래곤 중에서도 할 수 있는 녀석이 별로 없거든. 나 정도 되니까 가능한 일이지."

조금이라도 주춤할 거라 생각한 내가 바보였다. 에이프릴 역시 기막힌 표정을 짓고 있었다. 라피스는 어깨를 으쓱한 다음 웃고 있던(이 상황이 웃겼던 모양이다) 이사나를 돌아보며 물었다.

"그래서 넌 어쩔 거야? 갈 거야, 말 거야?"

"가겠습니다."

"폐하!"

고민하지도 않고 바로 이어진 대답에 에이프릴이 다시 당황한 얼굴로 소리쳤다. 이사나는 그런 그녀를 진지한 표정으로 바라보았다.

"마검은 소재가 알려진 경우가 극히 드뭅니다. 이제 와서 다른 것을 찾는 건 무리예요. 게다가 지금 저희들에게 가장 필요한 것이기도 하잖습니까. 구할 수 있다면 어떻게든 해야지요."

"허나 알폰프 제국은 그저 가볍게 다녀올 수 있는 거리가 아니에요. 게다가 다시는 돌아오지 못하게 되실지도 모른다고요."

"이 길을 나서기로 결심했을 때 그 정도는 얼마든지 각오했습니다."

"하지만!"

"이봐, 누님. 그렇게 계속 만류할 입장만은 아니지 않아? 다른 사람도 아니고 그쪽의 오라비를 구하려고 하는 거잖아."

이번에도 끼어든 사람은 라피스였다. 에이프릴이 원망스러운 눈으로 응시하자 그는 시큰둥하게 말했다.

"이게 어디 그쪽 형님만을 위한 길인 줄 알아? 세력을 모을 수 있는 귀족들 중에선 이 녀석을 도울 수 있는 사람이 그쪽 형님밖에 없다며. 그럼 어떻게든 정신을 차리게 해야지. 이대로 가만히 있으면 다 같이 죽자는 소리밖에 더 돼?"

"그, 그건……."

"그리고 누님이 잘 모르는 모양인데, 마신관의 저주는 걸린 자의 정신을 갉아먹어. 지금은 잘 버티고 있겠지만 시간이 지날수록 점차 붕괴될걸. 최악의 경우, 아무 생각도 하지 못하는 백치가 될 수도 있어. 그래도 괜찮겠어?"

"……."

당연히 괜찮을 리가 없다. 그녀에게 공작은 하나밖에 없는 가족이었다. 지금 이사나를 걱정하는 만큼, 아니 오히려 그보다 더 오빠의 안위를 걱정하고 있는 마음이 클 터였다. 움켜쥔 그녀의 주먹에서 뼈마디가 새하얗게 일었다. 말없이 굳어 있는 에이프릴을 안타깝게 바라본 이사나가 그녀의 두 손을 꼭 붙잡았다.

"전 괜찮을 겁니다, 누님."

"폐하……."

"절 믿어주세요. 반드시 마검을 가져와 형님을 낫게 할 겁니다."

그 말에 에이프릴도 더 이상 만류할 수 없었는지 눈물을 글썽이며 입술을 깨물었다. 조마조마하게 지켜보던 나는 숨을 몰아 내쉬었다. 이대로 계속 공방이 멈추지 않으면 어쩌나 싶었는데 다행히 잘 정리가 된 것 같았다.

가장 큰 공헌자인 라피스가 어떠냐는 듯이 나를 바라보았다. 나는 대답 대신 그를 향해 조용히 엄지손가락을 들어주었다. 그러나 의기양양해할 거란 예상과 다르게 그는 얼굴을 찌푸렸다.

"뭐가 또 불만이야."

"응?"

"넌 나한테 불만 있을 때만 꼭 이상한 행동을 하잖아. 그래도 내 나름대로는 좋은 말로 했구만. 근데 전에 보던 것과는 조금 다르다? 이번엔 대체 무슨 뜻이냐?"

"……."

나는 언젠가 있었던 일을 상기했다. 너무 화가 나서 그에게 가운데 손가락을 들어 올렸던 그때의 일을 말이다. 그러니까, 이번에도 내가 욕을 했다고 생각했다 이거지?

"푸흡!"

당장이라도 폭소가 터져 나올 것 같아 나는 얼른 한 손으로 입을 틀어막았다. 아이고, 배야! 누가 나 좀 살려줘!

"뭐야? 왜 웃어?"

"큽, 크크큭! 아, 아무것도 아니야. 푸흐흐흡!"

자꾸만 웃는 내가 이상했는지 라피스는 뭘 잘못 먹었냐는 듯 바라보았다. 그 모습이 또 웃겨서 나는 다시 한바탕 웃을 수밖에 없었다. 태어나서 가장 많이 웃어본 날인 것 같았다.

3.

일정이 정해졌지만 아직 해결되지 않은 문제는 남아 있었다. 가장 큰 문제는 에이프릴의 거취 문제였다. 그녀는 쫓기는 처지였고, 모습을 감추는 마법만으로는 숨는 데 한계가 있었다. 이프리트에게 부탁을 해봤지만 그는 듣자마자 난색을 표했다.

"너 미쳤니? 지금 우리 상단이 감시당하고 있다고 몇 번이나 말을 해? 내 손길이 닿는 부분은 거래처까지 뒤지고 있는 판국인데 들키지 않을 것 같아?"

"으음, 그치만 마땅히 부탁할 사람이 없는걸."

"그냥 같이 가면 되잖아."

"어떻게 그래? 지금 우리 일행들은 전부 남자란 말이야. 서로 엄청 불편할걸?"

"바보 같긴. 여자 쪽에선 그게 더 좋은 거야. 그 여자만 모르고 있을 뿐이지 지금 일행들이 어디 보통 사람들이야? 그중 한 사람만 물어도 앞으로 인생이 확 펼 텐데."

"그게 뭐야."

"얘가 뭘 모르네. 이 제국에서 여인의 능력을 증명하는 방법은 잘난 남편을 얻는 것뿐이야. 남자를 잘 만나야 성공한 인생이라고. 나만 해도 이 상단을 처음 일으켰을 때 작정하고 유혹한 남자가 몇 명인데."

"……너 그거 엘뤼엔한테 다 이른다."

"그러기만 해봐. 입 밖으로 꺼내는 순간 너랑 나랑 사이좋게 다 같이 죽는 거야."

"……."

한순간에 살벌해진 눈빛에 나는 얌전히 고개를 끄덕일 수밖에 없었다. 엘뤼엔이 간간이 내 일정을 살핀다는 소리는 하지 말아야겠다. 어쩌면 지금 이 대화 내용을 듣고 있을지도 모른다는 것도. 그걸 알면 당장 이 자리에서 날 죽이겠다고 난리를 칠 것만 같았다.

"으음, 차라리 신전에 맡길까."

"그게 무슨 소리야?"

"엘뤼엔의 신전 말이야. 지금 산 주위에 안개가 껴 있어서 외부인은 들어가지 못하거든. 내가 부탁하면 지내게 해줄 것 같은데."

그래, 그러고 보니 왜 그 방법을 생각하지 않았을까.

아무리 마신관이라도 설마 그곳을 뒤져볼 생각까진 하지 않을 것이다. 엘뤼엔의 신관들도 내 부탁을 거절하지는 않을 테니 현재로선 가장 적합한 장소이기도 했다. 제법 좋은 계획이라는 생각이 들 찰나 이프리트의 벼락같은 목소리가 울려 퍼졌다.

"안 돼!"

"엥? 왜 안 돼?"

"여자잖아! 너 지금 남자들만 득시글거리는 곳에 여자를 밀어 넣겠다는 거니?"

"언제는 남자들이 있는 곳에 같이 있어야 한다며. 그리고 그곳에 있는 사람들은 다 신관들이야. 여인에게 무슨 짓을 할 리가 없잖아."

"그래도 안 돼! 신전에서 지내다 보면 심심해질 거고, 심심해지다 보면 참배실에서 기도도 할 거 아냐!"

"그게 뭐 어때서?"

"그러니까 안 되지! 그 기도를 엘뤼엔이 듣고 그녀에게 관심이라도 보이면 어떡해!"

"……"

그런 이유였냐.

황당해져서 바라보자 이프리트는 눈을 부릅떴다.
"뭐야. 이미 한 번 강림한 곳에 엘뤼엔이 두 번 강림하지 말라는 법은 없잖아?"
"……너 참 대단하다."
"다, 당연하지. 이 정도는 기본이라고."
이프리트의 얼굴은 사과처럼 붉어져 있었다. 본인이 생각해도 자신의 행동이 창피하긴 했나 보다. 그 모습을 보니 마음이 약해졌지만 나는 다시 고개를 저었다.
"미안. 방금 그 말은 못 들은 걸로 할게. 역시 신전에 맡기는 게 좋을 것 같아."
"너어!"
"그럼 어떡해. 달리 안전한 장소가 없는데."
"……칫, 할 수 없지. 알았어. 내가 맡아서 돌봐줄게. 그럼 되는 거지?"
"어, 정말?"
"대신 한 가지 조건이 있어."
"조건?"
의아해져서 바라보자 이프리트는 가볍게 한숨을 내쉬었다. 어쩌다 이런 일에 엮여서 안 해도 될 고민을 해야 하나, 짜증이 가득 드러난 얼굴이었다.
"알다시피 난 매우 바빠. 상단 일을 하다 보면 외지에 나가야 하는 일도 수두룩한데 그녀에게 일이 벌어질 때마다 즉각 대응을 할 순 없어. 그러니까 만일을 위해서 보호자를 하나 남겨두고 가.”

"보호자?”

"그래, 마침 적당한 녀석도 있잖아? 드래곤처럼 쓸 만한 걸 썩혀서 뭐 할래?”

"윽, 라피스 말이야?”

내가 얼굴을 찌푸리자 이프리트는 담뱃대를 물며 고개를 끄덕였다.

"이왕 에이프릴을 남겨둘 거라면 좀 더 쓸모 있게 활용하는 게 낫지 않아? 차후의 일도 생각해야지.”

"차후의 일?”

"기껏 마검을 가지고 와봤자 그사이에 공작이 죽어 버리면 무슨 소용이겠어? 그녀는 네 생각보다 훨씬 중요한 패야. 지금 클모어 공작에겐 후계자가 없어. 직계 혈족은 오직 에이프릴 하나뿐이지. 한마디로 그가 죽으면 에이프릴이 차기 공작이 된단 말이야. 그녀가 움직이면 가신들의 힘을 모으는 것도 가능할 거야.”

"헤에, 그렇구나.”

"그래. 하지만 내가 알기로 에이프릴은 딱히 후계자 수업을 받진 않았어. 아무것도 모른 채 곱게 자란 처녀가 그런 일을 단번에 해낼 순 없을 거야. 그러니까 미래에 투자하는 셈치고 그 드래곤에게 그녀를 도와달라고 해. 그럼 난 그녀에게 할애하는 시간을 줄여도 되니 좋고, 너흰 보루를 만들어두게 되니 좋고. 얼마나 좋은 결말이야?"

"……으음, 라피스가 과연 도와줄까."

"그건 네가 어떻게든 설득해야지. 협박을 하든, 애원을 하든."

……그렇게 해봤자 라피스가 응해줄 것 같진 않은데.

그렇지 않아도 지금의 여행조차 그가 이쪽에 일방적으로 맞춰주고 있는 상황이었다. 이런 부탁까지 하면 펄펄 날뛸 게 틀림없었다.

무거운 기분을 안고 돌아온 나는 라피스를 따로 불러 조심스레 운을 뗐다. 아니나 다를까. 예상했던 그대로 그는 얼굴 가득 불쾌감을 드러냈다.

"싫어."

"그러지 말고 한 번만 도와주면 안 될까?"

"나더러 인간 여자의 보모 노릇을 하라고? 내가 왜 그래야 하는데?"

"네가 우리 중에서 제일 강하잖아."

"내가 너만큼 단순한 줄 아냐? 그런 말에 두 번 넘어가 주진 않거든?"

"치이, 치사하게."

"치사한 건 너지. 날 싫어하는 주제에 필요할 때만 이용하시겠다? 내가 너에게 관대한 건 사실이지만, 그런 심보까지 받아줄 정도로 너그럽진 않아."

"그게 무슨 말이야? 싫어하다니?"

"싫어하잖아. 그러니까 툭하면 욕하는 거 아냐."

"내가 언제 욕을 했다고?"

눈을 휘둥그렇게 뜨고 반문하자 라피스는 코웃음을 쳤다.

"모른 척해봤자 안 통하거든?"

"아니, 난 정말 기억이 안 나서 그래. 내가 언제 너한테 욕을 했어?"

"와, 진짜 뻔뻔하네. 그럼 내가 여기서 너한테 받은 그대로 돌려줘 볼까?"

정말 영문을 알 수 없었기에 나는 고개를 끄덕였다. 아무리 기억을 떠올려 봐도 대체 내가 뭘 어쨌다는 건지 알 수가 없었다.

"좋아, 그렇게 나오신다 이거지."

라피스는 이죽거리며 양팔을 천천히 꺾었다. 나는 그가 무슨 행동을 할지 긴장하며 지켜보았다. 그 순간 라피스가 내 앞으로 불쑥 주먹을 뻗었다. 설마 때리는 건가 싶어 움찔하던 나는 시간이 지나도 아무런 일도 일어나지 않는 것에 의아하며 시선을 들었다.

그리고 그것을 목격했다. 눈앞에서 척! 하고 들려 올라가는 장렬한 엄지손가락을 말이다.

"……."

나는 잠깐의 침묵 후에 망연히 그를 올려다보았다. 라피스는 복수했다는 듯 의기양양한 표정을 짓고 있었다.

설마 이게 내가 생각하는 그런 상황은 아니겠지. 나는 최후의 최후까지 판단을 보류하려고 노력하며 그에게 물었다.
"······저기, 혹시 이게 나한테 되받아친다는 그거야?"
"보면 몰라?"
"그러니까······ 이게 내가 너한테 한 욕이라는 거지?"
"그렇다니까."
더 이상은 한계였다. 대답을 듣자마자 웃음이 터져 나왔다. 억지로 참느라 악문 입술이 부들부들 떨릴 지경이었다.
"풉! 뭐야, 라피스, 너 지금······푸흡!"
"뭐야, 왜 웃어?"
라피스는 황당한 표정을 지었다. 제 딴에는 반성하라고 한 행동에 내가 웃기나 하고 있으니 어이가 없다는 기색이었다.
"너 지금 내가 좋게좋게 대하니까 만만한가 본데······!"
"아하하, 아냐! 그런 게 아니라······ 그거 욕 아니거든?"
"뭐?"
그는 내 말의 의미를 제대로 이해하지 못한 듯 보였다. 아무리 명석한 두뇌를 지닌 드래곤이라도 모르는 세계의 이야기 앞에선 어수룩해지는 모양이다. 놀리고 싶은 마음이 굴뚝같았지만 나는 이쯤에서 제대로 설명을 해주기로 마음먹고 차분히 설명했다.
"여기선 이런 표현이 없구나. 엄지손가락을 드는 건 보통은 좋은 의미로 쓰는 거야. 상대한테 최고라고 말하거나, 매우 좋다는 의사를 표시할 때."
"······최고?"

"그렇다니까. 아무렴 내가 왜 그 상황에서 너한테 욕을 하겠어?"

"……."

이제 보니 이제껏 날 오해하고 속으로 꽁해 있었던 모양이다. 한동안 라피스는 아무 말도 하지 않았다. 나는 그가 부리나케 이 자리를 뜨거나 화를 내더라도 이해할 생각이었다. 그만큼 창피한 상황이었으니까. 그러나 그는 전혀 민망한 기색도 없이 아무렇지 않게 나를 뚫어져라 바라보았다.

"흠, 그러니까 그때 날 칭찬했던 거란 말이지? 내가 최고라고?"

"뭐? 아아, 그렇지."

"흐음, 그랬단 말이지."

혼잣말처럼 중얼거린 후 그는 다시 나를 묘하게 바라보았다. 내가 그 시선의 의미를 분석하려고 애쓸 때였다.

"좋아, 할게."

"응?"

"네가 바라는 대로 여기에 남아주겠다고."

"갑자기 왜 마음이 바뀌었어?"

"그래서 싫어?"

"아니, 그런 건 아니지만…… 그렇게 해주면 정말 고맙지."

진심을 담은 인사에 그는 무언가 마음에 안 든다는 듯이 눈썹을 살짝 찡그렸다.

"그것뿐?"

"응?"

"아니, 뭐. 칭찬하는 데엔 뭔가 다른 표현도 있다며."

"……?"

이건 또 무슨 소린가 싶어 바라보길 잠시간, 나는 라피스의 손이 꼼지락거리는 것을 보고 식은땀을 흘렸다. 혹시나 싶어 엄지손가락을 들어 보일 때도 설마 이건 아니겠지, 라는 생각이 더 강했다.

그러나 그건 어디까지나 아직 라피스의 실체를 잘 몰랐기에 할 수 있던 생각이었다. 내가 엄지손가락을 들어 올리는 것과 동시에, 그의 얼굴에 만개한 꽃처럼 화사한 미소가 피어올랐다.

"역시 네가 생각해도 내가 최고지?"

"……."

이 순간 나는 확신했다.

라피스는 세상에서 가장 단순한 드래곤이었다.

4.

"그런 일이 있었구나."

출항을 앞둔 배를 기다리는 동안 전후 사정을 전부 알게 된 이사나와 카이테인은 웃음을 터뜨렸다. 라피스가 모두의 앞에서 남겠다고 선언했을 때, 두 사람은 굉장히 불안해하는 모습을 보였었다. 평소라면 절대 있을 수 없는 일이 일어나다 보니 이제 곧 세상이 멸망할 줄 알았다는 것이다.

"어쩐지 이상했어. 라피스 님이 스스로 남겠다고 하실 분이 아니었는데 말이야."

"말도 마. 그거 설득하느라 정말 얼마나 진땀 뺐는데."

"그래도 정말 다행이야. 라피스 님께는 죄송스럽지만, 누님을 생각하면 너무 안심이 되거든."

"응, 아마 대부분은 이프리트가 운영하는 상단에서 지내겠지만, 무슨 일이 생기면 라피스가 지켜준다고 약속했으니까 그 부분에 대해선 걱정하지 않아도 될 거야."

물론 이후에도 상황이 아주 순탄하기만 했던 건 아니다. 라피스의 정체를 알지 못하는 에이프릴이 그를 마냥 못미더워한 탓이었다.

그러나 라피스는 단 한 번의 행동으로 그녀의 입을 다물게 했다. 바로 그 자리에서 그녀의 모습을 변화시켜버린 것이다. 그것도 아주 뚱뚱한 중년 여자의 모습으로. 그녀에게는 불쾌한 경험이겠지만 적어도 마신관들이 한눈에 그녀를 알아볼 걱정은 없을 것 같았다.

자신의 몸으로 직접 라피스의 마법을 체험한 이후 에이프릴은 온순한 양처럼 그를 따르기 시작했다. 아마도 함께할 1년 동안 그를 스승 삼아 마법을 배울 작정인 듯했다. 라피스가 순순히 가르쳐줄지는 모르겠지만 말이다.

"고마워, 엘. 여러 가지로 신경 써줘서."

내가 에이프릴의 거취 문제를 고민했다는 사실에 이사나는 큰 감동을 받은 것 같았다. 고마움과 미안함을 담은 인사에 나는 웃어주는 것으로 대답을 대신했다.

그런데 그때 어딘가를 바라본 이사나의 표정이 새파랗게 굳었다. 그의 시선이 향한 방향을 따라 고개를 돌린 나는 웅성거리고 있는 사람들을 목격했다.

누군가 막 항구에 이른 듯 사람들 사이를 뚫고 부산스럽게 움직이고 있었다. 머리부터 발끝까지 새카만 망토를 걸친 자들이었다. 그들의 정체를 짐작하는 건 그다지 어렵지 않았다. 언젠가도 저들과 비슷한 차림을 본 적이 있었으니까.

'추격대.'

이미 각지에서 병사들이 감시의 눈길을 보내고 있는 상황이긴 했지만 그들이 본업에 겸해 수색을 하는 것뿐이라면, 지금 저들은 전문적으로 이사나의 뒤를 쫓고 있는—오로지 추격을 위해 편성된 기사들이었다. 이사나와 계약한 이후 산 아래에서 만났던 것 이래로 두 번째 마주침이다. 바로 그들이 우리 쪽으로 천천히 다가오고 있었다.

"어서 오십시오, 카리브디스 공작님."

마중을 나온 병사들이 가장 선두에 선 남자를 향해 크게 고개를 숙였다. 아마 그가 추격대의 대장인 모양이었다.

"흔적은 찾았나?"

"아직 찾지 못했습니다."

"알겠다."

나는 숨도 쉬지 못하고 굳어 있는 이사나의 손을 말없이 잡아 주었다. 그제야 떨림이 진정되었는지 한층 긴장을 푸는 것이 느껴졌다.

이윽고 그들이 탄 말이 바로 우리 앞을 스쳐 지나갔다. 무심코 고개를 든 순간, 앞을 응시하며 말을 모는 남자의 얼굴이 보였다. 무료한 듯 지루한 표정을 한 그에게서 익숙한 기운이 느껴졌다. 짙은 바람의 냄새였다.

'바람의 정령사인가? 아니, 그건 아닌데…….'

이상한 일이다. 정령의 기운이 이렇게나 강한데 그의 이마엔 바람의 인장이 없었다. 그게 아니라도 정령사라면 으레 근처에 자연체의 정령들이 따라다니기 마련인데, 그런 기미도 찾아보기 힘들었다.

이윽고 그의 모습이 멀찍이 떨어져 군중 속에 파묻혔다. 그때까지 이사나는 집요하게 바닥을 노려보고 있었다. 내가 괜찮다는 표시를 하자 그는 겨우 고개를 들고 안도의 숨을 내쉬었다.

"이곳에서 저자를 보게 될 줄은 몰랐어. 결국 카리브디스 공작까지 동원됐구나."

"그게 누군데?"

"숙부의 오른팔이야. 최연소 소드 마스터로 숙부가 가장 총애

하는 기사라고 들었어."

"흐음, 그렇구나. 혹시 저 공작이 정령사라는 말은 없어?"

"정령사? 아니, 그런 말은 들어본 적 없는데……."

"역시 그렇지?"

"왜?"

"으음, 아냐, 아무것도."

나는 이제 거의 희미해진 공작의 뒷모습을 바라보았다. 거리가 멀어진 탓인지 더 이상 어디에서도 정령의 냄새는 느껴지지 않았다. 그것에 오히려 안심이 됐다. 정말 정령사였다면 아무리 먼 거리라도 정령의 흔적이 흐트러질 리가 없었으니까. 아무래도 잠깐 착각을 했던 모양이다.

그러고 보니 미네르바는 지금 뭘 하고 있을까? 이제 와 생각해 보니 그의 모습을 본 지가 너무 오래됐다. 교류가 활발했던 트로웰이나 간간이 얼굴을 비추곤 하던 이프리트에 비해 그는 좀처럼 바람의 영역을 나오지 않는 편이었다.

내가 심심함에 몸부림 치고 있을 무렵에도 미네르바는 정령계 안, 그의 영역에 여전히 머물러 있었다. 이후에도 딱히 유희를 나갔다는 말은 들어본 적이 없으니 아마 지금도 여전히 그곳에 있을 것이다.

언젠가 그에 관해 이프리트에게 물은 적이 있었는데 그때 돌아온 대답은 간단했다.

"미네르바는 원래 그래."

"원래?"

"예전부터 그랬어. 유희에는 별로 관심 없고, 타인과 교류하는 것에도 큰 의미를 두지 않고, 그냥 자기 영역에서만 지내는 걸 제일 편하게 여겨. 하루 종일 잠만 자는 게 뭐가 그리 재밌는지는 모르겠지만. 타고난 성격이 그런가 보더라구."

그는 신경 쓸 것 없다는 듯이 대수롭지 않게 말했다. 워낙 익숙한 탓에 딱히 의문을 품지도 않는 것 같았다. 그리고 나는 진지하게 생각했다.

'……혹시 정령도 은둔형 외톨이가 있나?'

* * *

쏴아아—

살을 에도록 차가운 바람이 앙상한 나뭇가지 사이로 휘몰아쳤다. 하늘에서 활개치는 수많은 정령들 중에서 단연 눈에 띄는 것은 바람의 상급 정령 '진'이었다. 그가 경쾌한 발걸음을 내디딜수록 사나운 바람이 더욱 기세를 타고 시린 공기를 품었다. 그때마다 태양을 품은 불의 아이들이 화들짝 놀라 멀찍이 물러선다. 바야흐로 완연한 겨울이 도래한 것이다.

검은 머리의 소년은 한동안 깔깔거리는 바람의 춤사위를 무심히 구경했다. 쏟아지는 바람도, 얼어붙을 것 같은 공기도, 소년에겐 아무런 영향을 미치지 못했다. 거센 바람에 모래가 이지러져도 사막은 그 자리에 존재하듯이. 곁을 스치는 바람조차 소년에겐 그의 일부인 것처럼만 보였다.

"바람이 부네."

소년이 어깨를 덮고 있던 모포를 걷어내고 나른한 목소리로 중얼거렸다. 그러자 음률을 타듯 소년의 말에 화답하는 목소리가 이어졌다.

"아아, 그러네. 바람이 불지."

"그것도 더럽게 차가운 바람이 말이지."

"이 바람이 백 번 정도 불고 나면 우린 다 동사한 시체로 발견되지 않을까?"

"그거 제법 실현 가능성이 높은 생각인걸?"

"그렇지?"

"이익! 이게 다 너 때문이야, 헤롤!"

무료하게 이어지던 대화는 한 사람을 향해 살기를 드러내는 것으로 종결을 맞이했다. 모두의 시선을 받은 거구의 청년, 샴페인 용병단의 헤롤은 억울한 표정을 지으며 작은 항변을 시도했다.

"내가 뭘 어쨌다고 그래?"

"어쨌다니! 그걸 지금 말이라고 해? 네가 여행 경비가 담긴 주머니를 잃어버리지만 않았어도 오늘날 우리가 이런 추위에 노숙을 해야 하는 사태에까지 이르진 않았을 거 아니야!"

"와 나, 진짜 너무하네. 내가 잃어버리고 싶어서 잃어버렸냐? 말안장에 달린 주머니가 낡아서 떨어진 거잖아! 내가 설마 그게 떨어질 줄 알았겠냐고!"

"어쭈! 지금 뭘 잘했다고 큰 소리야?"

코끝까지 후드를 눌러쓴 마이티가 괘씸하다는 표정으로 헤롤을 노려보았다. 수도까지 가는 모든 경비가 담긴 주머니였다. 클모어까지 호위하고 받은 의뢰비는 물론, 착수금까지 전부 다 그 안에 들어 있었다.

처음에 마이티는 돈을 배분해서 각자 맡을 것을 제안했다. 그런데도 나만 믿으라며 억지로 전부 가져간 사람이 헤롤이었다. 불안했지만 하도 자신만만하기에 맡겼더니 끝내 이런 사달을 만든 것이다.

피 같은 내 돈. 허무하게 사라진 착수금만 생각하면 가만히 있어도 속에서 불덩이가 타오르는 것 같았다.

"두 사람 다 그만둬. 이제 와서 누구 한 사람을 탓해 봤자지."

"하지만 휴센!"

"혈기가 왕성한 걸 보니 아직 살 만한 모양이지? 버틸 수 있을 때 체력을 아껴두는 게 좋을걸? 다툴 힘 있으면 땔감이라도 하나 더 모아오든가."

"쳇!"

야속했지만 휴센의 말은 옳았다. 지금은 싸우면서 기를 소비하기보단 체력을 아끼는 것이 더 중요했다.

마이티와 헤롤은 서로에게 눈을 부라리며 장작불을 지필 마른 나뭇가지들을 모으기 시작했다. 날이 어두워지기 전에 준비를 마치려면 서둘러야 했다.

클모어를 등지고 떠난 지 일주일. 호화롭게 여관에서 숙박하며 느긋하게 수도로 향하려던 계획은 첫날부터 무참히 틀어졌다. 지금 그들은 여관은커녕, 매 끼니조차 어떻게 해결할지 고민해야 하는 처지에 이르러 있었다.

일행 중 건장한 사내들만 넷. 게다가 트로웰을 제외하면 모두 식욕까지 왕성한 사람들이었다. 한동안은 마른 빵과 수프로만 연명하며 견뎠지만 한계는 금방 찾아왔다.

"제기랄! 오늘도 빵조각이 전부야?"
"고기! 고기를 먹고 싶어!"
"더 이상은 못 참아! 이러다 굶어 죽겠다고!"

갈수록 고기를 부르짖는 기세가 어찌나 심상치 않은지, 내버려 두었다간 인육이라도 먹겠다고 서로 달려들 기세였다. 보다 못한 트로웰이 한숨과 함께 말했다.

"다들 시끄러워요."

화가 난 것이 아닌가 싶을 정도로 온기 없이 서늘한 말투였다. 하지만 일행들은 전혀 당황하지 않았다. 몇 년 전부터 그와 함께 해왔던 샴페인 용병단원들에겐 오히려 트로웰의 이런 모습이 더 익숙했다.

매사에 무심하고 표정이 없는 얼굴, 차갑고 냉정한 어조의 목소리. 그게 그들이 알고 있는 본래 '매튜'의 모습이었다. 동료라고는 해도 늘 거리를 두고 있었고, 대화는 '용건만 간단히'가 신조인지라 사적인 농담은 엄두도 낸 적이 없었다. 용병 생활을 하며 어울린 지난 몇 년보다 이번 3개월 동안 나눈 대화가 더 많을 정도니 설명할 필요가 없었다. 만약 엘을 만나지 않았다면 웃는 방식조차 모르는 아이라고 생각했을지도 몰랐다.

그렇기에 그들은 매튜의 그런 말투나 행동이 악의가 있어서 그런 게 아니란 사실도 잘 알았다. 솔직히 말하면 엘과 있는 동안 어울리지 않게 생글생글 웃는 얼굴을 보는 게 적응하기 힘든 면도 있었기 때문에, 다시 돌아온 본모습이 차라리 반가울 정도였다.

"그치만 매튜, 너무 배고프단 말이야."

"맞아. 넌 애초에 소식을 하니까 대식가들의 굶주림에 대한 공포를 잘 이해 못 하나 본데. 이거 진짜 엄청 괴롭다? 손발이 부들부들 떨리고 위가 조이다 못해 타들어가는 것 같다고. 이러다 몬스터가 나타나도 맞서 싸우기는커녕 검을 들 힘조차 없을 것 같아."

"……알겠어요. 내일 아침엔 제가 고기를 구해볼게요. 그럼 되겠죠."

"뭐? 정말이야? 근처에 먹을 만한 게 있어?"

"이 부근은 배틀 피그의 군락에 가까워요. 몬스터로 분류된 거긴 하지만 일단은 돼지의 일종이니까 독소만 제거하면 먹을 수는 있을 거예요."

"크흡! 역시 너밖에 없다!"

그들이 매튜를 무조건적으로 추앙하는 데는 그가 강해서기도 하지만 이런 이유도 있었다. 그는 어린 나이답지 않게 박식했다. 대륙의 어느 곳이든 훤히 꿰뚫고 있었고, 잘 알려지지 않은 몬스터의 서식지나 군락에 관한 정보도 많이 알았다. 용병에게는 대부분 목숨줄과 같은 정보들이었다. 그 이유를 트로웰은 아이일 때부터 방랑 생활을 했기 때문이라고 둘러댔다.

"나도 같이 갈까?"

"배틀 피그는 기척에 예민해요. 차라리 저 혼자 가는 게 나아요."

그 말에 마이티는 깔끔히 포기했다. 매튜가 혼자 가는 게 낫다고 할 때는 정말 그렇기 때문이다. 그는 결코 틀린 판단을 하는 법이 없었다. 그것을 아는 일행들은 무조건적으로 그의 말을 신뢰했다.

"정말 고맙다, 매튜. 넌 우리의 희망이야."

"뭘요."

"아무튼 헤롤 녀석만 아니었어도 어린 너를 고생시키지 않는 건데……."

"아, 진짜! 이제 그만 좀 하면 안 되겠냐? 내가 잘못했다니까?"

"그게 반성하는 놈의 태도냐?"

"야! 마이티! 그만해! 헤롤이 반성하고 있다잖아!"

그때 이릴이 냉큼 연인인 헤롤을 감싸고돌았다. 그러자 기다렸다는 듯이 헤롤이 거구의 덩치로 그녀의 품을 파고들었다.
"이릴, 자기! 흐흑!"
"어휴, 우리 자기 이리 와. 누가 우리 자기를 괴롭혔어? 말만 해. 내가 다 혼내줄게."
혹독한 추위와 굶주림 속에서도 두 사람의 애정은 옅어지기는커녕 오히려 견고해져 있었다. 야단스럽게 달라붙은 두 사람의 모습에 일행들은 야유를 퍼부었다.
"감싸줄 게 따로 있지, 이릴 언니. 지금 헤롤 편 들어줄 때야? 우리가 이렇게 고생하는 게 누구 때문인데? 휴센 얼굴이 반쪽이 된 거 안 보여?"
"어머, 얘 좀 봐. 사람이 살다 보면 실수도 할 수 있는 거지, 그런 걸로 계속 무안을 주는 건 너무한 거 아니니? 그리고 반쪽이 된 게 어디 휴센 얼굴뿐이야? 우리 헤롤도 안됐기는 마찬가지라고."
"헤롤은 자업자득이지만 휴센은 피해를 입은 입장이잖아. 그게 어디가 똑같아? 게다가 휴센은 헤롤이랑 달리 몸이 말라서 잘 챙겨먹어야 한단 말이야."
"헤롤도 충분히 반성했거든? 그리고 헤롤이야말로 덩치가 크기 때문에 유지하기 위해서 많이 먹어야 한다고. 온갖 구박에 눈칫밥 먹는 게 불쌍하지도 않니?"
"크아악! 이것들이 지금 애인 없는 사람 놀리나! 당장 그만두지 못해?"

마지막을 장식한 건 처절한 마이티의 절규였다. 그렇지 않아도 춥고 배고픈데 옆구리가 시리다는 비극적인 사실까지 상기하고 싶지 않았던, 한 남자의 불행한 발악이었다. 그러나 사랑에 빠진 여자들은 매정했다.

"넌 저리 빠져, 마이티. 난 우리 헤롤의 명예 회복을 위해 힘써야겠거든. 그리고 툭하면 소리치는 버릇 좀 고치지그래? 우리 헤롤을 봐. 궁지에 몰린 상황에서도 얼마나 의젓하니? 넌 대체 언제까지 그러고 살래?"

"그래, 그건 이릴 언니의 말이 맞아. 네가 그러니까 여자 친구가 안 생기는 거야. 휴센을 좀 본받아. 어른스럽잖아."

"이것들이 진짜!"

민망해하는 두 남자와 절규하는 한 남자, 그리고 두 여자의 유치한 애정 과시를 지켜보던 트로웰은 살짝 눈을 가늘게 떴다. 설마 저러고 밤을 새울 생각은 아니겠지?

'하긴, 추위를 잊는 데는 대화만큼 효과적인 방법도 없지.'

비록 체력 소모라는 심각한 부작용이 따른다는 단점이 있긴 했지만, 트로웰은 굳이 그 사실을 알려줄 필요는 없다고 생각했다. 애초에 누군가를 살뜰히 챙길 만큼 친절한 성격인 것도 아니었다. 최근 들어 단 한 존재에게만큼은 지나치게 관심을 기울이고 있긴 하지만.

'그러고 보니 엘은 잘 지내고 있을까?'

이런 생각이 엘에게 조금도 도움이 되지 않는다는 건 알고 있었다. 아무리 불안정해도 결국은 물의 정령왕이다. 시간이 지날수록 본능이 알아서 그를 움직일 것이다.
 그럼에도 역시나 걱정이 되는 건 어쩔 수 없었다. 그 자신조차 이렇게까지 신경을 쓰는 이유를 알 수 없었지만 그다지 기분이 나쁘진 않았다. 아마 엘 본인에게서 전해지는 환하고 경쾌한 느낌 때문인지도 몰랐다.
 '이제까지의 정령왕들과는 전혀 다른 타입이긴 하지.'
 같은 정령왕을 보면서 동질감을 느낄지언정 애틋한 기분을 느껴본 적은 없다. 하지만 엘을 보면 늘 가슴이 애틋했다.
 그는 언제나 자신을 아무런 의심 없이 바라본다. 그가 주거나 바라는 애정에 대가는 존재하지 않았다. 그 눈동자를 바라보고 있으면 자신이 어떤 일을 해도 그만은 떠나지 않을 것 같다는 느낌을 받곤 했다. 피가 이어진 형제, 가족이 있다는 게 바로 이런 기분일까? 함께 있는 것만으로 가슴이 든든해진다니, 태어나 처음 느껴보는 생소한 감정이었다. 자신이 늘 혼자라고 생각했다는 걸 그를 보고서야 처음으로 깨달았다. 그렇기에 의무감으로만 돌보았던 이 세상이, 숨 막히기만 했던 정령계의 무게가, 이제는 조금 소중해졌다.
 아마 이프리트 역시 마찬가지일 것이다. 엘이 찾아올 때마다 심통을 부리면서도 사실은 싫어하지 않는다는 걸 알고 있었다. 그는 예전에는 보이지 않던 표정을 최근에 자연스럽게 짓게 됐다.

보이지 않는 변화가 그들 사이에 조금씩, 천천히 일어나고 있었다.

'미네르바, 너도 이런 기분을 알게 된다면 좋을 텐데.'

휘이잉!

때마침 강한 바람이 트로웰의 머리카락을 스치고 지나갔다. 멍하니 올려다본 하늘 위엔 겁도 없이 정령왕의 머리 위를 지나간 용감무쌍한 진의 모습이 보이고 있었다. 그러나 트로웰은 전혀 화가 나지 않았다. 아니, 오히려 처연해지는 기분이었다. 이것과 똑같은 감정을 그는 과거에도 몇 번이나 경험해본 적이 있었다. 그러나…….

"이번엔 왠지 견딜 수 없을 것 같아, 미네르바……."

점점 어두워지는 하늘을 바라보며 트로웰은 나직이 중얼거렸다.

1.

 마계의 가장 어둡고 깊은 곳. 마왕의 성은 그 심층부에 존재하고 있었다. 그중에서도 또 가장 습하고 어두운 장소에 존재하는 것이 마왕의 집무실이었다. 그야말로 한 치 앞 보이지 않는 칠흑 같은 어둠 속이었다.
 '아무튼 취향하고는.'
 캄캄한 복도를 오로지 감각에만 의지해서 걸으며 데르온은 낮게 읊조렸다. 실제 마계라고 해서 모두 다 이렇게 어두운 것은 아니다. 마계, 특히 마왕성의 분위기는 당시 집권하는 마왕의 취향을 따랐다. 그래서 마계는 어떤 때는 핏빛의 짙은 붉은색으로, 어느 날은 어울리지도 않은 휘황찬란한 핑크빛으로 밝혀질 때도 있었다. 지금의 마왕성이 이처럼 어두운 이유는 이번에 등극한 마왕, 카류드리안이 검은색을 좋아하기 때문이었다.

길게 이어진 복도의 끝엔 우뚝 선 아치형 대문이 굳게 잠겨 있었다. 그 앞에 멈춰 선 채 데르온은 가볍게 숨을 삼켰다. 무엇보다 하고 싶지 않지만, 그래도 해야만 하는 일이 이 문 너머에서 자신을 기다리고 있다는 사실이 그를 숨 막히게 했다.

"전하, 데르온입니다."

끼이익—

대답 대신 들려온 건 육중한 문이 열리는 소리였다. 들어와도 좋다는 허가의 의미다. 데르온은 다시금 한숨을 삼키며 문 안으로 걸음을 옮겼다.

집무실 내부 역시 복도만큼이나 캄캄했다. 그러나 한가운데에 앉아 있는 남자의 모습만큼은 분명히 보였다. 그는 거대한 왕좌에 비스듬히 걸터앉은 채, 한 손에 둥그런 술잔을 들고 있었다.

아무렇게나 흐트러진 새카만 머리칼에 붉은색의 눈동자, 마족이라면 누구나 다 가지고 있는 특성이지만 그것이 더 돋보이게 느껴지는 건 이마에 박힌 검은색 마신의 문장 때문일 것이다.

그가 바로 이번 대의 마왕, 마계의 주인 카류드리안이었다.

그의 품에 기대어 있다시피 앉은 여인을 보고 데르온은 이번에야말로 정말 대놓고 한숨을 내쉴 뻔했다. 그녀는 정령왕의 앞에서 자신을 내버려두고 홀로 도망친 세르피스였다. 시선이 마주치자 그녀는 눈가가 휘어지도록 짙은 웃음을 지어 보였다. 그것을 본 데르온의 표정은 더 구겨졌다.

"어서 와라, 데르온."

마왕의 목소리에 데르온은 굳어진 얼굴을 감추며 부복했다. 얌전히 고개를 숙이고 있는 그의 모습을, 마왕이 흥미롭게 바라보았다.

"세르피스에게서 한 가지 재미있는 얘기를 들었지. 내가 지시했던 일이 뜻밖의 거물로부터 방해를 받았다고 말이야."

"……."

"네가 얘기해봐라, 데르온. 물의 정령왕 엘퀴네스가 스왈트의 황제를 돕고 있다고 하던데, 그게 사실이냐?"

"……사실입니다."

무겁게 내뱉어진 대답이 자책 때문인지, 거부감 때문인지 데르온은 스스로 판단할 수가 없었다. 마왕을 달갑게 여기진 않지만 주어진 임무를 소홀히 했던 적은 없다. 그러나 이번만큼은 그의 질문에 대답하는 것이 힘들게 느껴졌다.

"세르피스는 간신히 도망을 쳤다고 하던데, 너는 어떻게 온 거지?"

"그가 절 보내주었습니다."

"흐음, 죽이려 하지 않고 그냥 보냈단 말이냐?"

"예."

단답형의 대답에 마왕의 눈이 가늘어졌다. 뭔가 마음에 들지 않았을 때 나오는 버릇이었다.

데르온은 침묵했다. 사실 이곳에 오기 전부터 그의 머릿속은 온통 정령왕 엘퀴네스가 그에게 했었던 질문들로 가득 차 있었다. 특히 그를 괴롭히고 있는 건 마지막까지 신경이 쓰였던 한 질문이었다.

"아이들을 죽여서 제사를 지내고 있어요. 전혀 들어본 적이 없어요?"
"없습니다."

대공이 마신에게 번제를 드리고 있다는 걸 마왕은 알고 있을까? 마왕은 분명 대공과 모종의 계약을 맺었다. 그러한 사실을 모를 리가 없었다.
인간을 제물로 제사를 지내는 건 고대에서도 흔히 있었던 일이다. 특히 마신이라는 특성상 그런 일은 특이할 것도 없이 비일비재하게 일어났다. 그런데 왠지 이번만큼은 그 사실이 찜찜하게 느껴졌다.
데르온은 슬쩍 고개를 들어 마왕을 바라보았다. 군더더기 없이 균형이 잘 잡힌 몸, 어린 시절 마신이 사랑할 만큼 찬란했다는 미모는 지금도 여전해서 정교하게 세공된 보석만큼이나 아름다웠다. 바로 옆에 있는 여마족 세르피스의 미모마저 무색게 할 만한 미모다.
길고 하얀 손가락은 흑단처럼 새카만 머리칼과 대비되어 더 시리게 보였다. 그 손에 들린 술잔이 조용히 출렁이고 있는 광경조차 한 폭의 그림 같은 존재.

아마도 그를 보는 인간들은 마력에 사로잡히기도 전에 외모에 먼저 넋이 나가버릴 것이다. 그러곤 홀린 것처럼 스스로 그의 앞으로 나아가, 넘겨주는 술잔을 달콤하다 받아 마시게 되리라.

그러나 그 잔에 담긴 것은 술이 아니다. 아무리 주변이 어둡고 캄캄해도 잔에서 풍겨 나오는 짙고 향기로운 냄새만큼은 숨기지 못했다. 그건, 분명히 갓 짜낸 인간의 피였다.

마족들 대부분은 피를 즐기지만 전투 시에 흥분제처럼 쓰는 것일 뿐, 그처럼 직접 섭취하는 경우는 흔치 않은 일이었다. 그만큼 그의 성정이 광포하고 잔인하다는 뜻이다.

그러고 보니 마왕이 언제부터 저것을 마시기 시작했지?

그렇게 생각했을 때, 데르온은 마왕의 새빨간 눈과 마주쳤다.

"무슨 생각을 하지, 데르온?"

"……아무것도."

"그래?"

마왕은 빙긋이 웃으며 술잔을 입에 가져갔다. 묽고 붉은 액체가 그의 입술을 타고 한순간에 목으로 삼켜지는 것을 데르온은 가만히 바라보았다. 그 순간—

쨍그랑!

산산이 조각난 술잔이 그의 바로 얼굴 옆에서 터져 나갔다. 조각난 유리 파편을 온몸으로 맞으면서도 표정 없이 가만히 부복한 그에게 마왕의 명령이 이어졌다.
"루카르엠을 불러와라."

2.

 암흑기사 루카르엠. 마계 4대 공작의 일원이자 제1공작이기도 한 그는 현존하는 모든 마족을 통틀어 가장 나이가 많은 존재였다. 마계의 태초부터 존재하여 지금까지 살아 있다는 소문이 공공연하게 떠돌고 있을 정도로. 그의 정확한 나이를 아는 자는 아무도 없었다. 물론 그렇게까지 오래 사는 건 불가능했기 때문에 대부분의 마족들은 그에 관해 떠도는 소문들을 헛소리로 일축하는 편이었다.
 하지만 그가 유난히 오래 살았다는 것만은 부정할 수 없는 사실이었다. 그 이유가 피와 살이 튀는 전투를 즐기는 여타 다른 마족들과는 다르게, 비교적 얌전하고 우아한 전원생활을 더 좋아했기 때문이었지만 말이다.
 루카르엠은 기본적으로 행동이나 말씨에 기품이 있으며, 항상 상냥하게 웃을 뿐만 아니라 모든 이들에게 예의가 바른 마족이었다. 그의 입에서 험한 목소리가 나오는 것을 들어본 존재가 없을 정도였다. 때문에 일각에선 그가 공작이라는 것을 잊어버리거나, 그 사실 자체에 의문을 품는 자들이 많았다. 아예 마계 공작이 세

명뿐이라고 알고 있는 경우도 허다했다.
 겉모습만 화려한, 껍데기뿐인 공작. 그것이 마계에 알려진 그의 전반적인 평가였다.

 모두 루카르엠의 실체를 모르는 자들의 얘기다.

 데르온은 막막한 심정으로 눈앞에 펼쳐진 풍경을 바라보았다. 마계와는 전혀 어울리지도 않는, 화사하고 오밀조밀한 정원이 한껏 아름답게 꾸려져 있었다.
 한 발 간격으로 둥그렇게 배치된 정원수는 모두 모양 좋고 깔끔하게 다듬어져 있었고, 화단을 장식한 식물들마다 흠집 하나 없이 충만한 생명력이 느껴졌다. 돌보는 이의 세심한 손길이 고스란히 전해지는 모습이었다.
 그러나 그것을 응시하는 데르온의 얼굴은 마왕성 앞에 섰을 때보다 더 심각하게 굳어져 있었다. 하늘 한 번 보고 땅 한 번 보고, 좌우로 주위를 살핀 그는 이내 꺼질 듯이 한숨을 내쉬었다.
 "하필이면 루카르엠이라니……."
 임무 실패에 따른 처벌은 충분히 예상했다. 세르피스는 분명히 이간질을 했을 것이고, 모든 책임을 자신에게 떠넘겼을 터였다. 정령왕의 정체를 이미 짐작했으면서도 일부러 보고를 미뤘다는 사실 역시 알렸을 가능성이 컸다.
 마왕은 광포한 성정만큼이나 관대하지 않은 자였다. 이곳에 도착했을 때 그는 이미 최소한 몇 년간의 근신, 또는 염옥행까지 각오하고 있었다. 그러나 마왕이 그에게 명한 것은 루카르엠을 불러오라는 것. 그 하나뿐이었다.

데르온은 한 차례 심호흡했다. 목적지가 코앞이었지만 차마 발걸음이 떨어지지 않았다. 차라리 염옥에 갇혀 얼마간 고문을 받는 게 더 나았다. 그런 점에서 이번 마왕의 명령은 그의 심리를 완벽히 파악한 처벌인 셈이었다.

누구나 찬사해 마지않는 화려한 정원의 모습도 그의 눈엔 참혹한 도살장처럼 보였다. 데르온은 두 손으로 머리를 부여잡았다.

"미치겠군. 도대체 무슨 생각으로 루카르엠을 찾으라는 건지……."

"제가 어쨌다고요, 데르온?"

"……!"

그 순간 갑자기 불쑥 튀어나온 형체에 데르온은 비명을 지를 뻔했다. 인기척도 느껴지지 않았는데 어느새 그의 앞에 준수한 외모의 청년이 서 있었다. 방금 전까지 그가 가장 만나고 싶어 하지 않았던 바로 그 마족이었.

조금은 부스스한 검은색의 머리칼, 보통의 마족들보다 조금 탁한 눈동자는 붉은색보다는 적동색에 더 가까웠다. 호의로 가득한 눈망울을 빛내며 생글생글 미소 짓는 얼굴이 오늘만큼 무서운 적은 없었다. 데르온은 저도 모르게 꿀꺽 마른침을 삼켰다.

"루, 루카."

"후후, 무슨 생각을 그리 골똘히 하고 계시는 겁니까? 제가 다 가오는 것도 눈치채지 못하시다니, 아무래도 수련이 부족하신 것 같군요."

'당신이 마음먹고 기척을 감추면 아무도 눈치채지 못합니다!'

항의하고 싶은 말이 목구멍까지 차올랐지만 그것을 입 밖으로 끄집어내기엔 그의 용기가 아주 조금 부족했다. 간신히 마음을 진정시킨 데르온은 억지웃음을 지으며 고개를 끄덕였다.

"제가 조금 피곤했었나 봅니다. 그것보다 오랜만에 뵙습니다, 루카. 그동안 잘 지내셨습니까?"

"잘 못 지냈습니다."

"예?"

"그동안 데르온이 도통 절 보러 와주지 않으셨잖습니까. 정말 너무하시네요. 이 늙은이가 이런 변방에서 홀로 정원을 돌보고 있는데 가련하지도 않던가요?"

"……."

되지도 않는 억지에 데르온은 경련이 이는 입가를 간신히 비틀었다. 갓 성인이 된 마족만큼이나 혈기왕성한 외모로 늙은이 운운하는 것은 차치하더라도, 일단 루카르엠의 저택이 있는 이곳은 결코 변방이라 불릴 수가 없는 장소였다. 마계의 가장 중심부였으니까.

게다가 '가련'은 마족이란 종족에게 붙일 만한 단어가 아니다. 심지어 그 대상이 루카르엠이라면 더욱 거리가 먼 얘기였다.

일견 평범해 보이는 정원은 외견상으론 여느 인간들의 세계에서나 볼 수 있을 것같이 아름답고 평화롭기만 하다. 하지만 그 안에 감춰져 있는 진실을 알게 된 자들은 감히 이 정원에 쉽게 발을 들이밀지 못했다.

정원에 심어진 식물들의 정체는 하나같이 전부 마계에서 악독하기로 유명한 독화들이었다. 심지어 그가 가장 아낀다고 알려진 화단에는 '그것'도 있었다. 그 사실을 상기하자마자 데르온은 몸을 부르르 떨었다.

"저어, 루카. 혹시 아직도 정원에 그 나무가 있습니까?"

"네에? 무슨 나무를 말하는 거죠?"

"그…… 천상목 말입니다."

"아아, 있어요, 있지요. 우리 마릴다 말이군요?"

"마, 마릴다?"

"제가 붙여준 애칭이에요. 프린세스 마릴다. 툭하면 앙탈을 부리는 게 수줍음 타는 아가씨 같아서 말이죠. 이곳에서는 키우기 까다로운 식물이지만, 그런 만큼 더 키우는 보람이 있어서 여간 귀여운 게 아니에요."

"그렇군요……."

천상목은 마족이 마계로 쫓겨나기 전, 그러니까 신계에 거주했을 당시에 천신이 그의 영역에 마족들이 침범하는 것을 막기 위해 대항마로 만든 식물이었다. 천상목의 꽃과 가지는 마족이 가진 마력에 반응하여 지독한 독성을 띤다. 평범한 마족들은 닿기만 해도 피부가 으스러지기에 가까이 다가가는 것조차 허락되지 않았다.

그런 엄청난 식물을 루카르엠은 아무렇지 않게(심지어 괴상한 애칭까지 붙여가며) 그의 정원에 심어 가꾸고 있는 것이다. 가장 최근에 들렀을 때, 데르온은 그가 천상목에 올라타 가지치기를 하는 모습을 똑똑히 목격했다. 그의 마력에 반응한 천상목이 꽃과 줄기마다 독을 수액처럼 내뿜어댔지만 전혀 아랑곳하지 않을 뿐만 아니라, 묻어난 것을 마치 꿀이라 되는 양 핥기까지 했다.

설령 마왕이라고 할지라도 천상목의 독을 정제하지 않고 그냥 먹지는 못한다. 데르온 그 자신도 마찬가지였다. 혀가 닿는 순간 마비되어 그대로 타들어갈 것이 분명한데, 그런 미친 짓을 누가 시도하려고 하겠는가. 그러나 루카르엠은 전혀 아무렇지 않게 그것을 삼켰다. 그때의 상큼하게 웃는 얼굴을 본 자라면 누구도 그를 가련하다고 생각할 수 없을 터였다.

"그러고 보니 올 초에 마릴다가 씨앗을 잔뜩 맺었지 뭡니까? 그중 실한 것으로 골라 조금 심었더니 벌써 제법 자랐어요."

"버, 번식을 했다는 겁니까?"

"맞아요. 모두 마릴다를 닮아 귀여운 아이들이죠. 후후, 제 정원이 천상목으로 가득 찰 날이 머지않았네요."

그딴 거 가득 채우지 마!

이번에도 부족한 용기가 그의 입을 가로막았다. 희게 질린 얼굴이 보이지 않는지 루카르엠은 마냥 천진한 표정이었다.

"아, 그렇지. 말이 나온 김에 데르온도 한 그루 키워 보겠습니까? 관심이 있다면 분재를 좀 나눠드릴 수 있는데요."

"아뇨, 괜찮습니다!"

데르온은 황급히 고개를 저었다. 그 괴물을 집에 들였다간 그 날로 데르온의 저택은 파국을 맞을 터였다.

"에이, 사양할 것 없는데."

"정말 괜찮습니다! 사실 저는 식물을 키우는 것엔 그다지 재주가 없어서요. 툭하면 말려 죽이기 일쑤입니다."

"흐응, 그렇다면 안 되겠네요. 우리 귀여운 마릴다의 아이들을 시들게 할 순 없으니까요."

"네, 지당하신 말씀입니다!"

루카르엠이 매우 아쉽다는 표정을 짓는 것을 보며 그는 다시금 부르르 몸을 떨었다. 장담하건대, 그가 마음을 먹으면 저 식물만으로 마계 정복을 이뤄내고도 남을 것이 분명했다. 그가 왕의 자리에는 전혀 관심이 없는 것이 마계의 불행인지 다행인지, 데르온은 전혀 갈피를 잡을 수가 없었다.

"그래서, 이곳엔 무슨 일입니까?"

"예?"

"가까이 다가오기만 해도 거북해하는 데르온이 설마 지나는 길에 그냥 들렀을 리는 없고. 제게 용건이 있었던 게 아닌가 싶어서 말입니다."

"아······."

역시 피하는 것을 알고 있었던 건가. 마치 벌거벗겨지기라도 한 듯 치부를 들킨 기분에 데르온은 민망한 표정을 지었다. 그것을 본 루카르엠이 빙긋 웃었다.

"그렇게 어려워할 것 없다고 누누이 말했는데도. 데르온은 제가 여전히 편하지 않은가 보네요."

"……죄송합니다."

"후후, 사과할 것까진 없습니다. 데르온은 그런 점이 매력이니까요."

웃고 있는 얼굴에 불쾌한 기색이 비치지 않는 것에 데르온은 내심 안도했다. 만약 누군가 이 광경을 본다면 같은 직위를 지닌 마족을 대하는 태도치고, 그가 지나치게 저자세라는 점에 의문을 가질 것이다.

나이가 많건 감춰진 본 실력이 어쨌건 간에, 마계에서는 오로지 보이는 서열만이 중시된다. 직위가 같으면 동년배 취급을 해도 상관이 없으며 하대를 해도 문제가 되지 않았다. 그것이 싫으면 그보다 더 높은 직위를 차지하면 되는 것이다. 그런 점에서 지금 루카르엠을 대하는 그의 태도는 상당히 특이한 편에 속했다.

데르온 역시 자신이 그를 대하는 자세가 유난히 조심스럽다는 걸 알고 있었다. 사실 그가 생각해도 이상한 일이긴 했다. 겉으로 보기에 루카르엠은 매우 다정한 인상이었다. 심지어 의도적으로(데르온은 그의 모든 말과 행동에 의도가 있다고 확신했다) 허술하게 굴며 친절하게 대해주기까지 했다. 그쯤이면 충분히 방심할 법한데도 데르온은 단 한 번도 그 앞에서 긴장을 늦춘 적이 없었다. 의식을 하지 않아도 자연스럽게 몸이 알아서 경직되고 마는 것이다.

마왕에겐 어쩔 수 없이 굴복을 할 뿐, 두려운 대상은 아니다. 그러나 지금 눈앞에서 선량하게 웃고 있는 루카르엠만큼은 매우 두려웠다.

마신이 그의 전부이자 삶 그 자체라면, 루카르엠의 존재는 거대한 산이었다. 너무 높은 탓에 감히 넘어설 의지조차 갖지 못하게 만드는 까마득한 산맥의 정상 같았다.

어쩌면 지금의 마왕에게 그다지 충성할 마음이 들지 않는 것도 그가 있기 때문인지도 몰랐다. 그가 마음으로부터 인정하고 있는 단 한 마족, 루카르엠이 있기 때문에.

"실은…… 마왕 전하께서 루카를 찾으십니다."

"호오, 마왕께서 저를요?"

생각지 못한 화제였는지 루카르엠은 노골적으로 놀란 표정을 지었다. 그럴 수밖에 없는 게, 마왕이 마지막으로 루카르엠을 찾았던 것이 벌써 삼십 년 전의 일이었다.

왕보다 더 강한 마족. 아무리 옥좌에 뜻이 없고 스스로 자처해서 공작위에 머물고 있다고는 해도, 그는 언제든 정권을 교체할 수 있는 존재였다. 마왕의 입장에선 매우 껄끄러울 수밖에 없었다. 그래선지 역대의 마왕들은 모두 루카르엠을 본성으로 부르는 일이 거의 없는 편이었다.

"뜻밖의 일이군요. 설마하니 마왕께서 제 정원의 꽃들에 관심을 가지실 리는 없고…… 무엇 때문에 찾으시던가요?"

"……제가 명령을 제대로 수행하지 못한 것이 원인일 겁니다."

"마왕이 내리신 임무에 실패를 했다는 말입니까?"

"그렇습니다."

"저런, 천하의 마도 공작 데르온이 실패를 할 때가 다 있다니, 이거 정말 놀라운데요? 대체 무슨 일이 있었던 건지 궁금하군요."

드디어 올 것이 왔다는 생각에 데르온은 무심코 주먹을 움켜쥐었다. 루카르엠은 다른 부분에선 한없이 느긋했지만 본성의 일만큼은 누구보다 철저하게 처리하는 성격이었다. 특히 마왕의 명령을 무시하고 멋대로 굴다가 일이 틀어진 것이 밝혀지면, 그의 성격상 결코 그냥 넘어갈 리가 없었다. 이 자리에서 천상목의 먹이로 던져지지나 않으면 다행일 것이다. 긴장으로 굳어진 혀가 아렸다. 목울대를 움직였지만 이미 바짝 마른 입안은 버석하기만 했다.

"얼마 전에 마왕께서 한 인간 소년을 주시하라 명하셨습니다. 그런데 그의 행방을 쫓고 있던 중 뜻밖의 존재를 발견했습니다."

"뜻밖의 존재?"

"물의 정령왕이었습니다."

반짝!

그 순간 무료하게 듣고 있던 루카의 눈동자에 새파란 빛이 스치고 지나갔다. 사건에 흥미가 돋은 것이다. 데르온은 절로 긴장되는 어깨를 느끼며 말을 이었다.

"알고 보니 소년이 그의 계약자더군요. 정령왕이 인간인 것처럼 꾸며 그와 함께 다니고 있었습니다."

"재밌네요. 물의 정령왕이 인간에게 소환된 건 역사상 처음 있는 일 아닌가요?"

"예, 저도 그렇게 알고 있습니다. 게다가 그것만이 아닙니다. 비슷한 시점에 정체를 알 수 없는 또 다른 존재가 합류했습니다."

"정체를 알 수 없다?"

"얼핏 느껴지는 기운은 드래곤에 가까운데 그런 것치곤 너무 강했습니다. 오래전 드래곤 로드를 본 적이 있는데 그의 힘을 훨씬 뛰어넘는 수준입니다. 제 소견으로는 그의 정체를 짐작하기 어렵습니다."

"흐음, 그렇군요. 드래곤 로드보다 강한 존재라…… 그런데 그들의 정체를 알게 된 것이 임무 실패와 무슨 상관이죠? 마왕께서 소년의 목숨을 거두어 오라고 한 것도 아니고, 그냥 지켜만 보라 하셨다지 않습니까?"

루카르엠의 질문에 데르온은 잠시 난처한 표정을 지었다.

"사실은…… 소년을 찾는 즉시 은밀히 보고하라는 것이 본래 왕께서 내린 명이셨습니다. 그런데 만일을 위해 동태를 더 지켜보기로 했다가……."

"장렬하게 정체를 들켰다는 말이군요."

"……면목이 없습니다."

루카르엠은 결코 화내지 않는다. 다만 웃는 얼굴로 아무렇지 않게 고문을 가하고 숨통을 끊을 뿐이다. 어떤 참혹한 대가가 이어질까 싶어 데르온은 입술을 악물었다. 그러나 무슨 심경의 변화인지 루카르엠은 오히려 부드러운 표정을 지었다.

"그런 것 가지고 상심할 필요는 없어요. 데르온은 충분히 최선을 다했을 테니까. 단지 이번엔 운이 따라주지 않은 것뿐이잖습니까?"

"예? 그럼 처벌하시지 않는 겁니까?"

"이런, 이런. 아랫것들 사이에서 제 소문이 상당히 나쁘게 돌고 있나 보군요. 같은 공작끼리 처벌을 하다니요. 그런 권한은 제게 있지 않습니다. 심지어 마왕께서 묵인하고 넘어가신 일을 제가 무엇하러요?"

"루, 루카."

울컥 눈물이 날 것 같은 기분에 데르온은 얼굴을 일그러트렸다. 빙긋 웃은 루카르엠이 그의 어깨를 다정히 다독였다.

"고된 임무로 피곤했을 텐데 데르온은 이만 저택에 돌아가 쉬도록 하세요. 전 마왕 전하께 가봐야겠군요. 그분을 너무 오래 기다리게 하는 것도 예의는 아니니까요."

"괘, 괜찮으시겠습니까, 루카? 다른 것도 아니고 정령왕이 관계된 일입니다. 마왕께서 이런 일에 루카를 찾으시는 게 어쩐지 예감이 좋지 않습니다. 무슨 억지를 부리실지……."

제7화 **365**

"그렇다 해도 그건 그분을 섬기는 이들의 숙명이겠지요. 데르온이 염려할 일은 아닙니다. 제가 다 알아서 할 테니까요."

데르온은 걸어가는 루카르엠의 뒷모습을 불안한 시선으로 바라보았다. 마왕이 그를 불쾌하게 여긴다는 사실은 전 마계에 퍼져 있을 만큼 유명했다. 애초에 4대 공작이면서도 하릴없이 정원에서 식물을 돌보게 된 것도, 눈에 띄는 곳에서 조용히 지내라는 근신에 가까운 마왕의 명령이 있었기 때문이었다.

지켜보는 심정마저 이렇게 조마조마하건만, 정작 당사자인 루카르엠은 아무 생각이 없는 것 같았다. 콧노래까지 흥얼거리는 모습이 흥겨워 보이기까지 했다. 여전히 무슨 생각을 하는지 알 수 없는 자였다.

3.

"공작 루카르엠 다크빌, 왕의 부르심을 받고 왔습니다."

마왕 카류드리안은 자신의 눈앞에 부복한 사내를 서늘한 눈으로 응시했다. 제대로 정돈하지 않은 듯 엉성하게 묶은 부스스한 머리칼, 성글성글 웃음 짓는 나른한 눈동자. 보이는 부분마다 허술한 것투성인데도 좀처럼 빈틈을 찾을 수가 없었다. 그의 모습을 보면 늘 기분이 나빠지는 이유 중 하나였다.

"오랜만이로군, 암흑기사 루카르엠. 내가 그대를 마지막으로 찾은 것이 10년 전이었던가?"

"정확히 36년 만입니다, 전하."

빙긋 웃으며 답한 말에 카류드리안의 얼굴이 잠시 찌푸려졌다.

"벌써 그렇게 됐나? 내가 그동안 그대에게 너무 무심했군."

"황공하신 말씀이옵니다."

"뭐, 그런 건 딱히 중요한 부분은 아니니 그냥 넘어가도록 하지. 내가 왜 그대를 찾았는지는 알고 있나?"

"데르온 공작이 간단히 알려 주었습니다. 전하의 계획을 방해하는 정령왕이 있다 들었습니다만."

"그런데도 용케 내빼지 않았군."

"말씀하시는 뜻을 잘 알지 못하겠습니다, 전하. 한낱 공작 신분으로 제가 왕의 부르심을 감히 어찌 거역할 수 있겠습니까."

트집을 잡을 수 없이 유창한 답변이었다. 그러나 그것을 듣는 카류드리안의 입가엔 비소가 서렸다.

"번지르르하게 혀를 놀리는 건 여전하군, 루카르엠. 누가 보면 그대가 나를 상당히 위하는 줄 알겠어."

"마계의 일원인 제가 마왕 전하를 위하는 건 당연한 일입니다."

"하지만 마음만 먹으면 날 무시하는 것도 얼마든지 가능한 존재지. 그렇게 생각하지 않나, 마신의 대리인?"

노골적인 빈정거림에 루카르엠은 침묵했다. 그 모습을 바라보는 카류드리안의 시선에 잠시간 경멸의 빛이 스쳤다.

마신의 대리인. 마신을 대신하여 마왕에게 그의 뜻을 전달하는 자.

전 마계의 마족들, 심지어 다른 공작들에게조차 거의 알려지지 않은 루카르엠의 또 다른 직분이었다. 그의 힘이 마왕보다 강하며, 수명이 끝없이 긴 이유이기도 했다.

역대의 마왕들은 모두 그의 조언에 따라 마계를 꾸려나갔다. 카류드리안 역시 하루가 멀다 하고 루카르엠과 온종일 시간을 보낸 때도 있었다. 이제는 까마득할 정도로 먼, 옛 시절의 일이긴 했지만.

마왕은 피식 웃으며 의자에 몸을 깊숙이 파묻었다.

"꽁무니를 빼지 않고 얌전히 찾아온 것은 칭찬해 주지. 사실 오지 않았으면 곤란했을 뻔했어. 마음 놓고 일을 맡길 만한 마족이 그대밖에 없거든. 데르온과 세르피스는 영 믿음직스럽지 못하고, 그렇다고 자크를 보내자니 그는 매우 바빠서 말이야."

"그러고 보니 얼마 전에 번식기가 있었죠. 자크 공작은 알을 관리하는 책임이 있으니 지금이 한창 바쁠 시기로군요."

"역시 그대는 이해가 빠르군."

마음이 담기지 않은 칭찬에 루카르엠 역시 묘한 웃음으로 화답했다. 형식적인 문답은 끝났으니 이제 본론에 들어갈 차례였다.

"제가 무엇을 하면 되겠습니까?"

질문을 마친 순간 그의 무릎 앞에 툭하고 무언가가 내던져졌다. 말갛게 웃고 있는 소년의 얼굴이 그려진 초상화였다.

"이건······."

"이사나 란느 스왈트. 정령왕의 비호를 받는 소년의 이름이다."

"아아, 이 소년이 바로 물의 정령왕과 계약했다는 인간이군요."

"그를 죽여라."

틈도 없이 이어진 명에 루카르엠의 눈이 가늘어졌다. 짐작을 하지 못해서가 아니라 이 상황이 흥미로웠기 때문이다.

일반적으로 정령왕은 한낱 마족의 힘으로 겨룰 수 있는 상대가 아니었다. 마왕 그 자신이 직접 나선다 해도 마찬가지다. 한 세계를 관장한다는 점에서는 같을지 모르나 마왕의 힘이 마신의 지배하에 놓여 있다면, 그들은 독자적인 힘을 지닌 신에 준(準)하는 존재였다.

만약 일개 평범한 마족이 이런 명령을 받았다면 가서 죽으라는 뜻으로 받아들여도 전혀 이상하지 않았을 것이다. 그러나 '마신의 대리인'인 루카르엠은 다르다. 적어도 그라면 정령왕과의 정면 승부를 피하고 소년만 죽이는 것도 가능할 터였다. 루카르엠 역시 그 사실을 잘 알고 있었다.

단지 그가 신경 쓰는 건 조금 다른 부분이었다. 마왕은 지금까지 단 한 번도 루카르엠을 마계 밖으로 내보낸 적이 없었다. 자신의 시선이 미치지 못하는 곳에서 그가 무슨 일을 벌일지 신경 썼기 때문이다. 그의 저택이 마계 번화가의 한복판에 있는 것과 같은 이유다.

평소의 마왕이라면 차라리 일을 실패할지언정 루카르엠을 패로 쓸 리가 없었다. 만약 그를 죽이는 것이 목적이라 해도 마찬가지다. 마왕이 그를 제거하기로 마음먹었다면 본인이 직접 나서거나 적어도 자신의 눈앞에서 처리할 터였다. 숨통이 끊어지는 걸 제 눈으로 보아야 안심할 테니까.

그런데 그저 마계를 나가라?

루카르엠의 입가에 짙은 호선이 그려졌다.

"왜 그러지? 자신이 없나?"

"아닙니다. 전하께서 믿고 맡겨주시는 일인데 그럴 리가 있겠습니까. 최선을 다하겠습니다."

"당연히 그래야지. 열심히 해야 할 거다. 그대가 나를 돕는 것이 결국은 마신의 뜻을 이루는 길일 테니 말이야."

"그 말씀은……."

"왜, 내 말에 문제라도 있나?"

"……아무것도 아닙니다. 분부하실 것은 그것뿐입니까?"

"그래."

오만하게 답하며 카류드리안은 만족스럽다는 듯이 웃었다.

마신의 뜻.

마왕을 세운 것이 마신이니 일반적인 의미를 생각하면 그의 말이 틀린 건 아니었다. 다만 마왕 카류드리안이 그런 상투적인 말을 하는 성격이 아니라는 게 문제였다.

내가 알지 못하는 마신의 뜻이 있던가.

광기에 젖은 붉은 눈동자는 진실을 노련하게 감추게 된 지 오래였다. 곧은 눈으로 카류드리안을 응시하길 잠시간, 루카르엠은 부복한 자세 그대로 고개를 숙였다.

"마왕의 명을 받듭니다."

『정령왕 엘퀴네스』 5권에서 계속

1.

어린 시절부터 몸이 약했다. 태어나던 날 그를 받아준 산파는 아이가 여드레를 넘기지 못하고 죽을 거라고 했다. 불행인지 다행인지 아이의 부모는 부유했다. 그들은 온갖 영약들을 동원하여 아이를 돌보았고, 그 덕분에 간신히 죽을 고비는 넘길 수 있었다. 하지만 그래 봤자 겨우 숨이 붙어 있는 수준일 뿐이었다.

비쩍 마른 몸은 음식과 영약을 번갈아 먹어도 좀처럼 살이 붙지 않았다. 체력은 손쉽게 떨어지기 일쑤였고 아무리 가벼운 병이라도 전염성이 있는 것은 반드시라고 해도 좋을 만큼 그의 몸에 철썩 들러붙었다. 게다가 면역력은 또 얼마나 부족한지 쉽게 떨쳐내지도 못했다.

하루만이라도 아프지 않았으면 좋겠다. 그맘때쯤 아이의 소원은 늘 하나였다.

그나마 부모의 사랑이 온전히 그에게 쏟아졌던 생후 몇 년간은 괜찮았다. 이후 둘째가 태어나면서 그의 삶은 조금 더 음울한 쪽으로 변했다. 태어난 동생은 어여쁜 여자아이였고 그와는 다르게 매우 건강했다. 게다가 총명하기까지 하여 주변 모든 이들의 사랑을 독차지했다.

자랄수록 차별은 더 커졌다. 동생의 키는 달마다 한 자씩 컸지만 아이는 언제나 그대로였다. 사람들은 볼품없이 마르고 빈약한 그를 볼 때마다 불편한 표정을 지었다. 집안을 이어야 할 장자가 저렇게 나약해서 어떻게 하냐는 우려의 목소리도 이어졌다. 차라리 산파의 말대로 그때 죽었더라면 더 나았을 거라고도 했다.

남자든 여자든 동등하게 대우하는 나라였다. 많은 사람들이 건강하고 사랑스러운 여동생 쪽이 가업을 잇기를 바랐다. 아이도 그것을 알고 있었다. 하지만 서운하지는 않았다. 그가 생각하기에도 자신은 가업을 잇기엔 너무 부족했다. 몸도 병약했지만 외모는 훨씬 더 볼품없었다.

그에 비해 그의 여동생은 정말 아름다운 사람이었다. 복숭아처럼 새하얀 뺨, 반짝반짝 빛나는 다갈색의 눈동자. 곱슬거리는 머리카락은 태양처럼 붉었다. 사람들은 동생을 불의 정령 이프리트의 화신이라고 불렀다.

아이가 생각하기에도 동생은 정말 소설 속에 나오는 불의 정령왕 같았다. 그렇게 아름다운 사람이 단지 늦게 태어났다는 이유로 자신에게 가주 자리를 내주어야 한다는 건 불공평한 일이었다.

"기분 나빠."

햇살처럼 웃는 동생은 그와 눈이 마주칠 때면 늘 얼굴을 찌푸렸다.

"왜 너 같은 게 내 오빠인 거야?"

혐오스럽게 훑는 시선을 느낄 때마다 그는 어깨를 움츠렸다. 자신이 벌레가 된 것 같아서 견딜 수 없었지만 한편으로는 이해했다. 자신만 아니었다면 동생은 아무런 문제 없이 가주가 될 수 있을 것이다. 동생의 입장에서 그는 믿음직하지 못한 오라비였고, 더 나아가 자신이 받아야 할 것을 가로챈 도둑일 뿐이었다.

그녀가 자신을 싫어하는 것도 당연했다. 다만 그 아름다운 눈동자에 경멸이 깃드는 것이 조금, 아주 조금 슬펐다.

시간이 흘러 아이는 소년이 되었다. 그는 여전히 해골처럼 말랐고, 동생은 더욱 아름다워졌다. 주위에서 동생을 추앙하는 목소리도 더 높아졌다. 하지만 소년의 부모는 고지식한 사람들이었다. 그들은 당연히 첫째가 가업을 계승해야 한다고 생각했다. 그럴수록 동생의 눈빛이 싸늘해졌지만, 소년은 아무것도 할 수 없었다. 더 이상 견디기가 어려워지면 슬그머니 집을 빠져나와 사람이 없는 언덕에 올랐다.

비쩍 마르고 볼품없는 소년에게도 한 가지 재주는 있었다. 그것은 바로 그림을 그리는 것이었다. 부모는 소년을 알뜰히 살피진 않았지만 그의 유일한 취미만은 아낌없이 지원했다. 덕분에 화구가 떨어질 염려는 없었다.

소년은 언덕에서 하루 종일 그림을 그렸다. 그가 그리는 것들은 여러 가지였으나 주제는 늘 하나였다. 타오르는 태양, 구름 속에서 내비치는 찬란한 햇빛, 어두운 밤을 밝히는 횃불. 하나같이 전부 불에 관련된 이미지들이었다.

소년이 사는 마을에서 불은 힘과 부귀를 상징하는 것이었다. 마을 사람들은 태양을 뜻하는 것이라면 무엇이든 칭송했다. 이프리트처럼 아름다운 동생이 사랑을 받는 것도 그 때문이었다.

소년 역시 불을 사랑했다. 하지만 아무리 갖고 싶어도 자신에겐 어울리지 않는다는 것도 알고 있었다. 그래서 소년은 대신 그림으로 그렸다. 그림을 그리고 있으면 자신이 마치 그 안의 것들과 동화가 되는 것 같았다. 그때만큼은 현실의 보잘것없는 자신의 모습도 잠시나마 잊을 수 있었다.

그날도 소년은 화구를 챙겨들고 언덕에서 그림을 그렸다. 온 언덕이, 온 산이 새빨간 불꽃에 휩싸이는 광경이었다. 소년은 그림을 그리면서 점점 무아지경에 빠져들어 갔다. 붉은 물감을 덧칠할수록 정말로 마을이 불타고 있는 것만 같은 착각이 일었다.

"그러면 안 돼."

소년이 붓질을 멈춘 건 갑자기 들려온 목소리 때문이었다. 설마 이곳에 자신 외의 다른 사람이 있을 거라 생각지 못한 소년은 당황해서 주위를 두리번거렸다. 그리고 그가 앉아 있는 의자에서 얼마 떨어지지 않은 곳에 홀로 서 있는 소녀의 모습을 발견했다. 마을에서는 처음 보는 얼굴이었다.

소녀를 보는 순간 소년은 잠시 얼어붙었다. 소녀의 모습이 매우 아름다웠기 때문이다. 머리카락은 타는 듯이 화려한 붉은색이었고, 눈동자 색 역시 그랬다. 분홍빛이 감도는 피부는 마치 진주 가루를 개어놓은 듯이 은은한 광채를 품었다.

소년은 지금까지 아름답다고 생각했던 동생의 외모가 소녀의 앞에선 아무것도 아니란 것을 알았다. 불의 화신이라고 칭송받는 동생보다 소녀 쪽이 더 이프리트 같았다.

대체 누구일까. 분명히 처음 보는 사람인데.

조금 전까지도 사람이 올라오는 소리는 듣지 못했다. 소년은 그녀가 언제부터 이곳에 있었는지 궁금했다. 그러자 멍하게 쳐다보는 소년을 향해 대뜸 소녀가 말했다.

"너 말이야. 누가 그렇게 함부로 화기를 가져다 쓰래?"

"……아?"

"잘 모르는 모양인데, 너 지금 되게 위험한 경계에 서 있거든? 까딱 잘못하면 이쪽으로 넘어오게 될지도 몰라. 화기를 가져다 쓰는 건 이제 그만해."

도둑이라고 오해를 한 걸까? 경계가 무엇인지, 이쪽이란 건 또 무슨 말인지, 소녀가 하는 말은 하나도 알아들을 수 없었지만 단

하나—그녀가 화났다는 사실만큼은 알 것 같았다. 추궁하듯 눈을 부릅뜨는 소녀를 보며 소년은 어깨를 움츠렸다.

"나는…… 그런 거 쓴 적 없는데요……."

"없긴 뭐가 없어? 지금도 가져갔잖아."

"저, 저는 정말 그런 적 없어요. 정말이에요."

"뭐야, 정말 몰라?"

"네, 몰라요."

다른 건 몰라도 소년은 자신에게 떳떳하지 못할 일은 하지 않았다고 자부했다. 단호하게 대답하자 소녀는 얼굴을 찌푸렸다. 왠지 곤란해하는 표정이었다.

"나 참, 자각도 못 하고 쓰고 있단 말이야? 정말 난처한 녀석이네."

"뭔가 오해하신 것 같은데, 제가 그림을 그리는 도구는 모두 정당한 값을 치르고 부모님께서 사주신 거예요."

"그런 걸 말하는 게 아냐."

"……?"

소녀는 경계하고 있는 소년 곁으로 가까이 다가섰다. 못마땅하게 소년을 훑던 시선이 그가 그리고 있던 그림으로, 그리고 그 아래 아무렇게나 쌓여 있던 소년의 지난 작품들을 향했다.

"이거 다 네가 그린 거야?"

"네, 네에……."

"으이구, 이런 걸 그리니까 그렇지. 너 지금 당장 그림 그리는 건 그만둬."

"네? 아, 안 돼요."

"안 되긴 뭐가 안 돼?"

"이건 제가 유일하게 할 수 있는 일이에요. 저, 저는 그만두지 않을 거예요."

"뭐야?"

날카롭게 올라가는 눈초리를 본 소년은 자신도 모르게 눈을 질 끈 감았다. 혹여나 소녀가 때릴지도 모른다는 생각 때문이었다. 그러나 소녀는 아무 행동도 하지 않았다. 움츠려 있던 상태로 소년이 조심스레 눈을 뜨자 소녀가 한심하다는 표정으로 말했다.

"뭘 그렇게 겁을 먹어? 누가 너 잡아먹는대?"

"……죄, 죄송해요."

"쯧, 사과하라고 한 말 아니거든? 하기야 어차피 너 같은 상태면 소용없겠네. 이걸 그만두면 다른 방식으로 발현이 될 게 뻔하니. 이거야 원, 내가 계속 살펴보는 방법밖에 없는 건가? 아, 정말 귀찮아. 인간 주제에 왜 이렇게 화기를 짙게 타고나서는."

"……?"

여전히 영문을 알 수가 없는 말에 소년은 어리둥절해했다. 소녀는 답답한 듯이 소년을 노려보았다가 할 수 없다는 듯 한숨을 내쉬었다.

"아무튼 너 말이야. 앞으로 조심해."

"네? 네에……."

외전: 불의 검

"정말이지? 얼마나 잘 지키는지 내가 지켜볼 거야."

무엇을 지켜야 하는 건지도 모르면서 소년은 무작정 고개를 끄덕였다. 왠지 그렇게 하지 않으면 큰일이 날 것 같았다. 그 태도가 마음에 들었는지 소녀는 만족스러운 표정을 지었다.

"좋아, 마음에 들었다."

어깨를 툭툭 치는 손길에 왠지 마음이 들떴다. 소년은 자신의 얼굴이 오늘따라 뜨겁다고 생각했다. 열이 있는 것도 아닌데 얼굴이 뜨겁다니 이상한 경험이었다.

2.

그날 이후로 소녀는 자주 소년이 있는 언덕을 방문했다. 몰두한 채 그림을 그리다 보면 어느새 자연스럽게 옆에 서 있었는데, 소년은 그것이 항상 신기했다. 마치 그녀가 항상 소년을 지켜보고 있는 것 같은 느낌이었다.

"넌 관리가 필요하거든."

찾아오는 이유를 물으면 소녀는 늘 그렇게 대답했다. 무슨 말인지는 이해할 수 없었지만 그래도 소년은 좋았다. 누군가 자신을 찾아와 준다는 사실만으로 존재감을 찾은 기분이었으니까.

소녀는 자신의 이름을 '이카나'라고 했다. 이카나는 마을 사람들과는 전혀 다른 사람이었다. 그의 볼품없이 마른 몸을 보고도 눈살을 찌푸리지도, 경멸의 시선을 보내지도 않았다. 이카나와 함께 있을 때만큼은 소년은 자신이 평범한 사람이 된 것 같았다. 이제 소년은 그림을 그리는 것만이 아니라 이카나를 만나기 위해 언덕을 오르게 되었다.

이카나는 기본적으로 소년의 일에 관여하지 않았다. 그저 말없이 서서 그가 그림 그리는 것을 온종일 구경하기만 할 뿐이었다. 그러다 무료해질 때면 대화를 걸기도 했는데 그 가끔씩 일어나는 일들이 소년에겐 특별한 이벤트처럼 느껴졌다.

"그 녀석 정말 짜증 나."

이카나는 주로 한 사람에 대한 말을 하곤 했다. 같은 곳에서 일을 한다는 동료에 대한 얘기였다.

"지난번에는 말이지, 지나가다 우연히 마주쳐서 내가 정말 큰 맘 먹고 인사를 했다? 내키진 않았지만 진짜 오랜만에 본 거였거든. 근데 그 녀석이 글쎄, 그냥 무시하고 지나치더라니까? 열 받아서 바로 앞으로 가서 왜 무시하냐고 쏘아붙였어. 그랬더니 뭐라 그랬는지 알아?"

"뭐라고 했는데요?"

"아, 거기 있었나?, 라는 거 있지! 글쎄 내가 있는 줄도 몰랐다는 거야! 그게 말이 돼? 넌 내가 그렇게 존재감이 없어 보여? 내가 그렇게 눈에 안 띄는 얼굴이야?"

"아, 아뇨."

"그치? 네가 생각하기에도 말이 안 되지? 그래, 맞아. 바로 이게 정상적인 눈을 가진 사람의 반응이지. 그래서 내가 넌 눈이 삐었냐고 했어. 그랬더니 그 녀석이 비웃으면서 한다는 말이 더 가관이야. 자기 눈에 띄려면 차라리 다시 태어나는 게 빠를 거라는 거야. 아우, 진짜 완전 재수 없어!"

기본적으로 그에 관해 좋은 쪽으로 얘기가 시작되는 경우는 없었다. 주로 그가 자신을 무시했다든가, 비웃었다든가, 그에 대한 억울함과 하소연을 토로하는 것이 대부분이었다.

이카나가 씩씩거리며 울분을 토할 때면 소년은 빙긋이 웃으며 가만히 이야기를 들어주었다. 열정적으로 열변을 토하는 그녀의 모습은 밤하늘에 불꽃이 튀는 것만큼이나 눈부셨다. 바라보는 것만으로도 활기가 차오르는 것 같았다.

"들어봐! 오늘도 그 녀석이 내 인사를 무시했어!"

언제나 똑같이 시작되는 말은 어느새 그들이 나누는 잡담의 신호탄이 되었다. 그러면서 소년은 이카나가 말하는 그에 관해 많은 것들을 알게 되었다. 성정이 얼음만큼 차갑다는 것, 매우 아름다운 외모를 지녔다는 것, 굉장히 강하다는 것, 그다지 말이 많지는 않지만 필요한 말은 반드시 한다는 것, 따라붙으면 노골적으로 귀찮아하면서도 다가오는 것을 막지는 않는다는 것, 기타 등등.

시작은 험담이었지만 이상하게도 칭찬에 가까운 말로 끝맺음이 날 때가 많았다. 그래서 소년은 말했다.

"이카나는 그분을 좋아하나 봐요."

"뭐, 뭐어? 왜 얘기가 그렇게 돼?"

"그치만 늘 그분에게 먼저 인사를 하잖아요. 그렇게 화가 나면 그냥 무시를 하면 될 텐데."

"그, 그건 그냥 오기가 나서 그런 거거든? 난 지고 싶지 않으니까!"

"이카나는 솔직하지 않군요."

어린 시절에는 지나는 곳마다 수군거림이 들렸다. 처음엔 그것이 너무 싫었다. 아무도 자신에게 신경을 쓰지 않으면 좋겠다고 생각했다. 바람이 이루어진 것인지 시간이 흐를수록 점차 누구도 소년을 언급하지 않게 되었다. 그러나 막상 그렇게 되고 나니 소년은 못 견디게 외로워졌다. 마을 사람들은 마치 소년을 세상에 없는 사람인 것처럼 대했다. 눈이 마주쳐도 모른 체하거나, 말을 걸어도 듣지 못한 것처럼 무시했다.

그제야 소년은 멸시도 관심의 일종이라는 걸 깨달았다. 아주 조금의 관심도 없으면 시선조차 섞고 싶지 않게 된다는 것도.

"그러니 오기가 생길 정도로 매일 먼저 다가가는 이카나는 분명 그분을 그만큼 생각한다는 거겠죠. 그 정도의 감정이라면 이미 좋아하는 게 아닐까요?"

"……"

소년의 말에 이카나는 긍정하지 않았지만 부정도 하지 않았다. 물론 이후로도 그녀의 험담은 멈추지 않았다.

3.

　이카나를 만난 이후에도 그의 그림 주제는 변하지 않았다. 어느 날은 이카나가 그를 향해 물었다.
　"넌 왜 항상 불을 그려?"
　"아름다우니까요."
　소년은 한 치의 망설임도 없이 말했다. 그 대답에 어째선지 이카나가 쑥스러운 표정을 지었다.
　"그치만 다른 아름다운 것들도 많잖아. 강물이라든지, 나무라든지……."
　"물론 그것들도 아름답긴 해요. 하지만 제 눈엔 불만큼 매력적인 것이 없어요. 사람들이 그러는데 불은 강한 힘과 부귀의 상징이래요. 불을 잘 다룰 수 있는 사람은 어떤 적과도 맞서 싸워 이기고 세상을 구하는 영웅이 된대요."
　"영웅이 되고 싶어?"
　"거창하게 영웅까지는 바라지 않아요. 그냥…… 남을 돕는 사람이 되고 싶어요."
　"남을 돕는 사람?"
　"보다시피 전 몸이 너무 약해서 제 한 몸 건사하는 것도 힘들거든요. 누군가에게 도움이 되고 싶어도 그럴 수가 없어요. 그게 조금 아쉬워요."

소년의 말에 이카나는 잠시 생각에 잠긴 표정을 지었다. 복잡하게 찌푸려진 얼굴이 소년을 향했다가, 이어서 그가 그려둔 그림들을 향했다.
"너 이 그림들, 다른 사람에게 보여준 적 있어?"
"아뇨. 보잘것없는 그림일 뿐일걸요."
"보여줘 봐, 누구에게든."
"하지만……."
"날 믿어. 혹시 네가 원하는 게 이뤄질지도 모르잖아?"
그렇게 말하는 이카나의 얼굴이 너무 예뻐서 소년은 자기도 모르게 고개를 끄덕이고 말았다.
그래서 소년은 그날 처음으로 자신의 그림을 부모에게 보였다. 소년의 부모는 매우 놀랐다. 그림 속의 불꽃들이 마치 금방이라도 타오를 것처럼 사실적이었기 때문이다. 그들은 그것을 마을로 가지고 나가 사람들 앞에서 자랑했다. 그동안 소년을 무시해왔던 마을 사람들에게도 그의 그림은 충격적이었다. 그들은 그동안 알지 못했던 소년의 재능을 칭찬하며 서로 앞다투어 그림을 가져갔다.
그런데 더 놀라운 일이 벌어졌다. 소년의 그림을 가져간 사람마다 집안에 좋은 일이 생기기 시작했던 것이다. 몇 달간 앓아누웠던 병자가 갑자기 몸을 털고 일어나는가 하면, 벌이가 시원치 않았던 장사꾼이 큰 매출을 올렸다. 소문이 퍼지면서 소년은 하룻밤 사이에 유명 인사가 됐다.

"네 그림엔 화기가 담겨 있어서 그래."

이카나는 아리송한 설명을 했다.

"넌 지나치게 화기가 짙어. 기운만으로 치면 이그니스를 상회하고도 남을 정도로. 하지만 역으로 그 기운이 너무 강한 탓에 육체가 견디지를 못하는 거야. 쯧쯧, 어쩌다가 길을 잘못 들어서 태어났는지. 너는 아마 원래는 불의 정령으로 태어났어야 할 운명이었을 거야."

"네? 에이, 말도 안 돼요. 제 동생이면 또 몰라도."

"동생은 왜?"

"그 앤 아름답잖아요. 저와는 비교할 수 없을 정도로."

"그 얼굴이 아름답다고?"

이카나는 못 들을 것을 들은 사람처럼 얼굴을 일그러트렸다. 그의 눈에 이상이 있는 건 아닌지 의심하는 모습이었다. 소년은 쭈뼛거리며 변명했다.

"그치만 사람들도 그러는걸요. 제 동생은 이프리트의 화신이래요."

"하, 누가 그런 말도 안 되는 소리를 해?"

"그러니까 사람들이……."

"나 참, 정말 어처구니가 없어서. 너는? 설마 너도 그렇게 생각해?"

소년은 바로 고개를 저었다. 한때는 그런 생각을 한 적도 있었지만 지금은 아니었다. 그와는 비교할 수조차 없는 이카나의 존재가 눈앞에 있었으니까. 그제야 이카나는 성난 얼굴을 풀었다.

"껍데기는 결국 껍데기일 뿐이야. 내가 보기엔 네 동생 따위보다 네가 훨씬 더 예뻐. 넌 너의 가치를 전혀 모르고 있어."

"그런 말을 해주는 사람은 이카나뿐이에요."

"이 마을 사람들은 전부 바보니까."

거침없는 이카나의 말에 소년은 웃었다.

마을 사람들은 여전히 소년을 꺼려했지만 그가 그린 그림만큼은 앞다투어 가져갔다. 소년은 그것만으로도 충분히 기뻤다. 누군가가 자신을, 자신이 그린 그림을 필요로 해준다는 것이 좋았다.

즐거운 일은 또 있었다. 예전엔 눈만 맞추면 피하기 바쁘던 동생이 이젠 그를 똑바로 마주 보게 됐다. 그러자 그녀를 추종하는 사람들 역시 소년을 좋게 대하게 되었다.

"정말 행복해요."

소년이 꿈을 꾸듯이 중얼거렸다. 그러나 당연히 같이 기뻐할 거라 생각했던 이카나는 그때마다 인상을 찌푸릴 뿐이었다.

"사람들을 너무 믿지 마. 그들은 언제든 네게서 돌아설 자들이야."

"왜 그런 식으로 말씀하세요? 다 좋은 사람들이에요."

"자기한테 이익이 있을 때만 관대한 사람은 좋은 사람이라고 하는 게 아니야."

"하지만 사람들에게 그림을 보여주라고 한 건 이카나였잖아요."
"설마 저렇게 노골적으로 추악한 심보를 드러낼 줄은 몰랐지."
딱 잘라 답하는 말에 소년은 처음으로 울컥했다.
"이카나는 솔직하지 못할 뿐만 아니라 의심투성이로군요?"
"뭐야?"
"그런 식으로 세상을 바라보면 소중한 것을 전부 다 놓치게 될 거예요!"
이카나는 황당한 표정으로 그를 바라봤다.
그리고 그날부터 소년은 이카나를 만날 수 없었다. 언덕에 오르면 늘 채워져 있던 자리가 공허해지자 견딜 수 없이 쓸쓸한 기분이 들었다. 내가 너무 심하게 말을 했나? 소년은 후회했다.

"오빠에게 알려줄 게 있어."
어느 날이었다. 시선을 마주하겐 됐어도 먼저 말을 건 적은 없던 동생이 그에게 입을 열었다. 긴히 해야 할 이야기가 있으니 단둘이 있을 수 있는 곳으로 장소를 옮기자고 했다. 소년은 당황하면서도 설레는 기분으로 그녀를 따라 갔다. 동생은 사람이 잘 오가지 않은 길목으로 그를 이끈 후 은밀하게 말했다.
"내가 엄청난 사실을 알게 됐어. 불의 정령왕 이프리트에게 입맞춤을 받게 되면 그 사람은 빼어나게 아름다운 외모와 강한 힘을 지니게 된대."
"와아, 그게 정말이야?"

"응, 그래서 생각해본 건데, 사람들이 날더러 이프리트의 화신이라고 하잖아? 그러니까 오빠가 내게 입을 맞춰보는 게 어때?"
"뭐?"
"뭘 그렇게 놀라?"
"하지만 그건 좀……."
"창피해서 그래? 뭐, 나도 썩 내키는 건 아니야. 하지만 나는 오빠가 지나치게 마르고 병약한 것이 늘 마음에 걸렸어. 오빠도 그렇잖아? 난 오빠를 도울 수 있어."
이카나를 만난 이후로 소년에게 동생은 더 이상 이프리트의 화신으로 보이지 않았다. 하지만 그녀가 내뱉은 말들은 그의 마음을 흔들었다.
아름다운 외모와 강한 힘. 그건 소년이 평소에 늘 꿈꾸면서도 감히 바라지 못했던 일이었다. 그것을 현실로 이룰 수 있다는 건 지나치기 힘들 정도로 달콤한 유혹이었다.
"괜찮아. 내가 도울 수 있다니까?"
망설이는 소년에게 동생은 다시 재촉했다. 결국 소년은 유혹을 이기지 못하고 동생에게 입을 맞췄다. 바로 그 순간, 벼락처럼 노호성이 울려 퍼졌다.
"너희들 지금 뭐 하는 거냐!"
소리친 사람은 마침 그 길을 지나가던 마을 어른이었다.
소년은 그 길로 끌려가 마을 광장에 내쳐졌다. 웅성거리는 사람들이 순식간에 광장을 에워쌌다. 그들은 모두 혐오스러운 시선으로 소년을 노려보았다. 소년은 아름답고 가련한 여동생을 탐한 파렴치한이 되어 있었다.

"오빠가 저를 강제로 덮치려고 했어요!"

모두의 앞에서 증언을 선 동생이 울면서 소리쳤다. 그때서야 소년은 이 모든 게 동생의 함정이었다는 것을 깨달았다.

불행은 순식간에 찾아와 모든 것을 앗는다.

소년은 변명하려고 했지만 고지식한 부모는 그가 한 짓을 용납하지 못했다. 분노한 그들은 그 자리에서 소년을 내쫓고 가문에서 제명했다.

사람들은 쫓겨난 소년을 이리저리 끌고 다니며 짐승처럼 매질했다. 마르고 볼품없던 소년의 몸은 땅에 쓸리고 매질을 당하면서 벌거벗겨지고 피투성이가 되었다.

"더러운 놈!"

"감히 주제도 모르고 누굴!"

"이런 녀석은 시체도 남기지 말아야 해!"

"말끔하게 불태워버리자!"

"잿더미로 만들어 버려!"

포악해진 군중은 한목소리로 소리쳤다. 그들의 얼굴 어디에도 소년에게서 그림을 받아갈 때의 온화한 모습은 찾아볼 수 없었다. 누구도 소년을 동정하지도, 그의 말을 들으려고도 하지 않았다.

 소년은 성한 곳 하나 없는 채로 형틀에 묶였다. 횃불을 치켜든 사람들이 차곡차곡 쌓인 나뭇더미에 망설임 없이 불을 붙였다. 곧 화르륵, 뜨거운 불길이 솟구치기 시작했다.

 소년은 발끝에 와 닿는 것을 멍하니 바라보았다. 얻어맞아 퉁퉁 부은 두 눈은 한 치 앞도 분간하기 어려웠지만 야금야금 삼켜 오는 불꽃만큼은 선명히 보였다. 언제나 동경하던 불꽃이었다. 그러나 이제 곧 저 불이 그의 몸을 태울 것이다.

 미안해요, 이카나. 당신이 옳았어요.

 사람들을 향한 증오가 들끓었지만 후회가 더 크게 남았다. 이렇게 된 것은 전부 자업자득이었다. 그는 조용히 눈을 감았다. 그 순간 바람이 일었는지 얌전히 타들어 가던 불꽃이 크게 부풀어 올랐다. 불덩이는 순식간에 소년의 몸을 집어삼켰다.

 "하하하하!"

 사람들은 화려한 공연을 보듯이 환호했다. 그들에게 억울한 소년의 비참한 죽음은 보이지 않았다. 오직 광기에 젖은 축제일 뿐이었다.

 그러나 그 환호소리가 채 사그라지기도 전에 이상한 일이 벌어졌다. 소년을 집어삼킨 불덩이가 점점 더 기형적으로 커지기 시작한 것이다. 사람들은 당황해서 뒤로 물러섰다. 누군가는 물을 가져와 퍼붓기도 했다. 하지만 그럴수록 오히려 불씨가 더욱 거세게 타올랐다.

콰직! 콰아아악!

점점 거대하게 부풀어진 불덩이가 성문처럼 솟구쳤을 때, 사람들은 모두 두 눈을 부릅떴다. 솟구친 불덩이가 공중에서 점차 형태를 이뤄갔기 때문이다.

뜨겁게 타오른 불길이 만들어낸 것은 한 화려한 소녀의 모습이었다. 발끝까지 늘어트린 풍성한 붉은색의 머리카락, 태양을 박아 넣은 것 같은 홍염의 눈동자. 소녀는 마치 이 세상의 사람이 아닌 것 같은 아름다움을 지니고 있었다.

그녀가 나타남과 동시에 치솟던 불길이 사그라졌다. 그와 함께 드러난 광경에 사람들은 다시금 경악했다. 지금쯤이면 숯덩이가 되었어야 할 소년의 모습이 여전히 그대로 그 자리에 있었다. 불씨조차 그의 몸을 상하게 하지 못한 것 같았다.

"이, 이프리트!"

사람들은 본능적으로 소녀의 정체를 깨달았다. 불의 정령왕 이프리트. 태양을 다스리는 군주, 바로 그가 사람들 앞에 모습을 드러낸 것이다.

'……이프리트?'

소년은 흐린 시선으로 멍하니 눈을 깜빡거렸다. 방금 전 무슨 일이 일어난 것인지 알 수가 없었다. 다만 인지한 것은 그 앞에 누군가 서 있다는 것 정도였다.

가까이 다가온 상대에게서 익숙한 온기가 느껴졌다. 침침해진 시야에 유난히 붉은 머리칼이 눈에 들어왔다. 그것 또한 소년에게는 익숙한 것이었다.

"……이……카나?"

희미하게 중얼거린 그때, 소년은 자신의 뺨을 쓰다듬는 느릿한 손길을 느꼈다.

"늦어서 미안해."

귓가에 들려오는 낯익은 목소리에 소년은 부들부들 떨었다. 아아, 정말 그녀였다. 정말 그녀가 자신을 찾아온 것이다. 모두가 자신을 버렸는데, 오직 그녀만은.

"그가 죽었어."

이어진 말에 소년은 멈칫했다. 죽었다는 그가 누구인지는 소년 역시 너무나 잘 알고 있었다. 놀라서 바라봤지만 뿌옇게 된 시야로는 여전히 이카나의 모습이 제대로 보이지 않았다. 울고 있을까? 안타까운 기분에 가슴이 저몄다.

"너무 상심하고 황망해서 그동안 올 수 없었어. 아무리 그래도 그래선 안 되는 거였는데, 바보 같아. 설마 그사이에 이런 일이 벌어질 줄이야."

"이카나……."

"미안해, 네 말이 맞아. 난 솔직하지 못했어. 그래서 그에게 마음을 전할 수 있는 가장 중요한 기회마저 놓치고 말았어. 그리고 이제 너까지 잃겠구나."

떨리는 목소리 끝에 울음이 묻어나는 것 같았다. 소년은 필사적으로 고개를 저으려고 했다. 잘못한 것은 자신이다. 진심으로 걱정하는 말을 곧이듣지 못하고 오히려 그녀를 상처 입혔다. 이카나가 사과를 하다니 있을 수 없는 일이었다.

"처음 네 이야기를 들었을 땐 너무 놀라서 내 귀를 의심했어. 불의 정령왕에게 키스를 받고 싶었니? 강해지고 싶어서?"

"……."

자신을 바라보는 안타까운 눈빛에 소년은 대답을 하지 못하고 입술을 악물었다. 이카나에게만큼은 이런 치부를 알리고 싶지 않았다. 사람들에게 끌려다니며 매질을 당할 때보다 오히려 지금 이 순간이 더 창피했다. 그런 마음을 이해한다는 듯, 다시금 이카나의 손이 그의 뺨을 부드럽게 쓸었다. 그 손길이 왠지 자신을 위로하는 것 같아서 소년은 조금 울고 싶어졌다.

"네 마음이 그 정도로 간절했었구나. 미리 알았다면 좋았을 텐데. 그럼 전부 다 말해줬을 거야. 불의 정령왕에게 키스를 받으면 강해질 수 있는 건 맞아. 하지만 그건 육체가 건강한 사람에게만 한정된 이야기야. 몸이 너무 약한 사람은 도리어 죽고 말아. 연약한 몸으로는 내가 주는 화기를 견딜 수 없기 때문이지. 심지어 넌 이미 타고난 화기가 강하기 때문에 그대로 삼켜져 '이쪽'으로 왔을 거야."

"이쪽……?"

"내가 있는 곳. 우리 정령들의 세계."

아아, 그렇구나. 소년은 속으로 멍하니 고개를 끄덕였다. 그 과정에서 그는 자연스레 이카나가 이프리트라는 것을 알았다. 하지만 그 사실에 대한 충격은 없었다. 오히려 당연하다는 느낌이었다. 이카나는 처음부터 특별한 사람이었으니까. 이제 와서 돌이켜 보면 그녀를 인간이라고 생각했던 것이 오히려 이상했을 정도였다.

"처음엔 그렇게 하려고 했어. 넌 인간들 사이에 두기엔 너무 아까웠거든. 하지만 말없이 그림을 그리는 광경이 예뻤어. 그래서 그저 조금만 더 지켜보려고 했던 것뿐이었는데……."

"제가…… 이카나의 세계로 갈 수 있나요?"

소년의 질문에 이카나—이프리트는 고통스러운 표정을 지었다.

"미안해. 네 속에 깃든 원망과 증오가 너무 깊어. 넌 이제 이쪽으로는 올 수 없게 되었어."

"……그렇군요."

처음부터 기대하지 않았기에 아쉬움도 없었다. 손쉽게 체념하는 소년의 모습을 이프리트는 안타까운 눈으로 응시했다.

"그럼…… 저는 이제 어떻게 되나요? 죽게…… 되는 건가요?"

"그건 너의 선택에 달려 있어."

"선택?"

소년은 의아한 얼굴로 힘겹게 눈을 깜빡거렸다. 점점 침침해지는 시야 때문인지 자꾸만 졸음이 쏟아졌다. 이러면 안 되는데, 마치 발밑에서 누군가가 온몸을 잡아끄는 것 같았다.

"아직 그를 건드리지 마."

이프리트가 누군가에게 싸늘히 말했다. 그러자 꺼질 듯이 무너져가던 정신이 조금은 맑아지는 것 같았다. 나직하게 숨을 몰아쉬는 그에게 이프리트가 다급히 물었다.

"내 말 들려?"

"으응, 들려요."

"시간이 그다지 많지 않아. 그러니까 바로 말할게. 넌 지금부터 두 가지의 길을 선택할 수 있어. 하나는 이대로 편안한 죽음을 맞이해 완전한 새 생명으로 태어나는 길. 그리고 또 한 가지는, 네 영혼을 나에게 맡기는 거야."

"……영혼을?"

"너는 정령은 될 수 없지만 그와 비슷한 존재는 될 수 있어. 난 너를 이그니스와 동일한 존재로 대우할 거고, 그렇게 부를 거야."

이그니스.

그것은 불의 상급 정령의 이름이었다. 그 단어의 가치를 아는 사람들은 모두 숨을 삼켰다. 아까부터 돌아가는 상황이 심상치 않았다. 정확히 어떻게 되어가는 건지는 알 수가 없었지만 한 가지는 확실했다. 불의 정령왕이 소년에게 강림했다. 그들이 칭송해 마지않던 이프리트의 화신이, 모두가 멸시하던 바로 그 소년이었던 것이다.

"너는 어떻게 하고 싶어?"

"저는……."

"말해봐. 네가 바라는 대로 해줄게."

이프리트의 말에 소년은 멍하니 고개를 들었다. 고통이 없어졌으면 좋겠다. 그렇게만 된다면 지금 죽어도 괜찮을 것 같았다. 하지만 그것이 정말 끝일까? 한참의 주저함 끝에 말라붙은 소년의 입술이 열렸다.

"제 속에…… 증오와 원망이 깃들었다고 했죠. 그건…… 이후의 생에도 영향을 미칠까요?"

"……아마도 그럴 거야."

"그렇다면…… 저는…… 죽기 싫어요."

"……."

느릿하게 깜빡거리는 눈동자에서 투둑, 맑은 물방울이 떨어져 내렸다. 어쩌다가 이렇게 되었을까. 그는 단지 사랑받고 싶었을 뿐이었다. 하지만 그러기는커녕 오히려 사랑하는 방법조차 잃어버렸다고 한다. 이제 자신은 사랑받지도, 사랑하지도 못하는 사람이 돼버리는 걸까? 그런 건 싫었다.

"후회를 남기고 싶지 않아요."

"……."

"도움이 되는 사람이 되고 싶었어요…… 제가 그럴 수 있을까요?"

"네 소원을 이뤄줄게."

이프리트는 소년에게 다가가 그의 이마에 가만히 입을 맞췄다. 그 순간, 소년의 몸에서 눈부신 빛이 일어나기 시작했다. 빛은 소년의 육체를 반으로 가르고 들어가 그 안에서부터 더 강하게 솟구쳤다.
 이프리트는 조용히 손을 내밀었다. 직후 보이는 광경에 사람들은 모두 숨을 멈췄다. 빛 속에서 거대한 새가 날아오르더니 그의 손에 내려앉은 것이다.
 피이이이—
 공작의 형태를 하고 있는 새는 굉장히 아름다웠지만 머리부터 발끝까지 온통 새카맸다. 다만 두 개의 눈동자만큼은 피 칠을 한 듯이 붉었다.
 이프리트는 흔들리는 눈으로 흑조를 바라보았다. 본래는 화염처럼 전부 붉은색이었어야 할 새였다. 그 날개가 까맣게 물든 것을 확인하는 것은 그에게도 가혹한 일이었다. 그는 슬픈 눈으로 흑조를 바라보며 웃었다.
 "가서 네가 원하는 모습을 해."
 피이이이—
 흑조는 마지막 인사를 건네듯 잠시간 이프리트를 응시하고는 천천히 하늘로 날아올랐다. 이윽고 공중에서 순식간에 흩어졌다가 하나의 거대한 덩어리로 뭉쳤다. 그것은 이내 길쭉한 형태로 모습을 바꾸기 시작했다.
 일련의 과정이 끝났을 때, 그 자리에 남은 것은 새카만 검신을 지닌 대검 한 자루였다. 검의 손잡이엔 흑조의 눈동자와 같은 붉은색의 보석이 양옆으로 박혀 있었다.
 이프리트가 손을 내밀자 검은 그의 손에 이끌리듯이 내려앉았다. 그는 받아 든 검신에 다시 입을 맞추며 말했다.

"나의 이그니스, 이제 모든 것을 잊고 행복해지길."

속삭이는 음성이 끝났을 때, 그는 고개를 들고 앞을 바라보았다. 그때까지 모든 광경을 숨죽이며 지켜보던 사람들이 움찔 몸을 떨었다. 경황없던 상황에 가려져 묻혀 있던 공포심이 서서히 고개를 들었다.

그제야 그들은 자신들이 무슨 짓을 한 건지 깨달았다. 방금 전 자기들의 손으로 불의 아이를 죽였다. 마지막 숨을 끊지 않았을 뿐이지, 죽인 것이나 마찬가지였다.

"요, 용서를! 저희는 아무것도 몰랐습니다, 이프리트 님!"

"제발 용서해주십시오!"

"자비를 베풀어주시길, 불의 왕이시여! 다시는 그러지 않겠습니다!"

파랗게 질린 그들은 모두 바짝 땅에 엎드려 빌었다. 이프리트는 그 모습을 차게 응시했다. 덜덜 떨고 있는 등을 바라보는 얼굴에 비소가 서렸다.

"……다시는 그러지 않겠다고?"

"예! 정말입니다! 제발 한 번만 용서해주십시오!"

"그 말을 내가 어떻게 믿어?"

"그, 그건……."

말문이 막힌 사람들은 서로 눈치를 주고받았다. 변명을 기다려주겠다는 듯 이프리트는 그 모습을 느긋하게 지켜보았다. 그러자 다급해진 그들이 소리쳤다.

"저, 저희들도 속은 겁니다! 나쁜 건 그 아이의 동생입니다!"

"맞습니다! 그 계집이 제 오라비를 모함하여 일이 이렇게 된 겁니다! 저희들도 이렇게 되는 걸 원치 않았습니다!"

광분한 군중은 그길로 달려나가 소년의 동생과 그 부모를 집에서 끌어냈다. 방금 전까지 잠을 자고 있었다는 사실을 증명하듯, 그들은 모두 잠옷 차림을 하고 있었다.

"보십시오! 제 자식과 오라비가 죽어가는데 편하게 잠이나 청하고 있었던 자들입니다!"

"이자들을 죽여 불의 왕께 용서를 구하겠습니다!"

갑자기 끌려나온 세 가족은 주위를 가득 둘러싼 살기에 영문도 모른 채 덜덜 떨었다. 마을 사람들은 마구잡이로 그들을 걷어차며 손가락질했다.

"정말 어쩔 수 없는 사람들이네."

한동안 잠잠히 지켜보던 이프리트가 가볍게 한숨을 내쉬었다. 그 모습에 사람들은 안심했다. 이제 됐다. 이프리트의 분노가 저들에게 돌아갔으니 이제 자신들의 목숨은 구제받을 터였다. 그 증거로 그들을 바라보는 이프리트의 시선이 한결 부드러워져 있었다. 그것은 분명 좋은 징조였다.

"추악하고 가식적인 데다 욕심덩어리. 너희 인간들은 항상 그렇지. 하지만 난 사실 너희들의 그런 모습을 싫어하지 않아. 매사에 다들 정직하고 선하기만 하면 세상 돌아가는 게 별로 재미없잖아. 안 그래?"

이프리트는 빙긋 웃었다. 그것을 본 사람들이 덩달아 따라 웃을 때였다.

"그치만 그거 알아? 아무리 그래도 변하지 않는 것이 하나 있다는 거."

"……?"

"이미 지나간 일은 어떤 짓을 해도 돌이킬 수 없다는 거야."

우르르릉!

그 순간 바닥에서 거대한 진동이 울렸다. 당황한 사람들은 모두 기겁하여 허둥거리기 시작했다. 그러자 기다렸다는 듯이 지면이 갈라지고 사방에서 붉은 불길이 치솟기 시작했다.

"으아아악!"

"사, 사람 살려!"

마을은 순식간에 아비규환으로 변했다. 지탱할 땅을 잃은 건물들이 와르르 무너져 내리며 사람들 위를 덮쳤다. 운이 좋아 깔리지 않은 자들은 갈라진 땅속에 산 채로 파묻혔다. 부서진 잔해 속에서 갈가리 찢긴 가죽과 살점이 사방으로 튀었다. 지옥도의 광경이 따로 없었다.

"너희들도, 나도, 그 대가를 치르는 것뿐이야."

우우웅—

그의 손에 들린 흑색의 검신이 부르르 떨었다. 구슬픈 울림에 이프리트는 달래듯이 말했다.

"괜찮아, 아무것도 달라지지 않았어."

순식간에 한 마을이 그 땅에서 완전히 사라졌다. 남은 것은 매캐한 연기와 검댕, 그리고 탑처럼 쌓인 수많은 인간들의 잔해들뿐이었다. 질퍽한 흙바닥은 밟을 때마다 스미듯 핏물이 차올랐다. 뒤틀리고 폐허가 된 길을 걸으며 이프리트는 무심히 중얼거렸다.

"넌 많은 사람들을 돕게 될 거야, 이그니스."

캐릭터 프로필

이름: 카노스
생일: 3월 14일
키: 191cm
종족: 신
속성: 마속성
성별: 남(男)
외형연령: 26~28세
머리카락과 눈동자 색: 흑발, 흑안
소개: 주신의 첫 창조물이자 첫 번째 엘퀴네스. 마신계열의 최고신. 상징하는 문양은 새하얀 박쥐의 날개가 양 옆으로 펼쳐진 모습.
장난을 몹시 좋아하고 게을러서 뛰어난 능력이 있음에도 불구하고 주어진 업무를 소홀히 하기 일쑤. 누구에게나 친절하지만 속내를 알 수 없는 인물.
인간 세계에서 현신을 오래 지속할 수 있게 도와주는 아이템─붉은색의 돌조각을 끈에 묶은 목걸이─을 착용하고 다님.

캐릭터 복불복 QnA

질문을 올려 주신 이공카 카페(http://cafe.daum.net/shakito)의 회원분들의 질문 중에서 임의 선택했습니다. (**스포일이 상당수 포함**되어 있으므로 주의 부탁드립니다.)

(해류안 님, 이해진 님의 질문. 중복 질문이라 같이 넣었습니다)
Q. 엘뤼엔 왜 그렇게 괴롭혀요?
A. 어머나, 아가씨들이 아직 순수해서 세상을 잘 모르나 보네. 그건 괴롭히는 게 아니라 사랑해주는 거라고 하는 거야.

(미친모자장수 님의 질문)
Q. 주신이 자신을 좋아하고 있다는 생각이 드나요?
A. 뭐야, 뭐야. 주신이 뒷배경인 날 불렀어? 우후후~♡

Q. '냐하하하' 하고 웃으시는데 특별한 이유가 있으신가요?

A. 그건 기침을 왜 에취! 하고 하냐고 묻는 거와 같은 질문이 아닐까?

Q. 노엘로서(엘의 계약자로서) 하고 싶은 일은?
A. 음, 뭐랄까. 한국으로 바캉스 가고 싶어. 관광지는 엘이 잘 알 테니까 안내도 잘해주겠지? 냐하하~ 완전 재밌겠다. 뭐? 너무 실현 불가능한 걸 바라는 거 아니냐고? 에이, 원래 꿈은 커야 좋은 거잖아. 안 그래?

(별하 님의 질문)
Q. 주신의 성격은 어떤가요?
A. 그분에게 정해져 있는 건 없어. 당신이 상상한 그 모습이 바로 주신의 모습이야. 캬~ 나 방금 완전 멋있게 말한 것 같아. 어떡하지? 여기서 더 반하는 건 곤란한데.

Q. 악신을 소멸시킬 때 심정은 어땠나요?
A. 에그머니, 귀여운 아가씨는 그런 무서운 일은 몰라도 됩니다~

Q. 노엘이 되었을 때 처음 든 생각은 뭔가요?
A. 와, 정말 다시 태어났네? 짱 신기하다!

Q. 엘퀴네스일 때 여성체셨잖아요, 신이 될 때 남성체가 되겠다고

결심한 계기 같은 게 있나요?

　A. 있었지. 온 세상의 여자들을 다 내 것으로 하고 싶다는 원대한 포부가 있었거든. 난 귀엽고 사랑스러운 게 참 좋더라~

　Q. 혹시…… 아니었으면 좋겠지만 지금껏 살아오면서 한 번이라도 누군가에게 연애 감정을 느낀 적이 있나요…?

　A. 글쎄, 어떨까~? (한쪽 눈 찡긋)

　Q 프로필 좀 알려 주세요……! 풀네임, 키, 생일, 특기, 취미, 좋아하는 것, 싫어하는 것, 잘하는 것, 못하는 것, 등등등……!

　A. 후훗, 아가씨. 나에 대해서 전부 아는 건 아직 일러. 그런 건 좀 더 끈적끈적하고 친밀한 사이가 된 다음에~★

　Q. 다시 신이 된다면 특별히 하고 싶은 일이 있나요?

　A. 새 종족을 만들어보고 싶어. 이번엔 마계들처럼 말 안 듣는 애들 말고 귀엽고 사랑스러운 애들로. 그래, 마치 마계에 두고 온 내 마릴다처럼 말이야. 아아, 그리운 마릴다. 번식한 아이들도 잘 크고 있을까? 굶어 죽지는 않아야 할 텐데.

　Q. 살아가면서 가장 즐거웠던 일은 뭔가요? 아니면 기억에 남는 일이라든가.

　A. 물론 있지. 그건 바로, 그대의 질문을 받은 지금 이 순간☆ 세상

에, 이걸 어떡하지? 나 오늘 좀 명언 제조기 같아.

(Syen 님의 질문)
Q. 초대 엘퀴네스셨는데, 엘퀴네스 때도 그런 성격이셨나요……?
A. 환경에 의해 성향이 달라진다면 그 사람은 운명이 바뀐 걸까, 아니면 원래 가진 본질이 그랬던 것뿐일까? 응, 그러니까 상상에 맡긴다구.

그 남자의 첫사랑   그 남자의 청혼

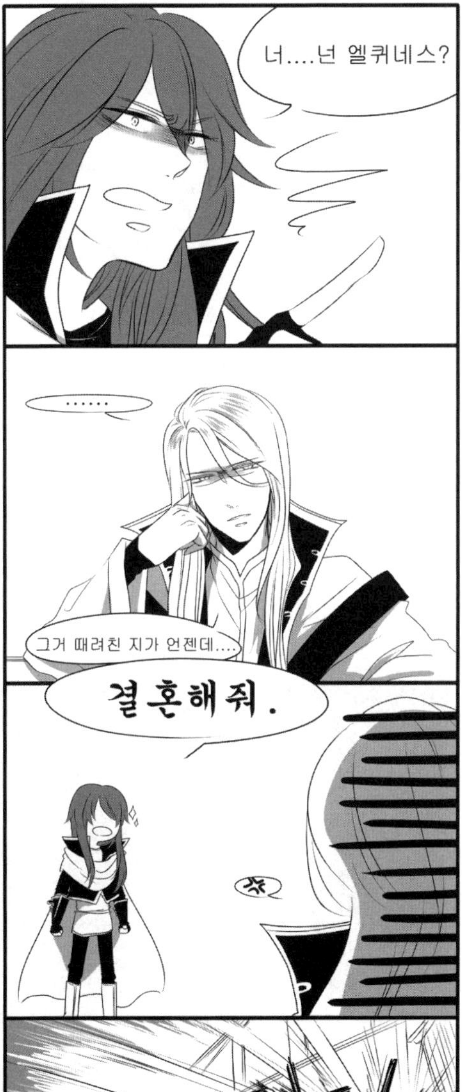

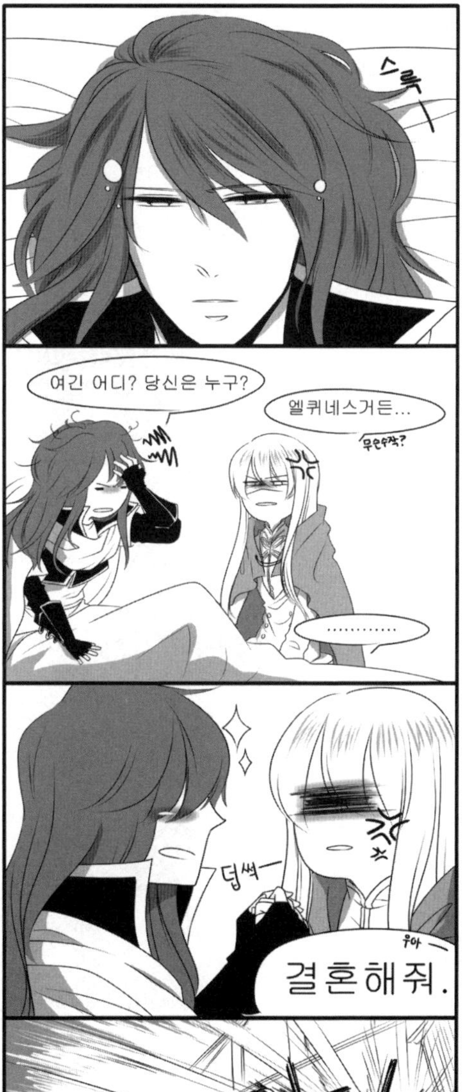

너....넌 엘퀴네스?

......

그거 때려친 지가 언젠데....

결혼해줘.

여긴 어디? 당신은 누구?

엘퀴네스거든...

무언수작?

....

결혼해줘.

그 남자의 기억

난

17년간 남자로 살았던 기억이 있어.

남자....

그럼...... 엘은 트렌스젠더?

틀려!!!!!

퍼억!

그 남자의 본심

라피스 라줄리라는 보석이야. 고급축의 보석이었다고.

그럼 이것도 황실의 보석?

아니 신전의 보물

콰르릉

팔까?

야